올드 뉴욕
Old New York

Edith Wharton

Old New York

올드 뉴욕

이디스 워튼 지음 · 정유선 옮김

RAINBOW PUBLIC BOOKS

차례

헛된 기대

건초, 버베나, 목서초에서 나른한 향기가 피어오르는 6월 어느 날이었다. 베란다 테이블 위에 옅은 노란색 칵테일이 채워진 볼bowl에는 박하 잔가지를 붉게 물들이는 큼직한 딸기들이 둥둥 떠다니고 있었다. 사방으로 빛을 반사하는 다각형의 볼bowl은 사자 두 마리의 머리 사이에 레이시 문장이 새겨진 조지 왕조 풍의 오래된 그릇이었다. 모기의 위협적인 앵앵 소리에 신경이 곤두선 신사들은 이따금 자신의 뺨이나 이마, 대머리를 철썩 때렸다. 하지만 되도록 표나지 않게 하려고 애썼다. 그들이 앉아 있는 베란다를 제공한 할스턴 레이시 씨가 하이포인트 일대에 모기가 있다고 인정할 리 없었기 때문이다.

딸기는 레이시 씨의 텃밭에서 따온 것이었다. 조지 왕조 풍의 볼bowl은 독립선언서 서명자 중 한 명인 그의 증조부로부터 전해져 내려왔다. 베란다가 딸린 이 시골 저택은 레이시 씨가 커낼가街에 마련한 타운 하우스에서 그리 멀지 않은 롱아일랜드해협의 위쪽에 있었다.

"코모도어!('해군 준장'이라는 뜻 – 역자 주) 한 잔 더 하게." 레이시 씨는 식탁보만 한 아마포 손수건을 툴툴 털어서 끝자락으로 이마에 흐르는 땀을 닦으며 말했다.

제임슨 레즐리 씨는 미소 지으며 새 잔을 받아들었다. 그는 절친한 친구들 사이에서 '코모도어'로 통했다. 젊었을 때 해군에 복무하면서 전쟁 당시 포터 제독의 지휘 아래 장교 후보생으로 참전한 이력 때문이었다. 이 쾌활한 독신남의 검게 탄 얼굴은 자신이 전리품으로 가져왔을지도 모르는 청동상의 얼굴을 닮았다. 그는 오래전에 퇴역했지만, 해군의 용모를 유지하고 있었다. 흰 캔버스 직물 바지, 금실로 장식된 모자, 반짝이는 치아 덕분에 여전히 구축함이라도 지휘하고 있을 것 같은 인상을 주었다. 하지만 그는 롱아일랜드 해변에 있는 자신의 집으로부터 친구들이 모인 이곳까지 배를 몰고 건너왔을 뿐이었다. 그의 잘 정비된 흰색 소형 범선은 이제 육지 돌출부 아래쪽 만灣에 묶여 있었다.

할스턴 레이시의 저택에서는 롱아일랜드해협 쪽으로 비탈진 잔디밭이 내려다보였다. 그 잔디밭은 레이시 씨의 자랑거리였다. 보름에 한 번씩 큰 낫으로 잔디를 베게 했고 봄에는 특별한 용도의 편자를 단 늙은 흰 말이 밟아주도록 했다. 베란다 아래쪽 잔디에는 로즈제라늄, 헬리오트로프, 월계화가 한 무더기씩 피어 있었다. 레이시 부인은 조각된 상아 손잡이로 접히는 경첩 달린 작은 차양 아래에서 목이 긴 장갑을 끼고 그 화초들을 가꾸었다. 레이시 씨가 결혼하면서 넓히고 새로 꾸민 이 집은 독립 전쟁 당시 식민지 정착민의 보금자리 역할을 했고 베네딕트 아놀드 대령의 사령부로 이용되기도 했다. 이 집의 당시 모습이 레이시 씨의 서재에 걸려 있다. 하지만 각진 탑, 높고 좁다란 창문, 모서리를 다듬은 기둥 위의 베란다가 돋

보이는 위풍당당한 청회색 목조 주택에서 예전 집의 초라한 윤곽을 알아보는 사람은 없었을 것이다. 이 집은 이러한 요인 덕분에 조경과 건축으로 이름난 다우닝의 〈미국의 조경〉에 나오는 "토스카나식 빌라"처럼 보였다. 옛집의 모습을 담은 조잡한 석판화와 (잔디밭에 "못 보던" 종류의 너도밤나무가 서 있는) 새집의 모습을 담은 정교한 강철 판화의 차이는 건물들 자체의 차이만큼이나 두드러졌다. 레이시 씨가 자신의 건축가를 좋게 생각하는 것은 당연한 일이었다.

레이시 씨는 혈연이나 이해관계로 얽힌 사람들을 대부분 좋게 생각했다. 그가 아내를 행복하게 해주었는지는 아무도 확신하지 못했지만, 아내를 아주 높게 평가하는 인물로 알려진 것은 사실이었다. 딸들에 대해서도 마찬가지였다. 새라 앤과 메리 아델린은 안색이 창백한 레이시 부인을 쏙 빼닮기는 했지만, 더 발랄했다. 두 딸이 온화한 아버지 곁에서 얼마나 마음 편하게 있었는지는 알 수 없지만, 레이시 씨가 두 딸을 칭찬할 때 얼마나 목소리를 높였는지는 모르는 사람이 없었다. 하지만 레이시 씨가 자화자찬하는 가족 중에서 가장 주목할 만한 대상은 아들 루이스였다. 생각나는 대로 곧잘 이야기하는 제임슨 레즐리가 전에 말했듯이 청년 루이스는 누가 봐도 레이시 씨가 딱히 아들이자 상속자로 마음에 품었을 만한 유형의 인물은 아니었다.

레이시 씨는 체구가 거대했다. 그는 앞으로 보나 옆으로 보나 풍채가 좋아서 어느 쪽에서 보아도 똑같이 커 보였다. 다부진 몸통은 구석구석 매우 세심하게 관리되어서 농부가 봤다면 놀리는 땅이 전혀 없는 비옥한 경작지를 떠올렸을 것이다. 그의 대머리도 다른 신체 부위에 비하면 날마다 특별히 광택을 낸 것처럼 윤이 났다. 무더운 날이면 그의 전신은 저수지와 같았다. 그의 거대한 몸에서 각 물길이 특정한 유역으로 흘러가는 모습을 보는 것은 무척 흥미로웠다. 말끔해 보이는 그의 커다란 손에서도 물방울이 손가락 사이의 이랑을 타고 갈라져 각기 다른 방향으로 흘러내렸다. 그의 이마와 관자놀이, 눈 밑의 불룩한 뺨에서는 모든 경사면으로 물줄기가 흘러 움푹 꺼진 웅덩이에 고였다가 폭포처럼 급격히 쏟아져 내렸다. 그 광경은 전혀 불쾌감을 주지 않았다. 물방울이 송골송골 맺히는 그의 광활한 피부가 청결하고 기분 좋은 분홍색이었고 흘러내리는 땀방울에서 값비싼 향수와 최고급 프랑스 비누 향이 강하게 풍겼기 때문이다.

보기보다 덜 거대한 레이시 부인이 비길 데 없는 최고급 물결무늬 실크 옷을 걸치고 얼굴에 풍성한 실크 레이스 주름과 주렁주렁한 보라색 포도송이를 드리우는 최신 파리 스타일 모자를 쓰면 남편의 육중한 몸과 거의 균형을 이루는 파리한 위엄을 보였다. 하지만 이 늠름한 부부에게서 코모도어의 말처럼 그들 자식 중 가장 작고 볼품없는 루이스가 나왔다. 루이스는 아기 때는 왜소했고 조금 커서는 애송이 같았으며 청년인 지금은 한낮의 짤막한 그림자처럼 보잘것없었다.

루이스는 베란다 난간에 걸터앉아 있었다. 루이스에 대한 이런 생각들은 의심할 여지 없이 아버지의 칵테일 모임에 함께 있는 네 신사의 뇌리에도 스치고 지나갔다.

은행가인 로버트 허자드 씨는 키가 크고 체격이 좋아서 누구와 있어도 커 보였지만, 레이시 씨와 있을 때만은 예외였다. 그는 상체를 뒤로 기댄 채 잔을 들고 루이스에게 살짝 목례를 하며 입을 열었다. "자, 그랜드 투어(과거에 영국과 미국의 부유층 젊은이들이 교육의 일환으로 유럽 주요 도시들을 견학하던 여행 – 역자 주)를 위하여!"

"얘야, 참새처럼 난간에 걸터앉지 말거라." 레이시 씨가 꾸짖듯이 말하자 루이스는 바닥에 내려서서 허자드 씨의 목례에 답하며 말했다. "아, 아무 생각이 없었어요." 그가 우물쭈물하며 말했다. 이것은 그가 걸핏하면 내놓는 변명이었다. 은행가인 로버트 허자드의 동생인 앰브로즈 허자드와 레즐리, 도널드슨 켄트는 모두 술잔을 들고 쾌활하게 외쳤다. "그랜드 투어를 위하여!"

루이스는 다시 목례를 하고 잠시 잊었던 술잔에 입술을 댔다. 사실 그는 아버지의 사촌인 도널드슨 켄트 씨만 보고 있었다. 켄트 씨는 과묵한 사람으로 야윈 매와 같은 인상을 풍겨서 은퇴한 혁명 영웅처럼 보였다. 하지만 날마다 아주 사소한 위험이나 책임에 대한 두려움 속에 사는 사람이었다.

이렇게 신중하고 용의주도한 사람에게 몇 년 전 도저히 받아들일 수 없는 뜻밖의 소식이 날아들었다. 그가 유일한 형제인 줄리어스 켄트의 딸을 돌봐야 한다는 요청이었다. 줄리어스 켄트는 이탈리아에서 세상을 떠났다. 그가 그곳에서 살기로 했다면 그거야 남이 상관할 바가 아니었다. 하지만 아내를 먼저 저세상으로 보내고 뉴욕에 사는 명망 있는 형 '도널드슨 켄트 귀하'에게 미성년 딸의 후견인 역할을 맡기는 유서를 남기다니! 켄트 씨가 자기 입으로도 말했고 그의 아내가 남편을 대신해 말했듯이 켄트 씨는 배은망덕한 줄리어스가 이 마지막 짐을 떠맡겨도 될 만한 어떤 말이나 행동도 하지 않았다. 오히려 줄리어스가 갚아야 할 빚이 여전히 남아있는 상황이었다.

그 아이는 켄트 씨 집으로 왔다. 열다섯 살이었고 그다지 예쁜 편은 아니었다. 왜소하고 마른 체구에 피부는 까무잡잡했다. 아이의 이름인 베아트리스는 부르기 좋은 이름은 아니었지만, 무례한 외국인들이 '트리시'라고 줄여서 부르는 바람에 더욱 괴상한 이름이 되어버렸다. 하지만 그녀는 무엇이든 열심히 했고 친절했으며 수더분했다. 켄트 부부의 친구들이 꼬집어 말했듯이 트리시의 평범한 외모 덕분에 달리 걱정할 일은 없었다. 켄트 부부에게는 빌과 도널드라는 아들이 있었다. 만일 이 빈털터리 사촌이 미모가 빼어났다면 여간 그 아들들의 눈길을 끄는 게 아니었을 것이다. 그러면 숙부와 숙모의 은혜를 못된 배은망덕으로 갚게 되었을 수도 있었다. 하지만 그녀의 외모가 이런 걱정을 잠재운 덕분에 켄트 부부는 딴생각 없이 온화하게 조카를 대할 수 있었다. 온화함은 그들의 타고난 본성이기도 했다. 그렇게 시간이 흐른 뒤 그녀는 서서히 자기 후견인들의 후견인이 되어갔다. 켄트 부부가 자신들이 두려워하지 않거나 의심하지 않는 모든 사람에게 속수무책으로 의존하는 것 또한 그들의 타고난 본성이었기 때문이다.

"그래, 이 아이는 월요일에 떠난다네." 레이시 씨가 루이스 쪽으로 짧게 고갯짓을 하며 말했다. 한 모금 마신 뒤 술잔을 내려놓은 루이스에게 빼지 말고 잔을 비우라고 재촉하는 의미의 고갯짓이었다. 루이스는 술이 목에 걸려서 넘어가지 않았지만, 고개를 젖히고 억지로 꿀꺽꿀꺽 들이켰다. 벌써 두 잔이나 그렇게 비워야 했다. 약한 술기운조차 그에게는 과한 편이어서 자칫하면 들뜬 수다를 늘어놓거나 의기소침하게 저녁을 보낸 뒤 다음 날 아침 두통에 시달릴 수도 있었다. 그날 루이스는 맑은 정신을 유지하고 싶었고 한결같은 마음으로 명료하게 트리시 켄트를 생각하고 싶었다.

물론 아직은 트리시와 결혼할 수 없었다. 루이스는 바로 그날 스물두 살이 되었지만, 여전히 아버지에게 전적으로 의존하고 있었다. 그리고 이번에 그녀를 두고 혼자 그랜드 투어를 가는 것이 아주 유감인 것만은 아니었다. 그는 어릴 때 돗자리 냄새가 나는 위층의 긴 복도에서 유럽 도시들의 판화에 처음 눈길이 끌렸던 순간부터 줄곧 이 여행을 꿈꾸고 갈망했다. 또 트리시에게 이탈리아에 관해 많은 이야기를 들은 후 갈망은 더욱더 깊어졌다. 어찌 보면 그는 단테처럼 자신의 베아트리스를 안내자 삼아 함께 이탈리아에 다녀온 셈이었다. (트리시는 표지 안쪽에 '베아트리스'라고 찍힌 아버지가 남긴 단테 책을 루이스에게 주었고 루이스는 낭만적인 밀라노 망명자 중 한 명으로부터 이탈리아어를 배운 여동생 메리 아델린에게 문법을 배웠다)

지금 트리시와 함께 이탈리아에 간다는 생각은 한낱 꿈이었지만, 나중에 그들은 부부가 되어 이탈리아에 다시 갈 것이었다. 아마 그때는 루이스가 트리시의 안내자가 되어 그녀가 태어난 곳의 경이로운 역사를 보여줄 것이다. 트리시는 독특하지만 사소한 가정사 말고는 아는 것이 별로 없었다.

루이스는 그러한 기대로 가슴이 부풀었기에 이별을 받아들일 수 있었다. 그는 은연중에 자신이 아직 덜 자란 것처럼 느꼈으며 여행에서 돌아올 때는 어엿한 남자가 되어 있으리라고 생각했다. 이튿날 그녀를 만나서 이런 얘기를 할 참이었다. 그는 인격을 기르고 (이미 상당하다고 여겨지는) 삶에 대한 지식도 완전한 틀을 갖추어 돌아올 터였다. 그러면 누구도 두 사람을 떼어놓지 못할 것이라고 생각했다. 루이스는 그랜드 투어를 마치고 돌아온 자신에게 아버지의 고함소리와 우렁찬 말소리가 얼마나 영향을 줄 수 있을까 생각하다가 미리부터 웃음이 나왔다.

신사들은 저마다 젊었을 때 유럽에서 겪은 일화를 소개하고 있었다. 레이시 씨를 비롯해 그들 중 누구도 루이스에게 예정된 여행만큼 폭넓게 여행하지는 않았다. 그래도 허자드 형제는 은행 업무로 잉글랜드에 두 번 다녀왔었다. 대담한 코모도어 레즐리는 일찍이 극동 지역에 다녀온 것은 말할 것도 없고 프랑스와 벨기에도 다녀왔다. 세 사람 모두 생생하게 즐거운 기억을 간직하고 있었지만, 자신들이 보고 온 것에 대해서는 살짝 반감을 내비쳤다. "아, 프랑스의 그 젊은 처자들 말일세." 코모도어는 흰 치아를 내보이며 빙그레 웃었다. 하지만 딱한 켄트 씨는 해외로 신혼여행을 갔다가 파리에서 일어난 혁명에 발이 묶였고 피렌체에서는 열병에 걸렸으며 빈에서는 스파이로 체포될 뻔했었다. 이토록 불운하고 처음이자 마지막인 모험에서 유일하게 만족스러운 사건은 켄트 씨가 빈의 호텔에서 수행원의 푸른색 외투를 입고 몰래 빠져나가려다 군중에게 웰링턴 공작(워털루 전투에서 나폴레옹 군을 격파한 영국군 장군 - 역자 주)으로 오해받은 일이었다. 그는 "흠, 사람들의 열광적인 반응이 무척 흐뭇하긴 하더군."이라고 털어놓았다.

"불쌍한 내 동생 줄리어스는 유럽에서 어떻게 살았는지 모르겠어! 하긴, 저 결과물을 보게." 그는 가여운 트리시의 평범한 외모가 동생의 도덕성에 끔찍한 오점이라도 남긴 양 말하곤 했다.

"루이스, 파리에서 네가 경계해야 할 게 한 가지 있다. 팔레 루아얄에 즐비한 도박장들 말이다." 켄트 씨가 힘주어 말했다. "난 그런 곳엔 발을 들인 적도 없단다. 밖에서 슬쩍 보는 것만으로 충분했지."

"나도 그곳에서 큰돈을 털린 사람을 알고 있다." 앰브로즈 허자드 씨가 확인해주듯 말했다. 그사이 열 잔째 마시고 있는 코모도어는 눈가가 촉촉해져서 웃으며 말했다. "매춘부들도 있겠지."

"빈에서도 그렇단다." 켄트 씨가 말했다.

"런던에서도 마찬가질세." 앰브로즈 허자드 씨가 거들었다. "젊은이는 도박꾼들을 조심해야 해. 온갖 종류의 속임수가 판을 치고 호객꾼들은 '풋내기'들을 호시탐탐 노린단다." 그는 표현이 과하다고 생각했는지 변명하듯 덧붙였다. "그 나라에 처음 온 여행객을 풋내기라고 싸잡아 말하지."

켄트 씨가 말했다. "파리에서 하마터면 결투에 휘말릴 뻔한 적도 있었네." 그는 공포와 안도의 한숨을 번갈아 내쉬며 자신의 평화로운 집이 있는 해협 쪽으로 눈길을 주었다.

"아, 결투라니." 코모도어가 웃었다. "남자라면 여기서도 결투는 할 수 있지. 난 젊었을 적에 뉴올리언스에서 결투를 열 번은 벌였네." 코모도어는 아버지를 여읜 뒤 남부 출신인 어머니와 함께 루이지애나의 외가에서 몇 년간 지냈었다. 그 덕분에 일찌감치 다양한 경험에 발을 들일 수 있었다. "여자들 때문이었지" 그는 레이시 씨에게 빈 잔을 내밀며 은근하게 미소 지었다.

"여자도 조심해라!" 켄트 씨가 경고하는 어조로 말했다.

신사들은 일어섰고 코모도어도 다른 사람들처럼 재빨리 비틀거리지 않고 일어섰다. 응접실 문이 열리자 주름 장식이 달린 부드러운 실크 드레스를 입고 푸앵 드 파리 스타일 레이스 모자를 쓴 레이시 부인이 나타났다. 그 뒤에는 풀 먹인 얇은 모슬린 드레스에 짧은 분홍색 재킷을 걸친 두 딸이 있었다. 레이시 씨는 집안 여인들을 자랑스럽게 바라보았다.

레이시 부인이 높낮이가 전혀 없는 목소리로 말했다. "여러분, 저녁 식사가 준비됐으니 레이시 씨와 저에게 호의를 베풀어 주신다면…"

"부인, 저희야말로 호의에 감사를 드려야죠. 이렇게 친절하게 초대해주시다니." 앰브로즈 허자드 씨가 말했다.

레이시 부인이 무릎을 살짝 구부리며 인사했고 신사들은 고개를 숙였다. 그러자 레이시 씨가 말했다. "앰브로즈, 내 부인에게 자네 팔을 빌려주게나. 이 간소한 송별회는 집안 행사인지라 다른 신사들도 내 두 딸로 만족해야 하네. 새라 앤, 메리 아델린."

코모도어와 로버트 허자드 씨는 격식을 갖추어 두 아가씨에게 다가갔고 사촌인 켄트 씨는 레이시 씨와 루이스 사이에 섰다.

그날 저녁 식탁은 특별했다. 그 식탁의 환영이 이따금 외국의 생소한 장소들에서 루이스 레이시의 눈앞에 아른거렸다. 집에 있을 때 루이스는 먹성이 좋거나 식성이 까다로운 편은 아니었다. 하지만 나중에는 밤 가루와 마늘, 괴상한 수염이 난 바다생물을 먹는 나라들에서 그 호화로운 식탁을 떠올리며 심한 배고픔의 고통을 견뎌야 했다. 식탁 한가운데는 레이시가家의 은제 장식대에 6월의 장미가 꽂혀있었고 그 둘레에 설탕 입힌 아몬드와 줄무늬 박하사탕이든 바구니들이 매달려 있었다. 이 특이한 장식들 주위에는 영국제 로스토프트 접시 위에 산딸기와 딸기, 처음 수확한 델라웨어 복숭아들이 수북이 담겨 있었다. 또 쿠키와 꽈배기 도넛, 딸기 쇼트케이크, 갓 구워낸 따끈따끈한 옥수수빵, 면포로 감싸 놓아서 여전히 촉촉한 진한 황금빛 버터 덩어리가 높이 쌓여 있었다. 그 바깥쪽으로는 레이시 씨 앞에 있는 훈연된 버지니아 햄과 레이시 부인의 주도 아래 조리된 스크램블 에그 토스트와 푸른색 생선구이가 담긴 두 접시가 눈길을 끌었다. 루이스는 아주 복잡한 패턴의 "곁들임 요리들", 그러니까 맵게 양념한 칠면조 다리, 잘게 다져 크림을 넣은 닭요리, 얇게 저민 오이와 토마토, 버터 색 크림이 든 묵직한 은주전자, 커스터드, 레몬 젤리 등 빈틈없이 식탁을 채운 요리들에 적응할 수 없었다. 어쨌든 그 음식들은 한꺼번에 나오거나 차례대로 나오는 식으로 그 식탁에 차려졌다. 너무 높이 쌓아서 휘청거리는 와플 더미와 그것과 짝을 이루는 가느다란 은주전자에 든 메이플 시럽도 빠지지 않았다. 하인 디나가 몇 번이고 다시 채워서 시럽은 절대 떨어지는 법이 없었다.

그들은 음식을 다 먹어치웠다. 여인들은 조금씩 베어 먹기만 했는데도 남은 음식은 없었다. 루이스의 접시에는 때때로 손도 대지 않은 음식들이 남아있었지만, 레이시 씨의 나무라는 눈초리와 메리 아델린의 간청하는 눈빛에 그는 마지못해 음식 더미에 힘없이 포크를 꽂았다.

그러는 동안 레이시 씨는 장황하게 이야기를 늘어놓았다.

"난 젊은이라면 독립하기 전에 세상을 봐야 한다고 생각하네. 자신의 취향을 알아내고 분별력을 키워야 해. 가장 뛰어난 유적들을 견학하고, 다른 나라들의 사회 구조와 이전 문명의 관습을 살펴봐야 해. 그런 문명의 멍에를 벗어버리는 것은 우리에게 영광이었지. 그래도 그 속에서 개탄하고 비난할 것들을 많이 볼 수 있을 거야. ("어쩌면 아가씨들도 좀." 코모도어 레즐리가 또 끼어들었지만, 레이시 씨는 관대하게 허용했다) 그로 인해 우리의 자유주의 제도 아래 태어나서 자라게 된 특권에 감사하게 될 거야. 루이스도 많은 것을 배울 수 있으리라고 믿네."

"하지만 일요일은." 켄트 씨는 과감하게 경고하듯 말을 꺼냈다. 레이시 부인은 아들 쪽을 보며 나직이 말했다. "제가 하고 싶었던 말이에요!"

레이시 씨는 말참견을 좋아하지 않았고 누군가 자기 말에 끼어들 때마다 눈에 띌 만큼 몸집이 더 커 보였다. 켄트 씨의 말참견과 레이시 부인의 중얼거림 뒤 그의 거구는 마치 산사태가 나기 직전처럼 잠시 고요히 있다가 두 사람을 덮쳤다.

"일요일? 일요일이라, 흠…, 일요일이 어쨌다는 거야? 선량한 성공회교도가 '대륙식 일요일'(영국이나 미국과 달리 유럽 대륙에서 예배나 휴식이 아닌 오락으로 보내는 일요일 - 역자 주)이라는 것을 두려워할 게 뭐가 있지? 나는 우리 모두가 독실한 신자라고 생각하는데, 응? 내가 알기로 오늘 밤 내 식탁엔 훌쩍이기 잘하는 감리교인이나 무신론적인 유니테리언(삼위일체론을 부정하고 신격의 단일성을 주장하는 기독교의 한 파 - 편집자 주)교인 따위는 없어. 난 내 집안 여자들이 혹시 길목에 있는 예배당에서 떠벌리는 침례교인의 말에 나 몰래 귀를 기울였는지 추궁하지도 않을 거야. 안 그랬다고? 당연히 그래야지! 그러면, 이봐, 쓸데없는 가톨릭 신자들을 두고 왈가불가했던 거야? 내가 그들의 이교도적 교리를 인정하는 것은 어림도 없지만, 젠장, 그들도 교회에 가지 않나? 우리처럼 실제로 예배가 있지? 진짜 성직자도 있고. 평신도처럼 차려입고 자신들의 저속한 언어로 (이 점에 있어서는 천벌을 받을 테지만) 전능자와 친숙하게 이야기하는 정체를 알 수 없는 자들은 그다지 많지 않잖아? 자네는 잘못짚었네." 그는 움츠러든 켄트 씨를 돌아보며 말했다. "이보게, 내가 다른 나라에서 걱정하는 건 교회가 아니라 지저분한 하수도야!"

레이시 부인은 얼굴이 더욱 창백해졌다. 루이스는 어머니가 하수도라는 말에 심하게 당황한 것을 눈치챘다. "밤바람도요." 레이시 부인은 기어들어 가는 목소리로 거들었다. 하지만 레이시 씨는 본론으로 돌아왔다. "어쨌든 젊은이가 여행을 한다면 재력이 허락하는 한 폭넓게 여행해야 한다고 생각하네. 세상을 되도록 많이 봐야 해. 그것이 내 아들에게 주어진 출정 명령이라네, 코모도어. 자, 성심껏 명령을 수행할 루이스를 위하여!"

하인 디나는 앙상한 뼈대만 덩그러니 남아있는 버지니아 햄 접시를 치우고 펀치(술에 우유, 물 등을 타서 레몬, 향신료로 맛을 낸 음료 – 편집자 주) 그릇을 위한 공간을 간신히 만들었다. 레이시 씨는 자기 앞에 있는 은쟁반 위에 놓인 유리잔들에 향기로운 독주를 한 국자씩 가득 부었다. 신사들은 건배하기 위해 일어섰고 여인들은 미소 지으며 눈물을 글썽였다. 루이스의 건강과 그랜드 투어의 성공을 위해 건배한 뒤 또 열변이 이어졌다. 레이시 부인은 그 틈을 타 딸들에게 서둘러 고갯짓을 하고는 풀 먹인 주름 장식의 부스럭 소리를 죽이며 방 밖으로 조용히 데리고 나갔다.

루이스는 레이시 부인이 문지방을 지나며 딸들에게 중얼거리는 소리를 들었다. “어쨌든 너희 아버지가 그런 식으로 말한 것을 보면 루이스의 기분을 맞추려고 무척 애쓴 거란다.”

*

전날 아버지의 강요로 술을 마시기는 했지만, 루이스 레이시는 다음날 새벽 날이 밝기 전에 일어났다.

소리 없이 덧문의 빗장을 연 루이스는 관목들이 흐릿하게 보이는 젖은 잔디밭을 내려다보았다. 별이 쏟아질 듯한 하늘 아래로 해협의 수면이 어렴풋이 보였다. 그는 머리가 아프기는 했지만, 가슴이 벅차올랐다. 루이스 앞에 놓인 미래는 그보다 더 심한 두통도 낫게 할 만큼 감격스러웠다.

그는 재빨리 옷을 갖춰 입고 신발은 챙겨 들었다. 그러고는 키 큰 마호가니 침대에서 꽃무늬 누비이불을 벗겨낸 뒤 단단히 말아서 겨드랑이 아래 끼웠다. 알쏭달쏭한 물건을 챙긴 루이스는 신발을 손에 들고 위층의 어둠을 가르며 미끄러운 오크 계단을 더듬어 내려갔다. 그러다가 칠흑같이 어두운 아래층 복도에서 촛불의 불빛을 보고 소스라치게 놀랐다. 그는 숨을 죽이고 층계 난간 너머로 몸을 내밀어 살펴보다가 메리 아델린이 나오는 것을 보고 눈이 휘둥그레졌다. 망토를 걸치고 보닛(턱 밑에서 끈으로 묶는 여성용 모자 – 역자 주)을 쓴 메리 아델린은 식료품 저장실로 이어지는 복도에서 역시 신발을 신지 않은 채 걸어 나왔다. 그녀도 양손에 짐을 들고 있었다. 한 손에는 신발과 촛불이 들려 있었고 반대쪽 팔에서는 덮개 달린 커다란 바구니가 그녀의 맨살을 짓누르고 있었다.

멈춰선 남매는 어슴푸레한 빛 속에서 서로를 바라보았다. 루이스가 동생에게 가기 위해 아래층으로 살금살금 발걸음을 옮겼을 때 비스듬히 위쪽을 향한 촛불의 불빛이 메리 아델린의 온화한 이목구비를 일그러뜨려서 겁에 질려 이를 악문 것처럼 보이게 했다.

그녀가 소곤거리며 말했다. “도대체 여기서 무엇을 하고 있어? 난 어머니가 저장실로 가시기 전에 길목에 사는 불쌍한 포 부인에게 가져갈 만한 것을 이것저것 챙기고 있었어. 그 젊은 부인이 무척 아프거든. 아무에게도 말 안 할 거지?”

루이스는 자신도 공범이라는 눈짓을 하며 현관의 걸쇠를 조심스럽게 밀어서 열었다. 그들은 집 안으로 소리가 들리지 않도록 아무 말도 하지 않았다. 둘은 문 앞의 계단에 걸터앉아 신발을 신었다. 그러고 나서 유령이 나올 것 같은 관목 숲을 지나 길목으로 난 출입구에 도달할 때까지 침묵을 유지한 채 서둘러 걸었다.

“그런데 오빠는?” 메리 아델린은 돌연 오빠의 겨드랑이 밑에 끼워진 누비이불을 놀란 눈으로 쳐다보며 물었다.

“아, 나는…, 잠깐만, 아델린.” 루이스는 말을 멈추고 주머니를 뒤적이기 시작했다. “가진 게 많지 않아서…, 아버지가 나를 계속 붙잡아두잖아…, 그래도 여기 일 달러가 있다. 불쌍한 포 부인에게 이거라도 도움이 된다면 정말 기쁠 거야. 영광으로 생각할게.”

“아, 오빠, 정말 멋지고 너그러운 사람이야! 이 돈으로 몇 가지 더 살 수 있겠네. 그들은 내가 조금이나마 가져다주지 않으면 고기는 구경도 못 해. 포 부인이 폐병으로 죽어가는 건 아닌지 겁이 나. 포 부인과 그녀의 어머니는 아주 성미가 불같고 자존심이 강하잖아."

그녀는 고마움의 눈물을 흘렸고 루이스는 안도의 한숨을 쉬었다. 그는 이불에 쏠렸던 동생의 관심을 다른 곳으로 돌렸다.

"어, 바람이 부네." 루이스가 갑자기 쌀쌀해진 공기를 들이마시며 중얼거렸다.

"그러네. 난 가봐야 해. 해뜨기 전에 돌아와야 하거든." 메리 아델린이 걱정스럽게 말했다. "그런데 절대 어머니가 아시면 안 돼."

"네가 포 부인에게 가는 걸 어머니는 모르시니?"

아이 같은 짓궂은 표정 때문에 메리 아델린의 설익은 얼굴 윤곽이 더 뚜렷해졌다. "물론 어머니도 알고 계시지만, 모르는 척하기로 우리끼리 그렇게 정했어. 알다시피 포 부인은 무신론자라서 아버지가…"

"알겠어." 루이스는 고개를 끄덕였다. "자, 여기서 헤어지자. 나는 수영하러 갈 거야." 그는 막힘없이 이야기했다. 그런데 갑자기 돌아서서 여동생의 팔을 잡았다. "동생아, 부탁인데, 포 부인에게 내가 이틀 전 밤에 뉴욕에서 그분 남편이 시 낭송하는 걸 들었다고 전해줘."

메리 아델린은 놀라서 속으로 걱정했다. '아, 오빠, 정말? 아버지는 그를 신성모독자라고 하시는데…'

"그리고 그가 훌륭한 시인이라는 것도. 대단한 시인이라고. 이 말 꼭 전해줘. 부탁 들어줄 거지, 메리 아델린?"

"오빠, 난 그럴 수 없어. 우리는 포 부인의 남편 이야기는 한 적이 없거든." 놀란 여동생은 머뭇거리다가 급히 가버렸다.

몇 시간 전에 코모도어의 범선이 지나간 작은 만灣에 조금 큰 보트가 잔물결에 흔들리고 있었다. 루이스는 소형 보트를 타고 그 배 쪽으로 노 저어 갔다. 그러고는 소형 보트를 정박지에 묶은 뒤 급히 큰 보트에 올라탔다. 그는 주머니 구석구석에서 밧줄, 끈, 카펫용 바늘 등 낯설고 어울리지 않는 도구들을 꺼내놓았다. 그리고 노 하나를 다른 노 위에 포개어 십자가 형태로 단단히 묶은 뒤 한쪽 끝을 앞쪽 좌석과 뱃머리 사이에 수직으로 밀어 넣었다. 이렇게 돛대를 만든 그는 꽃무늬 이불 끝단에 밧줄을 묶어서 돛대에 달았다. 그러고는 배의 뒤쪽에 앉아서 한 손으로 방향타를 잡고 다른 손으로는 돛의 방향을 조정하기 위해 즉석에서 매단 줄을 잡았다.

새벽의 미풍이 연인의 항해를 도와주고 있을 때 수평선 위 푸르스름한 하늘에서 은빛으로 빛나는 샛별이 바다에서 찬란히 빛났다.

해협에서 4, 5킬로미터 아래쪽에 반대편 만灣의 완만하게 비탈진 자갈밭에서 루이스 레이시는 괴상해 보이는 돛을 내린 뒤 보트를 뭍으로 밀어 올렸다. 자갈밭 가장자리에서 버드나무 숲이 묘하게 흔들리다 갈라진 뒤 트리시 켄트가 그의 품에 안겼다.

동쪽에서 해가 낮은 구름 띠 위로 밀고 올라와 구름 위에 금가루를 흩뿌리고 있었다. 밝은 빛이 위쪽으로 퍼지자 샛별은 빛을 잃었다. 하지만 버드나무숲 아래는 여전히 어두컴컴했고 연푸른 어스름 속에 밤의 은밀한 속삭임이 포착되었다.

"트리시, 트리시!" 루이스는 그녀 옆에 무릎을 꿇더니 얼마 후 이렇게 물었다. "나의 천사, 우리가 여기 있는 걸 정말 아무도 모르는 거지?"

트리시가 살짝 웃는 바람에 우스꽝스럽게 생긴 코가 더 못나 보였다. 그녀가 루이스의 어깨에 머리를 기대자 동그란 이마와 거칠게 땋은 머리가 그의 뺨에 바싹 닿았다. 루이스에게 손을 내맡긴 트리시는 행복에 젖어 가쁜 숨을 쉬었다.

루이스는 툴툴거렸다. "저렇게 말도 안 되는 이불을 매달고 여기 오면 안 되는 거였어. 이제 곧 날도 훤해질 거야! 어제 성년이 된 내가 오리 연못에 띄우는 장난감 같은 보트를 타고 당신에게 오다니! 이게 얼마나 창피한 일인지 당신은 모를 거야."

"그게 무슨 상관이에요? 이제 당신은 성인이고 자신의 주인인데요?"

"정말 내가? 아버지도 말씀은 그렇게 하시지만, 오로지 내가 아버지의 뜻대로 행동할 때만 그렇게 인정하셔! 당신도 알게 되겠지만, 내게 만 달러의 신탁예금이 있어. 무려 만 달러라고! 런던 은행에 내 이름으로 예치돼 있지. 하지만 여기서는 완전히 무일푼이야. 왜 그래, 트리시? 무슨 일 있어?"

트리시가 두 팔로 그의 목을 끌어안았다. 부드러운 입맞춤 속에서 그녀의 눈물이 루이스의 입술에 닿았다. "왜 그래, 트리시…" 루이스는 애원하듯 물었다.

"나는…, 당신이 런던 이야기를 할 때까지 이게 우리가 함께하는 마지막 날이라는 걸 잊고 있었어요. 모질고, 매정해요!" 트리시는 그를 원망했다. 버드나무 숲에 감도는 푸르스름한 여명 아래 루이스를 쳐다보는 그녀의 두 눈은 성난 별처럼 활활 타올랐다. 루이스가 아는 다른 누구도 트리시처럼 원초적인 분노를 표현하지는 못했을 것이다.

“정말 성미가 급하기도 하지!” 그는 숨이 넘어갈 듯 깔깔거리며 웃었다. “그래, 이게 우리의 마지막 날이야. 하지만 곧 다시 만나잖아. 우리 나이에 2년은 그렇게 긴 시간이 아니야, 안 그래? 그리고 내가 당신에게 돌아올 땐 내 자신의 주인으로 독립적이고 자유로운 몸이 되어 돌아올 거야. 그래서 온 세상을 향해 당당하게 당신을 요구할 거야! 그때를 생각해줘, 트리시. 나를 위해 용기를 내. 용기와 인내심을 가져. 나도 그럴 테니까!” 그는 단호하게 말했다.

“하지만 당신은…, 당신은 다른 여자들을 수없이 만나겠죠. 그렇게 부도덕하고 오래된 나라들에는 예쁜 여자들이 무척 많다는데. 켄트 삼촌이 말씀하시길 유럽의 나라들은 하나같이 부도덕하대요. 내가 태어난 이탈리아조차…”

“그러는 당신은 어떻고, 트리시. 사촌인 빌과 도널드를 매일 볼 거잖아. 날마다 하루 종일 같이 있을 거면서. 게다가 당신은 그 덩치 큰 빌이라면 좋아서 어쩔 줄 모르던걸. 아, 내 키가 조금만 더 컸어도 마음 편하게 떠날 텐데, 이 변덕쟁이 아가씨!” 루이스는 농담으로 트리시의 기분을 풀어주려 애썼다.

“변덕쟁이? 내가 변덕쟁이라고요? 루이스!”

루이스는 눈물이 날 것 같아 더 용기를 낼 수 없었다. 이론적으로는 눈물 흘리는 미인을 품에 안는 것이 매우 짜릿한 일이겠지만, 실제로는 지독히 두려운 일이라는 것을 알게 되었다. 그는 목구멍을 조이는 듯한 경련이 느껴졌다.

“아니, 농담이었어. 당신은 더할 나위 없이 견고하고 매우 지조 있는 사람이야. 우리 둘 다 그러려고 노력할 거야, 소중한 사람!”

“그래요, 소중한 사람.” 그녀는 마음을 가라앉히고 숨을 길게 내

쉬었다.

"트리시, 내게 편지 자주 쓸 거지? 아주 긴 편지를? 내가 어디에 있든 그것만 기다릴 거야. 잊지 말고 편지마다 번호를 매겨줘. 그래야 하나라도 받지 못한 게 있는지 내가 금방 알 테니까."

"그러면 루이스, 여기에 그 편지들을 품고 다닐 거예요?" 트리시는 루이스의 가슴을 툭 건드리며 말했다. "그렇다고 전부 다 넣고 다니면 안 돼요." 그녀는 웃으며 덧붙였다. "그것들이 아주 큰 꾸러미가 될 테니까, 곧 당신은 어릿광대처럼 앞쪽에 혹을 하나 매달게 될 거에요. 그래도 마지막에 받은 편지만은 늘 품고 다니겠다고 약속해줘요!"

"항상 그러겠다고 약속해. 당신이 다정한 말을 써준다면 말이야." 그는 여전히 애써 쾌활함을 가장하며 대답했다.

"아, 루이스, 그럴 거예요. 당신도 그러기만 한다면요. 오랜 뒤에도…"

해가 떠오르자 샛별은 점점 희미해지다가 사라져버렸다.

*

루이스는 트리시와의 작별 인사가 아니라 아버지와의 마지막 면담 시간이 가장 중요한 순간임을 잊지 않고 있었다.

그 순간에 그의 먼 미래뿐만 아니라 가까운 미래까지 모든 것이 달려있었다. 루이스는 이른 햇살을 받으며 집으로 몰래 들어갔다.

이슬에 젖은 풀밭 위에서 아버지의 방 창문을 불안하게 올려다보았다. 별들이 돌보았는지 아직 굳게 닫혀있었다.

레이시 부인이 말했듯이 레이시 씨가 집안 여인들 앞에서 "그런 식으로 말한 것"은 그가 해학이 넘쳐흘렀고 마음이 누그러진 편안한 상태였음을 보여준 것이라는 데 의심의 여지가 없었다. 레이시 씨가 가족에게 그런 모습을 거의 보이지 않았기에 엉뚱하게도 루이스는 자기와 두 여동생이 그토록 겁이 많은 것은 누구의 피를 물려받아서 그런 것인지 이따금 궁금했다.

때때로 루이스는 집안 재산이 대부분 어머니의 것이며 자신이 어머니를 마음대로 조종할 수 있다고 상상하기를 즐겼다. 물론 그런다고 달라질 것은 없었다. 레이시 씨는 결혼식 다음 날 아내의 재산 관리를 조용히 넘겨받았다. 그는 아내에게 주는 아주 '적정한' 용돈에서 그녀가 이용한 우푯값을 비롯한 소액의 개인 경비와 일요일마다 헌금 접시에 놓는 일 달러까지 공제했다. 그는 아내에게 주는 용돈을 '의류용 용돈'이라고 불렀다. 그가 종종 일깨우듯이 모든 공과금은 자신이 지불하므로 레이시 부인은 원하기만 하면 분기별로 받는 쥐꼬리만 한 수입을 주름과 깃털 장식에 모두 쏟아부을 수 있었기 때문이었다.

"그리고 내 소망을 존중한다면 그래야 할 거요, 여보." 그는 늘 이렇게 덧붙였다. "나는 당신이 잘 치장한 멋진 모습을 보고 싶소. 내 집에 식사하러 온 친구들이 레이시 부인은 위층에 앓아누웠고 내가 시골에서 가난한 친척을 데려다 당신 자리에 앉혔다고 오해하게 놔두고 싶진 않아." 남편의 말에 우쭐함과 두려움을 동시에 느낀 레이시 부인은 자신과 딸들의 치장을 위해 마지막 한 푼까지 써버렸다. 그래서 무엇이든 필요한 것을 사려면 일 페니라도 짜내기 위해 침실의 땔감과 하인들의 식비까지 아껴야 했다.

레이시 씨는 오래전부터 자신이 주는 용돈이 남아돌 정도는 아니더라도 적당한 편이고 사실 "후한" 편이라고 아내가 믿도록 납득시켰다. 레이시 부인은 이 문제를 친척들에게 이야기할 때 남편이 친절하게 자신의 재산 관리를 도맡아주었다며 감사의 눈물을 찔끔거렸다. 레이시 씨가 아내의 재산을 수완 좋게 잘 관리했기에 아내의 실리적인 형제들은 (자신들의 손에서 책임을 벗은 데 기뻐하고 누이에게 맡겼더라면 무분별한 자선에 돈을 물 쓰듯 써버렸을 것이라고 확신하며) 그녀가 레이시 씨의 허락을 얻고 돈을 쓰는 데 동의하는 편이었다. 하지만 레이시 부인의 노모는 이따금 속절없이 말했다. "내 딸 루시 앤이 남편의 허락이 없으면 그 애 앞에 차려진 귀리죽 한 방울도 마음대로 먹지 못한다고 생각하니…" 하지만 이마저도 소곤거림에 지나지 않았다. 자기 등 뒤에서 하는 말을 귀신같이 알아듣는 레이시 씨가 노쇠한 부인에게 느닷없이 보복이라도 할까 봐 두려워서였다. 그는 장모를 언급할 때마다 온화하고 떨리는 목소리로 "친애하는 장모님"이라고 지칭하며, "간단하지만 더 진실하게 '친애하는 어머니'라고 부르도록 허락하신다면 모를까"라고 넌지시 말했다.

이제까지 레이시 씨는 집안의 여인들과 똑같은 기준으로 루이스에게 용돈을 주었다. 루이스에게 멋진 옷을 입혔고 비싼 교육을 받게 했으며 침이 마르도록 그를 칭찬했다. 그리고 그의 용돈을 동전 한 푼까지 꼼꼼히 따졌다. 하지만 한 가지 차이점이 있었고 루이스는 누구보다 그것을 잘 알고 있었다.

레이시 씨가 삶에서 품고 있는 꿈, 야망, 열정은 그의 아들도 알고 있듯이 가문을 일으키는 것이었다. 그리고 그와 함께 가문을 일으킬 자식은 루이스뿐이었다. 레이시 씨는 장자상속제, 세습 재산, 지정된 토지 상속 등 '토지 소유'와 관련된 모든 잉글랜드식 전통을 신봉했다. 레이시 씨만큼 자신이 누리고 있는 민주주의제도를 크게 칭송하는 사람은 없었다. 하지만 그것이 개인적으로 더 중요한 제도인 가족제도만큼 영향력이 크다고는 결코 생각하지 않았다. 그의 모든 관심과 신념은 오로지 가족에게 쏠렸다. 그로 인해 레이시 씨의 광활한 가슴에 깃든 온 열정은 루이스가 얼핏 생각한 대로 주눅 들고 부족하기만 한 루이스에게 집중되었다. 루이스는 바로 자신의 혈육이었고 그의 가장 소중한 것을 대변했다. 이러한 이유로 레이시 씨는 아들을 지나치게 과대평가했다. 하지만 루이스가 생각하는 아버지의 사랑과는 꽤 거리가 멀었다.

레이시 씨는 아들의 문학에 대한 취미를 특히 자랑스러워했다. 레이시 씨도 책을 전혀 읽지 않는 사람은 아니었으며, 자신이 "교양 있는 신사"라고 부르는 이들을 높이 평가했다. 그리고 아들이 그런 신사가 되리라고 굳게 믿고 있었다. 만일 이렇게 문학에 취미가 있는 루이스가 아주 남성적인 체격을 지녔고 당시 신사들 사이에서 인기 있던 몇 가지 스포츠에 두루 관심을 두었더라면 레이시 씨가 완벽하게 만족스러워했을지 의문이다. 이렇게 기대에 어긋나기만 하는 세상에서 과연 누가 완벽하게 만족할 수 있을까?

한편, 레이시 씨는 루이스가 아직 젊어서 많은 가능성이 열려 있는 데다 건강도 뚜렷이 나아지고 있어서 2년 동안의 여행과 모험을 겪고 나면 신체적으로나 정신적으로 제법 다른 모습이 되어 돌아올 것이라고 자부하고 있었다. 레이시 씨도 젊었을 때 여행을 했으며 그런 경험이 인격 형성에 중요하다고 믿게 되었다. 그는 내심 독립심과 모험심으로 풍부한 경험을 쌓은 루이스가 구릿빛으로 탄 얼굴로 더 듬직해져서 돌아왔으면 했다. 또 고향의 작물을 오염시킬 걱정이 없는 외국의 초원에서 아들이 분별력 있게 젊은 시절의 방탕함을 경험하고 오길 바랐다.

루이스는 아버지의 이러한 생각을 꿰뚫고 있었다. 아버지가 마음먹은 대로 아들을 결혼시키고 가문을 세우기 위한 준비과정으로 2년간의 여행을 계획했으리라는 생각도 했다. 하지만 그 과정에서 루이스의 의견은 전혀 제 목소리를 내지 못했다.

'아버지가 이 모든 혜택을 주시는 건 아버지의 목적을 위해서야.' 루이스는 가족과 아침 식사를 하기 위해 내려가면서 생각을 정리했다. 레이시 씨는 그 어느 때보다 차림새가 화려했다. 티끌 하나 없는 흰 바지에 염소 가죽 부츠를 신었고 폭넓은 새하얀 장식용 옷깃 아래 얇은 캐시미어 코트와 담갈색 피케 조끼를 겹쳐 입고 있었다. 그 덕분에 그는 아침 공기처럼 산뜻해 보였고 그 앞에 놓인 복숭아와 크림만큼 식욕을 돋우었다.

맞은편에 앉은 레이시 부인도 티 없이 말끔했지만, 얼굴이 평소보다 더 창백했다. 외아들과 곧 헤어져야 하는 어머니의 처지여서 그랬을 것이다. 두 사람 사이에는 유달리 혈색이 좋은 새라 앤이 앉아 있었다. 누가 봐도 그녀는 여동생의 빈자리를 가리느라 정신이 없었다. 루이스는 가족들에게 인사하고 어머니의 오른쪽에 앉았다. 레이시 씨는 노끈을 꼰 문양이 새겨진 회중시계를 꺼내어 무거운 금줄에서 떼어낸 뒤 옆에 있는 테이블에 올려놓았다.

"메리 아델린이 또 늦는구나. 하나뿐인 오라비가 2년 동안 집을 떠나기 전에 함께 하는 마지막 식사인데 여동생이 늦는 건 흔치 않은 일이야."

"저…, 여보!" 레이시 부인이 머뭇거렸다.

"나는 그 태도가 특이하다고 말하는 거요. 아마 나는 특이한 딸을 두어서 복 받을 거요." 레이시 씨가 비꼬는 투로 말했다.

"메리 아델린이 편두통이 심해진 거 같아요, 아버지. 일어나려고 했지만 그럴 수 없었어요." 새라 앤이 허둥지둥 설명했다.

레이시 씨가 대답 대신 비꼬는 듯 눈썹을 치켜올리자 루이스는 급하게 끼어들었다. "아버지, 죄송하지만 제 탓인 거 같아요."

레이시 부인의 얼굴에서 핏기가 사라졌고 새라 앤의 얼굴은 새빨개졌다. 그리고 레이시 씨는 못 믿겠다는 듯 딱딱하게 그 말을 되풀이했다. "네 탓이라고?"

"어젯밤에 저 때문에 너무 떠들썩한 파티가 벌어져서요."

"하하하!" 레이시 씨는 웃음을 터뜨렸지만, 천둥 같은 웃음소리는 바로 멈추었다. 그는 의자를 뒤로 밀고 빙그레 웃으며 아들에게 고갯짓을 했다. 두 사람은 (여전히 상류층 가정에서 흔히 볼 수 있듯이) 숙녀들에게 찻잔을 씻게 맡기고 레이시 씨의 서재로 갔다.

레이시 씨가 그 서재에서 회계 장부를 쓰고 가족을 불쾌하게 하는 방법들을 연구한 것 말고 또 무엇을 했는지 루이스는 결코 알지 못했다. 그곳은 휑하고 두려움을 주는 작은 방이었다. 루이스는 이제껏 그 문턱을 넘은 적이 한 번도 없었기에 가슴이 그 어느 때보다 더 낮게 내려앉는 것을 느꼈다. '이제 시작이겠지!' 그는 생각했다.

레이시 씨는 하나뿐인 안락의자에 앉아 이야기를 시작했다.

"얘야, 우리에게 남은 시간은 얼마 없지만, 내가 긴히 할 이야기가 있다. 몇 시간 뒤면 너는 원대한 여정에 오를 거다. 모든 젊은이들의 인생에서 중요한 일이지. 네가 이 기회를 이용해 재능과 기질을 향상시킨다면 아주 의미 있는 일이 될 거다. 네가 이 여행에서 어엿한 남자가 되어 돌아오길 기대한다."

이제까지 레이시 씨가 한 말들은 말하자면 모두 명령이었다. 루이스는 듣지 않고도 그 내용을 읊을 수 있었다. 하지만 묵묵히 동의하며 고개를 숙였다.

레이시 씨는 같은 말을 되풀이했다. "지역 사회에서 중요한 역할을 할 준비가 된 떳떳한 남자 말이다. 난 네가 뉴욕에서 저명인사가 되길 바란다. 또 네가 그렇게 될 수 있는 수단을 마련해줄 거야." 레이시 씨는 헛기침하며 목을 가다듬었다. "수단만으로 다 되는 것은 아니지만, 그것들이 필수적이라는 사실은 절대 잊으면 안 된다. 우리처럼 지위 있는 남자들에게는 대개 교육, 품위, 세상 경험 같은 것들이 부족하단다. 그들이 문학에 대해 무엇을 알겠니? 우리 또한 아직 무언가 만들어낼 시간은 없는 셈이었지. 할 말 있니?" 레이시 씨는 끽소리도 하기 힘든 분위기에서 예의상 말을 멈추었다.

"제가요? 아니요." 루이스는 우물거리며 대답했다.

"아, 난 또 네가 어떤 불경스러운 삼류 작가들을 언급하려는 줄 알았지. 그들은 시적인 헛소리 덕분에 싸구려 선술집에서 악명이 높더구나."

루이스는 아버지의 떠보는 듯한 말에 얼굴이 빨개졌지만, 잠자코 있었다. 레이시 씨는 말을 이었다. "우리 시대의 조지 고든 바이런, 월터 스콧, 윌리엄 셰익스피어는 다 어디에 있니? 회화에서도 마찬가지다. 우리 시대의 거장들은 다 어디에 있지? 우리에게 당대의 인재가 없는 것은 아니지만, 천재적인 작품들을 내놓으려면 여전히 과거를 돌아봐야 해. 대다수의 경우는 복제품으로 만족해야 하지. 하지만 나는 안다, 아들아. 네가 뭘 원하는지 알고 있어. 예술에 대한 네 사랑은 아직 밖으로 드러나지 않았어. 난 그걸 북돋아 주기 위해 할 수 있는 모든 걸 다 하고 싶다. 신사로서 부를 소유한 남자로서 의무와 책임을 다해야 하는 세상에서 네 앞날의 지위는 네가 직접 탁월한 화가나 유명한 조각가가 되게 놔두지 않을 거야. 하지만 난 네가 외국에서 여행하는 동안만큼은 애호가로서 이런 예술을 취미로 즐기는 데 반대하지 않을 거다. 그런 경험이 네 취향을 찾아주고 분별력을 키워줄 거야. 또 바라건대 나를 위해 복제품이 아닌 걸작을 몇 점 고르는 데 필요한 안목을 갖게 해줄 거다." 레이시 씨는 더욱 힘주어 말했다. "복제품들은 안목이 부족하거나 재물복을 타고나지 못한 사람들이나 즐기는 거란다. 그래, 내 아들아. 나는 갤러리를 만들고 싶다. 우리 가보들을 전시할 갤러리 말이다. 네 어머니도 이 야심 찬 계획에 동참하고 있다. 이탈리아 거장들의 원작 몇 점이 우리 집 벽에 걸리는 것을 보고 싶어 하지. 라파엘은 꿈도 못 꾸겠지만, 도메니키노, 알바노, 카를로 돌체, 구에르치노, 카를로 마라타 같은 이탈리아 거장들의 작품 한 점씩하고 살바토르 로사의 뛰어난 풍경화도 한두 점은 가능할 거다. 내 생각을 알겠니? 레이시 갤러리가 생기는 거야. 그리고 그 토대를 만드는 게 네 임무다." 레이시 씨는 잠시 말을 멈추고 이마에 줄줄 흐르는 땀을 닦았다. "내 아들이 이보다 더 좋아할 만한 일은 없을 것 같구나."

"아! 아버지. 정말 이보다 더 좋은 일은 없을 거예요." 루이스는 잠시 달아올랐다가 창백해진 얼굴로 눈물을 글썽였다. 사실 그는 아버지의 이런 계획을 전혀 눈치채지 못했기에 아주 뜻밖의 영광스러운 임무에 가슴이 부풀어 올랐다. 무엇도 그를 이보다 더 우쭐하고 행복하게 하지 못했을 것이다. 한동안 그는 트리시와 그녀에 대한 사랑 그 밖의 모든 것을 잊었다. 하지만 아주 오랫동안 꿈꿔온 것처럼 걸작들 사이를 거니는 황홀감은 잊지 않았다. 한낱 가난한 구경꾼으로서가 아니라 자신에게 주어진 특권을 이용해 값이 조금 덜 나가는 걸작들 가운데 몇 점을 골라 가져올 수 있는 사람으로서의 황홀감이었다. 그는 방금 일어난 일이 쉽게 받아들여지지 않았고 아버지의 갑작스러운 발표가 안겨준 충격에 휩싸여 평소처럼 말문이 막혔다.

레이시 씨는 우렁찬 목소리로 연달아 계획을 이야기했고 언제나처럼 젠체하는 신중함을 보이며 설명을 이어갔다. 루이스의 자금이 예치된 런던 은행의 조합원 중 한 명이 마침 유명한 수집가였는데 루이스가 가장 정통한 사람의 도움을 받아 작품을 구입할 수 있도록 여러 감정가에게 프랑스어와 이탈리아어로 루이스의 소개장을 써주기로 했다는 설명이었다.

레이시 씨는 이제 이야기를 끝맺으려 했다. “내가 그토록 많은 돈을 네 앞으로 예치한 건 너를 최고의 수집가들과 등등한 위치에 세우기 위해서다. 만 달러면 네가 2년 동안 아주 호화롭게 여행할 수 있으리라고 생각한다. 그리고 난 네 계좌에 오천 달러를 더 예치할 생각이야.” 그는 잠시 말을 멈추고 자신이 한 말을 천천히 받아들일 시간을 아들에게 주었다. “미술품을 구입할 오천 달러는 결국 네 것이 될 거다. 잊지 말거라. 레이시 가문이 살아있는 한 네 아들의 아들에게 대대로 전해질 것이라고 믿는다." 레이시 씨의 어조는 자신의 가문이 이집트 왕조보다 결코 짧다고 할 수 없는 긴 세월에 걸쳐 대대로 이어지리라고 암시하는 것 같았다.

루이스는 아버지의 말을 들으며 현기증이 났다. 오천 달러라니! 그 금액은 달러로도 엄청난 금액이었고 유럽 대륙의 통화로 환산하면 셀 수 없을 정도로 어마어마한 금액이었다. 루이스는 아버지가 왜 라파엘의 작품에 대한 희망을 지레 접었는지 의아하게 생각했다. '내가 알뜰하게 여행하고 불필요한 사치품을 자제하면 라파엘의 작품 한 점을 가지고 돌아와서 아버지를 놀라게 할 수 있을지도 몰라. 그리고 어머니는 얼마나 너그럽고 훌륭하신지! 어머니가 때때로 왜 그렇게 하찮고 구차해 보이는 것까지 절약하며 지내셨는지 이제야 알겠어.'

루이스는 눈에 눈물이 고였지만, 여전히 말이 없었다. 속으로는 아버지에게 감사와 존경을 표현하고 싶은 마음이 전에 없이 간절했다. 그는 서재로 들어갈 때만 해도 "적절한 가문 세우기"를 위해 곧 있을 발표와 더불어 (아버지가 마음에 둔 허자드가家의 아가씨가 누구인지도 알 것 같았다) 절약을 주제로 한 작별의 설교를 들을 각오가 되어 있었다. 하지만 그는 정작 귀족처럼 엄청난 용돈을 쓰고 갤러리를 이룰 걸작과 함께 집으로 돌아오라는 말을 들었다. '적어도 코레지오의 작품 하나 정도는 포함 시켜야지.' 그는 생각했다.

"자, 아들아!" 레이시 씨가 우렁차게 불렀다.

"아버지!" 루이스는 흐느끼며 아버지의 광활한 조끼에 매달렸다.

이렇게 기쁨이 켜켜이 쌓이는 가운데 루이스는 트리시에 관한 은밀한 계획을 헤칠 말이나 행동은 하지 않은 것에 속으로 안도했다.

마치 그의 아버지가 언급하지 않은 그들의 약혼을 암묵적으로 받아들인 것처럼 느껴질 정도였다. 그래서 루이스는 그때 그 자리에서 사실을 고백하지 않은 데 어느 정도 죄책감을 느꼈다. 하지만 신들은 긴장을 풀고 있을 때조차 위협적인 법이다. 어쩌면 그런 순간보다 더 위협적일 때는 없었다.

*

루이스 레이시는 알프스산맥에 있는 몽블랑산의 우뚝 솟은 바위 위에 서서 웅장한 절경을 내려다보았다.

8월의 화창한 날이었지만, 그 높이에서는 바람이 벌써 살을 에는 듯해서 안감에 털을 댄 코트를 입어야 했다. 여행을 도와주는 하인들은 그의 뒤에서 몇 발짝 떨어져 있다가 그가 손짓하자 코트를 대령했다. 구불구불한 산길 아래쪽에는 여행 내내 그를 태우고 다닌 가볍고 우아한 마차가 서 있었다.

그가 만灣으로 향하는 정기선 갑판에서 뉴욕에 작별을 고한 지 갓 1년이 지났을 때였다. 자신감에 차서 몽블랑을 마주하고 있는 루이스에게 우유부단하고 물러빠진 존재였던 예전의 루이스 레이시의 모습은 전혀 남아있지 않은 듯했다. 다만 아버지에 대한 두려움은 여전히 남아있었고 일시적으로 멈추었을 뿐이었다. 하지만 그마저도 거리와 시간에 의해 옅어져서 수평선 아래로 푹 꺼져 지구 반대편에 정박해 있었다. 그 두려움은 유럽 대륙의 어느 회계 사무소 책상 너머로 아버지가 곱게 접고 풀로 봉해서 보낸 편지를 건네 받을 때만 되살아났다. 레이시 씨는 편지를 자주 쓰지 않았고 그나마 쓴 편지들은 단조롭고 지나치게 딱딱했다. 그는 종이에 쓰는 것을 불편하게 여겼고 그의 타고난 풍자는 몇 시간의 노동을 쏟아부어도 수렁에서 헤어나지 못하고 허우적거렸다. 그러므로 아들이 감지하는 두려움은 특정한 글자들의 꺾임과 '귀하'라는 단어를 큼직하게 쓴 아주 무시무시한 필체 속에 도사리고 있을 뿐이었다.

그렇다고 루이스가 1년 전의 모든 기억과 결별한 것은 아니었다. 대부분 그의 마음속에 여전히 남아있었고 더 정확히 말하면 새로운 사람이 된 자신에게로 옮겨온 셈이었다. 예컨대 트리시 켄트에 대한 애정도 마찬가지였다. 놀랍게도 그는 곱게 꾸민 잉글랜드 아가씨들과 눈이 치켜 올라간 동양 미녀들이 달려들었을 때도 완강하게 뿌리칠 수 있었다. 이따금 그는 둥근 이마와 미간이 넓은 눈, 광대뼈가 튀어나온 트리시의 무뚝뚝하고 음울한 얼굴이 어느 전설적인 마을의 거리나 나른하고 아름다운 경관 속에서 난데없이 자신에게 뛰어오는 모습을 발견하고 놀라기도 했다. 때때로 그가 이국적인 정원에서 고향 집의 베란다 아래 핀 버베나의 향기를 맡고 꼼짝하지 못했던 때와 똑같은 느낌이었다. 그가 여행하는 동안 트리시의 평범함에 대한 가족들의 견해는 옅어진 게 아니라 오히려 더 짙어졌다. 트리시는 이제까지 그가 본 어떤 여성적인 아름다움의 패턴에도 들어맞지 않았다. 그런데도 루이스의 새로운 심장과 마음에 트리시가 예전보다 더 깊이 자리 잡았다. 하지만 그녀의 입맞춤에 대한 기억은 덜 생생했고 특유의 거친 목소리도 거의 들리지 않는 듯했다. 그는 노력하면 그녀의 환영을 단호하게 쫓아버릴 수 있다고 다소 신경질적으로 중얼거릴 때도 있었다. 그녀는 마치 사진 속 이미지처럼 보이지 않지만 지울 수도 없는 상태로 그의 내부에 살아 있었다. 그렇게 자주 눈에 보이지 않았기에 그만큼 지워버릴 수도 없었다.

새사람이 된 루이스에게는 그 모든 일이 예전에 생각했던 것보다 덜 중요했다. 그가 급격히 성숙해지는 바람에 트리시는 전에 그가 생각했던 안내자 베아트리스가 아니라 응석받이 어린애로 보였다. 그는 원숙한 미소를 지으며 이탈리아에 도착하자마자 그녀에게 이제까지 꽤 많이 밀린 장문의 편지를 써야겠다고 다짐했다.

그의 여행은 먼저 잉글랜드에서 시작되었다. 루이스는 그곳에서 몇 주간 머물면서 여행을 위한 편지와 추천서를 모았고 여행용 마차와 수많은 부속품을 구입했다. 그 마차를 타고 스코틀랜드 남부의 애버츠퍼드에서 잉글랜드 워릭셔에 있는 케닐워스까지 대성당이 있는 도시와 유명한 성들을 하나도 빠뜨리지 않고 구석구석 돌아다녔다. 그런 모습은 교양 있는 사람들의 관심을 끌 만했다. 잉글랜드에서 프랑스의 칼레로 건너간 그는 지중해가 있는 남쪽으로 천천히 이동했다. 그곳에서 그리스 피레아스로 가는 배를 타고 가다가 순수한 연애 감정에 빠져들었고 지아우르(바이런의 서사시에 등장하는 베네치아의 장수 이름, 터키의 하산에게 아내를 잃고 복수하는 인물 – 역자 주)가 되는 경험도 했다.

루이스 레이시가 새사람이 된 계기는 동양에 있었다. 동양은 아주 불결하고도 화려했으며 아주 치명적이면서도 시적이었고 부정행위와 로맨스, 벼룩과 나이팅게일이 넘쳐나는 곳이었다. 찬란한 아름다움과 더러움 모두 학구적인 젊은이가 꿈꾸었던 모습과 아주 달랐다. 스미르나(터키 이즈미르의 옛 이름 – 역자 주)와 저잣거리들을 지나 다마스쿠스와 팔미라, 아크로폴리스와 미틸레네, 수니움을 돌아본 뒤 그의 마음속에 커낼가街와 해협 위 잔디밭에 관한 기억 가운데 과연 무엇이 남아있었겠는가? 처음에 유일한 연결고리로 보였던 모기조차 아주 달랐다. 그가 모기들과 사투를 벌인 환경이 너무나 달랐기 때문이다. 그는 아라비아식 복장을 한 채 사막을 건넜고 염소 털로 지은 텐트에서 잠을 잤으며 펠로폰네소스에서 강도들의 습격도 받았다. 레바논 발벡에서는 자신의 수행원과 곳곳의 세관 관리들에게 귀중품을 빼앗기기도 했다. 그러므로 루이스는 뉴욕의 뒷골목과 허드슨강 주위를 거니는 무서운 녀석들이 우스워 보일 수밖에 없었다. 그의 작은 형체가 새로 태어나듯 표면 위로 불쑥 솟아올랐을 때 보호받는 단조로운 생활에 둘러싸였던 예전의 루이스 레이시는 알코올에 보존된 신생아처럼 보였다. 레이시 씨의 우레 같은 목소리조차 이제는 구름 한 점 없는 여름밤에 내리치는 마른번개의 아득한 속삭임에 지나지 않았다. 레이시 씨가 정말 루이스를 두렵게 한 적이 있기는 한 것일까? 이런, 이제 루이스는 몽블랑산조차 두렵지 않았다.

루이스가 깎아지른 듯한 바위산을 대등한 느낌으로 느긋하게 바라보고 있을 때 다른 여행객의 마차가 그의 마차 옆에 섰다. 그 마차에서 급하게 뛰어내린 청년은 망토를 든 하인을 대동하고 비탈길을 오르기 시작했다. 루이스는 한눈에 그 마차를 알아보았다. 그 청년이 가볍게 뛰어내리는 모습, 푸른 코트와 높이 솟은 장식용 옷깃, 풍부한 표정을 만드는 잘생긴 입술을 살짝 왜곡시키는 흉터도 바로 알아보았다. 그는 전날 밤 시종과 안내인을 거느리고 짐짝 같은 책들, 지도와 그림 도구들을 끌고 몽땅베르 여관에 도착한 잉글랜드인이었다. 그 모습은 루이스의 일행마저 무색하게 할 정도로 대단해 보였다.

처음에 루이스는 새로 온 사람에게 별로 끌리지 않았다. 그 잉글랜드인은 다른 여행자들을 보지 못한 것처럼 식당에서 홀로 떨어져 앉아 있었다. 사실 루이스는 대화가 하고 싶어 죽을 지경이었다. 그의 머릿속에 빽빽이 차 있는 놀라운 경험들은 밤마다 일기장에 조금이나마 써 내려가는 것 말고는 발산할 곳이 없었다. 그래서 그런 경험을 자꾸 이야기함으로써 신선한 현실감을 더해주지 않으면 금세 다른 사람들의 여행 경험 속으로 녹아들어 가물가물해질 것 같았다. 코트 색과 어울리는 짙푸른 눈, 흉터가 있는 뺨, 다양한 표정을 짓는 입술을 지닌 그 이방인은 루이스에게 썩 괜찮은 대화 상대로 보였다. 그런데 잉글랜드 청년은 다르게 생각하는 것 같았고 딴데 정신이 팔린 듯한 침울한 모습이었다. 루이스는 그 모습이 마치 은밀한 용무를 수행하기 위해 자신을 은폐하는 신처럼 보인다고 상상했다. 그날 밤 루이스는 잘 자라고 인사하는 그 청년의 무뚝뚝함이 자기보다 못하다는 생각에 우쭐하기도 했었다. 하지만 오늘은 모든 게 달랐다. 그 이방인은 붙임성 있게 다가서며 조각상 같은 머리에서 모자를 들어 인사하고는 미소 띤 얼굴로 물었다. “혹시 새털구름의 모양에 관심이 있으십니까?”

그의 목소리는 미소만큼 상냥해서 한눈에 빠져들게 했고 그런 이상한 질문이 적절하기만 한 게 아니라 심지어 자연스러워 보이기까지 했다. 루이스는 놀라기는 했지만, 당황스럽지는 않았다. 드물게 자신의 무지함을 알게 되어 그저 얼굴이 붉어졌을 뿐이었다. 그는 솔직하게 대답했다. "그럴 것 같습니다. 저는 모든 것에 관심이 있어요."

"훌륭한 대답이군요." 상대는 이렇게 말하며 손을 내밀었다.

"하지만 이 말도 해야겠군요." 루이스는 용기를 내어 솔직하게 말을 이었다. "저는 아직 특별히 새털구름의 모양에 빠져본 적은 없습니다."

그 청년은 루이스를 바라보며 유쾌하게 말했다. "그렇다고 해서 당신이 지금 그것을 시작하지 말라는 법은 없죠." 루이스도 유쾌하게 동의했다. 그 사람은 더욱 진지하게 대화를 이어갔다. "사물에 관심이 생기려면 먼저 그것들을 봐야 하니까요. 게다가 당신은 제대로 볼 줄 아는 눈을 가진 특별한 사람인 것 같군요." 루이스는 얼굴을 붉히며 수긍했다. 그 청년은 계속 이야기했다. "당신은 다마스쿠스 쪽으로 향하는 무리 속에 있었죠."

"그쪽으로 향하기만 한 게 아니라 다마스쿠스까지 갔었습니다." 세세한 여행 경험을 털어놓을 데가 없어 답답했던 루이스는 큰 소리로 말했다. 그러고는 상대가 특정 지명을 언급한 것이 말이 그렇다는 것이지 꼭 그곳을 의미한 것이 아님을 깨닫고는 얼굴이 더 새빨개졌다. 잉글랜드 청년은 얼굴이 밝아졌다. "당신은 실제로 다마스쿠스에 갔었군요? 그것은 꽤 다른 방식이긴 하지만, 구름이나 이끼의 모양만큼 흥미롭겠어요." 그는 산 쪽을 가리키며 계속 이야기했다. "지금은 제가 이 섬세한 바위 봉우리들을 아주 엉터리로 그리는 데 전념해야 합니다. 다소 단조롭고 힘든 일이어서 장엄한 광경을 마주하고 있는 당신의 흥미를 끌지는 못할 겁니다. 하지만 혹시 제 생각대로 우리가 같은 여관에 묵고 있다면 오늘 저녁에 잠시 시간을 내서 제게 여행 이야기를 좀 해주십시오." 그는 매력적으로 웃으며 덧붙여 말했다. "아버지께서 제게 그림 붓과 함께 확실히 믿을 수 있는 마데이라 와인을 몇 병 싸주셨거든요. 제게 저녁 식사를 함께할 수 있는 호의를 베풀어 주신다면…"

그는 하인에게 그림 도구들을 풀어놓고 바위에 자신의 망토를 펼치라고 손짓한 뒤 어느새 자기 일에 빠져들었다. 그 사이 루이스는 마차가 있는 곳으로 내려왔다.

마데이라 와인은 잉글랜드 청년의 말대로 과연 믿을 만했다. 저녁 식사 내내 금빛 광채가 드리워진 것은 그 와인이 특별히 훌륭했기 때문이었을지도 모른다. 그게 아니라면 눈이 푸른 잉글랜드인과의 대화가 남달랐기 때문이었을 것이다. 늘 술에 약한 편인 루이스 레이시에게 그와 함께 마신 와인 한 방울 한 방울은 꿀처럼 달게 느껴졌다.

루이스는 잉글랜드 청년과 마주했을 때 드디어 대화할 수 있게 되었다는 남모르는 기대가 있었다. 하지만 저녁 시간이 지나고 그들의 대화가 오밤중까지 이어졌을 때 자신이 주로 듣기만 했다는 사실을 깨달았다. 거기에 방해받았다거나 할 말을 다 하지 못했다는 유감스러운 감정은 없었다. 그는 하고 싶었던 말을 다 쏟아냈다. 다만 루이스가 사소한 이야기를 꺼낼 때마다 상대의 상상력에서 곧바로 더 많은 이야기가 흘러나와서 자신의 이야기는 급류로 던져진 둔탁한 조약돌처럼 쏜살같이 떠내려갔다. 루이스가 무슨 말을 하건 그 친구는 새로운 시각으로 보았고 새로운 생각을 보여주었다. 각 경험의 아주 흔한 특징들은 저마다 예기치 않은 불빛 아래 다각형의 수정처럼 빛났다. 잉글랜드 청년의 마음은 루이스보다 훨씬 더 풍부하게 채워진 연상과 외연의 세계에서 움직였다. 하지만 그의 열정적인 수다와 태도의 솔직함은 곧바로 루이스의 마음을 열었다. 시간이 쏜살같이 지나가게 한 것도 그 시간을 마법으로 물들인 것도 확실히 마데이라 와인은 아니었다. 하지만 그 마법 덕분에 마데이라 와인은 다른 어떤 와인도 루이스에게 줄 수 없는 맛을 느끼게 해주었다. (루이스는 훗날에야 그것이 호평받는 탁월한 와인임을 알게 되었다)

"우리는 이탈리아에서 꼭 다시 만나야 합니다. 그곳엔 제가 당신에게 보여줄 수 있는 게 많을 거예요." 잉글랜드 청년은 숙소의 계단에서 영원한 우정을 맹세하며 힘주어 말했다.

*

예배당 크기에 지나지 않는 작은 베네치아 교회에서 루이스 레이시는 눈이 번쩍 떠졌다. 그곳은 안내 책자에 소개조차 되지 않은 칙칙해 보이는 작은 교회였다. 몽블랑 산그늘에서 우연히 잉글랜드 청년을 만나지 못했더라면 루이스는 이 장소를 알 길이 없었을 것이다. 루이스는 자신이 이야기를 듣지 못해서 못 보고 지나친 것들은 또 무엇이 있을지 궁금했다.

루이스는 프레스코화를 바라보며 한참 동안 서 있었다. 이제야 하는 말이지만 처음에는 그림 속 인물들의 자세가 뻣뻣해 보이고 그들이 입은 드레스의 정교함이 유치해서 제대로 집중하지 못했다. 그 드레스는 조슈아 레이놀즈 경이 〈예술 담론〉에서 위대한 화가들에게 존경을 표해야 할 점이라고 가르쳤던 의복의 고상한 표현기법과 너무 달랐다. 또 순진하고 무표정한 젊은 얼굴들이 집중을 방해했다. 그림 속 인물들은 흰 수염이 난 사람들조차 젊어 보였다. 그러다가 그 가운데 특히 한 얼굴이 문득 그의 눈에 들어왔다. 둥근 뺨, 튀어나온 광대뼈, 진주를 엮은 수술이 달린 머리 장식 아래 미간이 넓은 두 눈, 그것은 트리시의 얼굴이었다. 트리시 켄트의 실물 그대로였다. "평범함"과 거리가 먼 그 젊은 여인은 비할 데 없는 공주 같았고 그녀를 중심으로 이야기가 전개되었다. 그녀는 정말 동화 같은 나라에 살고 있었다. 나긋나긋한 젊은이들과 둥근 얼굴의 뿌루퉁한 아가씨들, 낙관적인 노인들, 윤이 나는 흑인들, 어여쁜 새와 고양이들, 풀을 갉아 먹는 토끼들로 가득 찬 곳이었다. 한데 어우러진 그들은 모두 황금빛 난간과 분홍색과 파란색 돌기둥, 상아색 발코니 아래로 늘어진 월계수 장식, 바다 가까이 있는 돔과 뾰족탑으로 둘러싸여 있었다. 루이스의 상상력은 그 장면에서 넋을 잃었다. 그는 이탈리아에 와서 화가들이 그린 의복의 고상한 주름, 숭고한 정서, 어두침침한 배경을 감탄하면서 다른 보고 싶었던 아쉬움을 다 잊었다. 사소페라토, 귀도 레니, 카를로 돌체, 로 스파뇰레토, 카라치 형제를 잊었고 심지어 세상에서 가장 위대한 걸작이 될 줄 알고 있었던 라파엘의 걸작 〈그리스도의 변용〉도 잊었다.

그 뒤 루이스는 그밖에 이탈리아 예술이 보여줄 수 있는 거의 모든 것을 보았다. 피렌체와 나폴리, 로마에도 갔었다. 또 이탈리아의 절충화파Eclectic School를 공부하기 위해 볼로냐에 갔었고 코레지

오와 줄리아 로마노의 그림을 살펴보러 파르마에도 갔었다. 루이스가 처음에 보았던 그 그림은 그의 입에 마법의 씨앗을 넣어 주었다. 그 씨앗은 새의 노랫소리와 풀밭의 속삭임이 들리게 해주었다. 잉글랜드인 친구가 옆에서 계속 짚어주고 설명하고 영감을 주지는 않더라도 루이스 레이시는 성녀 우르술라의 둥근 얼굴이 모든 경쟁작들을 제치고 안전하며 자신감 있게 자신을 이끌었을 것이라고 자신했다. 그 그림은 그의 기준이자 주인공이 되었다. 성녀의 호기심 어린 소녀 같은 눈을 들여다보고 비단옷의 정교한 패턴을 발견한 뒤에는 빨강과 파랑 물감으로 뒤덮인 수줍어하는 모든 성모 마리아들이 어찌나 무미건조하게 보였는지! 이제 그는 베아트리체 첸치(귀도 레니의 그림 속 인물. 부친을 살해한 것으로 유명한 이탈리아 여성. 여러 소설이나 시의 소재로 쓰임 – 역자 주)의 초상화와 벌거벗은 뚱뚱한 막달라 마리아가 읽지도 않는 책 위에 나른하게 누워 옛날처럼 구경꾼들에게 추파를 던지는 카를로 돌체의 그림마저 포기했던 날을 아주 뚜렷이 기억할 수 있었다. 흥! 루이스는 성녀 우르술라만 아니었다면 막달라 마리아의 그림을 손에 넣었을 수도 있었다.

루이스는 새로운 예술 세계에 눈을 떴고 이 세계를 다른 사람들에게 알려야 한다는 사명감이 생겼다. 보잘것없고 무지한 루이스 레이시는 "신의 은총이 아니었다면", 그리고 몽블랑에서의 우연한 만남이 아니었다면 곤경에 처했을 수도 있었다. 그는 자신과 함께 신형 쾌속 증기선을 타고 집으로 돌아갔을지 모르는 나폴리의 거지 소년 군단, 역청 도료로 그린 수도승들, 마음을 어지럽히는 예언자들, 슬픈 표정의 성모 마리아들, 분홍 엉덩이를 내놓은 아이 모습의 큐피드 상을 생각하며 몸서리를 쳤다.

그의 흥분은 복음을 전하는 사도의 황홀감 같은 것이었다. 몇 시간 뒤면 그는 트리시를 품에 안고 덕망 있는 부모와 재회할 뿐만 아니라 살바토르 로사와 로 스파뇰레토 같은 화가들에게 눈이 멀어 무지함에 빠진 부모 앞에 나아가 새로운 복음을 전파할 예정이었다.

루이스에게 가장 먼저 떠오른 생각은 해협 위쪽에 서 있는 저택의 왜소함과 레이시 씨의 거대함이었다.

그는 정반대의 인상을 기대했었다. 그의 기억 속에서 화려하게 꾸며진 토스카나식 빌라는 상상 속 옛집의 모습과 비교했을 때조차 어떤 장엄함을 간직하고 있었다. 아마도 외풍이 들어오고 바닥에 카펫이 깔리지 않았던 곳에 비싼 카펫이 깔리고 하이포인트의 밝은 불빛이 비치는 곳이 되었기에 바로 그 차이가 현재 집에 대한 그의 기억을 과장시켰을 것이다. 그 집의 삐걱거리는 나무판자에 대한 생각이 확실히 그런 효과를 더하기도 했다. 반면 레이시 씨의 이미지는 그동안 점점 작아졌다. 루이스가 돌아볼 때 아버지에 대한 모든 기억이 편협하고 미숙하고 거의 유치할 지경이었다. 예를 들면 루이스가 여전히 진정한 시인으로 여기는 에드거 포에 대한 엄포 같은 것이다. 물론 그 후에 더 풍부한 성량으로 호통치는 소리를 듣기는 했다. 또 집안 여인들에게는 신경질적이고 폭압적이었으며 책과 인물, 사상 등 지금 루이스의 마음을 채우고 있는 대부분의 관심을 인지하지도 못하고 전적으로 무지했다. 무엇보다 예술적 판단에 대한 오만과 무능함을 빼놓을 수 없었다. 독서 범위도 편협해서 그 이상의 지식은 대개 저녁 식사 뒤 나이트 작가가 쓴 〈최고의 작가와 함께하는 30분 독서〉 같은 책을 한 권 집어 들고는 졸면서 간신히 내용만 꿰었을 것이라고 루이스는 생각했다. 레이시 씨는 책으로 지식을 쌓는 척하지는 않았다. 그가 늘 당당하게 말했듯이 그런 일은 "학자들에게" 남겨두었다. 하지만 예술 문제에서는 독단적이고 노골적이었으며 저명한 관계자의 말과 시장가격을 인용함으로써 자신의 의견을 정당화할 준비가 되어 있었다. 아들과 작별할 때의 대화에서 알 수 있듯이 어느 거장의 그림이 레이시 수집품에 포함되는 특권을 누려야 하는지 훤히 알고 있었다.

루이스는 이런 생각을 하며 초조함도 느끼지 않았다. 미국은 유럽에서 멀리 떨어져 있었고 그가 여행한 뒤로 긴 시간이 흘렀다. 레이시 씨가 자신이 감탄했던 그림들이 더는 썩 훌륭한 작품이 아님을 알지 못한다고 해서 비난받을 수 없었고 그 이유를 모른다고 해서 비난받을 까닭은 더더욱 없었다. 루이스가 마음속으로 경외감을 표했던 그림들은 사실상 아버지가 젊었을 때 예술가 지망생이나 비평가들에게조차 발견되지 않았던 작품들이었다. 자만심으로 가득 차서 "공인된 걸작"을 보여 달라고 수행원에게 많은 돈을 지불한 미국 신사가 사소페라토나 카를로 돌체의 그림 앞에서 넋을 잃고 서 있을 때마다 알려지지 않은 보물 중 하나가 가까이에서 먼지와 거미줄을 뒤집어쓴 채 숨겨져 있었다고 어떻게 상상이나 할 수 있었을까?

루이스의 마음속에는 오직 관용과 이해심만 자리 잡았다. 그러한 관점은 아버지의 이미지를 확대하지 않았다. 루이스는 통풍으로 거동을 못 하게 된 레이시 씨가 다리를 소파 쪽으로 뻗은 채 앉아 있는 서재로 들어갔을 때 관용을 베풀어야 하는 또 다른 이유만 눈에 보였다.

어쩌면 소파 위로 크게 굽이치는 아버지의 거대한 체구와 산등성이처럼 뻗은 절름거리는 다리가 갑자기 방을 가득 메운 느낌을 주었을 것이라고 나중에 루이스는 생각했다. 또는 문지방 너머로 짜증스럽게 울려서 레이시 부인과 딸들을 황급히 흩어지게 한 아버지의 험악한 목소리 때문이었을지도 모른다. "자, 숙녀 여러분! 반가운 포옹과 입맞춤이 끝났다면 내게도 아들과 함께 있을 수 있는 시간을 준다면 고맙겠소." 하지만 어머니와 누이들이 버팀테hoop로 한껏 부풀린 치마의 주름 장식을 펄럭이며 나간 뒤 이상하게도 서재는 훨씬 더 좁아 보였다. 루이스는 자신이 돌멩이 없이 싸우는 다윗처럼 느껴졌다.

"아들아. 네가 집으로 돌아왔구나. 틀림없이 많은 모험 이야깃거리와 내게 보여줄 걸작들과 함께 말이다. 내 자금에서 발행된 어음을 보고 짐작은 하고 있다." 레이시 씨가 벌게진 얼굴로 숨을 헐떡이며 말했다.

"물론 걸작들을 가지고 왔어요, 아버지." 루이스는 목소리가 왜 그렇게 가늘게 나오는지 원망하며 억지웃음을 지었다. 그 웃음은 의식적으로 근육을 움직여 만든 노력의 결과였다.

"좋아, 좋아." 레이시 씨는 붕대가 조여서 피가 통하지 않는 것처럼 보이는 자줏빛 손을 흔들며 흡족해했다. "리디가 내 지시대로 했겠지? 그림들을 네 짐들과 함께 커낼가街에 보관하도록 처리했느냐 말이다."

"네, 아버지. 리디 아저씨는 지시대로 정확히 부두에 나와 있었어요. 그가 항상 아버지의 지시를 제대로 처리하는 것을 아시잖아요." 루이스는 약간 반어적인 말투로 조심스럽게 말했다. 레이시 씨는 빤히 쳐다보며 말했다. "리디는 내 지시를 따르기야 하지. 네가 그걸 말하는 거라면 말이다. 그렇지 않고서야 내가 30년 넘게 고용했을 리가 없지."

루이스는 조용히 있었고 레이시 씨는 그런 아들을 찬찬히 뜯어보았다. "몸집이 더 커진 듯하구나. 건강은 더할 나위 없겠지? 흠, 로버트 허자드 씨와 그의 딸들이 오늘 저녁에 여기서 식사를 할 거다. 그들은 분명 최신 프랑스 스타일 옷깃과 조끼를 보고 싶어 할 거야. 맬비나의 자태가 아주 우아해졌다고 네 누이들이 말하더구나." 레이시 씨가 싱긋 웃는 모습을 보고 루이스는 생각했다. '내 상대가 허자드 씨의 장녀일 줄 알고 있었어.' 그의 등에 오싹한 한기가 흘러내렸다.

레이시 씨는 한층 더 쾌활하게 말했다. "그림들은 말이다. 네가 보다시피 난 이 지긋지긋한 고통으로 몹시 허약해졌다. 의사들이 나를 다시 일으켜 세울 때까지는 여기 이렇게 누워서 네 보물들이 새 갤러리에서 어떻게 보일지 애써 상상해야겠구나. 그건 그렇고, 아들아. 말하지 않아도 알겠지만, 내가 그림들을 확인하고 제대로 벽에 걸기 전엔 누구에게도 보여줘선 안 된다. 리디가 곧바로 그것들의 포장을 풀기 시작할 거야. 다음 달에 우리가 시내로 거처를 옮긴 뒤 별일 없다면 네 어머니가 이제까지 뉴욕에 없던 성대한 이브닝 파티를 열 거다. 우리 아들의 수집품을 보여주고 아마도…, 아들의 삶에서 일어날 또 다른 경사를 기념하기 위해서지."

루이스는 아버지의 말에 내키지 않지만 공손한 탄성을 질렀다. 흐릿해진 눈앞에 트리시 켄트의 애처로운 얼굴이 어른거렸다.

'내일 트리시를 만나야겠어.' 그는 아버지의 눈앞에서 벗어나자마자 자신감을 되찾으며 생각했다.

*

레이시 씨는 포장을 벗긴 그림들이 정리되고 있는 커낼가街의 집에서 방을 한 바퀴 돌고는 오랫동안 말없이 서 있었다. 그는 딸들이 소심하게 간절한 눈빛을 보이고 레이시 부인이 조용하지만 뚜렷하게 동행의 의지를 보였는데도 단호히 물리치고 루이스만 데리고 시내로 왔다. 통풍은 나았지만, 여전히 쇠약하고 신경질적이었다. "남편을 거스르는 것"을 생각만 해도 가슴이 두근거리는 레이시 부인은 그가 얼굴을 찌푸리자마자 딸들과 조용히 물러갔다.

절룩거리며 걷는 아버지의 뒤를 따르는 루이스는 기대로 가슴이 부풀었다. 그림들은 빛을 받도록 의자와 탁자 위에 어설프고 삐딱하게 세워져 있었지만, 빈집의 어스름 속에서 새롭고 감동적인 아름다움을 뽐냈다. 그것은 더할 나위 없이 옳은 선택이었고 그의 아버지는 반드시 그 그림들을 소유해야 했다.

레이시 씨는 방 한가운데 멈춰 서서 여전히 말이 없었다. 성마르게 찌푸리고 노려보는 무표정에 가까운 차분한 얼굴은 루이스가 내적 당혹감을 감추는 가면으로 알고 있는 그 모습이었다. '당연히 시간이 좀 걸릴 거야.' 루이스는 젊은이다운 열정으로 안절부절못하며 생각했다.

마침내 레이시 씨는 헛기침하며 침묵을 깼다. 하지만 표정과 마찬가지로 말소리에도 감정이 드러나지 않았다. "걸작들의 최고 복제품이라는 것들이 원작들과 조금도 비슷하지 않다니 이상하구나. 이것들이 원작이라서 그렇다고?" 그는 느닷없이 루이스 쪽으로 돌아서며 물었다. "물론이에요, 아버지. 게다가…" 루이스는 한마디 더 덧붙이려 했지만, 급히 말을 멈추었다. '아직 수고스럽게 그 작품들을 베낀 사람은 아무도 없을 거예요.'

"게다가?"

"그게, 저는 제가 구할 수 있는 가장 전문적인 조언을 구했어요."

"그러니까 이것이 내가 구매를 승인한 내용에 명시된 조건과 맞는다는 거지?"

루이스는 자신은 점점 움츠러드는 반면, 아버지는 더욱 팽창하는 것처럼 느껴졌다. 하지만 벽을 따라 시선을 옮기자 거기 걸린 아름다운 그림들이 환한 빛으로 그의 기분을 되살렸다.

레이시 씨의 눈썹이 음산하게 솟아올랐다. 하지만 그의 표정은 여전히 고요했고 모호했다. 그는 다시 루이스를 천천히 살펴보았다.

그는 쾌활한 목소리로 말했다. "그럼 라파엘 작품 먼저 보자꾸나." 하지만 누가 봐도 그는 어느 쪽으로 발걸음을 옮겨야 할지 알지 못했다.

"아버지, 요즘 라파엘 작품은 제 예산을 훨씬 초과할 거라고 말씀드렸잖아요."

레이시 씨는 살짝 실망하는 기색이었다. "어쨌거나 나는 조악한 작품이라도 가져왔으면 했다." 그러고는 애써 말했다. "그러면 사소페라토의 그림을 보자꾸나."

루이스는 이제 조금 안심했고 공손한 미소도 지을 수 있었다.

"사소페라토의 작품은 모두 시시하지 않아요? 사실, 그는 이제 예전 같은 명성은…"

레이시 씨는 꼼짝 않고 서서 가장 가까이 있는 그림을 얼빠진 듯 노려보았다.

"사소페라토가, 더는 뭐가 어떻다고?"

"저…, 아버지. 이런 수준의 컬렉션에는 이제 더는 어울리지 않아요."

루이스는 비로소 목소리가 제대로 나오는 것을 깨달았다. 레이시 씨는 무언가 크고 불편한 덩어리가 목구멍에서 꿈틀대는 것 같았다. 그러더니 마치 사소페라토라는 단어를 뱉어버리기라도 하듯 기침을 해댔다.

잠시 침묵이 흐른 뒤 그는 섬세하게 뒤얽힌 매발톱꽃을 배경으로 넓은 이마에 보석이 박힌 두건을 쓴 들창코의 젊은 여인을 표현한 작은 그림을 지팡이로 가리키며 물었다. "저것이 네가 고른 카를로 돌체의 그림이니? 내가 보기엔 화풍이 거의 같구나. 그의 독특한 정취가 부족해 보이긴 하다만."

"아, 그건 카를로 돌체의 그림이 아니에요. 피에로 델라 프란체스카의 그림이에요, 아버지." 루이스는 전율하며 득의양양하게 대답했다.

레이시 씨는 정색하고 아들을 쳐다보았다. "그럼 이게 복제품이란 말이니? 내 그럴 줄 알았지!"

"아, 아니에요. 복제품이 아니에요. 훨씬 더 위대한 화가의 작품이에요."

레이시 씨는 실수를 깨닫고 얼굴이 새빨개졌다. 천성적인 짜증을 감추기 위해 훨씬 더 부드럽게 태도를 가장하며 말했다. "그렇다면 나는 이류 작가들의 작품을 먼저 보고 싶구나. 카를로 돌체의 그림은 어디에 있니?"

"카를로 돌체의 작품은 없어요." 루이스는 입술까지 새하얘져서 대답했다.

루이스가 뚜렷하게 기억하는 다음 장면은 길이를 알 수 없는 시간이 흐른 뒤 아버지가 하얀 안락의자에 맥없이 주저앉은 모습이었다. 그는 거의 자기만큼 하얗고 불안정한 안락의자 앞에 서 있었다.

레이시 씨는 말을 더듬었다. "이게 내 통풍을 도지게 할 거다."

루이스는 간청했다. "아버지, 집으로 조용히 돌아가서 나중에 제가 사정을 설명할 기회를 주세요." 하지만 레이시 씨는 지팡이를 격렬하게 휘두르며 그의 애원을 물리쳤다. "나중에 설명하겠다고? 네 사정을 나중에 설명하겠다고? 내가 지금 당장 이곳에서 듣고 싶은 게 바로 그거다!" 레이시 씨는 실제로 육체적 고통을 겪고 있는 것처럼 쉰 목소리로 덧붙였다. "듣자 하니, 젊은 존 허자드는 지난주에 로마에서 라파엘의 작품을 가지고 돌아왔더구나!"

그 뒤 루이스는 자신의 생각을 정리하고 그 그림들이 왜 뛰어난 작품인지 항변하고 이전 걸작들을 권좌에서 몰아내고 그 자리에 이 새로운 이름들을 세워야 한다고 말하고 있는 것을 (마치 구경꾼처럼 싸늘하고 무심하게) 깨달았다. 무엇보다 문제는 레이시 씨의 목에 걸려 입 밖으로 나오지 않는 이름들이었다. 로 스파뇰레토, 줄리오 로마노 같은 이름을 외워서 정확히 발음하기 위해 평생을 바친 레이시 씨에게 그건 정말 심각한 문제였다. 그의 노기등등한 눈에는 친구들에게 부정확하게 이름을 말하지 않으려면 새로운 종류의 입 운동이라도 시작해야 하는 것 아니냐는 분노가 담겨있는 것 같았다. "이것은 조토 다 본도네의 작품이라네."

하지만 그것은 첫 번째 충격일 뿐 이내 몰려든 더 큰 시련에 바로 묻혔다. 아마 개중에는 '조토 다 본도네'라는 발음을 쉽게 익혀서 그 이름을 알아들은 친구에게 발음의 권위자로 인정받는다면 그 이름 말하기를 즐기는 사람도 있을지 모른다. 하지만 애써 말한 이름을 상대가 멍한 눈으로 받아들이고 짓궂게 "다시 한번 말씀해주시겠어요?"라고 요청할 수도 있다. 갤러리(레이시 갤러리!)를 한 바퀴 돌면서 각 그림 앞에서 똑같이 멍한 시선과 똑같이 짓궂은 요청이 반복될 수도 있다. 레이시 씨는 이 고통이 너무 커서 자신의 상황을 말 그대로 아말렉의 왕 아각(성서에서 간신히 목숨을 부지했다가 결국 처형되는 인물 – 역자 주)에 비유했을지도 모른다. "세상에, 카패처라니! 이 작자의 이름이 카패처라고 했니? 마지막까지 그의 작품을 남겨둔 건 그것이 컬렉션 중 최고라서 그랬다고? 카패처라, 흠…. 이름에 '카car'자가 들어가는 것을 보니 자기 사업이나 지키는 편이 나았겠구나. 유럽의 새로운 자동차인지 뭔지 하는 것들과 관련된 일들 말이다. 내 말이 틀렸니?" 레이시 씨가 너무 격분했기에 그의 반어법은 평소보다 덜 예리했다. "그리고 금박에 분홍색 갑옷을 입은 노아의 방주 속 병사를 그린 사람이 안젤리코라는 거지? 드디어 네 실수를 잡아냈다, 아들아. 안젤리코가 아니라 앙겔리카다. 앙겔리카 카우프만은 여성이야. 그 상스럽고 조잡한 그림을 앙겔리카의 그림으로 속여 판 그 빌어먹을 사기꾼 놈은 사지를 잡아 늘여서 찢어도 시원찮다. 법이 그에게 닿을 수 있다면 맹세코 그렇게 될 거야. 그놈은 네게 바가지 씌운 돈을 동전 한 푼까지 다 토해내게 될 거야. 그렇지 않으면 내가 성을 간다! 싸게 샀다고? 넌 그걸 싸게 샀다고 말하는 거니? 맙소사, 그런 그림은 우표 한 장 가격도 아깝다! 세상에, 아들아! 너는 신뢰를 지켜야 했다는 것을 알고나 있니?

"네, 아버지. 그건 단지…"

"너는 종이에 적었어야 해. 적어도 내게 네 의견을 써서 보여줬어야 해."

루이스는 반박하고 싶었지만 차마 그럴 수 없었다. '만일 그랬다면, 제가 그 그림들을 사지 못하게 하셨을 거잖아요?' 대신 그는 이렇게 우물쭈물 말할 수밖에 없었다. "제가 취향에서 혁명이 일어나고 있다고 넌지시 말씀드렸잖아요. 새로운 작가들이 떠오르고 있다고…, 기억하실 거예요."

"혁명! 새로운 이름들이라고! 누가 그런 말을 하니? 지난주 런던의 중개인들에게 편지를 받았다. 내가 그들을 너한테 특별히 추천했었지. 다름 아니라 올여름에 확실한 귀도 레니 작품 한 점이 시장에 나온다더구나."

"아, 그 중개인들요? 그들은 잘 몰라요!"

"그 중개인들이 모른다고? 그러면 너 말고 또 누가 안단 말이냐?" 레이시 씨는 핏기가 가신 얼굴로 비웃듯 물었다.

루이스도 하얗게 질린 얼굴이었지만, 여전히 자신의 입장을 고수했다. "제 친구들에 관해 편지에 썼잖아요, 아버지. 이탈리아에서 나중에 영국에서도요."

"빌어먹을, 그런 이름들도 들어본 적이 없다. 여기 있는 이 화가들과 마찬가지야. 나는 네게 필요한 모든 자문가의 이름을 알려줬고 화가들 이름도 다 알려줬어. 네가 떠나기 전에 내가 너를 위해 그 컬렉션을 거의 완성해준 셈이라고. 아무리 생각해도 그 정도면 충분히 노골적이지 않았니?"

루이스는 희미하게 미소 지었다. "저 그림들이 그러길 바랐는데…"

"무엇이? 어떻게 하길 바랐다는 거야? 그게 무슨 말이냐?"

"노골적인 거요. 말하지 않아도 알 수 있게…, 저 그림을 그린 화가들이 더 이름난 일부 화가들을 이미 대체하고 있다는 것을 아버지께 노골적으로 보여드리는 거요."

레이시 씨는 섬뜩하게 웃었다. "그들이 그렇다고? 누구의 판단으로? 네 친구들의 판단을 말하는 것 같구나. 이탈리아에서 만났던 그 친구 이름이 뭐라고 했지? 네게 저 그림들을 골라준 그 녀석 말이야."

"러스킨요. ***존 러스킨***." 루이스가 대답했다.

레이시 씨는 한참을 웃다가 또 욕설을 퍼부었다. "러스킨이라, 러스킨…. 아무 지위도 없는 평범한 존 러스킨, 응? 그렇게 대단한 존 러스킨은 뭐 하는 녀석인데 누가 그의 판단에 신처럼 전능한 권리를 주었다는 거냐? 그럼 존 러스킨의 아버지는 누구라고 말할 참이냐?"

"런던에서 명성이 자자한 와인 판매상입니다, 아버지."

레이시 씨는 웃음을 멈추고 말로 표현할 수 없는 혐오감을 드러내며 아들을 바라보았다.

"장사꾼이라고?"

"그런 것 같아요."

"쳇!" 레이시 씨가 경멸하듯 내뱉었다.

"러스킨뿐만이 아니에요, 아버지. 제가 집으로 오는 길에 런던에서 만났던 다른 친구들도 말씀드렸잖아요. 그들은 이 그림들을 살펴보더니 언젠가 아주 가치 있는 작품들이 될 거라는 데 모두 동의했어요."

"'언젠가'라니? 그럼 몇 년 몇 월 며칠이라고는 안 알려주던? 아, 그러고 보니 다른 친구들이 생각나는구나. 그래, 네가 브라운 씨와 헌트 씨, 그리고 로시터 씨가 있었다고 말했지? 흠, 난 그런 이름들도 들어본 적이 없다. 행여 상인들 명부에서나 봤을까."

"아버지, 로시터가 아니라 ***단테 로세티***에요."

"실례했구려, 로세티 양반. 그러면 단테 로세티 씨의 아버지는 뭘 하시지? 마카로니라도 파는 건 아니고?"

루이스는 잠자코 있었고 레이시 씨의 독설은 집요하게 이어졌다. "내가 너한테 보낸 친구들은 그림 감정가들이었다. 그림의 가치를 아는 사람들이었지. 그들 중 누구도 라파엘을 빠뜨리지는 않았을 거야. 잉글랜드에 갔을 때 그들을 찾지 못했니? 아니면 그들이 네게 시간을 내어줄 수 없었던 거니?" 그러고는 덧붙여 말했다. "난 그들이 내 아들을 어떻게 맞이했을지 알고 있으니 그런 핑계는 대지 않는 편이 나을 게다."

"그분들은 더할 나위 없이 친절했어요, 아버지"

"아…, 그런데 네 마음에 들지 않았구나. 넌 조언 같은 건 바라지도 않았어. 너 같은 무식쟁이들 앞에서 으스대고 싶었던 거지. 네가 원한 건…, 네가 뭘 원했는지 내가 어찌 알겠니? 마치 내가 너에게 지시를 내린 적이 없거나 책임을 물은 적이 전혀 없는 것 같구나! 그리고 그 돈은, 세상에! 그 돈은 다 어디로 갔니? 이걸 사는 데 썼니?

말도 안 된다." 레이시 씨는 지팡이에 기대어 힘겹게 몸을 일으키며 화난 눈으로 아들을 노려보았다. "모조리 실토해라, 루이스. 나쁜 놈들이 카드 게임으로 네 돈을 갈취해간 거라고. 그놈들은 틀림없이 전문적인 도박꾼들이었을 거야. 네가 말한 러스킨, 모리스, 로시터 모두 다. 여행 중인 미국인 풋내기를 직업적으로 노리는 놈들이었을 게다. 아니야? 그건 아니라고? 그러면, 여자 문제니? 오! 하느님, 루이스." 레이시 씨는 가쁜 숨을 내쉬며 아들 쪽으로 지팡이를 뻗은 채 비틀거리며 다가갔다. "나는 도덕군자인 척하는 청교도는 아니다. 차라리 네가 여자에게 돈을 몽땅 써버렸다고 말하는 게 얼간이처럼 이런 것들을 사느라 바가지를 썼다고 말하는 것보다 훨씬 나을 거 같다. 신사의 갤러리를 장식할 거장들의 원작이 아니라 존 폭스의 〈순교자 열전〉 같은 책에서 잘라낸 것처럼 보이는 그림들이라니. 청춘은 다 때가 있는 법이다. 저런, 아들아! 나도 한때는 젊었다. 남자라면 견습 기간을 거쳐야지. 이제 실토해라. 여자 문제였니?"

"아, 여자 문제가 아니에요."

"여자 문제도 아니라고?" 레이시 씨는 괴로워했다. "그러면 모두 저 그림들에 썼다는 거냐? 이제 내게 한마디도 더 하지 말거라. 난 집에 가야겠다. 집에 가야겠어." 그는 거의 졸도할 지경이 되어 마지막으로 방을 훑어보았다. "레이시 갤러리는커녕! 악사와 광대들 패거리의 장식품이 따로 없구나! 다른 건 둘째 치고 왜 저 중에 풍만한 여인의 그림 한 점조차도 없는지…, 네가 가져온 저 성모 마리아 그림들이 누구를 닮은 줄 아니, 아들아? 이런, 하나같이 불쌍한 트리시 켄트와 불쾌할 정도로 유사하다니. 사람들에게는 네가 유럽의 간판장이들을 절반이나 고용해서 너를 위해 그 애 초상화를 그리도록 했다고 말해야겠구나. 네가 그런 걸 원했을 줄은 상상도 못했다. 저리 치워라! 네 팔은 필요 없다." 레이시 씨는 거대한 몸으로 힘겹게 방을 가로지르며 으르렁거렸다. 그는 문간에서 마지막으로 루이스를 노려보며 움츠러들게 했다. "저딴 걸 사려고 예산을 초과해 수표를 발행했다고? 아니! 나는 집으로 혼자 갈 테다."

*

레이시 씨는 거의 1년을 더 살았지만, 뉴욕 사람들은 그가 그림 사건 탓에 죽었다는 데 이견이 없었다.

처음이자 마지막으로 그 그림들을 본 다음 날 그는 변호사를 불러 유언장을 새로 만들었다고 알려졌다. 그러고는 통풍이 도져서 다시 병상에 드러누웠고 아주 급격히 악화되었다. 그 바람에 레이시 부인이 갤러리 개관을 알리기 위해 가을에 열기로 했던 파티는 연기하는 게 "적당할 따름"이라고 여겨졌다. 그로 인해 가족들은 미술품 문제를 못 본 척하고 조용히 지나갈 수 있었다. 레이시 가족은 절대 그림을 언급하지 않았지만, 그해 겨울 레이시 저택 밖에서는 그림 이야기가 자주 생산적인 토론의 주제가 되었다.

레이시 씨 외에 단 두 명만 그 그림들을 보았다고 알려졌다. 그중 한 명인 도널드슨 켄트 씨는 이탈리아에 한 번 다녀왔다는 사실 덕분에 그 특권을 누릴 수 있었다. 또 다른 한 명은 가족을 대신해 그림의 포장을 풀었던 리디 씨였다. 레이시 씨의 사촌들과 가문의 오랜 친구들에게 시달린 리디 씨는 진실로 겸손하게 말했다. "글쎄요, 사실 저는 그림의 크기 말고는 이 그림과 저 그림의 차이를 구별하는 법을 배운 적이 없습니다. 그리고 이 그림들은 제 눈에 작아 보였으니 작은 축에 든다고 말할 수 있겠군요."

켄트 씨는 레이시 씨에게 아주 솔직하게 속내를 털어놓은 것으로 알려졌다. 소문에 따르면 그는 루이스가 가지고 돌아온 것들과 같은 그림은 이탈리아에서 본 적이 없다고 단언하면서 그것들이 정말 이탈리아에서 왔는지 의심하라고 간청하기까지 했다. 그런데도 사람들 앞에서는 신중하게 보이지만 오로지 소심함에서 나오는 어정쩡한 태도를 유지했다. "그 그림들은 전혀 해가 되지 않습니다." 그는 조심스럽게 이렇게 말할 뿐 누구에게도 다른 말은 하지 않았다.

레이시 씨가 차마 허자드 가문에는 조언을 구하지 못한 것으로 알려졌다. 그 집 아들 존 허자드가 최근 라파엘의 작품을 들여왔기 때문이다. 너무 분통 터졌을 것이 뻔한 비교를 피하는 게 상책이었을 것이다. 레이시 씨는 그들뿐만 아니라 그 누구에게도 '레이시 갤러리'를 두 번 다시 언급하지 않았다. 하지만 그의 유서가 공개되었을 때 그림들을 아들에게 물려준 것이 밝혀졌다. 그의 나머지 재산은 전부 두 딸에게 돌아갔다. 토지의 대부분은 레이시 부인의 몫이었다. 하지만 레이시 부인은 남편의 지시를 받았다고 알려졌고 어쩌면 그중에는 여섯 달 동안 과부 생활을 하다가 때가 되면 자신을 따르라는 지시가 있었는지도 모르겠다. 레이시 부인이 트리니티 교회 묘지의 남편 옆자리에 묻힌 뒤 공개된 (레이시 씨의 유언장과 같은 시기에 만들어졌고 명백히 그가 불러주는 대로 작성된) 그녀의 유언장에는 루이스가 살아있는 동안 그에게 1년에 오천 달러씩 지급하도록 되어 있었다. 레이시 씨가 검약한 생활과 뛰어난 관리로 뉴욕에서 가장 크게 일궈놓은 나머지 재산은 두 딸에게 분배되었다. 두 딸 중 동생인 메리 아델린은 켄트가家의 아들과 결혼했고, 언니인 새라 앤은 허자드가家의 아들과 결혼했다. 허자드가家에 시집간 새라 앤은 전에도 루이스와 사이가 각별한 적은 없었지만, 훗날 습관처럼 이렇게 말했다. “아, 말도 안 돼요. 난 그런 웃긴 옛날 그림들을 가지고 내 불쌍한 오빠를 배 아파한 적이 없어요. 알다시피 우리에겐 라파엘의 그림이 있잖아요.”

3번가와 10번가 모퉁이에 집이 한 채 서 있었다. 최근 먼 친척이 루이스 레이시에게 이 집을 유산으로 남겼다. 그 친척은 “옛날 뉴욕식 유언장”을 작성한 뒤 모든 친척에게 혈연에 비례하는 유산을 남겼다. 그 동네는 인기가 없는 지역이었고 집 상태도 형편없었다. 하지만 결혼한 뒤 허드슨강 기슭의 태리타운에서 외롭게 살던 루이스 레이시 부부는 바로 그 집으로 이사했다.

그들의 도착은 뉴욕에서 작은 관심을 불러일으켰다. 아버지가 세상을 떠난 지 1년 만에 루이스는 트리시 켄트와 결혼했다. 그 결혼을 탐탁지 않게 여겼던 켄트 부부는 조카딸이 더 나은 짝을 만날 수 있었다는 말까지 했다. 하지만 아직 미혼인 아들 빌이 트리시에게 늘 적극적인 연민을 보였기에 그들 부부는 트리시를 빌과 얽히게 하느니 차라리 루이스에게 보내는 편이 낫다고 신중하게 결론지었다.

루이스 레이시 부부가 결혼한 지 4년이 되었다. 그들은 그 시기

동안 마치 반세기의 망명 생활이라도 한 것처럼 뉴욕의 기억에서 깨끗이 사라졌었다. 두 사람 모두 뉴욕에서 두각을 드러낸 적은 없었다. 트리시는 켄트 가문의 신데렐라에 지나지 않았고 루이스는 백만장자인 레이시 가문 상속자로서의 위상을 오래 지키지 못했으며 고통스러운 사건으로 그 위상을 박탈당한 뒤 아예 지워져 버렸다.

그들은 고독하게 살았고 그 생활이 몸에 배어서 루이스가 에버니저 삼촌의 집을 물려받았다고 말했을 때 아기 담요에 수를 놓고 있던 아내는 고개조차 들지 않았다.

"뉴욕에 있는 에버니저 삼촌의 집이라고요?"

그는 깊이 심호흡을 했다. "이제 그 그림들을 보여줄 수 있을 거야."

"루이스, 우린 그곳에서 살 건가요?" 그녀는 담요를 내려놓으며 물었다.

"물론이지. 그런데 그 집은 아주 넓으니까 1층 구석에 있는 방 두 개를 갤러리로 개조할 거야. 그곳엔 햇빛도 적당히 들어오거든. 그곳이 바로 에버니저 삼촌이 돌아가신 곳이야."

"아, 루이스…"

루이스 레이시가 자신의 의지를 확신할 수 있었던 것은 다름 아닌 아내의 태도 덕분이었다. 아무 의심 없이 수긍하는 중얼거림을 듣기만 해도 아버지의 폭압적인 힘이 자기 안에서 솟아나는 것을 느꼈다. 하지만 그 힘을 좀 더 자비롭게 사용하고자 하는 바람도 함께 일었다.

"그게 좋겠지, 트리시? 이곳 생활이 따분했다는 거 알아."

트리시는 얼굴이 붉어졌다. “따분하다고요? 여보, 당신과 함께 있는데요? 게다가 전 시골이 좋아요. 하지만 10번가도 좋을 것 같아요. 다만, 수리는 한다고 했죠?”

루이스는 단호하게 고개를 끄덕였다. “필요하다면 수리를 위해 돈을 빌릴 거야.” 그는 목소리를 낮추며 말했다. “그림들을 담보로 맡길 생각이야.”

그는 트리시가 눈물을 글썽이는 것을 보았다.

“아, 하지만 꼭 그럴 필요는 없을 거야. 경비를 절감할 수 있는 방법은 아주 많아.”

루이스는 아내의 손을 잡고 그녀에게 자신의 옆모습이 보이도록 했다. 자신의 옆모습이 정면보다 훨씬 더 강인해 보이는 것을 알고 있었기 때문이다. 그는 그림에 대한 자신의 의도를 트리시가 제대로 이해했는지 확신이 서지 않았다. 자기가 그녀의 이해를 바라기는 했는지도 확실치 않았다. 최근 그는 매주 뉴욕으로 가서 계획을 세우고 명세서를 작성하고 많은 사람들과 다양한 거래를 하는 등 알 수 없는 중요한 일들을 처리하며 바쁘게 보냈다. 반면 트리시는 무더운 여름 내내 태리타운에 앉아서 아기가 태어나기를 기다렸다.

여름이 끝나갈 무렵 딸아이가 태어났고 루이자라는 이름을 지어 주었다. 아기가 태어난 지 몇 주 만에 루이스 레이시 가족은 시골을 떠나 뉴욕으로 갔다.

‘이제부터야!’ 루이스는 가족과 함께 10번가의 털털거리는 자갈길을 지나 에버니저 삼촌의 집으로 향해 가면서 생각했다.

마차가 멈추자 그는 아내와 아기를 안고 뒤따르는 유모가 내리도록 도와주었다. 그들은 다 같이 서서 집의 정면을 올려다보았다.

"아, 루이스." 트리시는 숨이 턱 막히는 듯했다. 아기 루이자도 거들듯이 울음을 터뜨렸다.

에버니저 삼촌의 집 현관문은 고상하고 보수적이었으며 오가는 사람이 거의 없는 곳에 있었다. 그 문 위쪽에 걸린 커다란 현판에는 검은 바탕에 금박 글씨로 이렇게 새겨져 있었다.

기독교 성화 갤러리

개방 시간 : 평일 오후 2~4시

입장료 : 성인 25센트, 어린이 10센트

루이스는 아내의 얼굴이 창백해지는 것을 보고 그녀의 팔을 잡았다. "나를 믿어. 그림을 알리려면 이 방법밖에 없어. 이 그림들은 반드시 세상에 알려져야 해." 그는 예전의 열정이 되살아나는 듯한 전율을 느꼈다.

"네, 여보. 물론이죠. 그런데 모든 사람에게 공개하는 건가요?"

"그림들을 친구들에게만 보여주면 무슨 소용이 있겠어? 그들의 의견은 이미 알고 있는데."

그녀는 수긍하며 한숨을 내쉬었다. "하지만 입장료를 받는 건…"

"나중에 우리가 감당할 수 있게 되면 갤러리는 무료가 될 거야. 하지만 그때까지는 별수 없지."

"루이스, 잘 알겠어요!" 그녀는 루이스의 팔에 매달려 여전히 울고 있는 아기를 안고 흉측한 현판 아래로 씩씩한 발걸음을 내디뎠다.

"이 그림들을 드디어 제대로 된 조명 아래서 볼 수 있겠어요." 그녀는 현관에서 돌아서서 남편을 안으며 외쳤다.

"이제 진가를 인정받기만 하면 돼" 아내의 격려로 마음이 들뜬 루이스가 대답했다.

루이스는 세상과 연을 끊은 뒤로 절대 신문을 읽지 않기로 작정했었다. 아내는 충실히 그의 본보기를 따랐다. 그들은 태리타운의 오두막집이 마치 다른 행복한 행성에 자리 잡고 있는 듯 여기면서 폐쇄적이고 좁은 무관심의 세계에서 살았다.

하지만 기독교 성화 갤러리를 개관한 다음 날 루이스는 의무적으로 신문을 보아야 한다고 생각했고 신문을 사기 위해 은밀히 집을 나섰다. 집에 돌아와서는 그 시간에 트리시가 아기를 목욕시키는 줄 알고 곧장 아기방으로 올라갔다. 하지만 그의 생각보다 더 늦은 시간이었다. 목욕은 이미 끝났고 아기는 수수한 아기 침대에 잠들어 있었다. 트리시는 두 손에 얼굴을 묻은 채 불가에 웅크리고 앉아 있었다. 루이스는 곧 아내도 신문을 읽은 것을 깨달았다.

"트리시, 이것이 결과라고 생각해선 안 돼." 루이스는 말을 더듬었다.

트리시는 눈물로 얼룩진 얼굴을 들었다. "오, 여보! 당신은 절대 신문을 보지 않는 줄 알았어요."

"평소엔 보지 않아. 하지만 지금은 봐야 한다고 생각했어."

"네, 알겠어요. 하지만 당신 말대로라면 도대체 어떤 결과가?"

"하나도 중요하지 않아. 우리는 인내심과 끈기를 가져야 해."

트리시는 머뭇거리다가 그의 목을 끌어안고 가슴에 머리를 기댔다. "여보, 제가 아주 꼼꼼히 계산해봤어요. 우리가 아기방을 제외한 나머지 공간에 불 피우는 것을 포기하더라도 수위와 관리인의 급여를 어떻게 해야 할지 겁나요. 특히 갤러리가 매일 대중에게 공개된다면…"

"나도 벌써 그런 생각을 해봤어. 이제부터는 내가 수위 겸 관리인 역할을 하게 될 거야."

루이스는 말하면서 아내의 눈을 빤히 바라보았다. '이 시련을 견뎌야 해.' 그는 생각했다. 트리시의 상기되었던 얼굴에서 핏기가 가셨고 애써 눈물을 참는 바람에 눈동자가 커졌다. 그녀가 명랑하게 말했다. "그건 아주 재미있는 일이 되겠네요, 루이스? 사람들의 의견을 듣는 거요. 사람들이 저 그림들을 제대로 알게 되고 이해하기 시작하면 아주 흥미로운 이야기를 할 수밖에 없을 거예요. 그렇죠?" 그녀는 잠든 루이자를 안아 올렸다. "그렇지, 우리 아가?"

루이스도 고개를 돌렸다. 뉴욕에서 다른 어떤 여인도 그녀처럼 행동하지 못했을 것이다. 그는 도시 전체가 자신의 갤러리에 대한 새로운 추문을 떠들어대는 게 들리는 것 같았다. 그러므로 조롱에 훨씬 더 민감하고 복음을 전파하듯 그림을 세상에 알리려는 사도 같은 열정이 덜한 트리시의 귀에 조롱의 메아리가 얼마나 요란하게 울릴지 알 수 있었다. 하지만 그의 고통은 곧 지나갈 것이었다. 오랫동안 그를 사로잡은 한 가지 생각은 그 그림들을 세상에 알림으로써 자신의 명예를 회복해야 한다는 것이었다. 그는 더 이상 사소한 일에 매달릴 수 없었다. 무지한 저널리스트들의 조롱은 전혀 겁먹을 일이 아니었다. 일단 학식 있고 똑똑한 사람들이 그림을 보고 나면 그들이 나서서 이야기해줄 것이다. 특히 그가 가까이에서 그림들을 제대로 해설해준다면 도움이 될 수도 있었다.

*

1, 2주 동안 아주 많은 인파가 갤러리를 찾아왔다. 하지만 루이스의 해설에도 불구하고 그림들을 세상에 알리는 데는 실패했다. 처음 며칠 동안은 개인의 집에서 유료 전시회를 연다는 전례 없는 아이디어 덕분에 그리고 신문의 조롱 덕분에 기독교 성화 갤러리는 시끌벅적한 호사가들로 붐볐다. 한번은 깜짝 놀란 대도시 경찰들이 방문객들의 발언을 진정시키고 움직임을 통제하기 위해 출동하기도 했다. 하지만 "기독교 성화"의 평판은 곧 이런 호사가들의 흥을 깼고 오래지 않아 그들은 아둔하고 점잖은 무리로 대체되었다. 그들은 하염없이 전시실을 서성인 뒤 다시 밖으로 나와서는 돈이 아깝다고 투덜거렸다. 그러다가 이 사람들마저 점점 줄어들었다. 한번 흐름이 바뀌자 방문객은 썰물처럼 급속히 빠져나갔다. 매일 2시부터 4시까지 루이스는 자신의 보물들 사이에서 오들오들 떨면서 앉아 있거나 참을성 있게 텅 빈 갤러리의 길이를 재듯 왔다 갔다 했다. 누구라도 올 가능성이 있는 한 그는 자신이 패배했다고 인정하지 않을 것이었다. 언제라도 그림을 이해할 수 있는 사람이 찾아올 가능성이 있었기 때문이다.

2월의 눈 내리는 어느 날 루이스가 끊임없는 외로움 속에서 한 시간 넘게 방을 서성이고 있었을 때 마차 한 대가 문 앞에 섰다. 그가 서둘러 문을 열자 누이인 새라 앤 허자드가 요란하게 실크 드레스를 펄럭이며 들어왔다. 루이스는 잠시 아버지의 시선 아래 서 있는 것 같은 기분이 들었다. 결혼을 하고 수백만 달러의 유산을 물려받은 뒤 기세등등해진 새라 앤의 둥근 얼굴에는 레이시 씨의 가혹함이 깃들어있었다. 하지만 루이스는 누이의 공허한 눈을 들여다보며 침착함을 유지했다.

"오빠." 허자드 부인은 억지로 웃으며 근엄하게 말하고는 숨을 가다듬었다.

"새라 앤, 내 그림을 보러 와주어서 기쁘다."

"오빠와 트리시 언니를 보러왔어." 그녀는 긴장한 듯 다시 숨을 가쁘게 쉬며 치마 주름을 탈탈 털고는 급히 덧붙였다. "그리고 이 구경거리가 얼마나 더 오래 지속될지 물어보려고."

"전시회 말이니?" 루이스가 미소 지었다. 그녀는 얼굴을 붉히며 시인했다.

"최근 방문객 수가 꽤 줄어들긴 했지."

"고맙기도 해라!" 그녀가 끼어들었다.

"하지만 누구라도 오고 싶어 하는 사람이 있다면 난 여기에 있을 거야. 네가 보다시피 문을 열어줘야 하잖아."

새라 앤은 진저리를 치며 주위를 둘러보았다. "오빠! 난 오빠가 상황을 잘 알고 있는지 모르겠어."

"제대로 알고 있지."

"그러면 왜 계속 이러고 있는 거야? 할 만큼 하지 않았어? 아직도 만족하지 못했어?"

"그것들이 남긴 결과에 만족하지 못 했냐고?"

"가족과 뉴욕 전체에 오빠가 남긴 결과 말이야. 불쌍한 아버지의 명성에 대한 치욕스러운 말들이 들리잖아!"

"아버지가 내게 저 그림들을 남기셨어, 새라 앤."

"그래. 하지만 그것들을 가지고 사기꾼 노릇이나 하라고 그러신 건 아냐."

루이스는 이 말을 편견 없이 받아들이려 애쓰며 곰곰이 생각했다. "확신하니? 어쩌면 네 생각과 반대로 바로 그런 이유로 내게 그림을 남기셨을 수도 있어."

"아버지의 명성에 더 모욕적인 말을 보태지 마. 그러지 않아도 상황은 충분히 심각해. 트리시 언니가 어떻게 이런 일을 허락했는지 난 모르겠어. 언니가 창피할지 모른다는 생각은 안 해봤어?"

루이스는 다시 무미건조하게 웃었다. "트리시는 이미 창피당하는 데 익숙해. 켄트 부부 덕분이지."

새라 앤은 얼굴이 새빨개졌다. "내가 왜 여기 와서 이런 이야기를 들어야 하는지 모르겠어. 하지만 난 남편의 동의를 얻고 왔어."

"넌 오빠를 보러 오는 데 그런 게 필요하니?"

"내가 지금 하려는 제안을 위해서는 필요해. 그리고 난 정식으로 허가를 받았어."

루이스는 깜짝 놀라 누이를 쳐다보았고 그녀는 새틴 보닛 안의 레이스 주름이 닿는 곳까지 얼굴이 벌게졌다.

"내 그림에 어떤 제안을 하려고 온 거니?" 그가 짓궂게 물었다.

"오빠는 터무니없는 말을 하면서 즐거워하는 것 같아. 하지만 무엇이든 우리 가문에 대한 대중들의 무시보단 나아." 그녀는 또 그림 주위를 진저리치는 시선으로 둘러보았다. 새라 앤은 중대한 발표라도 하듯 말했다. "존과 나는 어머니가 오빠에게 남겨주신 용돈을 두 배로 늘릴 준비가 됐어. 이 일을 영원히 끝내는 조건으로. 저 끔찍한 현판을 오늘 밤 당장 끌어 내리는 조건으로."

루이스는 그 제안을 가볍게 저울질하는 것 같았다. "정말 고맙다, 새라 앤." 그는 한참 있다가 입을 열었다. "너와 존이 그런 제안을 해줘서 감동받았고 놀랐어. 하지만 내가 거절하기 전에 내 제안 먼저 들어줘. 그저 저 그림들을 봐달라는 거야. 일단 그것들을 보고 나면 넌 이해하게 될 거야."

새라 앤이 황급히 물러섰고 그녀의 위풍당당한 기세는 허물어졌다. "그림들을 보라고? 고맙지만, 여기서도 아주 잘 보여. 게다가 난 감정가 행세는 하기 싫어."

"그러면 올라가서 트리시랑 아기나 보자." 루이스가 차분히 말했다.

그녀는 난처한 듯 루이스를 쳐다보았다. "응, 고마워…" 그녀는 말을 더듬었다. 그리고 그를 따라나서며 물었다. "그러면 대답은 거절이야, 정말? 오빠, 생각 좀 해봐. 오빠 입으로도 거의 찾아오는 사람이 없다고 말했잖아. 이곳을 닫는다고 어떤 피해가 있겠어?"

"뭐, 내일이라도 그림을 이해할 수 있는 사람이 올 수도 있잖아?"

새라 앤은 절망스럽게 깃털 장식을 뒤로 넘기고 조용히 그의 뒤를 따랐다.

"어머! 메리 아델린?" 새라 앤은 아기방 문턱에서 갑자기 외치며 멈추었다. 트리시는 평소와 다름없이 아기를 안고 난롯가에 앉아 있었다. 그녀 맞은편에 놓인 낮은 의자에서 허자드 부인처럼 화려한 모피와 깃털 장식을 두른 부인이 일어났지만, 화려한 장식을 소화하는 자신감은 허자드 부인보다 훨씬 부족해 보였다. 켄트 부인이 루이스에게 달려가 통통한 뺨을 그의 뺨에 대며 인사하는 동안 트리시는 새라 앤에게 인사를 건넸다.

"네가 여기 있는 줄 몰랐어. 메리 아델린." 허자드 부인이 중얼거렸다. 그녀는 자신의 자선 계획을 동생에게 알리지 않은 게 분명했고 루이스가 곧 발설할지 모른다는 생각에 불안해했다. 그녀는 다시 입을 열었다. "사랑스러운 아기 천사를 보려고 잠시 들렀어." 그러고는 요란하게 바스락거리고 펄럭거리면서 놀란 아기를 감싸 안았다.

"여기서 보게 되다니 정말 반가워, 언니." 메리 아델린이 간결하게 대답한 후 말을 이었다.

"내가 전에 오지 않았던 건 그럴 마음이 없어서 그런 게 아니었어요. 트리시 언니가 알아주었으면 해요. 하지만 우리 집 같은 규모의 살림을 돌보는 일은…"

"그래요. 게다가 날씨가 좋지 않아 돌아다니기가 아주 힘들었죠." 트리시가 도와주듯 말했다.

허자드 부인은 레이시 씨를 닮은 눈썹을 치켜올렸다. "정말 그랬니? 두 쌍의 말이 끄는 마차를 타고 돌아다니면 날씨를 알아차리기는 힘들었을 텐데. 오, 예쁘고 사랑스러운 아가!" 새라 앤은 진지하게 동생을 돌아보며 말을 이었다. "메리 아델린, 혹시 지금 갈 생각이라면 기꺼이 내 마차에 자리를 내줄게."

하지만 메리 아델린에게도 자기 가문의 마차가 있었다. 그녀는 온화한 얼굴을 들어 조용히 언니를 바라보았다. "내 마차도 문 앞에 있어. 호의는 진심으로 고마워, 언니." 메리 아델린이 말했다. 당황한 새라 앤은 루이스의 팔에 매달려 방을 나갔다. 하지만 메리 아델린은 이내 예전 성격이 되살아났고 온화하던 얼굴이 아이처럼 겁먹은 기색이었다. 그녀는 급히 망토를 챙겼다.

"내가 경솔했던 것 같아요. 언니는 분명 진심으로 말했을 텐데." 그녀는 이렇게 말하고는 다시 계단을 오르려는 루이스를 제치고 뛰어나갔다. 루이스는 두 여동생이 함께 허자드가家의 마차를 타고 멀어지는 모습을 보며 미소를 머금고 서 있었다. 그가 아기방으로 돌아오니 트리시는 여전히 아기를 보며 조용히 노래하고 있었다.

루이스가 말했다. "여보, 새라 앤이 왜 왔을 것 같아?" 그러고는 그녀의 의아해하는 시선에 대답했다 "그림을 전시하지 못하도록 매수하러 왔어!" 트리시의 반응은 그가 생각했던 대로였다. 그녀는 그저 낭랑하게 옹알이하듯 계속 웃으며 아기를 꼭 더 끌어안았다. 하지만 루이스는 한결같은 그녀에게 훨씬 더 큰 압박을 주고 싶은 비뚤어진 욕망을 느꼈다.

"새라 앤과 존이 내 용돈을 두 배로 올려주겠다고 제안했어. 내가 저 현판을 내리기만 하면."

"누구도 그 현판에 손댈 수 없어요!" 트리시가 발끈하며 말했다.

"내 손으로 내리기 전까지 누구도 그러지 못할 거야." 루이스도 정색하고 말했다.

트리시는 돌아서며 불안한 눈빛으로 남편을 살펴보았다. "루이스, 설마 당신?"

"여보, 동생들 말이 맞아. 이것은 영원히 지속될 수 없어." 그는 아기를 안고 있는 트리시에게 다가가서 그 둘을 끌어안았다. "당신은 영웅들보다 더 용감했어. 하지만 그것만으로는 안 될 거야. 예상했던 것보다 비용이 훨씬 더 많이 들어갔어. 그리고 난 그림을 담보로 돈을 빌릴 수 없어. 어디서도 그것들을 받아주지 않아."

트리시는 얼른 대꾸했다. “저도 알아요. 메리 아델린이 바로 그 이유 때문에 찾아온 거예요.”

루이스는 화가 나서 피가 거꾸로 솟는 것 같았다. “메리 아델린이? 그 애가 어떻게 그 이야길 알게 된 거지?”

“리디 씨를 통해 들은 것 같아요. 하지만 당신이 화내면 안 돼요. 메리 아델린은 정말 친절해요. 그녀는 당신이 그림들에 대한 진정한 믿음이 있는 한 갤러리를 닫는 걸 바라지 않아요, 루이스. 그녀와 도널드 켄트는 1년간 충분히 버틸 수 있는 돈을 우리에게 빌려주려 해요. 그 이야기를 하려고 왔어요.”

루이스 레이시는 그 힘든 싸움이 시작된 이래 처음으로 눈물로 목이 메었다. 신의를 저버리지 않은 메리 아델린! 그는 갑자기 그녀의 예전 모습이 떠올랐다. 날이 밝기 전 하이포인트 저택에서 몰래 빠져나와 길목에 사는 불쌍한 폐병 환자 에드거 포 부인에게 남은 음식이 든 바구니를 가져가던 모습이었다. 그는 기뻐서 소리 내어 웃었다.

“예전의 메리 아델린 모습이 떠올라! 정말 따뜻한 아이야. 내가 1년을 더 버틸 수 있게 해줄 정도로…” 루이스는 아내의 뺨에 자신의 눈물 젖은 뺨을 대고 오랫동안 조용히 있었다. 한참 뒤 그가 입을 열었다. “여보, 이건 당신이 결정할 문제야. 우리 받아들일까?” 그는 두 팔로 아내의 어깨를 잡고 서서 파리한 얼굴로 옅은 미소를 짓는 그녀를 바라보며 미소 지었다.

“당연히 받아들여야죠!”

*

뉴욕에서 그토록 막강한 세력을 떨치던 레이시 가문 사람 가운데 반세기 뒤 내 어린 시절까지 살아있던 사람은 단 한 명뿐이었다. 자부심이 강했던 작은 식민지 사회의 수많은 후손들처럼 레이시 가문도 완전히 사라졌다. 소수의 나이든 부인들, 한두 명의 계보학자, 레이시 가문의 묘지 기록을 간직하고 있는 트리니티 교회의 관리인을 제외한 모든 이들에게서 잊혔다.

물론 레이시 혈통은 켄트가家, 허자드가家, 코스비가家 등 인척 관계가 있는 다양한 가문에서 여전히 자취를 찾을 수 있었다. 이 가문들은 "독립선언서 서명자"와의 인척 관계를 자랑스럽게 내세우지만, 그 자손들의 운명에는 무관심했다. 그렇게 유복하게 살았고 그렇게 마음껏 돈을 쓰던 이 오래전 뉴욕의 시민들은 그들의 교회 전용석에서도 저녁 식탁에서도 한 줌의 먼지처럼 흔적도 없이 사라졌다.

내가 어렸을 때부터 우연히도 그 이름에 친숙했던 까닭은 무엇보다 그 가문의 유일한 생존자가 내 어머니의 먼 친척이었기 때문이다. 이따금 어머니는 내가 말을 잘 들으면 다음 날 상을 주겠다고 약속하고서 그녀를 보러 갈 때 나를 데려가기도 했다.

알레시아 레이시 노인은 내가 늘 "에버니저 삼촌의 집"이라고 들었던 집에서 살았다. 그 집은 누가 봐도 당시 주택 건축의 감탄할 만한 표본이었지만, 이제는 지나간 시대의 유서 깊은 그러나 흉물스러운 유산으로 여겨질 뿐이었다. 류머티즘으로 다리를 절게 된 레이시 노인은 위층의 냉기가 흐르는 커다란 방에 앉아 있었다. 그 방에는 구슬 모양으로 테두리가 장식된 탁자들과 자단목 선반들, 특이한 옷차림에 창백한 얼굴을 한 슬퍼 보이는 사람들의 초상화가 변변찮게 놓여 있었다. 그녀는 체구가 크고 무뚝뚝했으며 톱니 같은 검은 레이스가 달린 모자를 쓰고 있었다. 게다가 거의 듣지도 못해서 문자해독의 단서가 사라진 로제타 스톤rosetta stone처럼 망각된 날들의 유물 같아 보이기도 했다. 어머니는 그와 같은 사라진 전통 속에서 자랐고 레이시 노인이 메리 아델린이나 새라 앤, 삼촌 이야기를 할 때 누구를 말하는지 직관적으로 알았으면서도 그녀와의 교류는 힘겹고 고달팠는지 어린 나의 훼방을 꾸짖기는커녕 종종 부추겼다.

이렇게 그 노인을 찾아갔던 날들 가운데 하루는 무심하게 방을 둘러보는데 흐릿한 초상화 중에 이마가 넓고 눈 색깔이 짙은 어린 여자아이를 크레용으로 그린 초상화 세 점이 내 눈에 띄었다. 그 아이는 격자무늬 드레스 안에 수놓은 속바지를 입고 풀 덮인 둑 위에 앉아 있었다. 나는 어머니의 소매를 잡아당기며 그 아이가 누구인지 물었다. "그건 가엾은 아이 루이자 레이시란다. 폐병으로 세상을 떠났어. 루이자가 죽었을 때 몇 살이었죠, 알레시아?" 이 간단한 질문을 알레시아 사촌의 머리에 욱여넣는 일은 10분은 족히 걸리는 고된 일이었다. 그리고 질문을 이해한 레이시 노인이 이해하기 힘든 불쾌감을 내비치며 미간에 "11자"로 깊은 주름을 만들었기에 어머니는 너무 지친 나머지 포기하고 말았다. 그러고는 나를 돌아보고 우리 둘만 아는 은밀한 미소를 지으며 이렇게 말했다. "그 아이는 오래 살았다면 레이시 갤러리를 물려받았을 불쌍한 아이란다." 하지만 나처럼 어린아이에게 그런 정보는 재미가 없었고 어머니의 은밀한 미소도 이해되지 않았다.

지난해 갑자기 이 아득한 장면이 다시 떠올랐다. 간만에 뉴욕을 방문한 나는 오랜 친구인 은행원 존 셀윈의 집에 식사를 하러 갔다가 새로 꾸민 서재의 벽난로 선반 앞에서 깜짝 놀라 멈춰 섰다.

"이봐!" 나는 굴뚝 위의 그림을 올려다보며 말했다.

내 친구는 어깨를 똑바로 펴고 두 손을 주머니에 찔러 넣으며 누군가 자신의 소유물에 감탄할 때 마땅히 보여야 할 것 같은 겸손한 분위기를 연출했다. "마크리노 달바 아니냐고? 맞아. 그게 레이시 컬렉션 중에서 내가 간신히 손에 넣은 유일한 작품이야."

"유일한 작품이라니?"

"자네도 만테냐, 조토, 피에로 델라 프란체스카의 작품을 봤어야 했는데. 거기 있던 피에로 델라 프란체스카의 작품은 세상에서 가장 아름다운 작품이었어. 진주 장식 그물을 머리에 쓴 소녀의 옆모습인데, 배경에는 매발톱꽃이 펼쳐져 있었지. 그 그림은 유럽으로 돌아갔다네? 아마 런던 국립 미술관으로 갔을 거야. 그리고 카르파치오가 아주 정교하게 그린 '성 조지'는 캘리포니아로 갔어. 아무렴!" 그는 진수성찬이 차려진 식탁을 퇴짜 놓은 배고픈 사람처럼 한숨을 쉬며 자리에 앉았다. "이것을 사느라 거의 파산할 뻔했어." 그는 그 사실이 무슨 위로라도 되는 듯 중얼거렸다.

그가 모든 예술 애호가들에게 친숙한 대상을 말하는 투로 레이시 컬렉션이라고 말한 것에 대한 단서를 찾기 위해 나는 예전 기억을 곰곰이 떠올리고 있었다.

나는 별안간 어머니의 수수께끼 같은 미소가 떠올라서 질문을 던졌다. “설마 그것들이 가엾은 아이 루이자의 그림들은 아니지?”

셀윈은 난처한 표정으로 나를 바라보았다. “대체 가엾은 아이 루이자가 누구야?” 그러고는 대답을 기다리지 않고 말을 이었다. “그것들은 1년 전까지 바보 같은 네타 코스비의 것이었어. 그녀는 그런 사실을 알지도 못했지.”

미심쩍은 듯 마주 보던 친구는 내 무지함에 당혹스러워했다. 나는 네타 코스비가 누구였는지 기억하려 애썼고 결국에는 생각해냈다. “네타 코스비라면, 설마 짐 코스비와 결혼한 네타 켄트를 말하는 거야?”

“바로 그녀야. 그들은 레이시 가문과 사촌지간이었어. 그래서 그녀가 그림들을 물려받았지.”

나는 계속 기억을 더듬었다. “난 하버드를 졸업하던 해에 그녀와 꼭 결혼하고 싶었는데…” 그것은 친구에게라기보다 내 자신에게 주절거린 말에 더 가까웠다.

“뭐, 그랬다면 자넨 소문난 바보를 아내로 맞았겠지. 르네상스 이전 이탈리아 회화 중 세상에서 가장 아름다운 그림들과 함께.”

“세상에서 가장 아름답다고?”

“아직 못 봤다면 보고 얘기해. 참, 그러고 보니 자네는 그것들을 볼 수 없었겠구먼. 일본에 얼마나 있었지? 4년? 그럴 줄 알았어. 네타는 지난겨울에야 그것들을 찾아냈거든.”

“무엇을 찾았는데?”

“알레시아 레이시 노인의 다락방에 있었던 것들이지. 우리가 어렸을 때 10번가에 있는 흉물스러운 집에 살던 레이시 노인 기억나?

아마 자네 어머니 친척이었지? 그 숙맥 같은 노인네는 그곳에서 거의 반세기를 살고도 머리 위 다락방에 오백만 달러 가치의 그림들을 처박아둔 채 몰랐다네. 보아하니 그 그림들은 오래전에 이탈리아에서 그것들을 수집한 레이시가家의 불쌍한 아들이 죽은 뒤로 그렇게 처박혀 있었던 것 같아. 난 그 내막은 잘 몰라. 누가 누구인지도 잘 모르겠고 레이시가家 사람들에 대한 기억은 내게 늘 어렴풋해서. 물론 그들과 인척 관계가 아닌 사람들은 거의 없긴 하지. 그것이 그들의 유일한 역할은 아니었을지라도 주요 원칙이었다고 생각하는 이들이 꽤 있어. 아, 그리고 '레이시 빌딩'은 그들의 이름을 딴 것 같아. 그들이 그 건물을 짓지는 않았지만 말일세! 그런데 한 젊은이가 있었어. 그에 관해 좀 더 알아낼 수 있다면 좋을 텐데. 네타가 그 문제에 관해 알고 있거나 관심 있는 것이라고는 얼마 되지 않는 정보뿐이야. 그 젊은이가 대학을 갓 졸업하고 아주 젊었을 때 아버지가 옛 거장의 그림을 사 오라고 이탈리아로 보냈던 모양이야. 그가 이렇게 보기 드물고 믿기 힘든 수집품들을 가지고 돌아왔다는군. 그 나이의 젊은이가 그런 일을 할 수 있다니! 그런데 그의 아버지는 쓰레기들을 집으로 가져왔다고 상속권을 박탈했다나 봐. 그 젊은 친구와 아내 모두 아주 오래전에 세상을 떠났어. 그가 그런 그림들을 사들였다고 심하게 비웃음을 사는 바람에 그 부부는 멀리 떠나 깊은 시골에서 은둔자처럼 살았던 것 같아. 알레시아 노인이 그들의 기괴한 유령 같은 초상화를 침실에 두었었지. 내가 마지막으로 네타를 보러 갔을 때 그녀가 그중 하나를 보여줬어. 그들 외동딸의 애처로운 그림이었는데 이마가 넓고 창백한 소녀였어. 맙소사, 분명 그게 너희 집안 아이 루이자였을 거야!"

나는 고개를 끄덕였다. "격자무늬 드레스 안에 수놓은 속바지를 입고 있는 아이였지?"

"그래, 비슷한 것 같아. 루이자와 그녀의 부모가 세상을 떠난 뒤 그 그림들이 레이시 노인에게 간 것 같아. 어쨌든 언젠가 분명 우리가 기억할 수 있는 것보다 더 오래전에 그 노인은 10번가의 집과 함께 그림들을 상속받았어. 그리고 3, 4년 전에 그 노인이 죽은 뒤 친척들은 그 노인이 다락방에 있던 그것들을 본 적도 없다는 걸 알게 됐어."

"그래서?"

"노인은 유언장도 남기지 않고 죽었고, 네타 켄트, 다시 말해 네타 코스비가 가장 가까운 친척으로 밝혀졌어. 그 집에 돈이 될 만한 물건들이 별로 없었고 (그들 생각이 그랬다는 거지) 코스비 가족은 항상 쪼들리고 있어서 10번가의 그 집은 팔아야 했어. 그 그림들은 나머지 물건들과 함께 경매로 보내질 뻔했지. 하지만 누구도 그것들이 돈이 될 거라고 기대하지 않았어. 경매인은 그림을 카펫과 침구, 부엌 가구 같은 것들과 함께 팔면 대개 전체적으로 가치가 떨어진다고 알려줬어. 그래서 코스비 가족은 그 그림들을 벽에 걸어두려고 그 품목들을 보내라고 했지. 서른 점 정도 됐었나 봐. 그러고는 그것들을 닦아서 벽에 걸려고 했어. 네타는 거미줄을 걷어내고 보니 그중 일부가 초기 이탈리아 그림의 대단한 복제품들처럼 보였다고 했어. 하지만 돈이 없어서 그림들을 전문가에게 보내는 대신 집에서 세척하기로 결정했대. 그리고 어느 날, 그녀가 소매를 걷어붙이고서 바로 네 앞에 있는 이 그림을 작업하는 동안 그런 경우 으레 찾아오기 마련인 사람이 들렀다지? 뭔가 아는 사람 말이야. 그는 루브르 박물관과 관련된 과묵한 남자였는데 파리에서 온 편지를 그녀에게 가지고 와서 그녀의 빌어먹을 저녁 만찬에 초대받았었나 봐. 그가 왔다는 전갈을 들은 그녀는 자신이 하고 있던 일을 그에게 보여주면 재미있을 거라고 생각했겠지. 그녀의 팔이 예뻤던 거 기억할지 모르겠네. 어쨌든 식당으로 안내된 그는 그곳에서 뜨거운 물과 비누 거품이 든 양동이를 들고 있는 그녀를 발견했어. 그때 이 그림이 식탁 위에 놓여 있었지. 그가 가장 먼저 한 일은 그녀의 예쁜 팔을 시퍼렇게 멍들도록 꽉 움켜쥔 거야. 그러면서 소리쳤대. '맙소사! 뜨거운 물은 안 돼요!'"

내 친구는 분노와 만족감이 뒤섞인 한숨을 내쉬며 뒤로 기대어 앉았다. 우리는 조용히 앉아 벽난로 선반 위에 놓인 멋진 〈경배 Adoration〉를 올려다보았다.

"그렇게 해서 내가 이걸 조금 싸게 손에 넣게 됐어. 원래 있던 광택제 대부분이 영원히 사라졌거든. 하지만 다행스럽게도 이것이 그녀가 달려든 첫 번째 그림이었어. 다른 그림들에 관해서는 그것들을 꼭 봐야 한다는 말밖에 해줄 말이 없군. 잠깐만, 어딘가 카탈로그가 있을 거야."

그는 여기저기 뒤지며 카탈로그를 찾기 시작했다. 나는 네타 켄트와 거의 결혼까지 갈 뻔했던 일을 떠올리며 물었다. "그럼 네타는 그것들을 하나도 간직하고 있지 않다는 뜻이야?"

"맞아. 그 돈으로 진주와 롤스로이스를 샀겠지. 5번가에 있는 그들의 새집 봤어? 이렇게 우스운 상황에서 또 가장 웃기는 일은 그림들이 발견됐을 때 짐이 네타와 이혼할 생각을 하고 있었다는 거야." 그는 얄궂은 미소를 지으며 말을 끝맺었다.

"가엾은 루이자!" 나는 애도의 한숨을 내쉬었다.

끝.

존 러스킨 - p.55

John Ruskin (1819~1900)

"햇살은 감미롭고, 비는 상쾌하며,

바람은 용기를 주고, 눈은 마음을 설레게 한다.

이 세상에 나쁜 날씨란 없다.

서로 다른 종류의 좋은 날씨만 있을 뿐."

- 존 러스킨 -

영국 런던 태생. 19세기 영국을 대표하는 지성인으로 미술 평론가, 사회 사상가, 화가, 작가로 널리 알려짐. 포도주 상인이었던 아버지 덕분에 집안이 매우 부유했으며, 어릴 때부터 세계 곳곳을 두루 여행하며 견문을 넓혔고 예술뿐만 아니라 문학, 정치, 경제, 사회 등 다방면에 관심이 있었으며 작가이자 화가로서도 많은 작품을 남김. 마흔 살 이후 경제와 사회문제에 관심을 가지고 사회 사상가로 활동. 이익만을 중요시하는 경제학을 비판하고 인간 본연의 가치 등이 더 중요하다는 인도주의적 경제학 이론을 주장. 노년에는 정신 질환을 앓다가 사망. 훗날 톨스토이, 간디, 버나드 쇼 등은 러스킨을 "당대 최고의 사회개혁자"라고 평함.

단테 로세티 - p.56

Gabriel Charles Dante Rossetti (1828~1882)

"마음에 시를 품고 있는 자는

그림을 그리지 않을 수 없다."

- 단테 로세티 -

영국의 낭만주의 화가 겸 시인. 미술과 문학을 오가는 뛰어난 천재성으로 유명. 서른두 살에 연인이었던 엘리자베스 시달과 결혼하였으나, 그녀는 2년 후 약물 과다 복용으로 사망함. (자살이라는 일부 주장 있음) 노년에는 시를 집필하는데 몰두. 주로 신화, 성서, 문학 작품 등에서 모티브를 얻어 서정적인 작품을 제작했기에 그의 화풍은 몽환적이고 관능미가 넘치며 중세적인 분위기를 특징으로 함. 연인이자 배우자였던 엘리자베스 시달이 죽고 그녀를 기리며 그린 〈축복받은 베아트리체(Beata Beatrix, 1870)〉 작품 등이 유명.

노처녀

옛 뉴욕에서는 성실하고 부유한 몇 개의 가문이 세력을 떨쳤다. 랄스턴 가문도 그중 하나였다.

다부진 잉글랜드계와 혈색 좋은 거구의 네덜란드계 혈통이 어우러져 부유하고 신중하면서도 호화로운 이 가문을 일구었다. 은행가, 인도 무역상, 선박업자, 선박 잡화상들의 재산을 토대로 세워진 이 신중한 가문에서는 “일을 멋지게 처리하는 것”을 늘 기본 원칙으로 삼았다. 그들은 변덕스러운 기후 탓에 군살이 줄고 더 긴장하며 산다는 이유로 유럽 사람들의 눈에는 신경질적이고 비관적인 사람들로 비추어졌다. 기름기 흐르는 몸을 느릿느릿 움직이며 이따금 남몰래 일어나는 어리석은 사건에 표면적으로 동요하지 않고 점잔빼며 단조로움 속에 살아가는 사람들이었다. 당시의 이 예민한 영혼들은 마치 소리 없이 ‘운명’을 연주하는 무음의 건반 악기 같았다.

견고하게 결합된 가문들로 구성된 이 조밀한 사회에서 랄스턴 가문은 가장 넓은 지역에서 군림했고 폭넓게 영향력을 행사했다. 랄스턴 가문은 잉글랜드 중산층의 후손이었다. 그들은 죽을 각오로 종교적 신념을 지키기 위해서가 아니라 은행 계좌를 지키기 위해 식민지로 건너왔다. 결과는 그들의 기대 이상이었고 그 성공에 힘입어 종교적 색채가 가미되었다. "미국 성공회"라는 회유적인 이름 아래 불순물을 제거한 영국 국교회는 결혼식 예배에서 거친 은유들을 배제하고는 '아타나시오 신경'(가톨릭교회의 4대 신경 중 하나. 삼위일체와 그리스도가 인류를 구원한다는 교리를 밝힌 경문 – 역자 주)에서 신의 벌을 경고하는 구절로 어물쩍 옮겨갔다. 또 주님의 기도에서 "하늘에 있는 우리 아버지Our Father which"보다 "계신who"이라고 하는 것이 더 예의 바르고 랄스톤 사람들이 스스로 세운 타협 정신에 꼭 들어맞는다고 생각했다. 모든 집단에는 설명되지 않는 사람들을 대할 때와 마찬가지로 새로운 종교에 대한 본능적 혐오가 도사렸다. 철두철미하게 획일적인 랄스턴 사람들은 해안을 촘촘히 엮는 해초처럼 새로운 사회를 한데 묶는 보수층을 대표했다.

랄스턴에 비하면 로벨, 할시, 밴더그레이브 같은 전통적인 명문가들조차 돈에 부주의하고 무관심했으며 충동적이고 우유부단해서 무모해보일 지경이었다. 가문의 확고한 설립자인 존 프레데릭 랄스턴 노인은 그 차이를 감지하고 아들인 프레데릭 존에게 이 점을 강조했다. 그는 아들이 경험 없고 이로울 것 없는 사람들에게 조금씩 기우는 것을 눈치 챘다.

"너는 래닝, 다고넷, 스펜더 가문 사람들이 위험을 무릅쓰고 융통 어음을 발행하도록 내버려 두었다. 그들에게는 지방 명문가의 피가 흐르지만, 우리는 그것과 거리가 멀지. 그들이 벌써 얼마나 쇠퇴하고 있는지 봐라. 그 집안의 남자들 말이다. 네가 좋다면 네 아들들을 그런 가문의 건전하고 참한 딸들과 결혼시켜라. 내 손자들이 로벨이나 밴더그레이브가家 사람 아니면 우리 같은 부류의 사람들을 만나서 배우자로 맞이하는 걸 곧 보게 될 테지만. 네 아들들이 경마에 빠진 젊은 친구들을 좇아다니며 멍하니 시간을 보내지 않게 하고 남쪽의 그 빌어먹을 스프링스로 달려가 뉴올리언스에서 도박을 하거나 또 다른 엉뚱한 짓을 하지 않게 해라. 너는 그렇게 가문을 세울 것이고 인생의 부침 따윈 얼씬도 못 하게 할 거다. 우리가 늘 그랬던 것처럼."

프레데릭 존은 아버지의 말을 귀담아듣고 그 뜻을 따라서 할시가家의 여인과 결혼했으며 순응적으로 그가 간 길을 따랐다. 그는 알렉산더 해밀턴(워싱턴 대통령 밑에서 재무장관을 지낸 정치가 - 역자 주)을 우러르고, 토머스 제퍼슨(미국 3대 대통령 - 역자 주)에게 공헌한 신중한 세대의 뉴욕 신사에 속했다. 제퍼슨은 뉴욕을 워싱턴처럼 배치하고 싶어 했지만, 그들이 은근히 얕잡아본 사람들에게 '비민주적'이라고 여겨지지 않도록 격자형으로 배치했다. 뼛속까지 상인인 뉴욕 사람들은 창가에 수요가 가장 높은 물품을 진열하면서 개인적 소견대로 신문이나 정기 간행물 인쇄소는 뒤로 밀어냈다. 그것들은 자주 이용되지 않아서 점차 실체와 색채를 잃고 있었다.

4대째의 랄스턴 가문은 개인 및 사업 문제에 대한 강렬한 명예심 말고는 어떠한 신념도 남아 있지 않았다. 그들은 지역 사회와 국가에서 일어나는 일에 대해 자신들이 이미 홀대했던 신문에서 일상적인 견해를 취했다. 랄스턴 가문은 안전이 입증된 대의명분에 자금을 댄 것 말고는 나라의 운명을 개척하는 데 거의 공헌하지 않았다. 그들은 국가를 세운 많은 위대한 사람들과 관련이 있었지만, 몸소 위대한 사람의 대열에 낄 정도로 헌신적인 사람은 아무도 없었다. 선조인 존 프레데릭이 말했듯이 그들은 3퍼센트에 만족하는 것이 안전하다고 보았다. 그들은 영웅주의를 일종의 도박으로 여겼다. 그런데도 그들은 단지 수적으로 매우 우세하고 모두 닮은꼴이어서 지역 사회에서 영향력을 갖게 되었다. 사람들은 관례를 들먹이고 싶을 때 "랄스턴 사람들"을 언급했다. 권력의 이러한 속성은 3대째에 점차 집단의 중요성을 확신시켰고 델리아 랄스턴의 남편이 속한 4대째에는 지배 계층의 안락함과 고지식함이 자리 잡고 있었다.

랄스턴 사람들은 자신들의 일반적인 신중함의 범위 안에서 부유하고 명망 있는 시민으로서의 의무를 다했다. 그들은 오래된 자선단체의 이사회마다 모습을 드러냈고 잘 나가는 기관에 후하게 기부했다. 또 뉴욕 최고의 요리사를 고용했으며 해외여행을 할 때는 로마에서 이미 명성이 자자한 미국 조각가들의 조각상을 주문했다. 집으로 조각상을 들여온 최초의 랄스턴 사람은 엉뚱한 인물로 취급되었다. 하지만 해당 조각가가 영국 귀족에게 의뢰받은 몇 작품을 멋지게 완성했다는 사실이 알려지자 가문 내에서는 이것 또한 3퍼센트의 투자였다고 간주했다.

네덜란드계 밴더그레이브 가문과 두 번의 혼인 관계를 맺은 뒤 검소하고 당당한 삶의 특성이 굳건해져서 신중하게 형성된 랄스턴가家의 특성은 이제 타고난 기질처럼 보이기도 했다. 그러므로 델리아 랄스턴은 만일 자기의 어린 아들을 황야에 풀어놓으면 '그 애가 거기에 작은 뉴욕을 건설하고도 남지 않을까, 그리고 모든 이사회 위에 서 있지 않을까'하고 이따금 상상했다.

델리아 로벨은 스무 살에 제임스 랄스턴과 결혼했다. 그 결혼식은 신부의 시골 저택 응접실에서 당시의 관습대로 엄숙하게 거행되었다. 지금도 그 저택은 에비뉴 A와 91번가가 만나는 모퉁이에서 해협을 내려다보며 서 있다. 결혼식을 올린 뒤 신랑은 그녀를 마부석 가장자리에 술이 달린 로벨 할머니의 카나리아색 마차에 태우고 넓은 교외 지역과 지저분한 느릅나무 그늘이 드리워진 길을 지나 그래머시 파크의 새집 중 한 곳으로 데리고 갔다. 당시는 젊은 개척자 집단이 그래머시 파크로 막 이주하기 시작했을 때였다. 그곳에서 델리아는 스물여섯 살에 제대로 기반을 잡았다. 두 아이의 엄마가 되었고 남편에게 후한 용돈을 받았으며 모두가 인정하듯이 가장 멋지고 가장 인기 있는 "젊은 부인" 중 한 명이 되었다.

어느 날 오후 델리아는 그래머시 파크에 있는 자택의 근사한 침실에 앉아 차분히 이런 생각을 하며 감사한 마음을 품었다. 그녀는 랄스턴 사람들의 원초적인 모습을 너무 가까이에서 봐서 그들에 대한 (자기 아들은 어느 날 자연히 갖게 될) 명확한 견해를 갖기 힘들었다. 그녀는 자국의 법 아래서 별생각 없이 사는 국민처럼 그들 아래서 그렇게 살았다. 하지만 음이 소거된 건반의 떨림이 또는 이따금 그녀 안에서 날개를 퍼덕이는 비밀스러운 의문이 그녀를 그들로부터 갈라놓았다. 그러면 그녀는 잠시나마 그들의 다른 면을 살펴볼 수 있었다. 그 순간은 언제나 짧았다. 그녀는 숨이 가빠지고 조금 창백해져서 아이들에게로 자기가 돌보던 가정으로 새 드레스와 다정한 제임스에게로 재빨리 돌아왔다.

그녀는 오늘 제임스가 새 보닛을 사는 데 비용을 아끼지 말라고 한 것을 떠올리며 부드러운 미소와 함께 그를 생각했다. 그녀는 스물여섯 살이고 두 아이의 엄마였지만, 여전히 놀랍도록 싱그러운 인상을 풍겼다. 당시는 젊은 아내의 풍만함이 보기 좋다고 여겨졌고 그녀는 그 풍만함 덕분에 잿빛 실크 상의의 가슴 언저리가 항상 팽팽했다. 목이 깊게 파인 레이스 옷깃을 고정했던 성 베드로가 모자이크된 브로치가 풀리는 바람에 무거운 금시계 체인이 벨벳 허리띠로 조여진 가냘픈 허리 위에서 위태롭게 달랑거렸다. 하지만 캐시미어 스카프 아래로 경사진 어깨는 젊어 보였고 그녀의 모든 움직임은 소녀처럼 민첩했다.

델리아 랄스턴은 남편 말대로 비용을 아끼지 않았다. 그녀는 고급스러운 보닛의 실크 주름이 감싸고 있는 갸름한 얼굴과 발그레한 뺨을 만족스러운 듯 살펴보았다. 그것은 넓은 새틴 리본이 달린 수정이 촘촘히 박힌 깃털로 장식된 흰 벨벳 카브리올레(후드처럼 뒤로 젖힐 수 있는 여성용 모자 - 역자 주)였다. 그 주週에 바우어리의 성 마르코 성당에서 그녀의 사촌인 샬롯 로벨이 결혼식을 올릴 예정이어서 그 예식을 위해 주문한 보닛이었다. 델리아와 마찬가지로 샬롯의 결혼 상대는 웨이버리 플레이스 분가의 랄스턴 사람이었다. 어떤 선택도 그보다 더 안전하거나 견실하거나 일반적일 수는 없었다. 델리아는 왜 그 단어가 떠올랐는지 알 수 없었다. 일가 사람의 수가 적은 자기 가문의 아가씨들조차 랄스턴 사람과 결혼하는 것이 "일반적"이라고 볼 수 없었기 때문이다. 하지만 그 결혼이 보장하는 견실함, 안전함, 적절함 덕분에 맵시 좋은 멋진 아가씨들이 평온하고 수줍게 자신의 미래로 계획하는 전형적인 결혼이 되었다.

그러면 그 뒤에는 어떤 일이 벌어졌을까? 그리고 이 새로운 질문의 의미는 무엇이었을까? 물론 그 뒤 젊은 남성의 무한한 요청에 놀라고 당황스러워하며 넘어간 아가씨는 약혼반지에 대한 답례로 기껏해야 그들에게 장밋빛 뺨을 내밀었을 뿐이었다. 커다란 더블 침대가 있었고, 결혼식 다음 날 아침 침실에 딸린 화장실 문을 통해 셔츠 차림의 그가 차분하게 면도하는 모습을 보는 놀라움이 있었다. 신부 어머니가 얼버무리고 은근히 암시하다가 체념의 미소와 함께 전해주는 성서 구절, 결혼식의 화려함이 흐릿해지는 가운데 "순종하라"는 당부를 상기시키는 구절이 있었다. 한 주 또는 한 달간 이어지는 화끈거리는 고통과 혼란, 부끄러운 쾌락, 그리고 습관이 되어 어느덧 잠잠해진 당연한 행위, 커다란 흰 침대에서 깊이 잠든 두 사람이 있었다. 한때는 순수한 지성을 태울 듯했던 열정적인 시선이 오가던 화장실 문을 통해 이른 아침의 대화와 논의가 오갔다.

그러고는 아기들이 태어났다. "모든 것을 보상"할 것 같았던 아기들은 그런 보상을 주지 않았다. 아기들은 무척 사랑스러웠지만, 사람들은 무엇을 놓쳤고 무엇을 보상받아야 했는지 제대로 알지 못했다.

샬롯의 운명은 델리아와 같아질 것이다. 조 랄스턴은 육촌인 제임스 랄스턴과 매우 비슷했으므로 델리아는 웨이버리 플레이스의 나지막한 벽돌집에서 펼쳐질 그들의 삶이 그래머시 공원의 갈색 사암 집에서 살아가는 자신들의 삶과 다를 이유가 없으리라 생각했다. 다만 샬롯의 침실은 델리아의 침실만큼 멋지지 않을 것이었다.

그녀는 물결무늬 실크를 본뜬 프랑스 벽지와 가장자리에 드리운 "장식 커튼"과 커튼 고리 사이의 장식용 술tassel을 만족스러운 듯 바라보았다. 수놓은 흰 침대보로 덮인 마호가니 침대는 그것과 잘 어울리는 옷장의 거울에 대칭적으로 반사되었다. 움푹 들어간 금박 액자 속에 든 가족사진들 위로 레오폴드 로베르의 채색 석판화 〈사계四季〉가 놓여 있었다. 금박을 입힌 시계에는 쓰러진 통나무에 앉아있는 양치기 아가씨와 그녀의 발치에 놓인 꽃바구니가 장식되어 있었다. 몰래 다가온 양치기가 그녀에게 입맞춤하며 놀라게 했고 그녀의 작은 개는 장미 덤불 속에서 그를 향해 짖어댔다. 손잡이가 구부러진 지팡이와 모자의 모양새로 그 연인들의 직업을 알 수 있었다. 이 경박한 시계는 델리아의 이모인 맨슨 밍고트 부인에게 받은 결혼 선물이었다. 파리에 사는 씩씩한 과부인 밍고트 부인은 튈르리 궁전에서 이 선물을 전달했다. 델리아의 결혼 직후 젊은 클레멘트 스펜더가 짧은 휴가를 보내기 위해 이탈리아에서 돌아올 때 시계를 받아서 가지고 왔다. 만약 클레멘트 스펜더가 아내를 부양할 능력이 있었거나 로마와 그림을 포기하고 뉴욕과 법률을 선택했다면 그 혼인은 결코 성사되지 않았을 것이다. (너무 기이하고 이질적이고 냉소적으로 보이는) 클레멘트 스펜더는 밍고트 부인의 선물이 "팔레 루아얄에서 최신식"이었다고 비꼬듯 말하며 신부를 안심시켰다. 친척들은 밍고트 부인의 "이질성"을 못마땅하게 여기기는 했지만, 그녀의 취향은 존중했으므로 델리아가 응접실 벽난로 선반에 시계를 내놓지 않고 침실에 두는 것을 나무랐다. 하지만 델리아는 아침에 일어났을 때 몰래 입 맞추는 대담한 양치기를 보는 것이 좋았다.

샬롯은 분명 그렇게 예쁜 시계를 침실에 두지 못할 것이다. 그러고 보니 샬롯은 예쁜 물건들에 익숙하지 않았다. 그녀의 아버지는 서른 살에 폐렴으로 세상을 떠났고 로벨가家에서는 "가난한" 축에 들었다. 어린아이들을 부양해야 하고 일 년 내내 "곤궁하게" 사는 미망인은 장녀를 위해 해줄 수 있는 일이 별로 없었다. 샬롯은 사교계에 데뷔할 때 어머니의 드레스를 고쳐 입고 워싱턴 장군과 "논쟁을 벌였던" 작고한 친척에게 물려받은 새틴 샌들을 신어야 했다. 델리아는 벌써 치워버린 구식 랄스턴 가구가 샬롯에게는 호화로워 보일지도 몰랐다. 샬롯은 델리아의 화려한 프랑스 시계를 다소 경박하다고 하거나 심지어 "별로 멋지지 않다"고 여길 수도 있었다. 딱하게도 샬롯은 무도회를 포기하고 빈민들을 찾아다니기 시작한 뒤부터 무척 진지해졌고 지나치게 얌전빼는 것처럼 보였다. 델리아는 끊이지 않는 궁금증과 함께 그녀의 갑작스러운 변화를 떠올렸다. 당시 집안사람들은 샬롯 로벨이 결국 노처녀가 될 것이라고 은밀하게 수군거렸다.

샬롯이 사교계에 데뷔했을 당시에는 아무도 그렇게 생각하지 않았다. 물론 그녀는 어머니에게 간신히 새 모슬린 드레스 한 벌을 얻을 수 있는 처지였고, 광대뼈 위의 적갈색 홍조는 마치 짙은 화장을 한 것 같다는 가당찮은 생각이 들게 했으며, 지나치게 새빨간 머리카락에서부터 너무 옅은 갈색 눈동자에 이르기까지 외모가 대체로 아쉽기는 했다. 하지만 이런 결함은 가냘픈 허리와 경쾌한 걸음걸이, 명랑한 웃음으로 만회되었다. 그녀가 무도회에 갈 때 머리카락에 머릿기름을 정성껏 바르고 빗질하면 거의 갈색으로 보였고 머리에 쓴 붉은색과 흰색 동백꽃 화환 아래 섬세한 뺨을 따라 가지런하게 찰랑거렸다. 조 랄스턴을 비롯해 혼기가 찬 여러 청년들은 그 모습을 보고 예쁘다고 한 것으로 알려졌다.

그러다가 샬롯이 병에 걸렸다. 그녀는 달빛 아래에서 썰매를 타는 파티에 갔다가 감기에 걸렸고, 뺨의 홍조는 더 짙어졌으며, 기침을 하기 시작했다. 그녀가 "아버지처럼 되어가고 있다"는 이야기가 퍼졌고 그녀는 서둘러 조지아주州에 있는 외딴 마을로 떠났다. 그곳에서 1년간 옛 가정교사와 단둘이 살았다. 그녀가 돌아왔을 때 무언가 변했다는 것을 모두가 단번에 느꼈다. 그녀는 창백했고 어느 때보다 야위었지만, 뺨은 우아하게 투명했고 눈 색깔은 짙어졌으며 머리카락은 더욱 붉은 기를 띄었다. 퀘이커 교도처럼 근엄해 보이는 평범한 드레스를 입어서 그런 남다른 외모가 더 두드러져 보였다. 그녀는 자질구레한 장신구와 시곗줄을 벗어두었고 항상 똑같은 잿빛 망토를 걸치고 꼭 맞는 작은 보닛을 썼으며 갑자기 궁핍한 사람들을 열성적으로 돌보기 시작했다. 가문 사람들은 그녀가 남부에서 지낸 1년 동안 "가난한 백인들"과 그 자녀들의 절망적인 타락으로 충격받았고 그런 비참한 모습을 보았기에 젊은 친구들의 태평한 삶으로 되돌아가는 것이 불가능하게 되었다고 설명했다. 모두가 의미심장한 시선으로 이 비정상적인 심리 상태가 "시간이 지나면 차차 나아질 것"이라고 수긍했다. 한편 샬롯의 할머니인 로벨 노부인은 어쩌면 샬롯을 누구보다 잘 이해했을지 모른다. 노부인은 가난한 이들을 돕도록 샬롯에게 돈을 조금 주었고 머서가街의 자택 뒤쪽에 있는 로벨가家의 마구간에 딸린 방을 빌려주었다. 샬롯은 나중에 "주간 탁아소"라고 불린 그곳에 이웃의 궁핍한 아이들을 모아 놓았다. 그중에는 2, 3년 전에 베일을 쓰고 멋진 망토를 걸친 부인이 사이러스 워싱턴의 가축우리 같은 집에 데려다 놓아 강한 호기심을 불러일으킨 여아도 있었다. 사이러스 워싱턴은 흑인 잡역부였고 그의 아내 재스민은 란스켈 박사의 세탁물 담당이었다. 그날 주치의였던 란스켈 박사는 아마 뉴욕의 유니언 스퀘어에서 배터리가街에 이르기까지 모든 가정의 비밀스러운 역사를 다 꿰고 있었을 것이다. 하지만 그는 호기심 많은 환자들에게 시달렸음에도 불구하고 재스민을 찾아온 '베일 쓴 부인'이 누구였는지 알아볼 수 없었다고 또 아기 턱받이에 꽂혀있던 백 달러짜리 지폐의 출처도 짐작조차 할 수 없다고 한결같이 주장했다.

그 아기에게 백 달러가 다시 전달된 적은 없었고 그 여인도 다시 나타나지 않았지만, 아기는 재스민의 흑인 아이들과 함께 건강하고 행복하게 지냈다. 아기는 아장아장 걸음을 떼자마자 샬롯 로벨의 탁아소로 보내졌다. 그곳에서 같은 처지의 빈민 아이들과 마찬가지로 샬롯의 낡은 드레스를 잘라 만든 옷을 입었고 지칠 줄 모르는 샬롯이 아이들을 위해 짠 양말을 신었다. 델리아는 친자식들을 돌보는 데 몰두하던 와중에도 탁아소에 한두 번 들렀다가 샬롯의 지극한 모성 본능이 정상적인 결혼생활 속에서 배출구를 찾았으면 하는 마음을 품고 돌아갔다. 델리아는 사랑스러운 자식들에 대한 자신의 애정이 로벨 할머니의 마구간에 있는 비쩍 마른 아이들에 대한 샬롯의 맹렬한 열정에 비하면 가볍고 감상적인 것처럼 느껴져 혼란스러웠다.

그 뒤 샬롯 로벨은 조 랄스턴과 약혼을 발표함으로써 모두를 놀라게 했다. 조는 샬롯이 사교계에 데뷔한 해부터 '그녀를 흠모했다'고 알려졌었다. 키가 크고 날렵한 조는 춤을 우아하게 추는 샬롯과 함께 여러 곡이 흐르는 내내 춤을 추었다. 그해 겨울이 끝나갈 무렵 모든 중매쟁이들은 둘 사이에 좋은 소식이 있을 것이라고 예상했다. 하지만 델리아가 슬쩍 떠보았을 때 샬롯은 대답을 얼버무렸다. 이마까지 빨개진 그녀의 얼굴은 구혼자가 마음을 바꾸었다고 암시하는 것 같아서 델리아도 더 이상 물을 수 없었다. 이제 그들 사이에는 예전에 로맨스가 있었던 것이 확실해졌고 아마 "오해"라는 아슬아슬한 사건이 뒤따랐던 모양이었다. 하지만 마침내 모든 일이 잘 풀렸고 성 마르코 성당의 종들은 샬롯의 행복한 나날들을 위해 울릴 준비가 되어 있었다. "아, 그 애가 아기였을 때…" 랄스턴가家의 어머니들은 이구동성으로 옛날이야기를 꺼냈다.

"샬롯!" 델리아는 어깨너머 유리창에 비친 사촌의 모습을 보고 의자를 뒤로 밀며 크게 불렀다.

샬롯 로벨은 문간에 멈추어 섰다. "사람들이 언니가 여기 있다고 해서 뛰어 올라왔어."

"당연히 그랬겠지, 샬롯. 포플린 드레스가 정말 잘 어울린다. 나는 항상 너한테 풍성한 직물이 잘 어울릴 거라고 말했지. 네가 잿빛 캐시미어를 벗어 던진 걸 보게 되어 아주 기뻐." 델리아가 윤기 흐르는 검은 머리에서 흰 보닛을 벗어들고 가만히 흔들자 크리스털 장식이 반짝거렸다.

"네 맘에 들었으면 좋겠는데? 네 결혼식 때 쓰려고 장만한 거야." 델리아는 웃으며 말했다.

샬롯 로벨은 가만히 서 있었다. 어머니의 낡은 비둘기색 포플린 드레스에 진홍색 벨벳 리본으로 된 좁은 머리띠를 두르고 가슴에 흰 담비 털 숄을 늘어뜨렸으며 깃털이 늘어지는 새 비버 보닛을 쓴 그녀는 어느새 기혼 여성의 자신감과 위엄이 느껴졌다. "그리고 네 머리카락 색깔이 전보다 확실히 더 짙어졌구나." 델리아는 이렇게 덧붙이며 여전히 무언가 알아내고 싶어 하는 눈빛으로 쳐다보았다.

"짙어졌다고? 흰머리가 나고 있어." 샬롯이 가라앉은 목소리로 불쑥 말했다. 그녀는 머리에 두른 띠를 뒤로 넘기며 관자놀이에 난 흰 머리를 보여주었다. "언니는 내 결혼식까지 보닛을 아껴둘 필요가 없어. 난 결혼하지 않을 테니까." 그녀는 잠깐 하얀 이를 드러내고 웃으며 말했다.

델리아는 사촌에게 다가가기 전에 깃털이 위쪽으로 가도록 보닛을 내려놓을 정도의 침착성은 있었다.

"결혼을 하지 않겠다고? 샬롯, 너 정말 미쳤니?"

"내가 옳다고 생각하는 대로 행동하는 게 왜 미친 거야?"

"하지만 사람들은 네가 사교계에 데뷔한 그해부터 조와 결혼할 거라고 말했어. 그리고 그때 무슨 일이 있었는지 아무도 몰랐어. 그런데 이제 와서, 이게 어떻게 옳은 일이 될 수 있니? 넌 절대 그럴 수 없어!" 델리아는 두서없이 소리쳤다.

"아, 사람들!" 샬롯 로벨은 신물이 난다는 듯 말했다.

델리아는 놀란 얼굴로 샬롯을 바라보았다. 샬롯의 목소리가, 또는 델리아가 이제껏 들어보지 못한 누군가의 목소리가 그녀를 오싹하게 했다. 그 울림은 그들의 익숙한 세계를 뒤흔드는 것 같았고 기겁한 델리아의 슬리퍼 밑에서 융단 카펫이 실제로 흔들리는 것 같았다.

샬롯 로벨은 억지로 눈을 부릅뜨고 앞을 바라보며 서 있었다. 델리아는 샬롯이 화가 나거나 흥분할 때 그녀의 옅은 갈색 눈동자에 떠 있는 녹색 반점을 알아보았다.

"샬롯, 너 도대체 어디에서 오는 길이니?" 델리아는 샬롯을 소파로 끌어당기며 물었다.

"어디에서 오는 길이냐고?"

"그래. 넌 마치 유령이라도 본 사람 같아."

샬롯이 입꼬리를 당기며 조금 전처럼 으르렁거리는 듯한 미소를 짓더니 말했다. "조를 봤어." 델리아는 갑자기 밝아진 얼굴로 말했다. "그래서? 샬롯…, 조의 과거에서 어떤 사소한 일도 그냥 넘기지 않겠다는 뜻은 아니겠지? 내가 무슨 말을 듣고 이러는 건 아니지만, 설령…" 그녀는 숨을 깊게 들이마시고 과감하게 난처한 질문을 던졌다. "설령 네가 조에게 아이가 하나 있다는 말을 들었더라도 말이야. 물론 그가 미리 그 이야기를 했을 테지만…"

샬롯은 고개를 저었다. "나도 알아. 더 말하지 않아도 돼. 남자들이 다 그렇지, 뭐. 하지만 그것과는 상관없어."

"무슨 일인지 말해봐."

샬롯 로벨은 햇살이 비추는 고급스러운 방을 둘러보았다. 마치 그 방이 자기가 사는 세상의 모습이고 감옥 같은 그 세상에서 도망쳐야 한다고 여기는 눈빛이었다. "난 도망치고 싶어." 그녀가 갈망하듯 말했다.

"도망친다고? 조에게서?"

"그의 생각들, 그리고 랄스턴식의 생각들로부터…"

델리아는 불쾌함을 억누르며 고개를 쳐들었다. 어쨌든 그녀는 랄스턴 사람이었다! "랄스턴식의 생각들이라고? 난 랄스턴식의 생각들이 같이 살기 힘들 정도로 불쾌하다고 여긴 적이 없는데." 그녀는 날이 선 미소를 지었다. "그 말이 아니야. 이건 언니 경우와 달라. 그들은 언니에게 무언가를 포기하라고 요구하지 않았잖아."

"무엇을 포기하라고 했는데?" 가난한 샬롯에게 누군가 포기하라고 요구할만한 것이 도대체 무엇일지 델리아는 궁금했다. 샬롯은 항상 무언가 포기해야 하는 입장이 아니라 받는 쪽이었다. "내게 설명해줄 수 있겠니, 샬롯?" 델리아는 재촉하듯 물었다.

"내 가엾은 아이들, 그가 나더러 그 아이들을 포기하래." 샬롯은 괴로운 듯 속삭이며 울먹였다.

"아이들을 포기하라고? 그 애들을 돕는 걸 포기하라고?"

"그 아이들을 만나고 돌보는 일을 그만두래. 그 아이들을 완전히 포기하라는 거야. 그는 자기 어머니를 통해서 내게 그 이야기를 전달했어. 그는 나중에 우리에게 아이들이 생겼을 때 병이 옮을까 봐 두려워해. 물론 누군가를 고용할 수 있도록 내게 돈을 줄 거야. 아이들을 돌볼 사람을 고용하라고. 그는 그게 멋지다고 생각해." 샬롯은 흐느끼기 시작했다. 보닛을 벗어던지고 쿠션에 엎드려 우는 얼굴을 감추었다.

델리아는 어찌할 바를 모른 채 앉아있었다. 예상치 못한 많은 문제들 가운데 이런 일은 더욱 상상도 못할 일이었다. 그녀는 자기 내면의 후천적인 랄스턴 기질 덕분에 조가 반대하는 이유를 알 수 있었고 그에게 동의할 수밖에 없었다. 뉴욕 사람들은 헨리 밴 더 루이든 가家의 가여운 외동아들의 죽음을 아무도 잊지 않았다. 그 아이는 원칙을 모르는 유모가 몰래 데려간 서커스에서 천연두에 걸렸다. 그와 같은 경고 이후 부모들은 전염병에 대한 모든 예방조치가 타당하다고 느꼈다. 가난한 사람들은 아주 무지하고 부주의했으므로 그들의 아이들은 당연히 모든 전염병에 끊임없이 노출되어 있었다. 조 랄스턴이 확실히 옳았고 샬롯은 거의 비정상적이고 비합리적이었다. 하지만 지금 그녀에게 그렇게 말해봐야 소용없을 것이다. 델리아는 본능적으로 시간을 끌었다.

델리아는 엎드려 있는 샬롯의 귀에 속삭였다. "어쨌든 그게 네가 아이를 가진 뒤의 문제라면, 너는 당분간 아기를 갖지 않아도 돼."

"그래. 그러면 되겠네!" 쿠션 위에서 비통한 대답이 돌아왔다.

델리아는 침착하고 초연하게 미소 지었다. "정말이야, 샬롯. 네가 뭘 알고 그렇게 말하는지 잘 모르겠다. 너는 이해하지 못해."

샬롯 로벨은 몸을 일으켰다. 그녀의 브뤼셀 레이스 옷깃이 풀어져서 구겨진 드레스 상의에 매달려있었다. 헝클어진 머리카락 사이로 흰 머리카락 가닥이 초췌하게 드문드문 보였다. 옅은 갈색 눈동자의 초록색 반점이 송어 연못의 나뭇잎처럼 떠다녔다.

'불쌍한 것, 어찌나 나이 들고 못나 보이는지…. 어느 때보다 더 노처녀처럼 보이는구나. 이 아이는 자신에게 결코 다른 기회는 없으리라는 사실을 전혀 깨닫지 못하는 것 같아…' 델리아는 생각했다.

"넌 분별력을 되찾으려 노력해야 해, 샬롯. 결국 친자식들에게 우선권이 있는 거야."

"바로 그게 문제야." 샬롯은 델리아의 손목을 난폭하게 거머쥐었다. "어떻게 내 아이를 포기할 수 있겠어?"

"네…, 네 아이라고?" 델리아의 세계는 발밑에서 다시 흔들리기 시작했다. "그 가엾은 말라깽이 아이들 중에 누가 네 아이라는 거니, 샬롯?" 그녀는 참을성 있게 물었다.

샬롯은 그녀의 눈을 똑바로 쳐다보았다. "내 아이를 내 아이라고 부르는 거야."

"네 아이라고? 아! 조심해, 손목을 너무 꼭 쥐어서 아프잖니, 샬롯." 델리아는 억지로 웃으며 손목을 빼냈다. "네 아이라고?"

"내 딸이야. 재스민과 사이프러스가 키우는 아이 말이야."

"아…" 델리아 랄스턴은 숨이 턱 막혔다.

두 사촌은 마주 보며 말없이 앉아있었다. 하지만 델리아는 눈길을 돌렸다. 아무리 그런 이야기를 해야 했더라도 티 없이 순결한 아이들 방을 마주하고 있는 이 침실에서 그런 이야기를 해서는 안 되었다는 혐오감으로 몸서리가 쳐졌다. 델리아는 사촌을 포옹할 때 구겨진 실크 스커트의 오르간 같은 주름을 반듯하게 폈다. 그러고는 다시 샬롯의 눈을 바라보았고 마음이 살짝 누그러졌다.

"아, 딱한 샬롯. 가여운 것!" 그녀는 사촌에게 두 팔을 벌렸다.

*

양치기는 계속 양치기 아가씨 몰래 입을 맞추었고 쓰러진 통나무 위의 시계는 쉬지 않고 재깍거렸다.

머리가 멍해진 델리아는 시간 가는 줄도 모르고 사촌을 껴안은 채 앉아있었다. 오랫동안 뉴욕 사람들이 은밀하게 농담과 억측의 대상으로 삼았던 "백 달러 아기", 즉 이름도 없는 업둥이의 혈관에 자기 집안의 피가 흐르고 있다는 사실을 알고는 두려움과 놀라움으로 아무 말도 할 수 없었다. 이것은 그녀가 사회의 잔잔한 표면 아래쪽에 닿은 첫 번째 접촉이었다. 그런 이야기를 다름 아닌 이 델리아 랄스턴의 집에서 당사자의 입으로 직접 듣고 있다는 생각에 역겨워졌다. 당연히 샬롯은 누군가에게 당했을 텐데 그게 누구였을까? 샬롯은 이름을 밝히지 않았고 델리아는 물어볼 수 없었다. 두려움이 그녀의 입을 막아버렸다. 그녀는 마음속으로 이내 샬롯의 과거를 더듬었지만, 조 랄스턴 말고는 어떤 남성도 떠오르지 않았다. 그리고 조를 이 사건과 연관 짓는 것은 조금도 고려할 가치가 없었다. 그렇다면 누군가 남부에 있던 사람이었을까? 하지만 그럴 가능성은 없었다. 샬롯은 그곳으로 떠나있을 때 병이 깊었다. 그러다 델리아는 순식간에 그 병의 본질과 샬롯이 사라졌던 이유를 깨달았다. 그러한 추측으로 인해 그녀의 마음은 또다시 움츠러들었고 직감적으로 그나마 자신이 이해할 수 있었던 다른 일에 집중했다. 그것은 샬롯이 보살피는 빈민가 아이들에 대한 조 랄스턴의 태도였다. 물론 조는 아내가 안전한 주거지인 자신들의 집으로 전염병을 옮겨올지도 모르는 행동을 하도록 놔둘 수 없었을 것이다. 델리아의 남편 제임스도 똑같이 생각했을 것이고 그녀는 틀림없이 남편의 뜻에 동의했을 것이다.

그녀의 눈길은 다시 시계로 향했다. 그녀는 시계를 볼 때마다 클레멘트 스펜더를 생각했다. 그러다가 문득 궁금해졌다. 만일 상황이 달라서 샬롯이 조에게 간청한 것처럼 자신이 남편에게 똑같은 간청을 했다면 그가 무슨 말을 했을지 궁금했다. 그런 일은 상상하기 힘들었다. 그런데 델리아는 순식간에 생각을 바꾸어서 자신이 클레멘트의 아내가 되었고 자기 아이들은 그의 아이들이 되었으며 머서가街의 마구간에서 가난한 말라깽이 아이들을 계속 돌보게 해달라고 그에게 요청하는 모습을 상상했다. 그리고 그녀는 그의 웃음소리와 가벼운 대답을 명확히 들었다. “도대체 왜 그런 걸 묻는 거야, 바보같이? 나를 그렇게 독선적인 사람으로 보는 거야?”

물론 클레멘트 스펜더라면 그랬을 것이다. 관대하고 무모하고 결과에 무심했으며 맞닥뜨린 상황에 늘 친절한 행동을 하고는 툭하면 남에게 그 책임을 떠넘겼다. "클레멘트는 어딘가 경박한 데가 있어." 한번은 제임스가 심하게 말한 적도 있었다. 델리아 랄스턴은 정신을 가다듬고 사촌을 더 몰아세웠다. "샬롯, 말해봐." 그녀가 소곤거렸다.

"더 할 얘기가 없어."

"내 말은 네 자신에 관한 이야길 해보라고. 이 일을…" 클레멘트 스펜더의 목소리가 여전히 델리아의 귓가에 울렸다. "넌 누군가를 사랑했던 거야." 그녀는 나직이 말했다.

"그래, 다 끝난 일이야. 이제 그 아이만 남았어. 난 조를 다른 방식으로 사랑할 수 있었어." 샬롯 로벨은 자세를 바로 하며 핏기없는 얼굴을 찡그렸다.

"난 돈이 필요해. 내 아이를 위해 돈이 있어야 해. 그렇지 않으면 아이는 보호시설로 보내질 거야." 그녀는 잠시 말을 끊었다. "하지만 그게 다는 아니야. 나도 다른 여자들처럼 결혼해서 아내가 되고 싶어. 난 조의 아이들을, 우리의 아이들을 사랑하고 싶었어. 삶은 끝도 없이 시련을…"

"그래, 끝이 없지. 그런데 네 말을 들으면 마치 너를 이용한 사람이…"

"누구도 날 이용하지 않았어. 난 외롭고 불행했고 나처럼 외롭고 불행한 사람을 만났을 뿐이야. 모든 사람이 언니처럼 운이 좋은 건 아냐. 우린 둘 다 너무 가난해서 결혼할 수 없었어. 어머니도 절대 허락하지 않으셨을 거야. 그래서 어느 날, 그가 작별을 고하기 하루 전날…"

"그가 작별을 고했다고?"

"그래. 그는 이 나라를 떠나기로 돼 있었어."

"그가 이 나라를 떠났다고? 다 알면서도?"

"그가 어떻게 알았겠어? 그는 여기 살지 않아. 몇 주간 가족들을 보려고 잠깐 돌아왔던 거야." 샬롯은 말을 멈추었고 비밀을 삼키며 얇은 입술을 꾹 다물었다.

잠시 침묵이 흘렀다. 델리아는 멍하니 시계의 대담한 양치기를 쳐다보았다.

"그가 어디에서 돌아왔는데?" 이윽고 델리아가 낮은 목소리로 물었다.

"그게 무슨 상관이야? 언니는 이해하지 못할 거야." 샬롯은 자신의 순결을 두고 델리아가 동정적으로 말했을 때 이미 마음이 닫혔다.

델리아의 얼굴이 서서히 붉어졌다. 이상하게도 그녀는 샬롯이 경멸적으로 쏘아붙인 질책에 굴욕감을 느꼈고 자신이 소심하고 무능하게 여겨졌다. 샬롯이 자신에게 갑작스럽게 고백한 혐오스러운 과거를 어떻게 다루어야 할지 모르는 무지한 아가씨처럼 무능하게 느껴졌다. 하지만 갑자기 강렬한 여성적 직감이 그녀 안에서 꿈틀거리며 깨어났다. 그녀는 억지로 사촌의 눈을 마주 보았다.

"그게 누구였는지 말하지 않을 셈이니?"

"그게 무슨 소용 있어? 아무에게도 말한 적 없어."

"그러면 왜 날 찾아왔니?"

무표정했던 샬롯이 울음을 터뜨렸다. "내 아기를 위해서야, 내 아기."

델리아는 그 말에 개의치 않고 물었다. "내가 잘 모르면 어떻게 널 도울 수 있겠니?" 그녀는 모질고 메마른 목소리로 다그쳤다. 그녀의 심장이 세차게 고동치는 바람에 무언가 솟아올라 그녀의 목을 조를 것만 같았다.

샬롯은 아무 대답도 없었다.

"그가 어디에서 돌아왔다는 거니?" 델리아는 집요하게 다시 물었다. 그 질문을 들은 샬롯은 한참 울어서 퉁퉁 부은 눈을 두 손으로 가렸다. "그는 줄곧 언니가 자기를 기다릴 거로 생각했어." 그녀는 흐느끼며 말했다. "그러다가 언니가 떠난 것을, 언니가 형부와 결혼한다는 것을 들었을 때 그는 항해 중이었어. 밍고트 부인이 언니 결혼 선물로 시계를 가져가 달라고 부탁할 때까지 그 사실을 몰랐대."

"그만! 그만해!" 델리아는 벌떡 일어서며 소리쳤다. 고백을 부추긴 그녀는 일이 이렇게 되자 불필요하고 추잡스러운 일이 자신에게 떠맡겨진 것처럼 느껴졌다. 이 뉴욕이, 그녀의 뉴욕이, 안전하고 다정하고 위선적인 뉴욕이, 그리고 제임스 랄스턴의 집이, 그의 아내가 그토록 불명예스러운 폭로를 듣고 있었던 것인가?

샬롯 로벨도 따라서 일어섰다. "그럴 줄 알았어! 이제 언니는 내 아기를 더 나쁘게 보겠지. 왜 나한테 말하라고 했어? 언니가 절대 이해하지 못할 줄 알았어. 난 사교계에 나간 이후로 줄곧 클레멘트를 마음에 품고 있었어. 그래서 다른 누구와도 결혼하지 않으려 했던 거야. 하지만 나한테 희망이 없다는 걸 알았어. 그는 언니 말고는 누구에게도 눈길을 주지 않았거든. 그러다가 4년 전에 그가 돌아왔을 때 그를 기다리는 언니는 없었어. 그리고 그가 내 감정을 알아채기 시작했어. 내게 다정하게 대해주고 자기 삶과 그림에 관한 이야기도 했어." 샬롯은 숨을 깊게 들이쉬고 헛기침을 했다. "그 일은 끝났어. 완전히 끝났어. 난 그를 미워할 수도 사랑할 수도 없을 거야. 이제 내 아기만 남았어. 그는 아기에 관해 알지도 못해. 그가 알아야 할 이유도 없고 그와는 상관없는 일이야. 이건 누구와도 상관없는 내 일이야. 하지만 언니는 내가 아기를 포기할 수 없다는 걸 분명히 알 거야."

델리아 랄스턴은 점점 커가는 공포 속에 말없이 서서 사촌에게서 눈을 돌렸다. 그녀는 현실 감각을 잃었고 안전하다는 느낌과 자신감이 모두 사라졌다. 마치 한밤중에 겁에 질려 베개에 머리를 파묻은 아이처럼 샬롯의 애원에 귀를 닫고 싶은 충동이 일었다. 마침내 그녀는 똑바로 서서 메마른 입술로 말했다.

"그런데 넌 무엇을 하겠다는 거니? 왜 나한테 온 거야? 왜 나한테 이걸 다 털어놨어?"

"그가 언니를 사랑했으니까!" 샬롯 로벨이 내뱉었다. 그리고 두 여인은 마주 보았다.

델리아의 눈에 서서히 눈물이 차올라 뺨으로 흘러내렸고 메마른 입술을 적셨다. 그녀는 눈물 사이로 사촌의 초췌한 얼굴이 너울거리고 물속에 잠긴 얼굴처럼 축 처지는 것을 보았다. 그녀의 내면 깊숙이 생각지도 못한 곳에서 어림 짐작되고 모호하게 느껴지던 일들이 밀려 올라왔다. 잠시 동안, 마치 샬롯이 떨리는 가슴속에 간직하던 침묵을 생경한 말로 표현하면서 자신의 비밀스러운 과거를 털어놓고 있는 것처럼 보였다.

샬롯의 말대로 가장 곤란한 문제는 그들이 당장 무슨 조치를 취해야 한다는 것이었다. 한시도 지체할 수가 없었다. 샬롯이 옳았다. 조와 결혼하는 것이 아이를 포기한다는 뜻이라면 그녀는 결혼할 수 없었다. 어떤 경우든 그녀가 조에게 사실을 털어놓지 않고 그와 결혼할 수는 있을까? 또 그 사실을 다 듣고 난 조는 샬롯을 거절할 가능성이 있지 않을까? 이 모든 질문들이 델리아의 머릿속에서 괴로울 정도로 빙빙 돌았고 그 질문들 사이로 그 아이의 환영이 끊임없이 깜빡였다. 클레멘트 스펜더의 아이, 흑인의 가축우리 같은 집에서 자선 단체의 도움으로 자라고 있는 아이, 또는 사람들이 '보호소'라고 부르는 전염병의 온상 같은 집에서 떼 지어 사는 아이의 모습이었다. 아니, 그 아이가 우선이었다. 그녀는 온몸으로 그런 느낌을 받았다. 하지만 그녀는 무엇을 해야 할까? 누구에게 조언을 구하고 자신에게 클레멘트의 이름으로 찾아온 이 가련한 사람에게 어떤 조언을 해야 할까? 델리아는 자기 주위를 절망적으로 돌아보고 다시 사촌을 바라보았다.

"내게 시간을 줘. 난 생각을 해야 해. 넌 이대로 조와 결혼할 수 없어. 모든 준비가 끝났고 결혼 선물들이 도착했더라도…, 추문이 돌 거고 그게 로벨 할머니를 괴롭힐 거야."

샬롯은 낮은 목소리로 대답했다. "시간이 없어. 당장 결정해야 해."

델리아는 팔짱을 끼고 말했다. "난 생각을 해야 한다고 말했잖니. 이제 집으로 가줬으면 좋겠어. 아니, 여기 있어라. 네 어머니께 그런 눈을 보이면 안 돼. 제임스는 늦게 돌아올 테니까 내가 돌아올 때까지 이 방에서 기다려도 돼." 그녀는 옷장을 열고 수수한 보닛과 두꺼운 베일을 집어 들었다.

“여기 있으라고? 그럼 언니는 어딜 가려고?”

“나도 몰라. 걸으며 바람을 쐬고 싶어. 혼자 있고 싶어.”

델리아는 초조한 마음으로 페이즐리 문양의 숄을 두르고 보닛과 베일을 동여맨 뒤 장갑 낀 손을 방한용 토시에 찔러 넣었다. 샬롯은 꼼짝 않고 소파에 앉아서 멍하니 그녀를 쳐다보았다.

“여기서 기다려.” 델리아는 문간에서 다그치듯 말했다.

“그래, 기다릴게.”

델리아는 문을 닫고 계단을 급히 내려갔다.

*

델리아가 어디로 가려는지 모른다고 한 말은 사실이었다. 그녀는 단지 참을 수 없는 샬롯의 얼굴과 눈앞에 감도는 그 비극적인 분위기에서 벗어나고 싶었다. 밖으로 나가면 생각하기가 더 수월할 것 같았다.

델리아는 공원 울타리를 따라 걷다가 자신의 명랑한 아이들이 유모가 지켜보는 가운데 다른 집 응석받이 아이들과 놀고 있는 모습을 보았다. 어린 딸은 새로 산 격자무늬 벨벳 보닛을 쓰고 흰 숄을 걸쳤으며, 아들은 하이랜드 스타일 모자를 쓰고 짧은 모직 재킷을 입고 있었다. 아이들은 무척이나 행복하고 즐거워 보였다! 유모가 그녀를 알아보았지만, 델리아는 고개를 저으며 아이들에게 손을 흔들고 서둘러 걸음을 옮겼다.

그녀는 환한 겨울 햇살 아래 익숙한 거리를 걷고 또 걸었다. 신사들이 점심 식사를 마치고 사무실로 돌아간 지 한 시간쯤 지난 이른 오후여서 어빙 플레이스와 유니언 스퀘어에 행인은 거의 없었다. 델리아는 광장을 가로질러 브로드웨이로 갔다.

머서가街에 있는 로벨 저택은 튼튼하게 지은 옛날식 벽돌집이었다. 그 집에 인접한 커다란 마구간은 델리아가 잉글랜드로 신혼여행을 갔을 때 "마구간을 개조한 아파트 거리"라고 들었던 것과 비슷한 골목으로 입구가 나 있었다. 그녀는 그 골목을 돌아 마구간 안뜰로 들어가서 문을 밀었다. 회반죽을 바른 허름한 방에서 여남은 아이들이 난롯가에 모여 부서진 장난감을 가지고 놀고 있었다. 아이들을 돌보고 있는 아일랜드 여인은 다리가 부러진 송판 탁자 위에 올려놓은 작은 옷들을 잘라내고 있었다. 그녀는 샬롯과 함께 한두 번 아이들을 보러왔던 델리아를 알아보고는 상냥하게 아는 체했다.

델리아는 당황해서 멈칫했다.

"저, 혹시 새로운 장난감이 필요한지 물어보러 왔어요." 델리아는 머뭇거리며 말했다.

"필요해요, 부인. 다른 것들도 필요한 게 많답니다. 샬롯 양은 우리 가엾은 아이들을 보러 오는 부인들에게 구걸하면 안 된다고 제게 말하지만요."

"나한테 필요한 걸 말해도 돼요, 브리짓." 델리아는 미소 지으며 대답했다. "아기들 좀 볼게요. 제가 꽤 오랜만에 와서요."

노는 것을 멈춘 아이들은 유모 옆에 옹기종기 모여서 입을 벌린 채 풍성한 주름 장식을 부스럭거리는 부인을 올려다보았다. 옅은 갈색 눈에 붉은 뺨의 한 여자아이는 델리아가 기억하는 모조 산호 단추가 달린 격자무늬 알파카 코트를 입고 있었다. 그 단추들은 샬롯이 사교계에 데뷔한 해, 그녀가 가진 "제일 좋은 드레스"에 달려있던 것들이었다. 델리아는 걸음을 멈추고 그 아이를 안아 올렸다. 아이의 곱슬머리는 다행히도 눈 색깔과 똑같은 갈색이었다. 하지만 아이의 투명한 눈에는 샬롯과 똑같이 반짝이는 초록색이 떠다니고 있었다. 델리아가 앉으니 아이는 그녀의 무릎 위에 서서 진지하게 시곗줄을 만지작거렸다.

"부인, 아이의 신발이 치마를 더럽힐지도 몰라요. 여기 바닥은 별로 깨끗하지 않거든요."

델리아는 고개를 젓고는 아이를 꼭 안았다. 쳐다보는 다른 아기들과 유모는 이미 안중에 없었다. 그녀의 무릎에 있는 작은 아이는 남달랐다. 격자무늬 알파카 코트와 산호 단추가 아니더라도 그 아이를 가려낼 수 있었다. 아이의 넓은 이마에서 갈색 곱슬머리가 난 자리는 클레멘트 스펜더와 똑같았다. 델리아는 화끈거리는 뺨을 아이의 이마에 댔다.

"아가, 이 예쁜 노란 줄을 갖고 싶어?"

아이는 시곗줄에서 눈을 떼지 않았다. 델리아는 금시계 줄을 풀어서 아이의 목에 걸어주었다. 다른 아이들은 손뼉을 치고 환성을 질렀지만, 그 아이는 보조개가 팬 진지한 얼굴로 말없이 연결고리를 계속 만지작거렸다.

"부인, 그렇게 값나가는 물건을 어린애에게 줄 순 없어요. 이 아이는 그 흑인들 집으로 돌아가야 해서요…"

"이 아이 이름이 뭐죠?"

"제가 알기론 그들이 '티나'라고 불러요. 세례명 같지는 않아요."

델리아는 말없이 있었다.

"저, 그 아이 뺨이 너무 빨개요. 게다가 걸핏하면 기침을 하고요. 항상 감기를 달고 살아요. 이리 와, 티나. 부인에게서 내려와."

델리아는 아이의 연약한 팔을 놓고 일어섰다.

"아이가 부인을 보내고 싶어 하지 않네요. 오늘은 샬롯 양이 나오지 않았는데 이 아이는 그녀가 없으면 허전해해요. 어쩐 일인지 다른 아이들처럼 놀지도 않고요. 티나, 네가 가진 예쁜 시곗줄을 봐. 여기, 여기."

"잘 있어, 클레멘티나…" 델리아는 들리지 않게 속삭였다. 그녀는 옅은 갈색 눈과 곱슬한 정수리에 입을 맞추었고 솟구치는 눈물을 베일로 가렸다. 마구간 마당에서 수놓은 커다란 손수건으로 눈물을 닦은 뒤 잠시 머뭇거리며 서성였다. 그러고는 집을 향해 단호히 걸음을 옮겼다.

집은 아이들이 들어온 것 말고는 그녀가 나가기 전 그대로였다. 델리아는 침실로 가는 복도를 따라가다 아이들이 방에서 즐겁게 뛰노는 소리를 들었다. 샬롯 로벨은 델리아가 나갔을 때처럼 꼿꼿하고 경직된 자세로 소파에 앉아있었다.

"샬롯, 생각을 해봤어. 잘 들어. 무슨 일이 있어도 그 아이는 거기에 있으면 안 돼. 난 그 아이를 데려올 생각이야."

샬롯은 벌떡 일어섰고 얼굴이 새하얘졌다. 야윈 얼굴에 눈마저 푹 꺼져서 두개골만 있는 유령처럼 보였다. 그녀는 무슨 말을 하려고 입을 열었다가 손수건을 꺼내서 입을 막으며 다시 주저앉았다.

손수건을 타고 그녀의 포플린 치마 위로 빨간 액체가 뚝뚝 떨어졌다.

"샬롯! 샬롯!" 델리아는 사촌 옆에 무릎을 꿇으며 소리쳤다. 샬롯은 다시 쿠션에 머리를 기댔고 출혈은 멈추었다. 그녀는 눈을 감았다. 델리아는 화장대에서 집어 든 각성제 약병을 샬롯의 코 밑에 댔다. 방안 가득 매캐한 냄새가 퍼졌다. 샬롯이 눈을 떴다. "겁내지 마. 난 아직도 가끔 피를 토해. 자주 그러지는 않아. 폐병은 거의 나았어. 하지만 두려운 건…"

"아니, 두려운 일은 없을 거야. 내가 모든 것을 생각해봤다고 말했잖아. 제임스는 내가 아이를 데려오게 해줄 거야."

샬롯은 수척한 몸을 일으켰다. "형부가? 형부에게 말했어? 형부에게 갔다 온 거야?"

"아니야, 샬롯. 난 그 아이를 보고 왔을 뿐이야."

"아…" 샬롯은 다시 뒤로 기대며 신음을 냈다. 델리아는 손수건을 꺼내어 사촌의 뺨에 흐르는 눈물을 닦았다.

"울면 안 돼, 샬롯. 용기를 내야 해. 네 아이와 그의…, 아니다, 네가 어떻게 생각할 수 있겠니? 내게 시간을 줘. 내 방식대로 이 일을 처리해야 해. 나만 믿어."

샬롯의 입술이 희미하게 움직였다.

"눈물을 닦지 말아줘, 언니. 난 그것들을 기억하고 싶어."

두 여인은 한동안 말없이 서로에게 기대어 있었다. 그들이 말 없는 교감을 나눌 때 금빛 시계는 쉬지 않고 째깍거렸고 어느덧 한 시간이 흘렀다. 날이 저물고 어두워지자 화환 문양의 카펫과 커다란 흰 침대를 가로질러 그림자가 길게 드리웠다. 노크 소리가 났다.

"아이들이 식전 기도를 드리기 위해 기다리고 있어요, 부인."

"그래, 엘리자. 네가 대신해줘. 난 나중에 갈게." 유모의 발소리가 멀어지자 샬롯 로벨은 델리아의 품에서 벗어났다.

"이제 가야겠어." 샬롯이 말했다.

"기운이 너무 없어 보여, 샬롯. 너를 집까지 데려다줄 마차를 부를게."

"안 돼, 어머니가 놀라실 거야. 그리고 난 어둠 속에서 좀 걷는 게 좋을 것 같아. 때때로 세상은 내게 한 덩어리의 끔찍한 빛으로 보이곤 했어. 결코 해가 지지 않을 거라고 생각했던 날들도 있었지. 그러다가 밤에 달빛을 보았어." 샬롯은 사촌의 어깨에 손을 올렸다. "지금은 달라. 난 이제 그 빛을 싫어하지 않을 거야."

두 여인은 서로의 뺨에 입을 맞추었다. 그리고 델리아가 속삭였다. "내일 보자."

*

랄스턴 가문은 오랜 관습을 버리기를 꺼리지만, 일단 새로운 관습을 받아들이고 난 뒤에는 왜 다른 사람들이 당장 똑같이 행동하지 않는지 이해하지 못했다.

원칙을 덜 따지는 로벨가家 출신인 데다, 천성적으로 새로움을 쫓는 델리아가 2시가 아닌 6시에 정찬을 하자고 처음 청했을 때 제임스의 온순한 젊은 얼굴은 음울한 식민지풍 초상화 속의 선조 랄스턴처럼 냉정한 얼굴로 바뀌었다. 하지만 그는 이틀간의 저항 끝에 아내 의견에 찬성하게 되었고 이제는 한낮에 거창한 식사를 즐기거나 하이 티(high tea. 늦은 오후나 이른 저녁에 차와 함께 먹는 간단한 식사 – 역자 주)를 고집하는 사람들을 보면 업신여기는 듯한 미소를 지었다.

"나는 편협함이 가장 싫어. 그들이 언제 식사를 하든 내가 알 바 아니니, 마음대로 하라지. 내가 참을 수 없는 건 그들의 편협함이야."

델리아는 응접실에 앉아서 남편이 돌아오기를 기다리며 이런 생각을 하고 있었다. 시간이 얼마 없어서 윤기 흐르는 땋은 머리를 후딱 매만진 뒤 자신이 가장 좋아하는 선홍색 테두리 장식에 흑백 줄무늬가 있는 물결무늬 실크 드레스로 간신히 갈아입었다. 응접실은 화려한 금색 처마 장식 아래에 노팅엄 레이스 커튼이 걸려 있고 중앙에는 자단목 다리가 조각되어 달린 대리석 테이블이 있었다. 그곳에는 프랑스에서 새로 들여온 선명한 녹황색 다마스크 직물로 마감된 예스러운 마호가니 안락의자가 있어서 젊은 부인이라면 누구나 자랑스러워할 만한 공간이었다. 식당으로 통하는 접이식 문 양쪽의 장식장에는 열대의 조개껍데기, 장석長石 화병들, 피사의 사탑 모형의 석고, 랄스턴 부부가 로마 유적지에서 주워온 반암과 사문석 조각으로 만든 오벨리스크 한 쌍, 프랑스 세브르의 흰 자기로 만든 물의 요정 '클뤼티에'의 흉상, 고풍스럽게 사계절을 형상화한 첼시 도자기들이 세워져 있었다. 그것들은 랄스턴가家의 증조모로부터 전해져 내려온 것이었기에 새로운 장식품들과 함께 보존되어야 했다. 벽에는 토머스 콜의 커다랗고 음산한 판화 〈인생의 여로〉가 걸려 있었고, 창문들 사이에는 이름난 조각가 헤리엇 호스머가 제임스 랄스턴의 아버지를 위해 실물 크기로 조각한 〈사랑에 빠진 아가씨〉가 서 있었다. 그 조각은 나다니엘 호손의 소설 〈대리석의 목양신〉에 영감을 주었다고 알려졌다. 테이블 위에는 영국 화가 윌리엄 터너의 〈프랑스의 강들〉 화집이 멋지게 제본되어 있었고 조셉 로드맨 드레이크의 시집 〈범인 페이〉, 조지 크래브의 〈이야기들〉, '에글링턴 토너먼트'(중세의 기사 토너먼트를 근대에 되살린 행사로 '미의 여왕'을 선출해서 근대 미인대회의 기원이 됨 – 역자 주)에 참여했던 영국 귀부인들의 초상화 모음집인 〈미의 세계〉가 놓여 있었다.

델리아는 무연탄이 타고 있는 검은 대리석 벽난로 앞에 앉아있었다. 그녀 옆에는 시트론 목재로 된 자수용 작업 테이블이 놓여 있었고 중앙 테이블에는 새로운 프랑스제 램프가 크리스털로 장식된 갓 아래로 쾌적한 빛을 비추고 있었다. 그녀는 어떻게 그토록 짧은 시간 안에 어느 때보다 멀리 랄스턴의 세계를 넘어 평소의 생각과 신념에서 완전히 벗어날 수 있었는지 자문했다. 천장의 석고 장식, 가구의 형태들, 드레스의 스타일이 랄스턴의 편견에 따라 만들어지고 랄스턴의 손길이 닿아 비길 데 없이 견고해진 것처럼 랄스턴의 세계가 다시 그녀를 포위하고 있었다.

그녀는 샬롯의 문제에 그렇게까지 몰입한 자신이 분명 제정신이 아니었다고 생각했다. 그 문제의 아주 절박했던 상황을 곰곰이 생각해봤지만, 다른 문제는 찾을 수 없었다. 어쨌든 클레멘트 스펜더의 아기를 구해야 했다.

그녀는 현관의 열쇠 소리와 (그 소리에 그녀의 심장이 그렇게 고동친 적은 없었다) 현관 옆 선반에 모자를 내려놓는 소리를 들었다. 그런데 한 사람이 내는 소리가 아닌 것 같았다. 응접실 문이 열리고 높이 세운 옷깃에 풍성한 코트를 걸친 젊은 남성 둘이 들어왔다. 말하자면 두 명의 제임스 랄스턴이었다. 델리아는 남편과 그의 사촌 조가 그토록 닮았다는 사실을 미처 알지 못했다. 그들의 닮은 모습은 델리아가 랄스턴 가족을 항상 하나로 묶어 생각한 것이 얼마나 타당했는지 느끼게 해주었다. 그녀는 조를 제임스의 그저 그런 복제품으로 여기지 않았다면 지금처럼 젊고 상냥하고 행복한 아내가 되지 못했을 것이다. 하지만 복제품의 결함을 감안하면 키가 크고 탄탄한 두 인물 사이에는 쏙 빼닮은 유사성이 있었다. 곧은 콧날, 깔끔한 구레나룻과 눈썹, 꾸밈없는 푸른 눈과 상냥한 자기중심적 미소를 지닌 자신감 넘치는 무뚝뚝한 얼굴이 똑같았다. 다만 지금 눈앞의 조는 이가 아플 때의 제임스처럼 일그러져 보였다.

"여보! 나와 봐. 같이 식사하려고 데려온 젊은이가 있어." 제임스는 언제든 친구를 집으로 데려와도 된다고 알고 있는 잘 대접받는 남편의 자신감이 깃든 미소를 지었다.

"정말 잘 왔어요. 조! 굴 수프와 속을 채운 거위 요리가 괜찮을까요, 여보?" 델리아는 활짝 웃으며 남편에게 물었다.

"이럴 줄 알았어! 내가 뭐라고 했어, 조! 이 친구는 당신이 반기지 않을까 봐 걱정했어. 당신이 저녁 준비로 번거로워질 거라고. 너도 결혼해봐라, 조셉 랄스턴." 제임스가 진녹색 상의를 걸친 사촌의 어깨에 다정하게 손을 올려놓았고 조는 칼로 찌르듯 이가 아픈 사람처럼 얼굴을 찡그렸다.

"오늘 저녁 저를 거두어주시다니 정말 친절하세요, 형수님. 사실은…"

"괜찮다면 식사 먼저 하자, 조! 버건디 와인 한 병이면 우울함이

싹 날아갈 거야. 델리아를 에스코트해줘. 나는 와인을 올려다 놨는지 확인해야겠다."

굴 수프와 구운 배스, 속을 채운 거위요리, 애플 프리터(사과에 튀김옷을 입혀 튀긴 음식 - 역자 주), 피망에 이어, 랄스턴 할머니의 비법으로 만든 유명한 캐러멜 커스터드가 잇따라 나왔다. 델리아는 심적 괴로움에도 불구하고 자신이 잘 차려낸 음식에 은근한 자부심을 느꼈다. 분명 이번 기회는 제임스 랄스턴이 언제든 예고 없이 친구를 집으로 데려와도 함께 식사할 수 있다는 소문을 확인시키는 데 도움이 될 것이다. 랄스턴과 로벨가家의 와인은 그 효과를 반올림했고 로벨가家의 마데이라 와인을 비웠을 무렵에는 조의 긴장된 얼굴조차 부드러워졌다. 델리아는 응접실에서 두 사람을 다시 보았을 때 변화된 분위기에 주목했다.

"그러면 지금 모든 이야기를 델리아에게 하는 게 좋겠다." 제임스가 사촌 쪽으로 안락의자를 밀어주며 조언했다.

털실 자수 위로 몸을 숙인 델리아는 눈을 내리깔고 상기된 얼굴로 귀를 기울였다. 조는 그녀가 결혼한 여성이자 어머니이기에 자신이 솔직하게 이야기해도 이해해주리라고 기대했다. 그녀의 남편에게 그렇게 해도 좋다는 허락도 받았다.

"어서 얘기해, 어서." 저녁 식사 뒤 무척 즐거워 보이는 제임스가 난로 앞 깔개에 앉아서 다그치며 말했다.

델리아는 조가 허둥대며 설명한 불편한 이야기를 다 듣고 곰곰이 생각했다. 그녀의 바늘은 다모클레스의 칼(신변에 언제 닥칠지 모르는 위험을 의미하는 관용어. 그리스 신화에서 유래 - 역자 주)처럼 캔버스 천 위에서 대롱거렸다. 그녀는 조가 그의 생각대로 샬롯을 설득하고 싶어서 지금 그녀에게 의지하고 있음을 이내 눈치챘다. 그는 샬롯을 깊이 사랑하고 있었다. 델리아는 자신이 한마디만 하면 그가 모든 것을 양보하고 샬롯은 원하는 바를 얻어서 아이를 구하고 결혼도 할 것으로 생각했다.

결국, 얼마나 쉬운 일이었는지! 다정한 환대와 훌륭한 식사, 잘 익은 와인, 그리고 샬롯의 눈동자에 대한 기억! 그 눈은 실제로 본 것보다 훨씬 더 많은 것을 담고 있는 눈이었다. 은밀한 질투가 이 마지막 깨달음을 미처 깨우치지 못한 델리아를 찔렀다.

그것은 정말 쉬운 일이었지만, 결코 그렇게 될 수 없었다. 델리아는 무슨 일이 있어도 샬롯 로벨이 조 랄스턴과 결혼하도록 내버려 둘 수 없었다. 그녀는 명예와 정직성을 중요시하는 전통 속에서 자랐기에 그런 계획을 묵인할 수 없었다. 그러므로 독단적인 조치와 더불어 선례에 대한 신속하고 노련한 반항과 무자비한 사회적 관례에 대한 교묘한 반란을 구상할 수 있었다. 아니 이미 구상하고 있었다. 하지만 결코 거짓말은 묵인할 수 없었다. 샬롯이 자신의 과거를 숨긴 채 남편의 사촌인 조 랄스턴과 결혼한다는 생각은 델리아에게 불명예스럽게 보였고 그것은 랄스턴가家의 모든 사람들에게도 마찬가지였을 것이다. 그리고 조 랄스턴에게 사실을 이야기하면 결혼은 당장 끝장날 것이었다. 샬롯도 그것을 알고 있었다. 사회적 관용은 여성과 남성에게 같은 방식으로 적용되지 않았지만, 델리아도 샬롯도 그 이유를 궁금해하지 않았다. 불가피한 일을 있는 그대로 받아들인 그들 계층의 젊은 여성들도 다 마찬가지였다.

그 딜레마에서 빠져나올 길이 없었다. 클레멘트 스펜더의 아이를 구하는 일이 명확히 델리아의 의무였듯이 그의 여자였던 샬롯을 희생시키는 것도 명확히 피할 수 없는 운명이었다. 델리아는 그런 생각이 자신을 짓눌렀을 때 샬롯의 간절한 외침이 떠올랐다. "나도 다른 여자들처럼 결혼하고 싶어." 그녀는 가슴이 답답했지만, 그렇게 할 수는 없었다.

조 랄스턴은 계속 웅얼거렸다. "저는 사랑하는 여인이 무지하고 세상 물정에 어두워도 또 한없이 순수해도 언제나 아량을 베풀 겁니다. 어떤 남자가 미래의 신부가 그와 같지 않기를 바라겠어요? 내 편에 서주시겠어요, 형님? 그리고 형수님? 이해하시겠지만, 샬롯에게 용돈과 더불어 가난한 아이들을 위해 따로 떼어둘 수 있는 특정 금액을 항상 받게 될 거라고 말했어요. 그녀는 틀림없이 그것에 의지할 수 있을 거예요. 그녀가 원하면 변호사 앞에서 기꺼이 증서를 작성할 용의도 있어요. 전 그녀의 넉넉한 마음씨를 존중하고 높이 사고 있어요. 하지만, 형수님. 저는 어머니로서 솔직한 의견을 듣고 싶어요. 만약 제가 특별히 양보해서 샬롯이 그 아이들을 계속 보살피게 해도 된다고 생각하신다면, 일정 기간 동안…" 미래의 아이들을 상상하는 조의 이마에서 자긍심이 흘러나왔다. "곧 다가올 의무가 그녀에게 주어질 때까지요. 두 분께서 샬롯에게 그렇게 말씀해주신다면…, 저는 벌써 마음의 준비가 끝났습니다." 조는 마지막에 마신 잔 때문에 갑자기 속이 울렁거렸지만 힘주어 말했다. "물론 저는 어머니의 생각도 존중하기는 하지만, 제가 절대 받아들일 수 없는 편견을 지닌 어머니가 저와 제 신념 사이에 끼어드는 것을 바로잡겠다고 약속할 수 있어요." 그는 벌떡 일어서서 벽난로 위의 거울에 자신의 비장한 모습을 보고 빙긋 웃었다. "제 신념이요." 그는 다시 강조했다.

“옳소, 옳소!” 제임스가 거들며 소리쳤다.

델리아는 바늘을 캔버스 천에 찌르듯 꽂고는 수틀을 한쪽에 밀어 놓았다.

“저는 두 사람을 다 이해한다고 생각해요, 조. 당연히 샬롯의 입장에서는 아이들을 절대 포기할 수 없을 거예요.”

“그렇지, 여보!” 제임스는 완벽한 저녁 식사만큼이나 아내의 용기를 자랑스러워하며 의기양양하게 말했다.

“절대로요.” 델리아가 말했다. “특히 업둥이 둘이 있는데 그런 아이들은 보호 시설로 보내지면 으레 오래 살지 못해요. 그 사실이 샬롯을 괴롭히는 거 같아요.”

“가엾고 순진한 사람! 그녀가 아이들을 아끼는 마음이 정말 사랑스러워요. 아이들을 죽게 하는 그런 악당들이 이 땅에 무사히 살고 있다니…. 형수님! 제가 무슨 일이든 돕겠다고 샬롯에게 전해주시겠어요?”

“진정해, 이 사람아, 진정해.” 제임스가 랄스턴 특유의 신중한 자세로 충고했다.

“그러니까, 무엇이든 도리에 합당하다면…”

델리아는 손을 들어 올리며 그의 말을 멈추게 했다. “샬롯에게 말할게요, 조. 그녀는 고맙게 여길 거예요. 하지만 그게 소용이 없을지도…”

“소용이 없다뇨? 또 무슨 일이죠?”

“다른 게 아니라 샬롯의 건강 문제에요. 샬롯에게 예전 병이 재발했어요. 그 애가 오늘 여기에서 피를 토했어요. 그 애와 결혼하면 안 돼요."

결국…, 말을 해버렸다. 온몸을 후들후들 떨면서 일어선 그녀는 입술까지 창백했다. 그녀는 옳은 일을 한 것일까, 잘못을 저지른 것일까? 그 답을 찾을 수나 있을까?

가여운 조는 델리아만큼 창백해진 얼굴로 그녀를 돌아보았다. 그는 노인처럼 구부정한 자세로 안락의자 등받이를 움켜쥐었다. 입을 달싹였지만, 아무 소리도 나오지 않았다.

"맙소사! 그래도 힘을 내야 해, 조." 제임스가 위로의 말을 건넸다.

"정말 안타까워요…, 조. 아마 샬롯이 내일 직접 이야기할 거예요." 델리아는 머뭇거리며 말했고 그녀의 남편은 계속 진지하게 위로했다.

"남자답게 받아들여. 네 자신과 앞날을 생각해야지. 이 혼사는 절대 안 돼. 늘 그렇듯 델리아 말이 맞아. 끝내는 게 좋겠어. 미루지 말고 매도 먼저 맞는 게 나아."

"미루지 말라…" 조는 고통스럽게 쓴웃음을 지으며 그 말을 되뇌었다. 델리아는 그 모습을 보며 남편 제임스만큼이나 평온하고 유복한 그의 삶에서 이제껏 마음에 두었던 것을 포기해야만 했던 적은 없었을 것이라고 생각했다. 포기라는 단어와 그것의 상투적인 몸짓조차 그에게는 낯설었다.

"하지만 저는 받아들일 수 없어요. 그녀를 포기할 수 없어요." 그는 아이 같은 눈물을 참으며 단호히 내뱉었다.

"아이들을 생각해봐, 조. 그건 네 의무야." 제임스는 델리아의 신중하고 단정한 모습을 자랑스럽게 흘끗 바라보며 힘주어 말했다.

두 사촌 사이의 언쟁과 반론, 현명한 조언, 절망적인 저항으로 이어지는 긴 대화에서 델리아는 그저 가끔 끼어들었다. 그녀는 어떻게 결론이 날지 충분히 알고 있었다. 신붓감이 가난한 아이들을 방문하고 집으로 전염병을 옮겨올지 모른다고 두려워했던 신랑감은 막상 사실을 다 알고는 가족들에게 질병을 옮겨주려 하지 않을 것이다. 그뿐만이 아니었다. 아내가 일찍 세상을 떠나고 남편과 어린 아이들만 덩그러니 남겨지는 수많은 슬픈 사례들이 조의 머릿속을 짓누르고 있는 것이 분명했다. 랄스턴, 로벨, 래닝, 아처, 밴 더 루이든 가문들 가운데 멀리 떨어진 묘지에 돌봐야 할 무덤이 없는 가문이 하나라도 있었을까? 따뜻한 이탈리아에서 치료를 받도록 집 밖으로 내보내진 "폐병 걸린" 젊은 친척들의 무덤 말이다. 로마와 피사에 있는 개신교 교회 묘지에는 뉴욕에서 온 사람들 묘비가 즐비했다. 순례자처럼 죽어가는 아내의 낯익은 환영은 가장 열정적인 랄스턴 사람인 조마저 냉정하게 바꾸어놓았다. 그동안 내내 고개를 숙인 채 귀 기울이던 델리아는 자신에게 같은 질문을 던졌다. '여기까진 쉬웠지만, 샬롯에게는 어떻게 말해야 할까?'

그날 밤늦게, 가여운 조가 델리아의 손을 움켜쥐고 쭈뼛쭈뼛 작별 인사를 한 뒤 떠나려 할 때 그녀는 문간에서 불쑥 그를 불렀다.

"내가 먼저 샬롯을 만나게 해줘요. 조는 그 애가 사람을 보낼 때까지 기다려야 해요." 그녀는 조가 순순히 받아들이는 모습에 조금 움찔했다. 하지만 아무리 듣기 좋은 말로 다독여도 조 앞에 놓인 일은 젊은이가 쉽게 직시할 수 있는 일이 아니었다. 그를 바라보는 그녀의 마지막 시선에는 연민이 담겨 있었다.

조가 떠난 뒤 현관문이 닫혔다. 델리아는 어깨에 남편의 손이 닿았을 때 정신이 들었다.

"더할 수 없이 당신이 존경스러워. 나의 지혜로운 델리아!"

그녀는 고개를 돌려 남편에게 입을 맞춘 뒤 몇 걸음 떨어졌다. 그의 눈에서 반짝이는 빛은 그녀의 현명함에 대한 찬사일 뿐만 아니라 그녀의 여성미에 대한 유혹임을 알고 있었다.

그녀는 두 팔을 뻗어 그의 어깨를 잡고 물었다. "제임스, 내가 방금 조에게 이야기한 샬롯의 일을 내 일이라고 당신에게 말했다면 당신은 어떻게 했겠어요?"

그는 그 질문을 대수롭지 않게 여기고 평소의 그녀답지 않다는 듯 얼굴을 살짝 찡그렸다. "이리 와, 여보." 그가 강인한 팔로 아내를 안고 싶어 했다.

그녀는 남편에게서 떨어져 진지한 눈으로 바라보았다. "가여운 샬롯! 이제 그 애에게 아무것도 남지 않았어요."

그의 눈빛에도 이내 동정심이 스치며 진지해졌다. 그런 순간에 제임스는 그녀가 여전히 쉽게 다룰 수 있는 감상적인 소년이었다.

"그래, 가여운 샬롯!" 그는 가장 영리한 해결사인 아내를 손으로 더듬었다. "어쨌든 샬롯에게 그 빈민가 아이들이 있는 게 다행이야, 안 그래? 난 여성에게는 사랑을 줄 아이들이 있어야 한다고 생각해. 자기 자식이 없다면 다른 누군가의 아이들이라도." 아내의 처방이 이미 그의 괴로움을 누그러뜨린 게 분명했다.

"그래요." 델리아는 수긍했다. "그 애에게 다른 위안거리는 없는 것 같아요. 조도 분명 그렇게 느낄 거예요, 여보." 이제 그녀는 남편에게 손을 내맡겼다. "우리가, 당신과 제가, 샬롯이 자기 아이들을 계속 데리고 있도록 도와줘야 해요."

"자기 아이들이라고?" 그는 "자기"라는 말에 웃음을 보였다. "물론이지, 가여운 사람! 이탈리아로 보내지지 않는다면 그래야겠지?"

"아, 그렇게는 못 할 거예요. 그럴 돈이 어디서 나오겠어요? 게다가 샬롯은 결코 로벨 할머니를 떠나려 하지 않을 거예요. 당신도 알다시피 전 딱히 그 애와 이야길 나누고 싶진 않지만, 내일 제가 그 애에게 가서 가장 걱정하는 이름도 집도 없는 업둥이 여자 아이를 돌보도록 당신이 허락했고 용돈에서 일정 금액을 따로 떼어놓을 거라고 말한다면 어떨까 생각해봤어요."

두 사람은 손에 전기가 통하는 듯했다. 델리아는 달아오른 얼굴을 들어 남편을 보았다. 그의 두 눈에서 깊은 감동을 받은 남자의 눈물이 흘렀다. 그는 그녀의 건강과 지혜, 관대함에 무척이나 득의양양했다.

"당신 용돈에서 한 푼도 안 돼. 절대!"

그녀는 짐짓 실망스럽고 의아한 표정을 지었다. "생각해봐요, 여보. 제가 당신을 포기해야 했다면 어떻겠어요!"

"당신 용돈에서 한 푼도 안 되지만, 흠…. 딱한 샬롯의 빈민 아이들을 돕는 데 필요한 만큼 충분히 주겠다고 한다면 만족하겠어?"

"네, 여보! 이제 우리 둘만 생각해요. 위층으로 가요!" 두 사람은 서로를 뜨겁게 끌어안았다.

*

샬롯 로벨은 사촌의 발소리를 듣고 베개에서 열이 나는 얼굴을 들었다.

어둑어둑하고 옹색한 침실에서는 향수 냄새와 새로 간 침구 냄새가 났다. 환한 겨울 햇살 아래 있다가 실내로 들어와 눈을 가늘게 뜬 델리아는 짙은 마호가니 색 커튼으로 빛이 차단된 어둠 속에서 더듬더듬 걸어야 했다.

"머리가 심하게 아프지 않다면 네 얼굴을 볼 수 있을까, 샬롯?"

샬롯이 괜찮다고 손짓하자 델리아는 두꺼운 커튼을 걷어서 한 줄기 빛이 방 안으로 들어오게 했다. 그 빛 속에서 델리아는 침대에 누운 샬롯의 창백한 얼굴과 어두운 그림자가 드리워진 눈꺼풀 아래 나타난 홍조를 보았다. 그녀는 전에 어떤 불쌍한 사촌이 이탈리아로 떠나기 직전에 바로 그런 모습이었던 것이 기억났다.

"언니…" 샬롯이 나직이 불렀다.

델리아는 침대 가까이 가서 새로운 시선으로 사촌을 내려다보았다. 간밤에 마치 자기 일처럼 샬롯의 장래를 처리한 것은 아주 간단한 일이었다. 하지만 지금은 무슨 말부터 해야 할지 난감했다.

"샬롯."

"어서 말해줘. 안 그러면 끔찍한 일이 벌어질 거라고 생각할지 모르니까." 샬롯이 재촉했다.

"샬롯, 혹시 내가 네게 너무 많은 약속을 했다면…"

"형부가 내 아이를 받아들이지 못하게 했어? 그럴 줄 알았어! 난 언제까지 이루어질 수 없는 꿈만 꾸어야 하는 걸까?"

델리아는 눈물을 쏟으며 침대 곁에 무릎을 꿇고서 자신의 생기 있는 손으로 샬롯의 뜨거운 손을 잡았다.

"얘, 그렇게 생각하지 마. 오로지 네가 가장 바라는 것만 생각해."

"가장 바라는 것?" 샬롯은 뜨거운 손가락 끝까지 생기가 도는 듯하더니 벌떡 일어나 베개에 기댔다.

"넌 조와 결혼할 수 없게 됐어. 티나는 데리고 있을 수 있겠니?" 델리아가 말을 이었다.

"내가 데리고 있을 수는 없어. 안 돼. 하지만 몰래 가서 볼 수 있는 어딘가에, 아…, 내가 그렇게 어리석은 짓을 바라다니!"

"그런 어리석은 생각은 포기해, 샬롯. 그 아이를 어디에 둘 수 있겠니? 네 아이를 남몰래 숨어서 보겠다고? 항상 수치스러운 두려움 속에? 네가 돌본 다른 아이들에게 잘못하고 있다는 미안함 속에? 그런 생각을 해본 적 있니?"

"내 부족한 머리로는 그런 생각까지 못 해! 언니는 내가 그 아이를 포기해야 한다고 말하는 거야?"

"아니야, 샬롯. 다만 조와의 결혼은 안 된다고 말하는 거야."

샬롯은 눈을 가늘게 뜨고 다시 베개에 기댔다. "난 내 아이가 살 집을 마련해줘야 한다고 말하는 거야. 언니는 복에 겨워서 이런 상황을 이해하지 못하겠지."

"너도 복을 받았다고 생각하렴, 샬롯. 너는 네 아이를 포기하지 않아도 돼. 아이는 너와 함께 살 거야. 네가 나 대신 그 아이를 보살피게 될 거야."

"언니 대신?"

"내가 그 아이를 받아들이겠다고 약속했지? 하지만 네가 조와 결혼해도 된다는 뜻은 아니었어. 그저 나는 네 아이가 살 집을 마련해 줄 거란 뜻이었어. 자, 이제 다 해결됐어. 너와 아기는 항상 함께 있게 될 거야."

샬롯은 그녀에게 매달려 흐느꼈다. "하지만 조에게는, 난 그에게 말 못 해." 그녀는 갑자기 델리아에게서 몸을 뗐다. "그에게 내 아이 이야기는 하지 않았지? 난 그렇게까지 그에게 상처를 줄 수는 없어."

"어제 네가 피를 토했다고 조에게 말했어. 그가 곧 너를 만나러 올 거야. 몹시 슬퍼하고 있어. 네 건강이 좋지 않아서 네가 원해서 약혼이 깨졌다고 이해하게 됐고 네 결정을 받아들일 거야. 하지만 조나 네가 약해지면 난 너와 티나를 위해 아무것도 해줄 수 없어. 아무쪼록 그걸 잊지 마!"

델리아가 손을 놓자 샬롯은 눈을 감고 입도 다문 채 조용히 뒤로 기댔다. 그녀는 거의 죽은 사람처럼 기대어 있었다. 침대 가까이 있는 의자에는 샬롯이 약혼을 기념하기 위해 만든 빨간 벨벳 리본이 달린 포플린 드레스가 걸려 있었다. 그 밑으로 새 구릿빛 염소 가죽 슬리퍼 한 켤레가 살짝 보였다. 가여운 샬롯! 그녀에게는 예쁜 모습으로 살아온 시간도 없던 셈이었다.

델리아는 침대 옆에 꼼짝하지 않고 앉아서 눈감은 사촌의 얼굴을 바라보았다. 꼭 감은 샬롯의 눈꺼풀을 비집고 새어 나온 눈물 한 방울이 속눈썹에 매달렸다가 뺨을 타고 천천히 흘러내렸다. 눈물이 꾹 다문 입술에 닿았을 때 샬롯은 입을 열었다.

"내가 어딘가에서 아이랑 함께 살 거란 말이지? 아이랑 나랑 단둘이?"

"그래, 아이랑 너랑 단둘이."

"작은 집에서?"

"작은 집에서…"

"정말이야, 언니?"

"정말이야, 샬롯."

샬롯은 팔꿈치에 기대어 다시 몸을 세우고는 손으로 베개 밑을 더듬었다. 거기에서 다이아몬드 반지를 매달아 놓은 가느다란 리본을 끄집어냈다.

"반지는 벌써 빼두었어." 그녀는 그렇게만 말하고 델리아에게 반지를 건넸다.

*

샬롯 로벨은 늘 노처녀가 될 운명이었다고 말할 수 있었고 나중에는 모두 그렇게 생각했다. 그녀가 아프기 전부터 그 사실은 명백했다. 열정적으로 보이는 붉은 머리카락에도 불구하고 그녀에게는 어딘가 고지식한 면이 있었다. 젊었을 때의 형편없는 건강 상태를 생각하면 운이 좋았던 이 가여운 아가씨가 델리아 랄스턴의 동년배들에게는 심하게 기침하던 한낱 유령 같은 존재로 기억되었다. 물론 그녀와 조 랄스턴의 약혼이 깨진 이유도 그 기침 때문이었다.

사실 샬롯은 특이한 치료를 받기는 했지만, 그런 것 치고도 매우 빨리 회복되었다. 모두 알다시피 로벨가家 사람들은 그녀를 이탈리아로 요양 보낼 여유가 없었다. 그녀는 조지아에 잠깐 머물기는 했지만 별로 차도가 없었다. 그래서 허드슨강 근처 제임스 랄스턴의 사유지에 있는 작은 농가로 떠났다. 그곳에서 아일랜드계 하녀, 그리고 업둥이와 함께 5, 6년 동안 살았다. 그 업둥이에 관한 이야기는 샬롯의 삶에서 또 하나의 특이한 사건이었다. 그녀는 겨우 스물서너 살 무렵 처음 발병했을 때부터 아이들에게, 그중에서도 가난한 아이들에게 거의 병적인 다정함을 보였다. 란스켈 박사가 말했다고 알려진 바로는 폐병 때문에 결혼을 못 하게 된 경우 도저히 이해할 수 없는 모성애가 유난히 강하게 나타날 수 있다고 했다. 그래서 샬롯이 조 랄스턴과 파혼하고 시골에 가서 살아야 한다고 결정되었을 때 그 의사는 샬롯의 가족들에게 조언했다. 샬롯을 구하는 유일한 희망은 그녀를 가난한 아이들에게서 완전히 떼어놓지 않고 그중 가장 어리고 가장 측은한 아이를 선택해서 돌보는 데 헌신하도록 하는 것이라고 했다. 그래서 제임스 랄스턴 부부는 샬롯에게 작은 농가를 빌려주었다. 델리아는 상황을 단번에 이해하는 비상한 재주가 있어 모든 일을 지체 없이 진행했고 샬롯이 죽으면 아기를 돌보겠다는 다짐까지 했다.

물론 샬롯은 죽지 않았다. 그녀는 살아남아서 건강한 중년 여인이 되었으며 활력이 넘쳤고 모진 면도 있었다. 게다가 성격 변화가 일어나면서 점점 더 전형적인 노처녀가 되어갔다. 정확하고 꼼꼼했으며 작은 일에 몰두했고 아주 사소한 사회적, 가정적 규칙 준수에 지나치게 큰 중요성을 부여했다. 그녀는 그렇게 철두철미한 살림꾼으로 평판이 나 있었다. 그러므로 불쌍한 제임스 랄스턴이 말에서 떨어져 아직 젊은 델리아에게 어린 아들과 딸만 남기고 세상을 떠났을 때 상심한 미망인이 사촌을 받아들여 함께 살면서 자기 일을 나누는 것은 지극히 당연해 보였다. 하지만 델리아 랄스턴은 결코 남들과 같은 방식으로 일을 처리하지 않았다. 그녀는 샬롯을 받아들일 때 샬롯의 업둥이도 함께 들였다. 그 아이는 검은 머리카락에 옅은 갈색 눈을 지녔고 어른들과 너무 많은 시간을 보낸 아이들 특유의 예리함이 있었다. 아이의 이름은 티나 로벨이었다. 사람들은 샬롯이 그 아이를 입양한 모양이라고 어렴풋이 짐작했다. 아이는 어린 랄스턴 사촌들과 똑같은 사랑을 받으며 자랐고 엄마 역할을 하는 두 명의 여인과 함께 살았던 셈이었다. 모방 본능에 이끌린 아이는 항상 델리아 랄스턴을 "엄마"라고 불렀고, 샬롯 로벨을 "샬롯 이모"라고 불렀지만, 굳이 아무도 고치려 하지 않았다. 아이가 총명하고 매력적인 존재였기에 사람들은 가여운 샬롯이 운 좋게도 보호소 전체 업둥이들 중에서 그토록 흥미로운 아이를 선택했다고 감탄했다.

파리에서 고위 저명인사들과 친분이 두터웠다고 알려진 실러턴 잭슨은 그곳에서 오래 머물다가 돌아온 쾌활한 노총각이었다. 티나의 사교계 데뷔 파티에서 그녀의 매력에 푹 빠진 그는 델리아 랄스턴 부인에게 언제 그녀의 집에 와서 그녀와 그녀의 자식들과 함께 저녁 식사를 해도 되는지 허락을 구했다. 그는 딸 델리아의 화사한 아름다움을 칭찬했지만, 어머니의 예리한 시선은 그가 줄곧 티나를 보고 있음을 감지했다. 저녁 식사 뒤 그는 델리아 랄스턴과 샬롯 로벨에게 티나의 머리 모양은 "매우 프랑스적"이며, 모든 우아함의 중심지에서도 그녀의 우아함은 지극히 두드러졌을 것이라고 칭찬했다.

"설마요." 델리아는 웃으며 반박했고, 샬롯 로벨은 입술을 앙다물고 일에 열중하며 앉아있었다. 방 반대쪽 끝에서 사촌들과 웃고 있던 티나는 순식간에 어른들이 있는 곳으로 왔다. "실러턴 씨가 하는 말을 들었어요, 엄마! 이분이 제 머리 모양이 멋지다고 했어요. 제가 늘 그렇다고 말했잖아요? 이모의 머리처럼 포마드로 딱 붙이는 것보다 컬이 자연스레 말리도록 하는 게 더 어울린다니까요."

"티나. 넌 항상 사람들이 네게 감탄한다고 생각하는구나!" 샬롯이 나무라듯 말했다.

"사람들이 그러는 게 사실인데 왜 제가 그렇게 생각하면 안 돼요?" 티나는 웃으며 따지듯 말했다. 그러고는 조롱하는 듯한 시선을 실러턴 잭슨에게 돌리며 말했다. "샬롯 이모에게 그렇게 무서운 노처녀처럼 굴지 말라고 해주세요!"

델리아는 샬롯 로벨의 얼굴에 피가 몰리는 것을 보았다. 그녀의 야윈 광대뼈 위에 두 개의 장밋빛 홍조는 더 이상 남아 있지 않았다. 구식 가넷 브로치로 고정된 옷깃에서부터 붉은 기가 전혀 남아 있지 않은 희끗희끗한 머리카락에 덮인 푹 꺼진 관자놀이까지 얼굴 전체가 지독히 빨개졌다.

그날 저녁 잠자리에 들었을 때 델리아는 티나를 자기 방으로 불렀다. "얘야, 샬롯 이모에게 오늘 저녁처럼 말하면 안 되는 거였어. 그건 무례한 행동이야. 이모에게 상처가 된다는 걸 네가 알아야 해."

티나는 뉘우치는 모습을 보였다. "죄송해요! 제가 이모에게 노처녀라고 해서 그러세요? 그런데 노처녀 맞지 않아요, 엄마? 이모의 영혼 깊숙이 말이에요. 이모가 젊었던 적이 있다는 게 믿어지지 않아요. 무언가에 즐거워하거나 감탄하거나 사랑에 빠진 적도 없었을 걸요? 그러니까 이모는 결코 저를 이해하지 못하고 엄마는 항상 이해하시잖아요." 티나는 살며시 다가가 델리아의 품에 안겼다.

"얘야." 델리아는 티나의 이마에서 자라나온 검은 곱슬머리에 입을 맞추며 부드럽게 꾸짖었다.

복도에서 가벼운 발소리가 들리더니 샬롯 로벨이 문 앞에 나타났다. 델리아는 움직이지 않은 채 티나의 어깨너머로 눈인사를 했다.

"들어와, 샬롯. 실러턴 잭슨 앞에서 버릇없는 아이처럼 군 것 때문에 티나를 꾸짖고 있었어. 그 사람이 이 아이를 어떻게 생각하겠니?"

"아마도 뿌린 대로 거두겠지." 샬롯은 차갑게 웃으며 대꾸했다. 티나는 인사하기 위해 샬롯에게 다가갔고 델리아의 온화한 입맞춤이 닿았던 바로 그 자리에 샬롯의 얇은 입술이 닿았다. "잘 자라, 얘야." 샬롯은 얼른 보내려는 듯 건조하게 인사했다.

문이 닫히고 두 여인만 남았다. 델리아는 자기 반대편에 있는 안락의자를 샬롯에게 권했다.

"불에서 너무 멀어." 샬롯은 이렇게 대답한 채 등받이가 곧은 의자를 골라 앉으며 양손을 깍지 끼었다. 델리아는 반지 끼지 않은 그녀의 가는 손가락을 무심코 보았다. 샬롯이 왜 어머니의 보석을 전혀 착용하지 않는지 궁금했다.

"티나에게 하는 이야기를 우연히 들었어, 언니. 그 애가 나더러 노처녀라고 해서 야단쳤지?"

이번에는 델리아의 안색이 변했다. "난 그 애가 무례하게 굴어서 나무란 거야, 샬롯. 내가 하는 말을 들었다면 너무 심했다고 생각하지 못할 거야."

"별로 심하지 않았어. 난 언니가 티나를 심하게 대했다고 생각한 적 없어. 오히려 그 반대야."

"그럼 내가 그 애를 응석받이로 만든다는 거니?"

"때로는."

델리아는 알 수 없는 억울함을 느꼈다. "내가 한 말 중에 어떤 점이 그렇다는 거니?" 샬롯은 그녀를 빤히 쳐다보았다. "차라리 티나가 나를 노처녀라고 생각하는 편이 나을 것 같아."

"아…" 델리아는 한숨이 나왔다. 그녀는 빠른 직감으로 샬롯의 마음을 들여다보고는 다시 한번 지독한 외로움을 확인했다.

샬롯은 냉혹하게 내뱉었다. "그 애가 날 그 밖에 무엇으로 생각할 수 있겠어?"

"그래. 알아." 델리아의 목소리가 떨렸다.

샬롯 로벨은 일어서며 고집스럽게 말했다. "다름 아닌 우스꽝스럽고 속 좁은 노처녀 말이야. 그렇지 않으면 난 그 애와 있을 때 결코 안전하다고 느끼지 못할 거야."

"잘 자, 샬롯." 델리아는 연민이 담긴 목소리로 인사를 건넸다. 티나의 엄마라는 이유로 샬롯을 미워할 뻔한 순간도 있었고 지금처럼 모녀 관계를 인정받지 못하는 상황의 애처로움이 그녀의 가슴을 짓누를 때도 있었다.

샬롯은 그녀의 생각을 꿰뚫은 듯했다.

"하지만 나를 동정하지는 마! 그 애는 내 딸이야." 샬롯은 중얼거리며 자리를 떴다.

*

한때 델리아 랄스턴은 자신의 두 아이가 (아주 안전하고 적절하게) 뉴욕에서 나무랄 데 없는 가문의 자식들과 결혼할 때까지 자기 인생에서 진정 중요한 사건은 시작되지 않았다고 생각했다. 아들이 먼저 밴더그레이브 가문의 은행가 딸과 결혼했다. 그는 올버니에 있는 장인의 은행에 적은 지분을 넣고 즉시 동업 관계를 맺기로 했다. 딸 델리아는 (어머니가 예견한 대로) 많은 할시가家의 청년들 가운데 가장 믿을 만하고 견실한 존 주니어스를 선택했다. 그녀는 오빠가 결혼한 다음 해 남편을 따라 시댁으로 들어갔다.

딸 델리아가 그래머시 파크의 집을 떠난 뒤에는 티나가 그 집의 중심이 될 수밖에 없었다. 티나도 혼기가 찼고 그녀를 따르며 흠모하는 이들이 많았다. 하지만 그녀가 남편감을 찾는 데 어떤 희망이 있었을까? 그녀를 지켜보는 두 여인은 서로에게 이 물음을 제기하지 않았다. 날마다 이 문제를 고민한 델리아 랄스턴은 밤에 그 문제를 안고 침실로 올라갈 때 샬롯 로벨도 같은 시간에 같은 문제를 안고 위층으로 올라간다는 사실을 알았다.

8년을 함께 지낸 두 사촌은 드러내놓고 의견이 엇갈린 적이 거의 없었다. 사실 그들의 관계에서는 어느 것도 숨김없이 터놓은 적이 없었다고 말해도 될 정도다. 델리아는 그런 식으로 샬롯을 대하고 싶지 않았다. 한때 서로의 마음을 깊숙이 들여다본 뒤로 둘 사이에 베일이 내려지는 것은 어색한 일이었다. 하지만 그녀는 티나의 출생의 비밀이 어떤 대가를 치르더라도 꼭 지켜져야 한다는 것을 이해했다. 또 퉁명스럽고, 성마르며, 말주변이 없는 샬롯 로벨이 영원한 침묵 속에서 자신을 벽 안에 가두는 것 말고는 다른 방법을 알지 못한다는 것도 알고 있었다.

샬롯이 스스로 정한 침묵을 아주 오랫동안 지켜왔기 때문에 딸 델리아가 결혼하자마자, 비어 있던 그 애 방으로 옮기게 해달라고 갑자기 부탁했을 때 델리아는 당황했다. 그 방은 티나의 방과 붙어 있는 작은 침실이었다.

“하지만 그 방은 아주 불편할 거야, 샬롯. 그 생각은 해봤니? 혹시 계단 때문에 그러니?”

“아니, 계단 문제가 아니야.” 샬롯은 평소처럼 무뚝뚝하게 대답했다. 자기가 아직도 애들처럼 계단을 세 칸씩 오르내리는 것을 알고 있는 델리아에게 그런 핑계를 댈 수는 없었다. “티나 옆에 있어야 해서 그래.” 샬롯은 마치 조율하지 않은 현에서 나는 듯한 거슬리는 낮은 목소리로 말했다. “알았어. 네가 원하는 대로 해.” 하지만 델리아는 그 요구에 갑자기 짜증이 밀려왔다. 빈방을 티나의 내실처럼 꾸며놓을 생각으로 벌써 즐거워하고 있었기 때문이다. 그녀는 피어나는 꽃처럼 분홍색과 옅은 녹색으로 방을 꾸밀 생각이었다.

“물론 무슨 이유라도 있다면…” 샬롯은 델리아의 생각을 읽은 듯 넌지시 말했다.

“아무것도 아냐. 다만, 그 방을 내실처럼 개조해서 티나의 책과 물건들을 두게 하고 여자 친구들도 초대할 수 있게 해서 놀라게 해줄 작정이었어.”

“언니는 한없이 친절해. 하지만 티나는 내실을 가지면 안 돼.” 샬롯은 빈정대는 투로 말했고 눈동자의 초록색 반점이 짙어졌다.

"알았어. 네가 원하는 대로 하자." 델리아 역시 짜증스러운 투로 같은 말을 되풀이했다. "내일 네 물건들을 내려다 놓으라고 할게."

샬롯은 문간에 멈춰 서서 물었다. "정말 다른 이유는 없는 거지?"

"다른 이유? 왜 다른 이유가 있어야 하니?" 두 여인은 거의 적개심에 차서 서로 노려보았다. 그러고는 샬롯이 몸을 돌려 나갔다.

이야기가 다 끝났을 때 델리아는 샬롯이 바라는 대로 양보한 데 짜증이 났다. 어쨌든 이 집의 주인은 자기였고 샬롯과 티나 둘 다 자기 덕분에 살 수 있었으며 혹은 그만큼 살 만하게 만들어준 것도 자기라고 할 수 있는데 왜 늘 자기만 져 주어야 하는지 이해할 수 없었다. 그런데도 티나에게 어떤 문제가 생길 때마다 변함없이 원하는 바를 얻는 쪽은 샬롯이었고 양보하는 쪽은 델리아였다. 마치 샬롯이 조용하고 집요한 방식으로 둘 사이의 의존관계를 최대한 활용해서 델리아 같은 천성을 지닌 여자가 반기를 들지 못하도록 결사적으로 애쓰고 있는 것 같았다.

사실 델리아는 작은 내실을 만들어 그곳에서 티나와 조용한 대화를 나누게 될 날을 고대했었다. 그녀는 친딸이 그 방에 살았을 때 저녁마다 습관적으로 그곳에서 한 시간씩 머물곤 했다. 두 아가씨가 옷을 갈아입는 동안 함께 수다를 떨었고 그날 있었던 일을 이야기하며 그들의 의견을 들었다. 자기 딸의 대답은 늘 예상한 대로였지만, 티나의 시각과 의견은 언제나 기분 좋은 충격이었다. 티나의 생각이 이상하거나 낯설어서가 아니었다. 델리아는 자신의 과거에 깊이 잠겨 있던 생각들이 티나의 입을 통해 곧장 표출된 것처럼 느껴지는 순간들이 있었다. 그것들은 그녀가 결코 입 밖에 낸 적 없는 감정들과 스스로 인정하지 않았던 생각들을 담고 있었다. 티나는 델리아 랄스턴이 먼 옛날의 자아 성찰 속에서 클레멘트 스펜더에게 상상으로만 했던 말을 내뱉을 때도 있었다.

그런데 이제 저녁 시간의 그런 대화는 끝이었다. 혹시 샬롯이 딸 옆에 머무르겠다고 요청한 까닭이 그런 대화를 끝내고 싶어서 그런 것은 아니었을까? 델리아는 자신이 티나에게 영향력을 미치는 것이 원망을 살 일이라고 생각한 적은 없었다. 이제 그 깨달음은 언제나 두 여인을 갈라놓았던 심연 깊숙이 불빛을 비추었다. 하지만 델리아는 이내 자신의 질투심을 사촌의 탓으로 돌린 데 자책했다. 그녀는 오히려 자신을 탓해야 한다고 반성했다. 샬롯은 티나의 어머니로서 어떻게든 티나 곁에 있고 싶어 할 권리가 있었다. 델리아는 그 당연한 특권에 맞서 어떤 주장을 할 수 있었을까? 이튿날 아침 델리아는 샬롯의 물건을 티나의 옆방으로 옮기도록 지시했다.

그날 저녁 잠자리에 들 시간이 되자 샬롯과 티나는 함께 위층으로 올라갔다. 하지만 델리아는 써야 할 편지가 있다는 핑계로 응접실에 남아 있었다. 사실은 위층에서 샬롯 로벨이 노처녀답게 이미 잠든 시간에 밤마다 두 아가씨의 싱그러운 웃음소리에 발걸음을 멈추던 문 앞을 지나가기가 두려웠다. 이제부터는 티나를 곁에 둘 수 있는 방법이 없을 것이라는 생각에 한 줄기 고통이 델리아를 관통했다.

한 시간 뒤, 이윽고 델리아는 계단을 오르기 시작했다. 그녀는 죄책감을 느끼면서도 복도의 두꺼운 카펫을 따라 되도록 소리 없이 움직였고 층계참에서 가스등을 끌 때도 필요 이상으로 오래 머물렸다. 느릿느릿 걸으며 인접한 문에서 목소리가 들리는지 귀를 쫑긋 세웠지만, 그 문 뒤에서 샬롯과 티나는 잠들어 있었다. 그 안에서 이야기 소리와 웃음소리가 들렸다면 그녀는 남몰래 상처받았을 것이다. 하지만 아무 소리도 들리지 않았고 문틈으로 새어 나오는 빛도 없었다. 샬롯은 아주 고지식하게 딸에게 잘 자라고 인사한 뒤 평소처럼 곧장 잠자리에 들었을 것이 분명하다. 아마 그녀는 티나가 늦게까지 깨어있고 옷을 갈아입는 동안 간간이 웃으며 속내를 이야기하는 것을 허락하지 않았을 것이다. 그녀는 단지 티나가 "충분한 수면"을 놓치지 않게 하려고 그 옆방을 달라고 했을지도 모를 일이었다.

델리아는 사촌의 행동에서 숨은 뜻을 캐내려고 탐색할 때마다 모든 것을 샬롯의 탓으로 돌리는 근본적인 동기에 굴욕감과 수치심을 느끼며 그 탐색을 멈추곤 했다. 세상이 다 아는 공인된 행복을 누리는 델리아 랄스턴이 어머니라고 떳떳하게 밝히지도 못하는 불쌍한 샬롯을 어떻게 이토록 자주 부러워하는 것일까? 그녀는 질투심에 찬 행동을 감지할 때마다 자신을 혐오했고 한결 부드럽게 더 염려하는 마음으로 샬롯의 감정을 대함으로써 속죄하려 했다. 하지만 그런 시도가 늘 성공한 것은 아니었고 델리아는 자신이 샬롯의 불행에 에둘러 동정심을 보이는 데 샬롯이 분개하지 않았는지 궁금할 때도 있었다. 그와 같은 행동이 주는 최악의 고통은 한없이 온화한 손길로 상처를 남긴다는 것이었다.

델리아는 결혼식 날 자신의 모습을 비추었던 레이스가 드리운 화장대 거울 앞에서 천천히 옷을 갈아입으며 곰곰이 이런 생각을 하고 있었다. 그때 가벼운 노크 소리가 들렸다. 문을 열고 보니 실내용

가운을 걸치고 어깨에 검은 곱슬머리를 늘어뜨린 티나가 서 있었다.

델리아는 기쁨에 겨워 두 팔을 활짝 벌렸다.

"안녕히 주무시라고 인사하고 싶었어요, 엄마." 티나가 소곤거렸다.

"물론이지, 애야." 델리아는 티나의 넓은 이마에 오랫동안 입을 맞추었다. "어서 가거라. 안 그러면 이모를 깨울라. 이모가 잠을 자주 설치는 건 너도 알잖니. 게다가 지금은 네 옆방에 있으니 찍소리도 내지 말아야 해."

"네, 알아요." 티나가 공모라도 하듯 진지한 눈빛으로 순순히 따랐다.

티나는 더 묻지 않았고 더 머물지도 않았다. 델리아의 손을 들어 잠시 자신의 뺨에 대고 있다가 왔을 때처럼 소리 없이 빠져나갔다.

*

"하지만 언니는 티나가 변했다는 걸 알아야 해. 알아?" 샬롯 로벨은 〈이브닝 포스트〉를 한쪽으로 밀치며 강하게 이야기했다.

두 여인은 그래머시 파크의 집 응접실에서 단둘이 벽난로 앞에 앉아있었다. 티나는 존 주니어스 할시 부인이 된 사촌 델리아와 식사하러 나갔다. 그 뒤에는 밴더그레이브가家의 파티에 갈 예정이었고 파티가 끝나면 존 주니어스 부부가 집까지 데려다주기로 약속되어 있었다. 델리아와 샬롯은 이른 저녁 식사를 끝내고 둘이서 덩그러니 기나긴 저녁을 보내고 있었다. 그런 경우에 샬롯은 으레 수를 놓고 있는 델리아에게 신문을 소리 내어 읽어주었다. 하지만 오늘 밤 샬롯이 모든 칼럼을 빠짐없이 성실하게 읽어나가는 동안 델리아는 어떤 이유에서인지 그녀가 딸의 부재를 이용하려고 기회를 노리고 있다는 느낌이 들었다.

델리아는 대답하기 전에 시간을 벌려고 섬세한 흰 자수의 바늘땀 위로 몸을 기울였다.

"티나가 변했다고? 언제부터?" 델리아가 물었다.

대답이 퍼뜩 돌아왔다. "래닝 할시가 이 집에 뻔질나게 드나들면서부터야."

"래닝? 나는 그가 내 딸을 보러 왔다고 생각했는데." 델리아는 여전히 시간을 벌기 위해 아무 말이나 내뱉으며 곰곰이 생각했다.

"언니가 모든 청년이 언니 딸을 보러 왔다고 생각하는 건 당연해." 샬롯은 건조하게 대꾸했다. "하지만 래닝은 티나와 함께 있을 기회를 호시탐탐 노리고 있어."

델리아는 고개를 들고 얼른 사촌 쪽을 슬쩍 보았다. 사실 타나가 변했다는 것은 알고 있었다. 알 수 없는 순간에 아직 피어나지 않은 꽃잎이 봉오리 안에서 붉어지며 꽃이 변하는 것과 같은 이치라고 생각했다. 티나는 더 우아하고, 수줍고, 조용해졌으며, 때로는 엉뚱할 정도로 쾌활했다. 하지만 델리아는 이러한 기분 변화를 래닝 할시의 출입과 연관 짓지 않았다. 그는 딸 델리아가 결혼하기 전에 이 집을 맴돌던 수많은 젊은이 중 하나였을 뿐이었다. 사실 델리아가 어떤 불안감으로 잘생긴 래닝을 바라보던 순간이 있었다. 건장하고 무신경한 모든 할시 사촌들 가운데 신중한 어머니가 딸을 맡기기를 주저했을 유일한 청년이 래닝이었다. 이유를 대기는 쉽지 않았다. 그는 다른 사촌들보다 더 잘생기고 대화도 잘 통하기는 했지만, 언제나 시간을 지키지 않았고 그런 문제에 무척 태연했다. 클레멘트 스펜더가 그런 식이었다. 딸 델리아를 그런 사람에게 보냈다면 어땠을지?

하지만 델리아는 이내 마음을 놓았다. 장난기 있고 매력적인 딸 델리아는 더 견실한 자질이 뒷받침되지 않는 이상 그러한 태도에 눈길도 주지 않았다. 철저하게 랄스턴인 그녀는 랄스턴식 덕목을 요구했고 랄스턴가家의 신부에게 가장 걸맞은 할시가家의 청년을 선택했다.

델리아는 샬롯이 대답을 기다리고 있음을 깨달았다. "티나를 결혼시켜야 한다는 생각에 쉽게 익숙해지지 않을 거야." 그녀가 부드럽게 말했다. "그때는 빈집이 될 텐데 우리처럼 나이든 여자 둘이 이 빈집에서 뭘 해야 할지 모르겠구나. 하지만 그 문제를 고민해야겠지."

"난 고민하고 있어." 샬롯 로벨이 진지하게 말했다.

"그런데 래닝이 맘에 안 드니? 내 말은, 티나의 신랑감으로?"

샬롯은 석간신문을 접고 뜨개질감으로 야윈 손을 뻗었다. 테이블 너머로 사촌을 힐끗 보며 대답했다. "티나가 이것저것 가릴 처지는 아니지."

"뭐?" 델리아는 상기된 얼굴로 반박했다.

"우리 명확하게 얘기해." 샬롯은 차분히 말했다. "난 말을 하려면 명확하게 하고 싶어. 알다시피 보통 때는 입을 다물고 살잖아."

델리아는 동의하는 기색이었고 샬롯은 계속 이야기했다. "그게 편해. 우리가 이 문제를 터놓고 얘기해야 할 때가 오리라는 걸 늘 알고 있었어."

"너와 내가 터놓고 얘기한다고? 무슨 문제를?"

"티나의 앞날 말이야."

침묵이 흘렀다. 샬롯이 조금만 진정성을 내비쳐도 언제나 즉각적으로 반응하는 델리아는 깊은 안도의 한숨을 쉬었다. 비로소 샬롯의 가슴속에서 얼음이 녹아내리고 있었다.

델리아는 조용히 이야기했다. "샬롯, 티나의 행복이 내게 얼마나 중요한지 알잖니. 티나의 신랑감으로 래닝 할시가 못마땅하다면 다른 후보를 마음에 두고 있니?"

샬롯은 살짝 굳은 미소를 지었다. "누가 들으면 문밖에 티나의 신랑감 후보들이 줄 서 있는 줄 알겠어. 래닝 할시가 티나의 신랑감으로 못마땅한 게 아니야. 개인적으로는 그가 아주 마음에 들어. 티나가 그에게 끌리고 있는 것도 이해해."

"티나가 그에게 끌리고 있다고?"

"맞아."

델리아는 자수틀을 옆으로 치우고 사촌의 날카로운 얼굴을 찬찬히 살펴보았다. 샬롯 로벨은 어느 때보다 더 전형적인 노처녀의 모습으로 앉아있었다. 등받이가 곧은 의자에 똑바로 앉아서 팔꿈치를 몸쪽에 붙이고 뜨개바늘을 딸깍딸깍 부딪치며 침착하게 딸의 결혼을 논의했다.

"잘 모르겠어, 샬롯. 래닝의 결점이 무엇이든, 그건 심각한 것 같지 않고, 나도 너처럼 그가 맘에 들어." 델리아는 잠시 말을 멈추다가 다시 입을 열었다. "여하튼 그가 사람들에게 비난받는 문제가 뭐니? 내가 듣기로는 그가 직업을 정하지 못하는 게 가장 큰 문제던데…. 그런 문제를 보는 뉴욕 사람들의 시각은 우리가 알다시피 좀 편협하잖아. 젊은이들은 미술, 문학 등 다른 데 취미가 있을지도 모르지. 그들은 결정하는 데 어려움을 겪을 수도 있다는 뜻이야."

두 여인의 얼굴이 조금 상기되었다. 델리아는 자신의 가슴을 뒤흔든 바로 그 기억이 샬롯의 가슴도 욱신거리게 했을 것이라고 짐작했다. 샬롯이 입을 열었다. "그래, 그건 나도 이해해. 하지만 직업 선택에 우유부단하다는 건…, 다른 결정에 있어서도 그럴 수 있다는 얘기야."

"그게 무슨 말이니? 설마 래닝이…"

"래닝은 아직 티나에게 청혼하지 않았어."

샬롯은 말을 멈추었다. 오래전에 델리아의 벽난로 선반 위에서 금박 시계가 째깍거리며 침묵을 깬 것처럼 샬롯의 한결같은 뜨개바늘의 딸각거리는 소리가 침묵 속에 끼어들었다. 델리아는 그때의 기억을 떠올리면서 공기 중에서 알 수 없는 긴장감을 느꼈다.

샬롯이 입을 열었다. "래닝은 더 이상 망설이지 않을 거야. 티나와 결혼하지 않기로 결정했거든. 하지만 티나를 만나는 것도 포기하지 않겠대."

델리아는 갑자기 얼굴이 빨개졌다. 그녀는 샬롯이 과묵한 입술 사이로 찔끔찔끔 내뱉는 꺼림칙한 말들이 거슬렸고 갈피를 잡을 수 없었다.

"래닝이 청혼했다가 물렸다는 말은 아니지? 그가 티나에게 그런 모욕을 줄 수 있다고 생각되지 않아."

"래닝은 티나에게 모욕을 주지 않았어. 그저 티나와 결혼할 수 없다고 말한 거야. 그의 아버지는 그가 직업을 정할 때까지 1년에 겨우 몇백 달러의 용돈만 주겠다고 했나 봐. 게다가 그가 부모 뜻을 거스르는 결혼을 한다면 그마저도 끊길 거야."

이번에는 델리아가 할 말을 잃었다. 샬롯의 말을 듣는 동안 과거가 불가항력적으로 되살아났다. 그녀 앞에 우유부단하고 궁색했으며 설득력 있는 말솜씨를 지녔던 클레멘트 스펜더가 서 있었다. 그녀가 그의 설득에 넘어갔더라면!

"이런 일이 티나에게 일어나서 유감이야. 하지만 래닝이 훌륭하게 처신했고 헛된 기대를 남기지 않고 물러난 듯하니 우리가 바랄 건…" 델리아는 그들이 무엇을 바랄 수 있을지 떠오르지 않아 말을 멈추었다.

샬롯 로벨은 뜨개질감을 내려놓았다. "언니도 나만큼 잘 알고 있잖아. 티나와 쉽게 사랑에 빠지는 모든 청년이 그 애와 결혼하지 않을 그럴듯한 구실을 찾으리라는 걸."

"그럼 넌 래닝의 해명이 핑계라고 생각하니?"

"당연하지. 물론 래닝 말고도 그런 청년들은 앞으로도 많을 거야. 티나에게 끌리는 청년들 말야."

"하…" 델리아는 한숨을 쉬었다.

그들은 너무 허둥지둥 파묻은 시체처럼 표면 아래 가까스로 감추었던 문제를 오랫동안 침묵과 회피로 일관하다가 마침내 마주하게 된 것 같았다. 델리아는 다시 한번 숨을 깊게 쉬었고 그것은 거의 안도의 한숨이기도 했다. 그녀는 티나의 남편을 찾는 일이 힘들 것이고 거의 불가능할지도 모른다고 늘 생각했다. 티나의 행복을 바라는 만큼이나 마음속 가장 깊은 곳의 어떤 이기심은 인생의 말년을 티나와 함께할 수 있다면 얼마나 덜 외롭고 덜 무의미할지 속삭였다. 하지만 샬롯에게 어떻게 이런 말을 할 수 있을까?

“네 말이 과장이라면 좋겠어, 샬롯. 이기적이지 않은 사람들이 있을 수도 있잖아. 하지만 티나를 너무도 아끼는 우리랑 함께 여기에 있으면 어떤 경우에도 불행하지 않을 거야.”

“티나를 노처녀로 늙게 하라는 거야? 절대 안 돼!” 샬롯은 벌떡 일어서서 주먹 쥔 손으로 좁은 작업 테이블을 내리쳤다. “내가 어떤 대가를 치르더라도 내 아이는 자기 삶을 살게 할 거야.”

델리아의 마음속에 자리 잡고 있던 연민이 차올랐다. “네 심정을 이해해. 나도 그 애가 자기 삶을 살길 바라지만, 그 애를 보내는 건 힘들 거야. 분명히 서두를 일은 아니야. 그렇게 먼 미래를 내다볼 이유도 없고. 그 아이는 아직 스무 살도 안 됐어. 기다려봐.”

샬롯이 그녀 앞에 꼼짝 않고 꼿꼿하게 서 있었다. 샬롯이 그렇게 행동할 때면 델리아는 화강암 사이를 휩쓸고 다니는 용암이 떠올랐다. 그 안에서 불이 활활 타오를 것 같지는 않았다.

“기다리라고? 하지만 그 애가 기다리지 않는다면?”

“그래도 그가 물러난 이상…, 잠깐만! 그게 무슨 뜻이니?”

“래닝은 티나와의 결혼은 포기했지만, 계속 만나는 걸 포기한 건 아니야.”

델리아는 벌떡 일어서서 상기된 얼굴로 몸을 부르르 떨었다.

“샬롯! 네 말이 무엇을 암시하는지 알고 있는 거니?”

“그래, 알고 있어.”

“그건 너무 터무니없어. 어떤 참한 처녀도…”

델리아는 그 말을 끝맺지 못했다. 샬롯의 눈빛이 냉랭해졌다. "모든 처녀들이 언니 말처럼 다 참한 건 아니야." 그녀는 분명히 말했다.

델리아는 천천히 자기 자리로 돌아갔다. 그녀의 자수틀이 바닥에 떨어지는 바람에 그것을 주우려고 힘겹게 몸을 구부렸다. 그때 샬롯의 수척한 모습이 가차 없이 밀려오는 파도처럼 그녀의 머리 위에서 일렁였다.

"네가 그런 말을 해서 그런 암시까지 하면서 얻는 게 무엇인지 모르겠어, 샬롯. 분명 넌 네 딸을 신뢰하고 있을 텐데."

샬롯은 웃으며 말했다. "내 어머니도 나를 신뢰했어."

"어떻게 그런 말을? 어떻게…, 그런 말을?" 델리아는 말을 꺼내기는 했지만, 그녀를 똑바로 쳐다볼 수 없었고 목구멍에서 약한 떨림이 느껴졌다.

"난 티나를 위해서라면 뭐든지 해. 그 애를 있는 그대로 평가할 수도 있어." 샬롯은 중얼거렸다.

"있는 그대로? 그 애는 완벽해!"

"그럼 그 애가 내 불완전함의 대가를 치러야 하는 거라고 말해두지. 내가 바라는 건 그 애가 너무 큰 대가를 치르지 않게 하는 것뿐이야."

델리아는 잠자코 앉아있었다. 그녀가 보기에 샬롯은 삶의 표면 아래 안전하게 웅크리고 있는 모든 어두운 운명의 목소리를 빌어 말하고 있는 것 같았다. 그리고 그런 목소리에는 두려움에 휩싸인 침묵 말고는 아무런 대답도 해줄 수 없었다.

"가여운 티나…" 델리아가 나직이 내뱉었다.

"그 애가 고통받을 거란 뜻은 아냐. 난 그런 대답을 바란 게 아닌데…, 난 이제까지 실수만 저질렀어. 이제라도 그걸 알았으니 바로잡아야 해. 언니는 우리에게 너무 잘해줬어. 이제 우린 떠나야 해."

"떠난다고?" 델리아는 놀라서 제대로 말을 잇지 못했다.

"그래. 날 배은망덕하다고 생각하진 마. 언니가 내 아이를 한 번 구해줬는데 내가 잊을 수 있을 것 같아? 하지만 이번엔 내 차례야. 내가 그 아이를 구해야 해. 내가 할 수 있는 일은 그 애를 여기 있는 모든 것으로부터 그 애가 이제까지 알던 모든 것으로부터 떼어놓는 것뿐이야. 그 애는 비현실적인 세계에서 너무 오래 살았어. 그 애는 나와 똑같아. 그런 세계에 만족하지 않을 거야."

"비현실적인 세계라고?" 델리아는 멍하니 그 말을 되뇌었다.

"티나에게 비현실적인 세계 말이야. 청년들은 아무리 그 애를 사랑하더라도 결혼은 할 수 없어. 행복한 가정에선 그 애를 따뜻하게 맞았다가도 혹시 남동생이나 남편에게 딴 맘이 있을지 모른다고 의심하거나 모욕을 줄 거야. 우리가, 우리 중 누가 어떻게 그 애가 이 재난을 면할 수 있다고 상상할 수 있겠어? 난 눈앞에 보이는 티나의 행복과 언니와 있음으로써 그 애와 내가 얻을 수 있는 이점만 생각했어. 하지만 래닝 할시와의 사건이 내 눈을 뜨게 했어. 티나를 데리고 멀리 가야 해. 우리를 모르는 곳으로 가서 살아야 해. 평범한 사람들 틈에서 평범한 삶을 살 수 있는 곳 말이야. 그 애가 남편감을 찾고 가정을 꾸릴 수 있는 어딘가로 갈 거야."

샬롯은 말을 멈추었다. 그녀는 마치 외우기라도 한 듯 빠르고 단조로운 어조로 말했지만, 이제는 갈라진 목소리로 고통스럽게 같은 말을 되풀이했다. "난 배은망덕하지 않아."

"은혜니 뭐니 하는 말은 하지 말자. 너와 나 사이에 그럴 게 뭐가 있니?" 델리아는 일어서서 불안한 듯 방안을 서성이기 시작했다. 샬롯에게 너무 서두르지 말라고 애원하고 싶었다. 티나를 모든 습관과 유대에서 끊어내고 "평범한 사람들 사이에서 평범한 삶"을 살도록 알 수 없는 먼 곳으로 데려가는 것이 얼마나 잔인한 일인지 상상해보라고 하고 싶었다. 그렇게 빛나는 아이가 그런 운명에 순순히 복종하거나 그런 환경 속에서 그럴듯한 남편감을 찾을 가능성이 과연 얼마나 될까? 그 변화는 오직 비극만 불러올 것이다. 델리아의 경험은 너무 제한적이어서 티나 같은 아가씨가 모든 달콤한 삶과 갑자기 단절되면 어떤 일이 벌어질지 상상할 수 없었다. 반항과 도피의 막연한 환영이, 샬롯의 생각보다 더 깊고 돌이킬 수 없는 나락으로 떨어지는 환영이, 고통스럽게 그녀의 생각을 스쳤다.

"그건 너무 잔인해." 델리아는 샬롯이 아니라 자신에게 말하듯 외쳤다.

샬롯은 대답 대신 갑자기 시계를 보았다.

"지금이 몇 시야? 자정이 넘었네. 어리석은 내 딸 때문에 언니를 계속 붙잡고 있으면 안 되지."

델리아는 가슴이 답답했다. 샬롯이 티나의 엄마인 자신에게만 그 애의 미래를 결정할 권리가 있다고 일깨우면서 갑자기 대화를 끝내고 싶어 하는 것을 눈치챘다. 델리아는 그들 사이에 은혜니 뭐니 하는 문제가 있을 수 없다고 반박하기는 했지만, 그 순간 샬롯 로벨이 배은망덕한 괴물처럼 보였고 그녀의 혀끝에 이런 말들이 맴돌았다. '그러면 그 오랜 세월을 함께 보냈는데 난 티나에게 어떤 자격도 없다는 거니?' 하지만 그와 동시에 다시 한번 샬롯의 입장에서 생각했고 자식을 향한 어머니의 끔찍한 두려움을 느꼈다. 샬롯이 공개적으로 주장하지 못하는 권리를 그들끼리 있을 때조차 빼앗으려 한다면 원망을 사는 것이 당연했다. 델리아는 찌르르한 연민을 느꼈고 샬롯이 엄마 노릇하는 모습을 보여줄 수 있는 유일한 상대가 자기라는 사실을 깨달았다. '딱한 것…, 샬롯의 의견을 따라야 해!' 그녀는 속으로 중얼거렸다.

"그런데 넌 왜 티나를 기다리는 거니? 그 애한테 열쇠도 있고 델리아가 집에 데려다줄 텐데."

샬롯 로벨은 바로 대답하지 않았다. 그녀는 뜨개질감을 돌돌 감으면서 벽난로 선반 위의 촛대를 심각하게 쳐다보더니 걸어가서 그것을 바로 놓았다. 그러고는 반짇고리를 집어 들었다.

"그래, 언니 말이 맞아. 우리가 뭐 하러 그 애가 올 때까지 기다려?" 그녀는 방안을 이리저리 돌아다니며 등잔을 끄고 난로 덮개를 씌우고 창문의 빗장이 잠겼는지 확인했다. 그러는 동안 델리아는 가만히 서서 그녀를 지켜보았다. 두 사촌은 각자 침실에 놓을 촛불을 들고 어두운 집안을 지나 위층으로 올라갔다. 샬롯은 그들이 이야기했던 주제를 더 이상 언급하지 않기로 작정한 듯했다. 그녀는 층계참에 잠시 멈추어서 고개를 내밀며 델리아와 밤 인사를 나누었다.

"언니 방에 난롯불이 꺼지지 않았어야 할 텐데." 샬롯이 유능한 살림꾼다운 말투로 말하며 델리아를 얼른 안심시켰고 두 사람은 동시에 '잘 자'라고 인사했다. 샬롯은 복도를 돌아 자기 방으로 향했다.

*

델리아의 난롯불은 잘 타고 있었으며 그녀의 실내용 가운이 난로 가까이 있는 안락의자 위에서 따듯하게 데워지고 있었다. 하지만 그녀는 옷을 벗지도 의자에 앉지도 않고 그대로 서 있었다. 샬롯과의 대화가 그녀를 깊은 불안에 떨게 했다.

그녀는 방 한가운데 서서 잠시 주위를 천천히 둘러보았다. 그녀가 신부였을 때부터 개조하려 계획했던 그 방은 바뀐 것이 아무것도 없었다. 방을 개조하려던 모든 꿈은 오래전에 사라졌다. 마음속 깊은 곳의 어떤 무심함이 점차 그녀를 다른 여성의 삶을 대신 살고 있는 제삼자로 여기도록 만들었다. 그 여성은 계획과 통찰력이 충만한 채 그 집에 들어왔던 생기 넘치는 델리아 로벨과 전혀 무관한 여성이었다. 델리아는 남편의 잘못이 아님은 알고 있었다. 그녀는 업둥이를 자기 집으로 들이는 큰 소득을 얻은 것처럼 남편을 조금만 다독이고 좋은 말로 구슬리면 아주 쉽게 원하는 모든 것을 다 얻었을 것이다. 문제는 그 승리 이후 다른 어떤 일도 시도할 가치가 없어 보였다는 것이었다. 어린 티나를 처음 보았을 때 델리아 랄스턴의 모든 삶이 분산되었고 남편과 자식들의 행복 말고는 모든 것에 무관심했다. 그녀 앞에 펼쳐진 미래는 의무로 가득했고 그녀는 즐겁고 충실하게 그것들을 완수했다. 하지만 그녀 자신의 삶은 끝났고 속세를 떠난 수녀만큼이나 초연한 기분이 들었다.

그녀 내면의 변화는 너무 깊숙한 곳에서 일어나서 눈에 보이지 않았다. 랄스턴 사람들은 델리아 랄스턴의 순응적 태도를 공공연히 칭찬했다. 그녀가 매사를 양보하며 묵인한 덕분에 그 가족의 신조는 그 지속성이 새삼 증명되면서 강화되었다. 델리아는 레오폴드 로베르의 판화와 가족사진, 자단목과 마호가니 가구들을 둘러보면서 자신의 무덤 안 벽들을 보고 있는 기분이었다.

그 변화는 샬롯 로벨이 바로 이 안락의자에 웅크리고 앉아 끔찍한 고백을 하던 날 시작되었다. 그때 델리아는 일종의 두려운 흥분과 함께 발밑을 더듬으며 소리치는 걷잡을 수 없는 삶의 폭력을 처음으로 느꼈다. 하지만 바로 그날부터 자신이 삶으로부터 소외되어 그림자 속에 머물게 될 운명인 것 또한 알고 있었다. 그녀의 삶은 지나갔고 남은 것은 랄스턴 사람들과 그 이름뿐이었다.

그렇다면 아주 잘된 일이었다. 델리아는 자기 자신을 최대한 이용하고 랄스턴의 이름을 최대한 활용하기로 했다. 그 다짐은 즉각적이었고 단호했다. 그리고 거의 20년 동안 그 다짐을 간직했다. 그녀는 단 한 번 랄스턴이 아니라 그녀 자신이었고 그 한 번의 기회는 그만한 가치가 있어 보였다. 그리고 지금 그때와 같은 도전이 다시 귓가를 울렸다. 다시 살 만한 가치가 있을지도 몰랐다. 클레멘트 스펜더를 위해서가 아니었다. 딱한 클레멘트는 이미 오래전에 로마에서 평범하고 억척 맞은 사촌에게 코가 꿰인 채 결혼해서 가정에 꼼짝없이 매여 살고 있었다. 그의 아내는 그랜드 투어를 온 모든 뉴욕 사람들이 체념하고 찡그리며 남편의 그림을 살 때까지 놓아주지 않았다. 클레멘트 스펜더를 위해서가 아니었고 샬롯이나 티나를 위해서도 아니었다. 오히려 그녀는 델리아 랄스턴 자신을 위해 자신의 잃어버린 미래와 박탈당한 현실을 위해 다시 한번 랄스턴의 장벽을 허물고 세상으로 손을 뻗을 것이었다.

적막한 집 안에서 들려오는 희미한 소리가 그녀의 생각을 방해했다. 가만히 들어보니 샬롯 로벨의 방문이 열리고 그녀가 빳빳한 페티코트를 부스럭거리며 층계 쪽으로 걸어가는 소리였다. 문틈으로 한 줄기 불빛이 새어 들어왔다가 사라졌다. 샬롯이 델리아의 문 앞을 지나 아래층으로 내려간 것이다.

델리아는 움직이지 않고 계속 귀를 기울였다. 아마 세심한 샬롯이 혹여 현관문을 잠그지 않았는지 또는 난로 덮개를 확실히 덮었는지 확인하기 위해 내려갔을 것이다. 그녀의 볼일이 그런 것이었다면 이내 돌아오는 발소리가 들렸을 것이다. 하지만 발소리는 들리지 않았다. 샬롯이 딸을 기다리기 위해 내려갔다는 사실이 점점 명확해졌다. 왜 그랬을까?

델리아의 침실은 집의 정면에 배치되어 있었다. 그녀는 두꺼운 카펫 위를 살금살금 가로질러가 커튼을 젖히고 조심스럽게 내부 덧문을 열었다. 그녀 발밑으로 텅 빈 광장이 달빛 아래 하얗게 빛났고 나무들은 그새 내린 눈으로 하얗게 덮여 있었다. 맞은편 집들은 어둠 속에 잠들어 있었다. 눈 덮인 바닥에 발자국 하나 찍히지 않았고 눈부신 거리를 망치는 바퀴 자국도 전혀 없었다. 하늘에는 쏟아질 듯한 별들이 달빛 속에 떠다녔다.

델리아는 그래머시 파크 인근에서 그 무도회 파티에 참석한 다른 집은 두 군데밖에 없다는 사실을 알고 있었다. 페트러스 밴더그레이브 부부와 그들의 사촌인 젊은 팜리 랄스턴 부부였다. 루시어스 래닝 부부는 최근 루시어스 부인의 어머니가 세상을 떠나서 3년 동안 애도 기간을 보내야 했다. (겨우 열아홉 살인 딸 케이트는 스물

두 살이 될 때까지 사교계에 나올 수 없게 되었으니 딱한 일이었다) 젊은 마시 밍고트 부인은 '셋째' 아이를 임신 중이어서 거의 1년간 세간의 이목에서 벗어나 있었다. 그 밖의 다른 집들은 잘 모르는 사이거나 초대받지 못한 쪽이었다.

델리아는 유리창에 이마를 기댔다. 곧 모퉁이에서 마차들이 나타나면 잠들었던 광장에 말발굽 소리가 울리고 싱그러운 웃음소리와 젊은이들의 작별 인사 소리가 현관 계단에서 들려올 것이었다. 그런데 왜 샬롯은 어두운 아래층에서 딸을 기다리고 있을까?

시계가 1시를 알렸다. 델리아는 방으로 돌아와 타다 남은 불을 긁어내고 숄을 두른 뒤 다시 불침번을 서기 시작했다. 그런 순간에 추위를 느끼다니 그녀도 많이 늙은 것이 분명했다. 머지않아 자신이 신경통과 류머티즘에 시달리고 몸이 뻣뻣하게 굳고 점점 쇠약해질 것이라는 생각이 들었다. 그녀는 사랑하는 사람의 품에 따뜻하게 안겨 달밤에 불침번을 선 적이 없었다.

광장은 여전히 고요했다. 곧 무도회가 끝나갈 시간이었다. 아무리 흥겨운 댄스파티라 해도 새벽 1시가 넘도록 이어지는 일은 거의 없었고 유니버시티 플레이스에서 그래머시 파크까지는 마차로 오래 걸리지 않았다. 델리아는 문에 난 창구멍에 귀를 댔다.

쌓인 눈 때문에 둔탁해진 말발굽 소리가 어빙 플레이스에서 들렸고 페트러스 밴더그레이브 가족의 마차가 맞은편 집 앞에 섰다. 밴더그레이브 딸들과 아들이 마차에서 뛰어나와 계단을 올라갔다. 그리고는 마차가 몇 집 더 지나서 팜리 랄스턴의 문 앞에 멈추자 사촌의 마차를 함께 타고 온 그들 가족이 내렸다. 그러므로 다음으로 모통이에서 나타날 마차는 티나를 데리고 오는 존 주니어스의 마차가 틀림없을 것이다.

금빛 시계가 1시 30분을 알렸다. 델리아는 자기 딸 델리아가 존 주니어스의 근무 시간을 고려해 무도회에 밤늦게까지 머무르는 법이 없다는 것을 알았기에 조금 의아했다. 틀림없이 티나가 시간을 끌었을 것이다. 델리아는 사촌을 계속 붙들어둔 티나의 경솔함에 조금 화가 났다. 하지만 그런 감정은 곧바로 연민의 물결에 휩쓸려 갔다. "우리는 어딘가 멀리 가서 평범한 사람들 속에서 평범한 삶을 살아야 해." 만일 샬롯이 그 위협을 실행에 옮긴다면 (델리아는 그녀가 굳게 결심하지 않았다면 그 말을 꺼내지 않았을 것이라고 알고 있었다) 바로 그 순간 가여운 티나는 자신의 마지막 왈츠를 추고 있었을지도 몰랐다.

15분이 더 지났다. 델리아의 숄 사이로 한기가 스며들기 시작한 순간 어빙 플레이스 쪽에서 텅 빈 광장으로 들어서는 두 사람이 보였다. 한 사람은 모자를 쓰고 풍성한 망토를 걸친 청년이었다. 그의 팔에 매달린 사람은 아주 단단히 여미고 있어서 모퉁이 가로등 불빛에 모습이 드러날 때까지 델리아는 가만히 지켜보았다. 그러고 보니 티나의 춤추는 듯한 걸음걸이와 그녀가 이야기할 때 상대를 올려다보려고 고개를 살짝 기울이는 자세를 단번에 알아보지 못했다는 생각이 들었다.

티나였다. 티나와 래닝 할시가 오밤중에 밴더그레이브의 무도회에서 단둘이 집으로 걸어오고 있었다. 델리아는 사고가 났을지 모른다는 생각이 먼저 들었다. 마차가 고장 났을지도 모르고 또는 자신의 딸이 아파서 집으로 돌아가야 했을 수도 있었다. 하지만 그럴

리가 없었다. 딸이 아팠다면 그 애는 티나를 마차에 태워 보냈을 것이다. 그리고 만일 어떤 사고라도 있었다면 젊은 사람들은 서둘러 델리아에게 알렸을 것이다. 그게 아니라면…, 두 사람은 혹독하게 추운 새하얀 밤에 한여름 숲속 빈터의 연인들처럼 어슬렁거렸고 티나의 얇은 슬리퍼는 눈이 아니라 데이지 꽃 위를 걷고 있었을지도 모를 일이었다.

델리아는 아이처럼 떨기 시작했다. 그녀는 오랫동안 남몰래 추측했던 문제의 해답이 퍼뜩 떠올랐다. 샬롯과 클레멘트 스펜더 같은 연인들이 어떻게 용케 만났을까? 어떤 고독의 동굴에 그들의 은밀한 기쁨을 숨겼을까? 그들이 속해있는 비밀 없는 좁은 사회에서 어떻게 그런 만남이 가능했을까? 델리아는 샬롯에게 차마 그런 질문을 던질 수 없었다. 차라리 모르고 있거나 추측조차 하지 않는 것이 낫다고 생각한 순간도 있었다. 하지만 지금 그녀는 단번에 이해했다. 노쇠한 조모와 단둘이 시내에 머물던 샬롯 로벨은 이브닝파티가 끝나고 얼마나 자주 클레멘트 스펜더와 함께 집으로 걸어갔을지, 얼마나 자주 그를 머서가街의 어두컴컴한 집으로 들였을지 이해되었다. 그 집에는 위층에서 걱정 없이 잠든 귀머거리 노파와 늙은 하인 말고는 그들이 돌아오는 것을 훔쳐볼 사람이 아무도 없었다. 델리아는 그 생각을 하며 로벨 할머니가 더 이상 아래층으로 내려올 일이 없었기에 그들에게 달빛 비치는 숲이 되었을 음침한 응접실과 그곳을 뒤덮은 샹들리에와 딱딱한 엠파이어 소파, 벽난로 선반의 눈이 없는 대리석 여인상 기둥을 떠올렸다. 빛바랜 카펫 위의 백조와 화환 무늬를 가로질러 비추는 한 줄기 달빛과 얼음처럼 차가운 그 달빛 속에서 서로 안고 있는 젊은 연인들의 모습을 상상했다.

그런 기억들이 샬롯의 의심을 불러일으키고 두려움을 자극했으며 어둠 속으로 내려가 당사자들과 마주하게 한 것이 틀림없었다. 그녀는 그런 대면의 얄궂음에 몸을 떨었다. 만일 티나가 그런 사실을 알았더라면! 하지만 샬롯은 오래전에 다짐했던 모습, 즉 얌전한 체하는 노처녀의 이미지로 여전히 티나에게 남아 있었다. 델리아는 계단 아래에서 얼마나 차분하고 점잖은 광경이 펼쳐질지 상상할 수 있었다. 놀라움도, 책망도, 암시도 없이, 단호하게 웃으며 변명을 못 들은 척 할 것이 뻔했다.

"뭐라고, 티나? 래닝과 걸어왔다고? 경솔한 아이 같으니라고. 이렇게 축축하게 눈이 오는데! 아, 그래, 사촌 델리아가 아기 걱정에 일찍 돌아갔구나. 마차를 돌려보내겠다고 약속했는데 오지 않았다고? 얘야, 집에 바래다줄 래닝을 만나 천만다행이었어. 그래, 네가 현관 열쇠를 가져갔는지 도무지 기억나지 않아서 올 때까지 기다렸어. 이렇게 덜렁거리는 늙은 이모가 또 있을까? 하지만 엄마한테는 말하지 마라. 그랬다가는 건망증이 너무 심하고 또 추운데 아래층에 있었다고 나무랄 거야. 열쇠를 가지고 있는 거 확실하니? 아, 래닝이 가지고 있다고? 고마워요, 래닝. 정말 자상하기도 하지! 잘 가요, 아니 이 시간에는 좋은 아침이라고 인사해야 하나."

델리아가 숨죽이고 샬롯의 장황한 이야기를 여기까지 들었을 때 아래층 현관문이 쾅 닫혔고 래닝 할시는 천천히 광장을 가로질렀다. 델리아는 그가 맞은편 보도에 멈추어 집의 정면을 쳐다보다가 아쉬운 듯 돌아서는 모습을 보았다. 그는 정확히 부인이 예측한 시간만큼 머물다가 돌아갔다. 잠시 후 그녀는 문틈으로 스치는 불빛을 보았고 샬롯의 풀 먹인 페티코트가 부스럭거리는 소리를 들었다. 이윽고 모녀가 각자의 방으로 들어갔다.

델리아는 굳은 동작으로 천천히 옷을 갈아입고 촛불을 끄고는 침대 곁에 무릎을 꿇고 두 손에 얼굴을 묻었다.

*

아침까지 뜬눈으로 누워있던 델리아는 샬롯의 아이를 맡았던 운명적인 날을 다시 세세하게 되짚었다. 당시 그녀도 아직 애티를 벗지 못했고 의지할 사람이 없었으며 자신의 결심을 지지해줄 사람이나 그 결심을 실천할 방법을 조언해줄 사람도 없었다. 그 뒤 20년간 삶의 경험이 쌓이면서 그녀는 위급한 사태에 대비할 수 있게 되었고 남들의 조언을 구하는 대신 그들에게 조언하는 법을 터득했다. 하지만 오랜 세월의 경험은 그녀를 자신의 편협한 삶에 속박하고 있는 쇠사슬처럼 스스로를 짓누르고 있었다. 이번 계획은 그녀가 위험을 무릅쓰고 처음 자립적으로 행동했을 때보다 더 위험하고 개연성은 떨어질 것이라는 생각을 떨칠 수 없었다. 이제 그녀의 자식들과 손자들, 혼인으로 맺어진 가족들을 비롯해 "배려해야" 할 사람들이 훨씬 더 많아졌다. ('배려'는 랄스터가家의 신조였다) 할시 가문과 랄스턴 가문 사람들은 무슨 말을 할까? 그녀는 철저하게 랄스턴 사람이 되었던 것일까?

몇 시간 뒤 델리아는 란스켈 박사의 서재에 앉아서 거무튀튀한 스미르나 러그를 내려다보며 있었다. 노인이 된 란스켈 박사는 몇 년 전부터 더 이상 진료를 하지 않았다. 기껏해야 옛 환자들 몇 명을 꾸준히 찾아다니며 "곤란한" 상황을 들어주고 조언하는 일만 했다. 하지만 그는 자신의 옛 왕국에서 일종의 비전문적 권위자나 의료계의 원로로서 위엄을 유지하고 있었다. 그러므로 예전에 그에게 신체적 질병을 치유 받았던 환자들은 종종 도덕적 치료제를 얻기 위해 다시 그를 찾아왔다. 사람들은 란스켈 박사의 판단이 타당하다는 데 동의하기는 했지만, 정작 박사가 그들을 은밀히 끌어당긴 힘은 그가 지극히 지배적인 계층 사회에서 아무것도 두려워하지 않는다는 사실이었다.

델리아는 거대한 체구의 은발 머리 박사가 가죽 표지로 제본된 수많은 의학 서적들 사이에서 육중하게 움직이는 모습을 보는 것만으로 어느새 안도감을 느꼈다.

"박사님, 제가 티나를 처음 받아들일 때 충분히 생각하지 않았던 것 같아요." 의사는 자신의 책상 안쪽에서 하던 일을 멈추더니 주먹으로 책상을 살짝 내리쳤다. "그러지 않았던 게 천만다행이죠! 델리아 로벨, 부인 말고도 그 애를 들이려고 생각한 사람이 이 동네에 꽤 있었죠."

그녀는 그를 휙 올려다보았다. "왜 저를 델리아 로벨이라고 부르세요?"

"음…, 오늘은 부인이 델리아 로벨로 왔다는 생각이 들어서죠." 그의 통찰력 있는 대꾸에 그녀는 생각에 잠긴 듯한 미소로 답했다.

"어쩌면 제가 전에 한 번이라도, 그러니까, 제가 언제나 신중하고

치밀한 랄스턴 사람처럼 행동했다면 결국 티나에게 더 도움이 되었을 텐데요."

란스켈 박사는 책상 안쪽의 안락의자에 퉁퉁한 거구를 들이밀고는 얄궂은 상황을 꿰뚫어 보고 그녀를 향해 웃었다. "나는 '결국' 도움이 되었다는 말을 싫어해요. 그것은 3일 지난 차가운 양고기만큼 영양가가 없거든요."

델리아는 곰곰이 생각했다. "물론 제 생각에 제가 티나를 입양하면…"

"그러면요?"

"사람들이 수군거릴 것 같았어요…" 그녀의 목을 지나 뺨과 이마까지 새빨개졌고 그 붉은 기는 단정하게 가르마를 탄 머리카락 밑으로 불길처럼 번졌다.

박사는 고개를 끄덕였다. "그랬겠죠."

"아니면 그 애가 제임스의 아이라고…" 그녀의 얼굴이 더욱 새빨개졌다.

이번에도 란스켈 박사는 고개를 끄덕였다. "사람들이 그렇게 생각할 가능성이 높죠. 허나 그런다고 무슨 해가 있을까요? 난 제임스를 알아요. 부인이 그 아이를 맡았을 때 그는 아무 질문도 하지 않았죠. 하지만 그 애가 누구의 아이인지는 알고 있었어요."

델리아는 소스라치게 놀라서 고개를 들었다. "그가 알았다고요?"

"그래요. 그가 나를 찾아왔었어요. 음, 난 아기를 위해서 직업적 비밀유지 의무를 위반한 셈이에요. 그렇게 해서 티나에게 집이 생긴 겁니다. 날 비난하려는 건 아니죠?"

"아…, 란스켈 박사님." 그녀의 눈에 괴로움의 눈물이 고였다. "제임스가 알았다고요? 알고도 제게 말을 안 했다고요?"

"그래요. 그 당시엔 사람들이 서로 많은 이야기를 나누지 않았었죠. 하지만 그는 부인이 한 일에 대해서는 입이 마르도록 칭찬했어요. 그리고 우리 생각대로 그가 지금 완벽한 깨달음의 세계에 있다면 당연히 부인이 하려는 일을 훨씬 더 칭찬할 거라고 여기지 못할 이유가 뭐가 있겠어요?" 박사는 냉소적으로 결론지었다. "사람들은 마흔다섯 살에 용감한 일을 하는 게 스물다섯 살에 하는 것보다 끔찍하게 더 힘들다는 걸 죽어서야 깨닫는다죠."

"저도 오늘 아침에 바로 그런 생각을 했어요." 델리아가 털어놓았다.

"부인은 오늘 오후에 그 반대라는 걸 증명할 겁니다." 그는 시계를 보더니 일어서서 그녀의 어깨에 자애로운 손을 올려놓았다. "사람들은 마음대로 생각하게 놔둬요. 그리고 따님인 델리아가 조금이라도 힘들게 하면 내게 보내요. 알다시피 아드님과 존 주니어스는 그럴 일이 없을 겁니다. 죄를 지으면 3대와 4대째에 재앙을 맞게 된다는 발상은 분명 여인들에게서 나왔을 겁니다."

나이든 하녀가 들여다봐서 델리아는 일어섰다. 그러다가 문간에 멈춰 섰다.

"박사님께 보내야 할 사람은 샬롯인 것 같아요."

"샬롯이라고요?"

"샬롯이 제가 하려는 일을 싫어하리란 걸 아시잖아요."

란스켈 박사는 은색 눈썹을 치켜올렸다. "그렇군요. 가여운 샬롯. 그녀가 질투하나보죠? 3대와 4대째 재앙의 진실이 결국 그렇게 실현되는 거군요. 항상 누군가는 대가를 치러야 하니…"

"티나에게 그런 일이 일어나지 않으면 좋겠어요!"

"흠, 샬롯도 곧 그걸 알게 되겠죠. 그럼 부인의 방향은 명확하군요."

그는 식당을 통해 그녀를 밖으로 안내했고 그곳에는 어느새 가난한 사람들 몇 명과 예전 환자 한둘이 기다리고 있었다.

그날 오후까지만 해도 델리아의 계획은 매우 명확해 보였다. 그녀는 샬롯을 침실로 따로 불렀다. 티나는 두통으로 누워있었다. 그 시절에는 정서적인 딜레마에 빠져서 어른들과의 교류를 거부하는 젊은 아가씨들을 그렇게 이해했다. 델리아는 샬롯과 점심식사를 하며 상투적인 말만 주고받았지만, 여전히 사촌의 결심이 확고함을 느꼈다. 전날 밤의 사건으로 그러한 결정을 내릴 때가 되었다는 샬롯의 견해가 확인되었다.

샬롯은 딱딱하고 신중한 태도로 침실 문을 닫고 창문 아래의 화려한 의자 쪽으로 다가갔다.

"나를 보자고 했어, 언니?"

"그래, 아! 거기 앉지 마." 델리아는 자기도 모르게 소리쳤다.

샬롯은 빤히 쳐다보았다. 그녀가 한때 그 쿠션에 얼굴을 묻고 억눌렀던 고뇌의 흐느낌을 기억 못 할 수도 있을까?

"앉지 말라고?"

"그래, 내 옆으로 와. 간혹 내 귀가 잘 안 들리는 것 같아." 델리아는 초조하게 설명하며 의자 하나를 자기 자리 쪽으로 밀었다.

샬롯은 자리에 앉았다. "그런 줄 몰랐어. 그렇다면 티나가 간밤에 밴더그레이브가家의 무도회에서 새벽에 돌아오는 소리를 듣지 못했겠네. 그 애는 분별없이 언니를 깨웠다고 생각하면 자신을 용서하지 못할 거야."
"난 그 애가 들어오는 소리에 깨지 않았어." 델리아는 대답하며 속으로 생각했다. '샬롯은 마음을 정했구나. 난 이 애의 마음을 바꿀 수 없을 거야.'
"티나가 무도회에서 무척 즐거웠던 모양이지?" 델리아는 계속 이야기했다.
"음. 그 덕분에 두통으로 앓아누웠어. 그런 흥겨운 자리는 그 애를 위한 게 아니야. 내가 말했잖아."
"그래." 델리아가 끼어들었다. "내가 올라오라고 한 건 간밤에 하던 이야기를 계속하고 싶어서야."
"그 얘기를 계속한다고?" 샬롯의 메마른 뺨에 홍조가 나타났다.
"그럴 가치가 있어? 난 마음을 정했다고 분명히 얘기해야 할 것 같아. 무엇이 티나에게 최선인지 내가 잘 안다는 걸 언니도 인정할 거야."
"그래, 물론이야. 그래도 하다못해 네 결정을 알려주기는 해야 하지 않겠니?"
"알려달라고?"
델리아는 몸을 숙여 사촌의 깍지 낀 손에 자신의 따뜻한 손을 올려놓았다. "샬롯, 오래전 이 방에서 넌 내게 도와달라고 했고 내가 그렇게 할 수 있다고 믿었어. 다시 믿어보지 않을래?"
샬롯의 입술이 굳었다. "내가 스스로 해결해야 할 때가 왔다고 생각해."
"티나의 행복을 희생하면서?"

"아니, 더 큰 불행을 막으려는 거야."

"하지만 샬롯. 내가 바라는 건 티나의 행복뿐이야."

"나도 알아. 언니는 내 아이를 위해 할 수 있는 일을 다 해주었어."

"아니, 별로 한 건 없어." 델리아는 일어서서 침통한 표정으로 사촌 앞에 섰다. "하지만 이제 그렇게 할 거야." 그녀는 마치 맹세라도 하듯 비장해 보였다. 그녀를 쳐다보는 샬롯의 겁에 질린 눈에 불안감이 스쳤다.

"만약 언니가 할시가家에 영향력을 행사하겠다는 뜻이라면, 고맙게 생각해. 항상 고마울 거야. 하지만 난 내 아이를 강제적으로 결혼시키고 싶지 않아."

델리아는 샬롯의 답답한 태도에 얼굴이 상기되었다. 그녀가 하려는 엄청난 일이 얼굴에 다 쓰여 있는 것이 분명했다. "난 티나를 입양해서 내 이름을 줄 생각이야." 그녀는 자신의 뜻을 밝혔다.

샬롯은 그녀를 차갑게 바라보았다. "그 애를 입양하겠다고?"

"샬롯, 그러면 어떻게 달라질지 알겠니? 내게 어머니의 재산이 남아 있어. 로벨가家의 재산이지. 분명 아주 큰 돈은 아니야. 그런데 제임스는 늘 그 돈이 로벨가家 사람에게 돌아갔으면 했어. 게다가 내 딸과 아들은 형편이 아주 넉넉하잖아. 내게 있는 푼돈이 티나에게 가면 안 될 이유는 없어. 그 애가 티나 랄스턴으로 알려지면 안 될 이유도 없고." 델리아는 한숨 돌리고 다시 입을 열었다. "난 제임스가 그것 또한 동의했을 거라고 믿어."

"동의했을 거라고?"

"그래. 그가 티나를 받아들이도록 했을 때 결국 그 일이 어떤 일로 이어질지 예견했고 그게 무엇이 됐든 받아들였다는 걸 모르겠니?"

샬롯도 일어섰다. "고마워, 언니. 하지만 우리가 지금 언니를 떠나는 것 말고는 다른 일로 이어지지 않을 거야. 형부가 받아들인 일은 분명 그런 거였을 거야."

델리아는 한두 걸음 물러섰다. 샬롯의 차디찬 결심에 용기가 꺾였고 당장 대꾸할 말이 떠오르지 않았다.

"그러면 티나의 행복을 저버리는 게 네 자긍심을 버리기보다 쉽다는 거니?" 그녀가 소리쳤다.

"내 자긍심? 난 내 아이에 대해서 말고는 어떤 자긍심도 가질 권리가 없어. 그리고 내 아이에 대한 자긍심은 절대 저버리지 않을 거야."

"아무도 네게 그걸 요구하지 않아. 넌 불합리하고 잔인해. 내가 바라는 건 티나를 돕도록 허락받는 것뿐인데 내가 네 권리를 간섭한다는 듯이 말하는구나."

"내 권리?" 샬롯은 씁쓸하게 웃으며 그 말을 되뇌었다. "그 권리가 무엇인데? 나는 법적으로도 아무 권리가 없고 그 애 마음도 차지하지 못했어."

"어떻게 그런 말을 할 수 있어? 티나가 널 얼마나 사랑하는지 알잖아."

"그래. 내가 노처녀 이모들을 대할 때처럼 동정심으로 그러는 거 알아. 그런 이모가 둘 있었지, 기억나? 쭈글쭈글한 아기들 같았어. 어릴 때 우리는 조시 이모나 노니 이모에게 충격을 줄 만한 말은 절대 하지 말라는 주의를 듣곤 했지. 언제가 밤에 언니가 티나에게 똑같이 주의를 주는 걸 들었어."

"아…" 델리아는 한숨을 쉬었다.

샬롯 로벨은 초췌하고 경직되고 확고부동한 모습으로 그녀 앞에 계속 서 있었다. "너무 오래 끌었어. 이제 그 애에게 모든 것을 말하고 그 애를 데리고 떠날 거야."

"티나에게 출생의 진실을 밝히려고?"

"난 그게 부끄러웠던 적은 없어!" 샬롯은 씩씩거리며 말했다.

"그럼 넌 그 애를 불행하게 만드는 거야. 그 애의 주인이 되려는 네 욕망 때문에 그 애를 희생시키겠다고?"

두 여인은 상대를 찌르는 말들을 다 쏟아내고 서로를 노려보았다. 분노로 부들부들 떨었던 델리아는 샬롯이 비틀거리며 뒤로 물러서다가 뚝뚝 끊기는 중얼거림과 함께 의자에 주저앉는 모습을 보았다. 샬롯은 거칠게 움켜쥔 쿠션에 얼굴을 묻었다. 예전과 같은 쿠션에 몸을 내맡기게 했던 격렬한 모성애가 이제는 그녀를 더 쓰라린 체념의 고통 속에 더 낮게 굴복시켰다. 델리아는 그때 그 울음소리가 들리는 것 같았다. "어떻게 내 아이를 포기할 수 있겠어?" 샬롯의 절규에 그녀는 순간적인 분노가 사르르 녹아내렸고 괴로워하는 샬롯의 어깨 위로 몸을 굽혔다.

"샬롯, 그 애를 포기하는 게 아니야. 이렇게 그냥 함께, 그 애를 사랑하면 안 될까?"

샬롯은 대답하지 않았다. 그녀는 오랫동안 얼굴을 묻은 채 말없이 꼼짝 않고 엎드려 있었다. 자신을 굽어보는 얼굴을 마주 보는 게 두려운 것 같았다. 하지만 델리아는 팽팽했던 근육이 점차 풀어지는 것을 느꼈고 샬롯의 한쪽 팔이 희미하게 움직이더니 무언가 찾는 것을 보았다. 그녀는 더듬는 손가락에 자신의 손을 내밀었고 샬롯은 그 손을 잡더니 입술에 갖다 댔다.

*

이제 티나 랄스턴이 된 티나 로벨은 7월에 래닝 할시와 결혼하기로 되어 있었다. 지난 4월에야 그들의 약혼이 발표되자 그 가문의 노부인들은 약혼 기간이 너무 짧아서 상스럽다고 노발대발했다. 그 당시 뉴욕 사람들은 하나같이 "젊은이들에게 서로 알아갈 기회를 주어야 한다"고 생각했다. 비록 뉴욕 사회를 구성하는 대다수의 커플들이 어린 시절에 함께 놀았고 그들의 부모가 오랫동안 스스럼없이 알고 지낸 사이기는 했지만, 새로 약혼한 커플들은 수수께끼 같은 예법에 따라 늘 상대를 처음 알게 된 사람처럼 대해야 했다. 남부의 여러 주州에서는 삶의 방식이 달랐다. 성급한 약혼과 심지어 사랑의 도피로 맺어진 결혼도 그들 삶에서는 드물지 않았다. 하지만 그러한 무모함은 네덜란드식 신중함에 여전히 삶의 속도가 맞추어져 있는 뉴욕의 느긋한 혈통과는 잘 맞지 않았다.

하지만 티나 랄스턴처럼 특이한 경우에는 마땅히 전통이 무시되어야 한다는 생각이 누구에게도 크게 놀랄 일은 아니었다. 애초에 그녀가 티나 랄스턴이 아니라는 사실을 모르는 사람은 없었다. 딱한 제임스의 알려지지 않은 "과거"와 그 미망인의 관대함에 대한 소문을 믿었다면 모르겠지만, 대다수는 그 소문을 믿지 않았다. 사람들은 결백을 입증할 수 없는 고인에게 죄를 뒤집어씌우기를 꺼렸다. 그리고 랄스턴가家의 사람들은 델리아 랄스턴의 행동을 철저히 못마땅해하면서도 그녀가 티나를 입양하는 것이 고인이 된 남편에게 "오점을 남기는 일"로 해석될 여지가 있었다면 결코 실행에 옮기지 않았을 것을 확신한다고 한목소리로 밝혔다.

티나는 로벨가家의 사람일 수는 있어도 (그 사실조차 아는 사람이 별로 없지만) 명백히 랄스턴 사람은 아니었다. 무엇이든 공식적인 배제 이유가 필요했기에 일가 사람들은 그녀의 갈색 눈동자와 엉뚱한 태도로 보아 분명 랄스턴 사람은 아니라고 못 박았다. 대다수의 사람들은 란스켈 박사가 늘 단언한 대로 티나의 출생의 비밀은 결코 알 수 없으며 그녀가 종종 규율 바른 사회를 혼란스럽고 거슬리게 하는 풀리지 않는 수수께끼 중의 하나라고 생각했다. 또 델리아가 티나를 입양한 것은 사촌인 샬롯이 그 아이에게 깊은 애착을 보였기 때문이므로 그 일은 그저 로벨 일가의 단결성을 보여준 또 다른 증거일 뿐이라고 여겨졌다. 델리아의 아들과 딸이 티나의 입양을 기뻐했다고 말하는 것은 과장이었을 것이다. 하지만 그들은 논평을 자제하고 위엄 있게 침묵을 지킴으로써 어머니의 즉흥적 결정에 따른 영향을 최소화했다. 옛 뉴욕에서는 많은 가문들이 가족 구성원의 별난 행동을 가리기 위해 그런 식으로 행동했다. 또 "각자 몫으로 돌아갈 돈이 충분한" 경우 상속인들이 전체 상속 재산에서 적은 금액을 다른 용도로 떼어주는 데 항의하면 천박하게 욕심낸다고 여겨지기도 했다.

그럼에도 불구하고 델리아 랄스턴은 티나를 입양하는 순간부터 두 아이의 태도가 달라진 것을 훤히 알고 있었다. 그들은 참을성 있게 그녀를 대했고 마치 청소년기의 일탈이 한 번은 용인되었지만, 결과적으로 더 엄격한 감시의 대상이 된 미성년 자녀의 부모처럼 굴었다. 사회 또한 관대하지만 신중한 태도로 그녀를 대했다.

델리아 랄스턴에게는 (이 말을 처음으로 한 사람은 실러턴 잭슨이었다) "일을 잘 해내는" 확실한 방식이 있었다. 불굴의 여인 맨슨 밍고트 부인이 남편의 뜻을 꺾은 이래로 뉴욕에서 그녀 같은 태도를 보인 사람은 없었다. 하지만 델리아의 방식은 달랐고 해석하기도 쉽지 않았다. 맨슨 밍고트 부인이 경구적인 표현을 쏟아내고 욕설을 퍼부으며 고집부리고 백방으로 뛰어다니며 성취한 일들을 델리아는 목소리 한번 높이지 않고 늘 다니던 길에서 한 발자국도 벗어나는 일 없이 성취했다. 그녀가 업둥이를 집에 들이자고 제임스 랄스턴을 설득했을 때 손바닥 뒤집듯 쉽게 이루어졌기에 사람들은 그 일이 언제 어떻게 일어난 일인지 알 길이 없었다. 게다가 다음날 랄스턴 부부는 여느 때처럼 고요했고 밝은 표정으로 사람들 앞에 나타났다. 그리고 지금 그녀는 이 입양을 같은 방식으로 밀고 나갔다. 실러턴 잭슨의 말대로 그녀는 티나의 입양이 언제나 합의된 일이었다는 듯 행동하면서 사람들이 왜 신경 쓰는지 모르겠다는 태도를 보였다. 그녀의 이런 태도 앞에서 사람들의 관심은 어리석어 보였기에 점차 사그라졌다.

사실 델리아의 확신 이면에는 의심과 불확실성이 뒤섞인 혼란이 있었다. 하지만 그녀는 굳이 설명하려 애쓰지 않으면 (어쩌면 살인조차) 못할 일이 없다고 배웠고 그 교훈을 결코 잊지 않았다. 그녀는 업둥이를 떠맡게 된 내막을 일절 설명하지 않았고 지금 그 아이를 입양하는 일도 설명할 생각이 없었다. 그녀는 해명이 필요한 어떤 일도 일어나지 않은 것 마냥 꿋꿋이 자기 일을 했을 뿐이었다. 오랜 집안 내력인 적당한 도덕성 덕분에 쓸데없는 질문으로 자신을 괴롭히지도 않았다.

사실 그런 질문들은 대중의 의견보다 샬롯 로벨의 개인적 생각에 관련된 것들이었다. 샬롯은 처음 비장하게 저항한 그 순간 이후 애절하게 거의 고통스러울 정도로 감사한 모습을 보였다. 티나의 태도를 보면 그녀가 그러는 이유를 충분히 알 수 있었다. 티나는 밴더그레이브가家의 무도회에서 돌아온 처음 며칠 동안 마음의 문을 닫은 듯 안색이 어두웠다. 그 모습을 본 델리아는 몇 해 전 문득 자신의 침실 거울에 비쳤던 샬롯 로벨의 섬뜩한 모습이 떠올랐다. 엄마인 샬롯의 당시 흔적은 이미 딸의 눈동자에 고스란히 담겨 있었다. 티나에게 흐르는 스펜더의 피는 그런 귀결을 재촉하고도 남았을 것이다. 며칠 동안 공포와 연민으로 묵묵히 주시하던 델리아는 샬롯의 두려움이 타당하다는 것을 깨달았다. 두 여인 모두 티나를 잃을 뻔했다. 어떤 일이 있어도 그러한 위험을 또 무릅쓸 수는 없었다.

할시가家 사람들의 행동은 대체로 흠잡을 데 없었다. 래닝은 곧 델리아 랄스턴에게 입양되어 어머니의 이름을 받고 재산을 상속받게 될 아가씨와 결혼하고 싶어 했다. 할시 가문 사람에게는 랄스턴 가문과 혼인 관계를 하나 더 늘리는 것보다 경사스러운 일은 없었다. 그 가문들은 언제나 근친결혼을 했다. 래닝 할시의 부모는 자신들도 걱정이 많았기에 래닝이 "정착"하는 모습을 보고 안도할 수 있게 되어 그 결혼에서 있을 법한 결함이 보상되고도 남는다는 태도로 서둘러 두 사람을 축복했다. 일단 혼담이 결정된 뒤에는 그러한 결함이 존재했다는 사실을 스스로도 인정하지 않았다. 옛 뉴욕 사람들은 결혼의 완벽한 타당성에 해가 되는 것이 있을라치면 늘 생각에서 아예 지워버렸다.

샬롯 로벨은 이 모든 것을 인지하고 받아들였다. 그녀는 델리아와 단둘이 나눈 대화를 통해 자격 없는 죄인에게 내려지는 자비의 긴 목록에 또 하나의 자비가 보태지는 것으로 이 상황을 받아들였다. 그녀의 이 한마디는 모든 것을 받아들였다는 단서가 되었다. "이제 그 아이는 적어도 진실을 의심하지는 않을 거야." 샬롯에게는 자기 자식이 둘 사이의 연결성을 알아채지 못하게 하는 것이 삶의 주된 목적이었다.

하지만 델리아의 주된 목적은 티나를 눈으로 보는 것이었다. 인생 전체가 자신을 피해간 행복의 희미한 그림자로 물들고 채워진 중년 여인은 자신에게 찾아온 더없는 행복의 빛줄기에 눈이 부셨다. 이따금 티나의 변화하는 얼굴을 볼 때는 마치 자신의 피가 그 아이 얼굴에서 고동치는 것처럼 느껴졌다. 고동치는 그 흐름을 부추기는 모든 생각과 감정을 읽을 수 있을 것만 같았다. 티나의 사랑은 환희와 우울감, 겸손과 자기비하가 요동치는 폭풍과 같았다. 델리아는 억눌렸던 젊은 시절 자신의 꾸밈없는 솔직함, 모든 희망과 열망, 상상이 자기 앞에 펼쳐지는 것이 보였다.

티나가 자신의 입양 문제를 실제 어떻게 생각하는지 알아내기란 쉽지 않았다. 그녀는 열다섯 살 무렵 지금 알고 있는 출생의 내막을 들었을 때, 집안의 익숙한 질서가 바뀔 걱정이 없는 행복한 아이가 뜬금없고 상상도 할 수 없는 이야기를 들었을 때처럼 태연하게 받아들였다. 그리고 입양을 받아들일 때도 마찬가지였다. 그녀는 래닝 할시와의 혼담을 성사시키기 위해 랄스턴의 이름이 주어졌다고 이해했다. 그리고 델리아는 그녀가 가슴 벅차게 고마워하면서 무의미한 모든 질문을 내려놓았다는 인상을 받았다. "늘 엄마를 친엄마처럼 생각해왔어요. 그리고 이제 정말 그렇게 됐어요." 티나가 뺨에 얼굴을 대고 속삭이자 델리아는 웃으며 대답했다. "변호사들이 나를 그렇게 만들어줄 수 있다면 말이지!" 하지만 그 문제는 그 자리에서 티나의 행복한 물결에 휩쓸려 떠내려 가버렸다. 그 당시 델리아와 샬롯, 심지어 멋진 청년 래닝까지 그들 모두는 햇빛이 쏟아지는 급류 속에서 소용돌이치는 지푸라기들 같았다.

그들은 햇빛이 반짝이는 물살을 타고 앞으로 나아가며 경사스러운 날에 점점 가까이 다가갔다. 결혼식 준비에 정신이 쏙 빠져있던 델리아는 일일이 주문하고 챙기다가, 친딸의 결혼식을 준비할 때는 상대적으로 무관심했다는 데 놀랐다. 딸 델리아의 차분한 결혼식에서는 그녀의 심장을 고동치게 할 일이 없었다. 하지만 티나의 결혼식이 다가오자 마치 자신이 결혼하던 그해처럼 상상의 나래가 펼쳐졌다. 결혼식은 로벨 플레이스에서 열릴 예정이었다. 해협 위의 그 오래된 집에서 델리아 로벨도 결혼식을 올렸고 어머니가 돌아가신 뒤로는 그곳에서 여름을 보내고 있었다. 비록 동네가 어느새 빈민가로 뒤덮였지만, 가는 열주가 늘어선 베란다가 딸린 오래된 집은 관리되지 않은 잔디밭과 잎이 무성한 관목들 너머로 변함없이 수로를 내려다보고 있었다. 응접실에는 약해 보이는 날씬한 소파와 셰러턴풍의 선반, 캐비닛이 아직도 남아 있었다. 그것들을 버리고 더 멋진 가구로 바꾸는 일은 쓸데없는 짓으로 여겨졌다. 도시가 점점 커지면서 결국 언젠가는 그곳을 팔아야 했기 때문이다.

티나도 델리아처럼 "자택 결혼식"을 할 예정이었다. 성공회 단체는 침례교, 감리교, 유니테리언교를 비롯해 제단 없는 다른 종파가 편법이라고 무시하는 그런 예식을 못마땅하게 여기기는 했다. 하지만 델리아와 샬롯은 티나의 경우 집에서 올리는 아주 사적인 예식이 이 결혼의 남다른 성격에 더 어울린다고 생각했고 할시 사람들도 그들의 결정을 반겼다. 따라서 세 여인은 6월 말이 되기 전에 로벨 플레이스로 옮겨 자리를 잡았다. 아침마다 래닝 할시가 작은 배로 바람을 타고 만灣을 건너와 잔디밭 아래 정박지에서 돛을 걷는 모습이 보였다.

그 어느 때보다 화창한 6월이었다. 베란다 아래의 담홍색 장미와 목서초가 키 큰 유리문으로 가장 향긋한 여름 향기를 실어 보냈다. 울퉁불퉁하고 비틀린 오렌지 나무들은 어느 때보다 흐드러지게 꽃을 피웠다. 잔디밭 위의 건초더미들은 아라비아의 향기를 강하게 풍겼다.

결혼식 전날 저녁, 델리아 랄스턴은 해협 위로 달이 떠오르는 것을 보며 베란다에 앉아있었다. 마지막으로 챙길 것이 많아서 피곤했고 티나를 보낸다는 생각에 서글펐다. 다음 날 저녁이면 집은 텅 빌 것이다. 그녀는 샬롯과 단둘이서 죽음이 찾아올 때까지 저녁마다 램프 옆에 앉아있게 될 것이다. 그녀는 그렇게 푸념하는 것은 어리석고 '자기답지 않다'고 스스로 일깨웠다. 하지만 너무 많은 기억들이 그녀 안에서 동요하고 속삭였으며 그녀는 그 속에 사로잡혔다. 그녀는 레이스가 드리운 제단, 하얀 장미와 6월의 백합을 기다리는 키 큰 석고 화병, 입구에서 제단까지 하객용 좌석을 반으로 나누는 긴 레드 카펫 덕분에 이미 예배당으로 변신한 조용한 응접실 문을 닫으며 결혼식을 위해 로벨 플레이스로 돌아온 것이 어쩌면 실수일지 모른다는 생각이 들었다. 그녀는 얇고 부드러운 천에 데이지를 수놓은 허리선이 올라간 드레스에 납작한 새틴 샌들을 신고 브뤼셀 레이스 베일을 드리웠던 자신의 모습을 다시 보았다. 제임스의 득의양양한 팔에 안겨 그 방을 떠날 때 창들 사이의 큰 거울에 비쳤던 자신의 모습과 현관에서 하얀 장미로 장식된 종 아래 두 발로 서기 전에 거울에서 보았던 찰나의 겁에 질린 시선과 축하하는 하객들에게 보였던 미소를 다시 보았다. 내일 그 거울에는 어떤 다른 모습이 비칠까!

집 안에서 샬롯 로벨의 빠른 발소리가 들리더니 그녀가 델리아가 있는 곳으로 나왔다.

"주방에 가서 멜리사 그라임즈에게 아이스크림을 적어도 접시 이백 개는 준비해야 할 거라고 말했어."

"이백 접시? 그래. 아마 멜리사도 그렇게 했을 거야. 필라델피아에 사는 친척이 다 오니까." 델리아는 곰곰이 생각하더니 물었다. "케이크 밑에 깔 도일리는 충분하니?"

"언니 친척이 가져와서 충분해."

"그래. 고마워, 샬롯. 이 힘든 일을 다 처리해줘서."

"무슨 그런 말을?" 샬롯이 발끈했다. 델리아는 친딸의 결혼식을 일일이 챙기느라 바쁜 엄마에게 고맙다는 말을 한 자신의 모순을 알아차렸다.

"앉아봐, 샬롯." 델리아는 실수 때문에 얼굴이 붉어지는 것을 느끼며 낮게 말했다. 샬롯은 지친 한숨을 내쉬며 바로 옆에 있는 의자에 앉았다.

"내일 날씨가 화창해야 할 텐데." 샬롯은 근심스러운 표정으로 고요한 하늘을 살펴보며 말했다.

"그래, 티나는 어디에 있니?"

"그 애는 몹시 피곤해 보여서 좀 누워있으라고 위층으로 보냈어."

델리아는 바로 대답하지 않고 적절한 간격을 두었다가 말했다.

"우린 그 애가 그리울 거야."

샬롯은 무언가 중얼거렸지만 잘 들리지 않았다.

두 사촌은 말없이 앉아있었다. 샬롯은 푹신한 낡은 의자에 평소처럼 꼿꼿이 앉아 가느다란 손으로 팔걸이를 잡고 있었다. 델리아는 등받이가 높은 안락의자에 푹 파묻혀 있었다. 두 여인은 다음날 예식 준비를 두고 마지막 대화를 나누었다. 하객의 수와 펀치 제조, 목사의 대례복 준비, 내빈용 방에 선물을 정리하는 것 등에 대해서는 더 이상 상의할 일이 없었다.

단 한 가지 문제만 아직 정해지지 않았다. 델리아는 부드러운 석양 속에 음산하게 대비되는 사촌의 옆모습을 바라보며 샬롯이 입을 열기를 기다렸다. 하지만 샬롯은 잠자코 있었다.

한참 뒤 델리아가 살짝 떨리는 목소리로 먼저 입을 열었다. "생각해봤는데…, 지금 내가 해야 할 일은…"

그녀는 의자의 팔걸이를 쥔 샬롯의 손에 힘이 들어가는 것을 본 것 같았다.

"지금 언니가 해야 할 일?"

"응. 티나가 잠자리에 들기 전에, 잠깐 올라가서…"

샬롯은 델리아의 말을 거들지 않겠다고 결심이라도 한 듯 입을 꾹 다물고 있었다.

델리아는 계속 이야기했다. "내일 우리는 아침 일찍부터 아주 바쁠 텐데 소란스럽고 들뜬 분위기에서 그게 어떻게 가능할지…"

"가능하다니, 뭐가?" 샬롯이 단조로운 어조로 물었다.

델리아는 어스름 속에서 얼굴이 더 새빨개지는 것을 느꼈다.

"음…, 내 생각엔 너도 티나에게 한마디 해주어야 한다는 데 동의할 것 같은데…, 새로운 의무와 책임에 대해 말이야. 이런 때는 대개 그렇게 하잖니?" 그녀는 자신 없는 목소리로 말을 끝맺었다.

"그래, 나도 그 생각했어." 샬롯의 대답은 그게 전부였지만, 델리아는 그녀의 어조에서 이해하기 힘든 반발이 꿈틀대는 것을 직감으로 알았다. 그것은 티나의 인생에서 아주 중요한 순간에 무의식적으로 정체를 드러내는 것 같았다. 그녀는 샬롯이 왜 이런 때에 그토록 속을 알 수 없고 곁에 다가가지도 못하게 행동하는지 이해할 수 없었다. 또 이런 경우 자신의 의무라고 여겼던 일을 왜 그녀가 변덕스럽게 방해하는지도 알 수 없었다. 델리아가 수양딸과 진정한 작별 인사가 될 일종의 비밀 대화를 나누고 싶어 한 만큼 틀림없이 티나도 자신을 새로운 삶으로 이끌어줄 어른의 손을 간절히 원했을 것이다. 그녀의 심장이 평소보다 빨리 뛰었다. 그녀는 일어서서 열린 문을 통해 어둑어둑한 응접실로 들어섰다. 베란다의 열주들 사이에 걸친 달은 줄지어 늘어선 좌석들 위로 한줄기 빛을 비추었고 레이스가 드리운 제단과 비어 있는 촛대와 화병을 빛나게 했으며 거울에 비친 델리아의 음울한 윤곽에 은빛 테를 둘렀다.

그녀는 방을 가로질러 현관으로 갔다.

"언니!" 샬롯이 뒤에서 부르는 소리에 델리아는 돌아보았다. 두 여인은 그들을 비추는 빛 아래서 서로 탐색하듯 바라보았다. 샬롯의 얼굴은 그 끔찍했던 날 델리아 랄스턴의 어깨 위 거울에서 보았던 얼굴처럼 보였다.

"지금 위층에 가서 티나에게 얘기하려는 거야?" 샬롯이 물었다.

"난…, 응…. 9시가 다 됐잖아. 내 생각엔…"

"그래, 알아." 샬롯 로벨은 스스로 통제하려 애쓰는 기색이 역력했다. "내가 언니에게 그러지 말라고 부탁하더라도 날 이해해 줘."

델리아는 막연한 불안감으로 사촌을 보았다. 이 기이한 요청은 어떤 새로운 수수께끼를 감추고 있을까? 하지만 마음에 그런 의심이 스치는 것을 용납할 수 없었다. 그녀는 티나가 무엇을 바라는지 아주 확실히 알고 있었다.

"솔직히 말하면 난 이해할 수 없어, 샬롯. 너도 결혼식을 하루 앞둔 신부에게는 엄마의 조언이 꼭 필요하다고 생각할 거야. 엄마의…"

"그래, 그렇게 생각해." 샬롯 로벨은 숨을 몰아쉬었다. "하지만 문제가 있잖아. 우리 중 누가 그 애 엄마일까?"

델리아는 자기도 모르게 뒤로 물러섰다. "우리 중 누구?" 그녀는 머뭇거렸다.

"그래. 내가 스스로에게 이런 질문을 한 게 이번이 처음이라고 생각하지 마! 난 침착함을 유지하고 싶었어. 과거 따윈 들먹이고 싶지 않았다고. 모든 것을 감사하게 받아들였어. 하지만 오늘 밤은…, 오늘 밤만은…"

델리아는 드물게 샬롯 로벨과 진심을 주고받을 때면 늘 다른 감정들을 압도하는 연민이 솟구치는 것을 느꼈다. 목구멍에서 울음이 차올라 말을 할 수 없었다.

"오늘 밤만은 내가 그 애 엄마야." 샬롯이 말을 끝맺었다.

"샬롯! 지금 티나에게 그렇게 말하려는 건 아니지? 지금은 안 돼." 델리아가 자신도 모르게 내뱉었다.

샬롯은 희미하게 웃었다. "만일 내가 그렇게 하면 언니는 날 끝까지 미워할 거야?"

"미워한다고? 우리 사이에 그게 무슨 말이니?"

"우리 사이라고? 이 문제는 맨 처음부터 우리 사이에 있었어! 클레멘트 스펜더가 언니에게 버림받았어도 크게 상심하지 않았다는 걸 알게 된 날부터. 나를 언니 옆에 붙잡아두고 내게서 그의 아이를 빼앗는 것이 복수이고 승리라는 것을 깨달은 날부터!" 샬롯이 쏟아내는 말들은 마치 지옥 깊숙한 곳에서 타오르는 불꽃 같았다. 그러고는 그 불길이 잦아들면서 그녀의 고개가 앞으로 떨어졌고 비탄에 잠겨 델리아 앞에 멍하니 서 있었다.

델리아는 먼저 분노로 움찔했다. 그녀는 오로지 애정과 연민을 느껴 도와주고 같은 편이 되어주려는 마음뿐이었는데 샬롯의 가슴 속에는 엉큼한 감정이 켜켜이 쌓이고 있었다. 그것은 마치 유독한 연기가 어느 순수한 여름 풍경을 휩쓸고 지나간 것과 같았다. 대개 그런 감정은 이내 동정으로 이어졌었다. 하지만 그녀는 전혀 그런 감정이 느껴지지 않았다. 그녀는 완전히 기진맥진했다.

델리아는 천천히 입을 열었다. "그래, 이따금 네가 처음부터 나를 아주 미워했다는 생각이 들고는 했어. 내가 너를 위해 애쓴 모든 일에 대해 나를 미워한 거지."

샬롯은 매섭게 고개를 들었다. “나를 위해 애썼다고? 하지만 언니가 한 모든 일은 클레멘트 스펜더를 위한 일이었어!”

델리아는 두려운 표정으로 샬롯을 바라보았다. “넌 끔찍해, 샬롯. 내 명예를 걸고 얘기하는데, 난 오랫동안 클레멘트 스펜더는 생각조차 해본 적이 없어.”

“아니, 그랬어. 그랬다고! 언니는 티나를 생각할 때마다 그를 생각했어. 다른 누구도 아닌 그 사람을 생각했다고. 여자는 자기가 사랑한 남자 생각을 결코 멈추지 않아. 오랜 세월이 흐른 뒤에도 온갖 종류의 무의식적인 방식으로 그를 생각하지. 책이나 그림, 석양, 꽃, 리본, 또는 벽난로 위의 시계 같은 온갖 대상을 생각하면서.” 샬롯은 말을 멈추고 경멸하듯 웃었다. “난 거기에 희망을 걸었어. 알겠지? 그런 이유로 그날 언니에게 간 거야. 티나에게 또 다른 엄마를 만들어주는 일이란 걸 알면서도.”

그 유독한 연기가 다시 델리아를 휘감는 것 같았다. 그녀는 기진맥진한 두 중년 여인이 티나의 결혼식 제단 앞에서 서로에게 증오의 말을 쏟아내는 것이 상상할 수 없을 정도로 끔찍하고 모멸적으로 느껴졌다.

“이 못된 것! 넌 아주 사악해!” 델리아는 소리쳤다.

그 뒤 고약한 안개가 걷히자 그 속에서 어머니라고 내세우지 못하는 어머니의 당혹스럽고 가여운 모습과 모든 혜택을 받고도 특권을 빼앗겼다고 느끼는 자기 자신의 모습이 드러났다. 델리아는 샬롯에게 다가가 팔을 잡았다.

“여기선 안 돼! 여기서 이런 얘기하지 말자.”

샬롯은 그녀에게서 팔을 뺐다. "그럼 어디든 언니 좋은 곳으로 가. 난 상관없으니까!"

"샬롯. 오늘 밤이 티나의 결혼식 전날인데 이럴 거니? 이 집 전체가 그 애를 위한 경사스러운 분위기로 가득 차 있어. 어떻게 우리가 서로에게 잔인한 말을 쏟아낼 수 있겠니?" 샬롯은 침묵을 지켰고 델리아는 더욱 차분한 목소리로 말을 이었다. "네가 무슨 말을 해도 내게 상처 주지는 못해. 그리고 난 네게도 상처 주고 싶지 않아. 한 번도 그렇게 생각한 적 없어."

"그렇게 말하면서 내가 할 일은 아무것도 남겨놓지 않고 내 딸과 나를 갈라놓으려고 하잖아. 그 긴 세월 동안 티나가 언니를 '엄마'라고 부르는 것을 듣는 게 쉬웠을 거 같아? 아, 그렇지. 그 애가 절대 눈치채면 안 된다고 동의했지. 하지만 언니가 끊임없이 우리 사이를 이간질하지 않았다면 티나에게는 나밖에 없었을 거야. 그 애는 어린애가 엄마한테 느끼는 감정을 나한테 느꼈을 거라고. 다른 누구보다 더 나를 사랑했을 거야. 언니는 관용과 너그러움으로 결국 내게서 내 아이를 빼앗아갔어. 그리고 난 그 애를 위해 이 모든 걸 참아왔어. 난 그래야 한다는 걸 알았으니까. 하지만 오늘 밤 그 애는 내 딸이야. 오늘 밤 그 애가 언니를 '엄마'라고 부르는 걸 참을 수 없어!"

델리아 랄스턴은 바로 대답하지 못했다. 샬롯이 처음으로 마음 깊은 곳의 모성애를 드러내는 것처럼 들렸고 그 울림에 외경심을 갖고 서 있었다.

"내게 그런 말을 하는 것을 보면 그 애를 정말 사랑하는구나…" 델리아는 낮게 말했다. 그러고는 마지막으로 안간힘을 쓰며 말했다.

"그래, 네 말이 맞아. 난 그 애에게 올라가지 않을 거야. 그 애에게 가야 할 사람은 너야."

샬롯은 충동적으로 그녀에게 다가갔다. 하지만 델리아는 제지하듯 한 손을 들어 올리고는 방 건너편 베란다로 다시 나갔다. 그녀가 의자에 맥없이 주저앉을 때 응접실 문이 열렸다가 닫히는 소리와 계단을 오르는 샬롯의 발소리가 들렸다.

델리아는 어둠 속에 홀로 앉아있었다. 그녀의 관용이 바닥났기에 떨리는 마음을 딴 데로 돌리려 애썼다. 지금 위층에서는 무슨 일이 벌어지고 있을까? 어떤 음울한 폭로가 티나의 결혼식 단꿈을 망가뜨릴까? 물론 이런 생각은 아무 소용이 없었다. 델리아 랄스턴은 제 역할을 했고 최선을 다했다. 이제 그녀에게 남은 일은 쓰라린 실패감을 딛고 일어서고자 노력하는 것뿐이었다. 샬롯이 내뱉은 말 중에 낯선 진실이 담긴 말이 있었다. 그녀의 모성애가 짚어준 정확한 예측이었다. 그녀의 질투심에는 백만 개의 더듬이가 달린 것 같았다. 샬롯의 직관은 틀리지 않았다. 유쾌하고 평화로운 티나의 결혼식 전야는 델리아에게 실현되지 않은 과거의 환상으로 채워졌다. 어느 사이엔가 그것은 델리아 랄스턴이 놓친 과거와 그녀 자신을 부드럽게 화해시켰다. 지난 며칠 내내 그녀는 티나의 삶을 살았고 바로 티나 그 자체였으며, 티나는 젊었을 적의 델리아, 즉 먼 옛날의 델리아 로벨이었다. 델리아 랄스턴은 이제 처음으로 부끄러움도 자책도 없이 고통이나 양심의 가책도 없이 자신의 상상력이 외면해왔던 응답받은 사랑에 항복할 수 있었다. 그녀는 젊어서 선택한 사랑을 철이 들고 성숙해진 뒤에야 받아들였다. 그리고 신기하게도 지금 이 결혼식의 기쁨은 자신이 과거에 놓쳤지만, 결코 포기하지 않았던 모든 것을 모두 보상해주었다.

델리아는 샬롯이 이 모든 것을 짐작했고 그런 생각이 그녀를 극심한 분노로 채웠다는 것을 이제야 이해했다. 오래전에 샬롯은 클레멘트 스펜더가 오롯이 그녀의 사람이었던 적은 없었다고 말했다. 이제 그녀는 클레멘트 스펜더의 아이도 마찬가지였다고 생각했다. 서서히 진실을 깨달은 델리아는 샬롯에 대한 옛 연민이 되살아나 마음이 녹아내렸다. 그녀는 남의 운명에 간섭하고 저마다의 방식으로 사랑하고 괴로워할 수 있는 인간의 권리에 애정 어린 손길을 내미는 것이 끔찍한 신성모독임을 알게 되었다. 그녀는 샬롯 로벨의 삶에 두 번 끼어들었다. 샬롯이 그녀를 적대시하는 것은 당연했다. 그렇더라도 샬롯이 복수를 위해 티나를 다치게 하지 않았으면 했다.

델리아는 위층의 하얗고 작은 방을 고통스럽게 다시 떠올렸다. 그녀는 티나와 30분 정도 함께 있을 생각이었다. 다음 날 아침 그 애가 잠에서 깨어났을 때 침대 맡에서 발견하게 될 꽃만큼이나 향기로운 생각을 그 애에게 남겨주고 싶었다.

하지만 이제 그런 일은 생각도 할 수 없었다.

델리아는 계단에서 발소리가 들리자 생각에서 깨어났다. 샬롯이 집 안의 고요함을 가르며 내려오고 있었다. 그녀는 도망치고 싶은 막연한 충동을 느끼며 일어섰다. 샬롯의 눈을 마주 볼 용기가 없었다. 베란다 모퉁이를 돌면서 눈에 띄지 않고 몰래 자기 방으로 돌아갈 수 있도록 식당의 덧문 빗장이 풀려있기를 바랐지만, 어느새 샬롯이 옆에 와있었다.

"언니!"

"샬롯이니? 자러 올라갈 참이었어." 델리아는 아무리 애를 써도 목소리에 날을 세울 수 없었다.

"그래, 늦었어. 무척 피곤할 거야." 샬롯이 말을 멈추었다. 그녀의 목소리에서도 긴장과 괴로움이 묻어났다.

"그래, 피곤하구나." 델리아는 순순히 인정했다.

달빛의 고요함 속에 샬롯이 그녀에게 다가와서 슬며시 팔을 잡았다.

"그래도 티나는 봐야지."

델리아는 몸이 굳어졌다. "티나? 하지만 너무 늦었어. 그 애는 아직 안 자니? 난 그 애가 잠들 때까지 네가 그 옆에 있을 줄…"

"그 애가 자고 있는지는 모르겠어." 샬롯이 잠시 멈추었다가 말을 이었다. "난 그 방에 들어가지 않았지만, 문틈으로 불빛은 보였어."

"들어가지 않았다고?"

"그냥 복도에 서 있기만 했어. 노력은 했는데…"

"무슨 노력을?"

"무언가 해줄 말을 생각하려고 그 애에게 들키지 않으면서 해줄 수 있는 말을 생각하려고…" 샬롯은 흐느끼느라 제대로 말을 잇지 못했지만, 마지막으로 안간힘을 쓰며 내뱉었다. "소용없었어. 언니가 옳았어. 난 해줄 말이 없어. 진짜 엄마는 언니야. 그 애에게 가봐. 일이 이렇게 된 건 언니 잘못도 내 잘못도 아니야."

"아…" 델리아는 한숨을 쉬었다.

샬롯은 서투른 말로 자신을 낮추며 그녀에게 매달렸다. "언니는 나더러 사악하다고 했지만, 난 그렇지 않아. 어쨌든 그 애가 아기였을 때는 내 아이였어."

델리아는 샬롯의 어깨를 팔로 감쌌다.

"쉿, 샬롯. 우린 티나에게 함께 갈 거야."

샬롯은 그녀의 손길에 저절로 고분고분해졌고 두 여인은 나란히 계단을 올라갔다. 샬롯은 자신의 빠른 걸음을 델리아의 경직된 움직임에 맞추며 걸었다. 그들은 복도를 지나 티나의 문 앞에 섰다. 하지만 샬롯 로벨은 그 자리에 서서 고개를 저었다.

"안 되겠어. 언니만 들어가." 그녀는 나직이 말하고는 돌아섰다.

티나는 두 팔로 팔베개를 한 채 침대에 누워있었다. 창을 가득 메운 은빛 하늘이 반사된 그녀의 눈은 행복해 보였다. 그녀는 꿈꾸는 듯한 눈으로 델리아를 보고 미소 지었다.

"오실 줄 알았어요."

델리아는 옆에 앉아 침대보 위에 놓인 그녀의 손을 꼭 쥐었다. 그들은 거의 말을 하지 않았다. 아니, 그들의 교감에는 말이 필요 없었다. 델리아는 그 옆에 얼마나 오래 있었는지 알지 못했다. 달빛이 드리운 밤의 마법에 푹 빠져들었다.

하지만 그녀는 갑자기 샬롯이 떠올랐다. 샬롯은 자기 방의 닫힌 문 뒤에 서서 홀로 신경을 곤두세우고 귀 기울이며 괴로워하고 있을 것이었다. 델리아는 자신의 즐거움을 위해 샬롯을 비참하게 계속 세워둘 수 없었다. 그녀는 몸을 숙여 티나에게 잘 자라고 입을 맞춘 뒤 문간을 지나다가 문득 돌아섰다.

"얘야, 딱 한 가지만 더 이야기할게."

"네?" 티나는 꿈결에 중얼거렸다.

"내게 약속해주면 좋겠다."

"사랑하는 엄마가 원하시는 건 뭐든지요."

"음, 그러니까 내일, 네가 멀리 떠나는 마지막 순간에, 무슨 말인지 알지?"

"네, 마지막 순간에요?"

"내게 작별 인사를 하고 다른 모두에게 인사를 한 뒤에 래닝의 손을 잡고 마차에 오르기 전에…"

"네, 엄마?"

"마지막으로 샬롯 이모에게 작별의 입맞춤을 하겠다고 약속해줘. 잊지 않고 꼭 마지막 입맞춤을 하겠다고."

끝.

불꽃

"이런 멍청이!" 그의 아내가 카드 패를 내동댕이치며 이렇게 말했다.

나는 헤일리 딜레인의 얼굴을 보지 않으려고 재빨리 고개를 돌렸다. 내가 왜 그의 얼굴을 피하고 싶었는지 알 수 없었지만, 왜 그 나이에 그 정도 중요한 위치에 있는 사람이 나처럼 아주 보잘것없는 젊은이의 생각을 신경 쓸 것이라고 상상했는지는 더욱 알 수 없었다. 나는 농담으로라도 (적어도 반은 농담으로) 그가 멍청이라고 불리는 것을 들으면 내가 얼마나 상처받는지 그에게 보이지 않으려고 고개를 돌렸다. 하지만 나도 그가 바보처럼 보이고 나만큼 포커 실력이 형편없다고 생각할 때도 있기는 했다. 그가 게임에 주의를 기울이지 않을 때는 아내의 그러한 격분이 너무도 당연해 보였기 때문이다. 왜 그녀의 야유가 나를 불편하게 했는지는 알 수 없었다. 그녀의 "최근 상대"인 젊은 볼턴 번이 그런 야유에 너털웃음을 터뜨렸을 때, 왜 그 하찮은 망나니를 한 대 치고 싶어서 몸이 근질근질했는지도 알 수 없었다. 또 항상 느리기는 하지만 확실히 농담을 이해하는 헤일리 딜레인이 뒤늦게 상황을 이해하고 낮게 까르륵 소리를 낸 이유도 알지 못했다. 무엇보다 내가 왜 그 모든 장면을 기억에서 지우고 싶어 했는지 알 수 없었다.

여느 때처럼 그들은 잭 알스트롭의 호화롭지만, (유리문 뒤의 수많은 책꽂이는 텅 비어있는 것이 분명한) 책은 없는 서재에 앉아 있었다. 그새 창 너머 옅었던 땅거미가 롱아일랜드 잔디밭과 숲, 달빛 비친 바다 위에서 짙푸른 색으로 바뀌고 있었다. 이튿날 있을 폴로(말을 타고 하키처럼 스틱을 이용해 득점을 올리는 구기의 일종 – 편집자 주) 경기나 사냥, 경마 같은 특정한 목적을 위해 계절 변화에 따른 날씨를 예측할 때 말고는 아무도 그런 풍경을 내다보지 않았다. 누구도 어스름한 땅거미, 달빛, 푸르스름한 어둠을 알아채지 못했고 특히 헤일리 딜레인은 그들 중 가장 둔감했다. 그는 밤낮으로 누군가의 포커 테이블에 죽치고 앉아서 멍하니 카드를 만지작거릴 뿐이었다.

그는 그런 사람이었다. (한때 문장학의 대단한 권위자였던) 그는 자신의 시시한 용무에서도 서툴렀다. 그의 용무란 아내의 친구들 사이에서 어슬렁거리며 그 친구들과 포커를 치고 그들의 허튼소리에 실없이 웃어주는 것이었다. 딜레인 부인이 어쩌다 벌컥 화를 내는 것도 당연한 일이었다. 그녀 말대로 결혼하자고 조른 사람은 그녀가 아니라 오히려 헤일리 쪽이었다. 그들의 동년배라면 그가 얼마나 뜻밖의 행동을 보였는지 기억할 것이다. 그는 그녀를 처음 보았을 때 (아마 극장이었을 것이다) 옆에 있는 친구에게 이렇게 물었다.
“저쪽에, 머리를 높게 올린 저 아가씨는 누구지?”

“아, 레일라 그레이시 말인가? 뭐야, 그녀는 별로 예쁘지도 않은데…”

"음, 난 그녀와 결혼할 거야."

"그녀와 결혼하겠다고? 하지만 저 여자 아버지가 늙은 불한당 빌 그레이시잖아. 그 유명한…"

"난 그녀와 결혼할 거야."

"모든 클럽에서 쫓겨난 악명 높은 사람이라고."

"난 그녀와 결혼할 거야." 결국, 그는 그녀와 결혼했다. 어떤 젊은 애송이가 그녀에 대한 마음을 정리하고 결혼하지 않겠다고 결정할 때까지 헤일리 딜레인과 결혼하겠다고 했다가 안 하겠다고 했다가 하면서 그를 계속 애타게 한 것도 그녀였다.

헤일리 딜레인의 결혼은 그렇게 이루어졌다. 그는 삶에서 대부분의 일을 그런 식으로 어수룩하게 처리하는 것 같았다. 그에게는 통제할 수 없는 폭풍 같은 충동이 대폭발한 뒤 기나긴 침잠의 시기가 있었다. 그 시기 동안 옛 후회와 회한이 그의 나태한 본성 아래에서 깨어나 휘젓는 것 같은 느낌을 주었다. 하지만 그저 평범한 사례를 내가 너무 낭만적으로 묘사하고 있는 게 아닌가 하는 의구심이 들 때도 있었다. 나는 창을 등지고 서서 거기 모인 무리들을 보았다. 카드 테이블에 가져다 놓은 촛불이 어두운 방 안을 비추었다. 그 빛 속에서 헤일리의 거슬리는 두상은 꽃이 만발한 평원의 바위산처럼 두드러졌다. 아마 그의 거대하고 육중한 체구와 까무잡잡한 피부 때문이었을 것이다. 어쩌면 그의 아내와 그녀의 대다수 친구들보다 적어도 열다섯 살은 더 많은 나이 때문이었는지도 몰랐다. 어쨌든 나는 그를 볼 때마다 그가 어딘가 다른 곳에 속해있다는 느낌이 종종 들었다. 다른 시대나 다른 사회를 뜻한 것은 아니었다. 그가 살고 있는 사회가 그에게 그런대로 잘 맞는다는 데는 의심의 여지가 없었기 때문이다. 그는 좁은 인간관계에서 모든 즐거운 여가 활동에 활발하게 참여했다. 말을 탔고 폴로 게임을 했고 사냥을 했으며 가장 멋진 마차를 몰았다. 만일 그에게 선택권이 주어졌다면 어떤 다른 심심풀이를 선호했을지 짐작도 할 수 없었다. 나는 그를 존경하기는 했지만, 레일라 그레이시가 교묘하게 수작을 부려서 그를 굴복시켰다고는 생각할 수 없었다. 그날 밤 극장에서 그녀를 만나지 않았다면 그는 어떤 선택을 했을까? 아무래도 그녀와 똑같은 다른 여자를 만나서 결혼했을 것 같다는 생각이 들었다. 그가 남과 다른 점은 취향 문제가 아니었다. 그것은 훨씬 더 심오한 무엇이었다. 하지만 한 남자에게 취향보다 더 심오한 것이 무엇이었을까?

그렇다면 그는 지금 하고 있는 일과 맞먹는 일을 다른 시대에도 하고 있었을 것이다. 빈둥거리고 아주 격렬한 운동을 하고 식탐을 즐기고 같은 종류의 허튼소리에 웃음을 터뜨리고 같은 종류의 따분한 일상적인 숭배 속에 같은 유형의 여자를 만났을 것이다. 그 여자가 치마를 부풀려 입든 페플럼 장식을 달든 짐승의 가죽으로 옷을 해 입든 그녀가 속한 사회가 사치 규제를 허용하는 범위 안에서는 별로 상관없었다. 오직 그 다른 시대에만 다른 재능들의 표출 수단이 있었을 것이고 지금은 휴면 상태일 수도 있으며 심지어 쇠퇴했을 수도 있다. 하지만 그 표출 수단은 틀림없이 친근한 넓은 이마와 기념비적인 코, 이따금 그의 뺨에 빛으로 고랑을 만드는 움푹한 보조개의 형태와 관련이 있었을 것이다. 그 보조개의 의미가 고작 레일라 그레이시였던 것일까?

그렇다면 그녀가 알았는지 모르겠지만, 바보는 나였을지도 모른다. 그녀의 남편을 신뢰하고 그에게 사로잡히고 그에게 억압당한 바보였을 것이다. 이제까지 30년 동안 그는 모두가 예사로 대하고 만나면 반가워하지만 곧바로 잊어버리는 헤일리 딜레인일 뿐이었다. 그의 거대한 두상에 관한 생각을 멈춘 나는 그의 아내를 바라보았다. 그녀의 머리는 아직 완성되지 않았으며 무언가 피어나고 있는 안개에 에워싸인 소녀의 머리 같았다. 촛불의 부드러운 불빛 속에서도 그 얼굴의 선들, 입술의 연지, 과산화수소로 표백된 머리카락이 드러났다. 하지만 그것들은 그녀의 우아한 윤곽이나 눈에 깃든 소녀다움, 특히 물의 요정 나이아데스처럼 심연에서 떠오른 듯한 소녀다움을 앗아갈 수 없었다. 그녀에게는 정에 무른 여자에게 흔히 나타나는 어쩔 수 없는 천진함이 있었다. 나는 그들 부부를 보았을 때, 그러니까 카드 패 너머로 그들과 마주하게 되었을 때, 그녀가 지배하는 쪽이고 남편은 복종하는 쪽이라는 사실에 무척이나 놀랐다. 이로써 내가 아직 얼마나 어렸는지 알 수 있을 것이다. 사실 나는 너무 어려서 헤일리 딜레인이 트리니티 교회, 뉴욕의 저수지, 니커보커 클럽(1871년 뉴욕에서 설립된 신사들의 사교클럽 - 역자 주)처럼 기정사실이자 완성된 기념비라는 사실을 알았을 때 아직 학생이었다. 내 세대의 뉴욕 사람들은 당시 덕망 있는 저명인사들만큼이나 그가 대체되거나 사라지는 것을 결코 상상할 수 없었다. 그러므로 나는 하버드를 졸업하고 한동안 세계를 돌아다니다가 정착하기 위해 뉴욕으로 돌아올 때까지 그를 여느 기성세대처럼 대했다. 그런데 그가 아직도 완전히 설명되지 않는 무언가로 내가 생각했던 것보다 더 흥미로운 존재로 내 앞에 새롭게 나타났다.

내가 줄곧 밤잠을 설치며 그 문제를 고민했다는 뜻은 아니다. 나는 시내 사무실에 내 일이 있었고 내 나이에 걸맞은 즐거움도 알았다. 나는 뉴욕을 알아가면서 열심히 일했다. 하지만 헤일리에 관한 수수께끼는 이따금 다른 관심사들과 나 사이를 비집고 들어왔다. 오늘 밤 그의 아내가 그를 조롱했고 그가 웃으면서 아내의 행동을 재미있다고 여긴 것만으로 내 생각을 비집고 들어온 것도 같은 경우였다. 그럴 때마다 나 스스로 그런 감정을 정당화하기 위해 (그에 대해 알고 있거나 그에게서 관찰한 모든 것에 비해) 지나치게 감동하거나 흥분한다는 것을 잘 알고 있었다.

카드게임이 끝났고 만찬에 참석하기 전에 옷차림을 갖추라고 알리는 벨은 이미 울렸었다. 지금 그 벨이 조심스럽고 집요하게 다시 울렸다. 누구보다 느긋한 알스트롬이었지만, 자기 손님이 만찬에 30분 이상 늦는 것을 좋아하지 않았다.

"이봐요, 레일라!" 마침내 그는 항의하듯 말했다.

고개를 숙이고 바삐 칩을 챙기느라 그녀의 금발 머리가 흘러내렸다. "알았어요, 알았다고요, 잠깐만요. 헤일리, 나 대신 돈을 갚아야 해요. 이제 됐어요, 갈게요!" 그녀는 웃으며 의자를 뒤로 밀었다.

헤일리도 웃으며 느릿느릿 일어났다. 볼턴 번이 잽싸게 달려가 딜레인 부인에게 문을 열어주었다. 다른 여인들은 그녀와 함께 떼 지어 나왔다. 헤일리는 아내의 빚을 다 갚고 그녀의 금빛 그물 백과 담배 케이스를 챙겨 들고 뒤따랐다.

나는 잔디밭 쪽으로 난 유리문으로 향했다. 위층에서 고데기와 파우더가 분주하게 움직이는 동안 잠시 쉴 틈이 있었다. 알스트롬이 내 쪽으로 왔다. 우리는 초저녁 별들이 떴다가 지는 흐트러진 하늘을 올려다보며 서 있었다.

"젠장! 내일 시합은 망한 것 같군!"

"그러게요. 하지만 비가 내리면 그 냄새가 얼마나 좋을지!"

그는 웃으며 말했다. "자넨 낙천주의자로군, 헤일리처럼."

그는 잔디밭을 가로질러 삼림지 쪽으로 거닐었다.

"왜 헤일리 같다고 하시는 거예요?"

"그는 자주 철학자 같은 말을 하거든. 나는 그가 화를 내는 모습을 본 적이 없네. 자네는 있나?"

"아니요. 틀림없이 그래서 그렇게 슬퍼 보일 거예요." 나는 힘주어 말했다.

"슬퍼 보여? 헤일리가? 이런, 내 말은 그저…"

"네, 알아요. 하지만 전혀 화를 내지 않는 사람들은 매사에 무심한 사람들이에요. 무심하다는 건 무엇보다 슬픈 일이고요. 그가 한 번이라도 격분하는 모습을 보고 싶어요."

알스트롭은 가볍게 휘파람 소리를 내고 말했다. "어이쿠, 바람이 북쪽으로 방향을 튼 것 같네. 만일 그렇다면…" 그는 손가락에 침을 묻혀서 똑바로 세웠다.

나는 알스트롭과 무언가를 논한다는 것이 소용없는 일인 줄 알고 있었기에 다른 방식으로 다시 접근했다. "도대체 딜레인은 그 긴 세월 동안 무엇을 했죠?" 나는 물었다.

알스트롭은 마흔 살 정도 되었으니 나보다 훨씬 오랫동안 그 문제를 되짚어볼 수 있었을 것이다. 하지만 그는 많은 것을 알고 있지는 않은 듯했다. "아니, 얼마나 긴 세월을 말하는 건가?"

"그가 대학을 떠난 뒤로요."

"이런! 내가 어찌 알겠나? 함께 있지도 않았는데. 헤일리는 분명

쉰이 훌쩍 넘었을 텐데."

젊은 내게 그 나이는 거의 고생대처럼 까마득하게 느껴졌다. 그런데 한편으로는 헤일리와 어울리기도 했다. 나는 그가 1세기마다 약 1밀리미터의 속도로 표류하거나 퇴적되는 무엇이거나, 또는 영겁으로 측정되는 무언가라고 상상한 적이 있었다.

"그가 결혼한 지 얼마나 됐죠?" 내가 물었다.

"그것도 잘은 모르지만, 내 짐작으로 20년쯤 됐을걸. 애들이 많이 자랐지. 그 아들은 둘 다 그로턴에 있네. 레일라는 그렇게 안 보이지. 어떤 면에서는 말일세."

"그럼 결혼한 뒤로는 무엇을 했나요?"

"왜 그가 무엇을 했어야 하지? 그는 자기가 하고 싶은 일을 할 수 있을 만큼 돈이 항상 넉넉히 있었네. 물론 은행의 동업자이기도 하고. 듣자 하니 그가 만나기를 거부하는 교활한 장인에게도 상당한 액수의 돈을 준다고 하더군. 그가 몹시 마음이 약하다는 걸 알잖나. 하지만 난 그가 돌변할 수도 있다고 생각하네. 또 그는 맹인보호소, 아동 구호재단, 동물보호협회 등 많은 이사회에서 한 자리씩 차지하고 있지. 그보다 더 나은 소일거리는 없을 거야."

"하지만 제 말은 그런 뜻이 아니에요." 나는 집요하게 이야기했다.

알스트롬은 어둠 속에서 나를 빤히 보았다. "여자 문제를 말하는 건 아니지? 난 들은 바가 없는데, 그렇다면 누구도 듣지 못했을 공산이 크지. 그는 폐쇄적인 친구야."

우리는 식사 전에 옷을 갖춰 입기 위해 돌아섰다. 내가 듣고 싶었던 말이 바로 그것이었다. 그는 폐쇄적인 사람이었다. 단순하기 그지없는 알스트롬마저 그렇게 느꼈다. 하지만 그가 의식적이거나 고의적으로, 아니면 단지 본능적이거나 천성적으로 폐쇄적인지는 알 수 없었다. 바로 그것이 수수께끼였다.

*

이튿날 대규모 폴로 경기가 열렸다. 시즌 첫 경기인 만큼 하늘도 도왔는지 밤에 소나기가 내린 뒤 날씨는 '맑음'으로 바뀌었다.

5번가의 모든 사람들이 뉴욕 대 헴스테드의 경기를 보려고 쏟아져 나왔다. 아름답게 펼쳐진 잔디밭과 새로 칠한 클럽 관중석은 봄 드레스들의 화사함이 흩뿌려진 듯했고 양산들이 꽃처럼 피어났으며 무수한 마차와 다른 탈것들이 경기장 외곽을 둘러싸고 있었다.

헤일리는 몸이 너무 불어서 자신이 탈 말에 쏟아붓는 비용이 상당했을 텐데도 여전히 폴로를 즐겼다. 물론 그는 더 이상 일류 선수로 평가되지 않았다. 사실 나는 경기가 정밀하게 과학적으로 운용되는 요즘 같은 시대에 그렇게 무거운 몸이 어떤 쓸모가 있는지 알지 못했다. 하지만 아직 초창기에 지나지 않는 그 스포츠에서 그는 안정적이고 민첩한 타격 덕분에 여전히 쓸모 있는 수비수로 인정받았다. 그뿐 아니라 경기를 도입하고 확립하는 데 한몫을 한 것에 대해서도 존경을 받고 있었다.

나는 그 경기의 초반부는 거의 기억나지 않는다. 내가 보았던 다른 경기들과 비슷했다. 나는 경기에 직접 참여한 적이 없었고 그럴 만한 돈도 없었다. 그곳에서 내 주된 관심사는 5월의 날씨, 잔디밭을 뒤덮은 봄 드레스들의 물결, 젊음의 분위기, 즐거움, 유쾌함 등이 었고 또 묵인하는 듯한 하늘 아래서 젊은 남녀가 끊임없이 이리저리 누비는 모습이었다. 이따금 그 모든 것이 갑자기 "오!" 하고 터져 나오는 탄성 소리에 잠시 중단되었다. 그 소리는 뒤얽힌 모든 시선들이 같은 방향으로 쏠리게 했고 그럴 때마다 말을 탄 두 선수가 번쩍이는 광선처럼 잔디밭을 질주해 상대 선수를 막아내고 뒤흔들고는 번득이며 물리쳤다. 하지만 그 순간은 잠시뿐이었다. 한곳에 모였던 시선들은 다시 제각기 흩어졌고 수다가 시작되었으며 다음 돌격이 그들을 무아지경에서 깨울 때까지 젊은 남녀들은 그들만의 시간을 보냈다.

나는 제각각인 이 구경꾼들 속에 있었다. 폴로 경기를 구경하는데 금방 싫증이 난 나는 마차 지붕 위와 클럽 관람석에서 애인 옆에 앉아 있는 예쁜 아가씨들만큼이나 경기에 무관심했다. 하지만 내 종잡을 수 없는 막연한 시선이 우연히 경기장을 둘러싼 흰 말뚝 울타리에 닿았고 그곳에 있는 구경꾼 무리에서 레일라 딜레인을 발견했다.

나는 그쪽으로 다가가다가 사람들의 어깨를 밀치며 그녀에게서 멀어지는 인물을 발견하고는 깜짝 놀랐다. 빌 그레이시 노인은 큰 경마장 바깥에서 여전히 자주 눈에 띄었다. 하지만 그가 부유층이 애용하는 폴로 클럽 울타리 안으로 어떻게 들어왔는지 궁금했다. 틀림없이 그 노인이었다. 허름하게 빼입은 승마용 코트 아래 불룩한 가슴, 숱이 적은 적갈색 곱슬머리 위에서 늘 뒤로 밀쳐져 있는 잿빛 모자, 교활하고 으스대는 불안정한 시선이 매우 불쌍해 보이는 그 모습을 누가 잊을 수 있을까? 옛 뉴욕의 품위가 바닥에 떨어진 것을 경고하는 잔해와도 같은 인물들 가운데 빌 그레이시처럼 전형적인 사람은 없었다. 나는 그가 발을 질질 끌며 딸에게서 멀어지는 모습을 호기심 어린 눈으로 바라보았다. 그가 "딸에게서 더 많은 돈을 뜯어내려고 온 것"이라고 결론지으며, 알스트롭이 헤일리의 관대함에 대해 말했던 것을 떠올렸다.

문득 '내가 헤일리라면 그 늙은 악당이 찾아오지 않도록 그냥 큰 돈을 줘버릴 텐데…' 하는 생각이 들었다.

딜레인 부인은 뒤돌아서서 아버지가 멀어지는 모습을 보다가 나를 보고는 눈인사를 했다. 그때 헤일리는 가슴팍이 두툼한 말 위에서 어깨에 스틱을 둘러멘 채 경기장을 어슬렁거리고 있었다. 검붉은 셔츠와 흰 반바지를 입은 그가 느리지만 힘차게 말을 탈 때면 그의 머리가 잔디밭에서 청동상처럼 두드러져서 문득 용맹한 장군인 귀도리초 다 폴리아노(중세 이탈리아 시에나 공화국에서 주변 국가를 제압하며 활약한 인물 – 편집자 주)의 모습이 떠올랐다. 시에나 시청의 프레스코화 속에서 성벽으로 둘러싸인 요새를 가로지르며 느리지만 힘차게 말을 타고 있는 그 장군의 모습이었다. 롱아일랜드 폴로 경기장에서 말을 타고 어슬렁거리는 과체중의 뉴욕 은행가가 왜 갑옷을 두른 군마에 올라탄 전쟁 영웅을 떠올리게 했는지 설명하기는 힘들다. 내가 알기로 헤일리의 뒤쪽에 포탑을 갖춘 요새 따위는 없었다. 유치하기 짝이 없는 그의 폴로 모자와 현란한 셔츠는 귀도리초의 쇠사슬 갑옷에 비하면 초라해 보였다. 하지만 그것은 그가 항상 쓰는 속임수였다. 그는 게으르고 무기력한 태도로 자신이 아는 것보다 더 대단한 시대와 장면, 그리고 인물들을 상기시켰다. 그런 이유로 그는 계속 내 관심을 끌고 있었다.

보통은 피해 다녔던 딜레인 부인 옆에 나를 잠시 멈추게 한 것도 바로 그 관심이었다. 그녀는 모호한 미소를 지은 뒤 어느새 경기장을 보고 있었다.

"남편을 감탄하며 보고 계시죠?" 헤일리가 우리 앞을 빠른 속도로 지나쳤을 때 나는 넌지시 말을 건넸다.

그녀는 의심스러운 눈으로 나를 보고는 조금 퉁명스럽게 쏘아붙였다. "당신은 저이가 경기하기엔 너무 뚱뚱하다고 생각하는 듯하군요?"

"저는 그가 누구보다 근사해 보여요. 위대한 장군처럼 보이는걸요. 오래된 프레스코화에 나오는 그 모습 말이에요."

그녀는 속을 알 수 없는 사람들에게 항상 그랬듯이 비꼬는 것이라고 의심하며 나를 쳐다보았다.

"저이는 자기 말을 위해 얼마든지 원하는 만큼 돈을 낼 수 있어요!" 그녀는 중얼거렸다. 그리고 종잡을 수 없는 미소를 지으며 덧붙였다. "혹시 칭찬으로 그렇게 말한 거예요? 당신이 한 말을 저이에게 전할까요?"

"그러시면 좋겠어요."

그녀는 다시 시선을 돌렸고 이번에는 경기장 반대쪽 끝을 보고 있었다. 상대 팀에서는 볼턴 번이 경기를 하고 있었다! 이 바보 같은 여자는 늘 그런 식이었고 최근에도 불장난에 푹 빠져 있었다. 이제껏 숱한 염문을 뿌렸으니 지금쯤이면 그녀도 이번이 마지막이 아니라는 것을 뻔히 알고 있었을 것이다. 하지만 불장난에 빠질 때마다 그녀 안에서 소녀가 새롭게 태어났다. 그녀는 뭇 남성들과 만날 때면 얼굴이 상기되고 가슴이 두근두근 뛰었으며, "춤이 끝나기를"

기다린 채 둘만의 은밀한 이야기를 모의했을 것이다. 분명 오마르 하이얌(11세기 페르시아의 시인이자 수학자, 천문학자 - 역자 주)의 시집에 꽃잎도 넣어두었을 것이다. 그리고 누군가를 만나는 동안에는 흰 모슬린 드레스와 들장미만 고집했다. 그때는 번을 향한 열정이 절정에 달했을 때였다.

나는 바로 자리를 옮기면 실례일 것 같아 계속 그녀 옆에 서서 경기를 보았다. "그들이 득점할 수 있는 마지막 기회에요." 그녀가 모호하게 '그들'이라고 말해서 나는 신경이 쓰였다. 그 뒤 우리는 말 없이 있었다.

경기는 아슬아슬했다. 양 팀은 5점씩 득점했고 난간을 에워싼 관중들은 마지막 순간이 다가오자 숨죽이고 매달려 있었다. 경기는 숨 가쁘고 신속하게 진행되었고 마차 지붕 위의 바람둥이들도 사로잡을 만큼 극적이었다. 딜레인 부인을 살짝 훔쳐보니 그녀의 뺨으로 점점 피가 몰리고 있었다. 번은 다소 마른 말의 목덜미 쪽으로 바짝 붙어 앉아 경기장을 가로지르며 앞으로 나섰고 긴 창을 다루듯 스틱을 휘둘렀다. 그의 젊음과 유연함, 안장 위에서의 가벼운 몸놀림 덕분에 충분히 멋진 광경이었다.

"그들이 이길 거예요." 딜레인 부인은 숨을 가쁘게 쉬며 행복한 비명을 질렀다.

하지만 바로 그때 번의 말이 속도를 감당하지 못하고 비틀거리다 균형을 잃고 쓰러졌다. 안장에서 떨어진 번은 일어서서 간신히 말을 일으켜 세웠다. 그러고는 잠시 멍하니 서 있다가 다시 말에 올라탔다. 그 순간 결과가 뒤집혔다. 그 사고 때문에 상대 팀에게 기회가 돌아갔다. 말을 탄 선수들은 일사불란하게 모여들었다가 주저하고 느슨해지는 듯하더니 순식간에 흩어졌다. 그리고 갑자기 헤일리의 공이 상대의 골문을 빠르게 통과했고 승리가 결정되었다. 기쁨의 함성이 드높아졌다. "잘했어! 헤일리 영감!"이라는 외침이 여기저기서 쏟아져 나왔다. 딜레인 부인은 시큰둥한 웃음을 지었다. "고약한 말만 아니었어도. 내가 그 말은 아무짝에도 쓸모없다고 경고했는데. 게다가 바닥이 아직도 너무 미끄럽잖아." 그녀가 내뱉듯 말했다.

"말이 왜요? 그 말은 최고예요. 모든 말이 딜레인의 체중을 감당할 수 있는 건 아니에요." 내가 말했다. 그녀는 멍하니 나를 보더니 입술을 씰룩거리며 고개를 돌렸다. 그녀가 울타리 쪽으로 달려가는 것이 보였다.

나는 승리를 만끽하는 헤일리를 만나고 싶어서 급히 따라갔다. 그가 스포츠에서의 이런 사소한 성공들을 터무니없이 진지하게 받아들인다는 것을 잘 알고 있었다. 기이하게도 그는 그러한 성공들이 마치 전생에서 꿈꾸었거나 이루었던 실질적인 성취의 그림자라도 되는 양 행동했다. 나이가 들었어도 젊은이들 사이에서 자신의 위치를 지켰다는 자긍심 또한 그를 만족시키는 요인이었을 것이다. 그토록 엄청나게 단순한 사람의 생각을 사람들이 어떻게 알 수 있었을까?

말의 상태를 점검하는 장안소Saddling enclosure에 도착했을 때 나는 그를 바로 찾지 못했고 그 대신 불쾌한 광경을 보게 되었다. 볼턴 번이 생기를 잃고 파랗게 질린 얼굴로 자신이 탄 말 옆구리를 화난 듯이 채찍질하며 빈 경기장을 가로지르고 있었다. 그는 말에서 내려오면서 떨고 있는 말의 머리에 정확히 마지막 일격을 가했다. 그 불쾌한 광경에 바로 천벌이 떨어졌다. 그것은 마치 하늘에서 악마 같은 인간에게 내리치는 검붉은 벼락같았다. 헤일리는 번의 멱살을 잡고 채찍으로 그의 어깨를 내리치고는 너무 비열해서 인간적으로 다룰 가치도 없다는 듯 내동댕이쳤다. 그 일은 순식간에 끝났다. 군중들이 웅성거리며 모여드는 사이 평정을 되찾고 심드렁해진 나의 거인 헤일리는 슬금슬금 달아나는 번을 못 본 척 내버려 두고는 그 말이 있는 곳으로 가서 목덜미를 토닥이며 달랬다.

나는 그의 손을 잡아주고 싶은 충동이 일어 인파를 헤치며 간신히 앞으로 나아가고 있었다. 그때 그의 아내가 그에게 다가갔다. 나는 그들에게서 멀리 떨어져 있지 않았지만, 그녀의 말소리는 들을 수 없었다. 그 당시 사람들은 큰 소리로 말하거나 "야단법석"을 떠는 일이 없었으므로 딜레인 부인의 입에서 흘러나온 두세 마디 단어는 남편에게만 제대로 들렸을 것이다. 헤일리의 가무잡잡한 얼굴이 갑자기 시뻘게졌다. 그는 성가시게 조르는 아이를 밀쳐내듯 한쪽 팔을 내둘렀다. (다른 손으로는 여전히 말의 목을 토닥이고 있었다) 그러고는 주머니를 더듬어 담배를 꺼내 불을 붙였다. 유령처럼 하얗게 질린 딜레인 부인은 급히 알스트롬의 마차로 돌아갔다.

헤일리가 다시 갈채 받는 모습을 보며 나도 돌아가려 했다. 이번에는 빌 그레이시가 늘 그랬듯이 사람들을 밀치면서도 그들 눈에 잘 띄지 않게 헤일리에게 다가갔다. 속눈썹 사이에 값싼 눈물을 매단 그는 긴장한 듯했지만 조금 거만한 미소를 보이며 노란 장갑을 낀 채 손을 내밀었다.

"신의 축복이 있기를, 헤일리. 내 사랑하는 사위!"

헤일리는 마지못해 말의 목에서 손을 뗐다. 그는 잠시 머뭇거리다가 장인의 손바닥에 손을 살짝 대기는 했지만, 장인은 그 손을 덥석 움켜쥐었다. 그러자 헤일리는 말없이 자신의 말을 빗질하도록 맡겨둔 헛간으로 향했고 장인은 그 광경을 보며 으스대며 걸었다.

나는 집으로 돌아가는 길에 폴로 클럽과 알스트롭의 집 중간에 있는 친구 집에 들러 차를 마시기로 약속했었다. 함께 가기로 한 또 다른 친구가 나를 마차에 태워주었고 나중에 알스트롭의 집까지 데려다주었다.

마차를 타고 가는 동안에도 티 테이블에 둘러앉았을 때도 볼턴 번이 말을 매질한 꼴사나운 사건이 주요 이야깃거리였다. 여인들은 각자의 기분에 따라 경악하거나 감탄했다. 하지만 남성들은 그것이 당연한 처사였다는 데 모두 동의했고 그런 경우 어떤 구실도 허용될 수 있다고 말했다. 하지만 헤일리가 공공장소에서 분노를 폭발시킨 것은 어리석은 짓이었다고 했다. 어쨌든 헤일리가 어리석었다는 것이 모두의 의견이었다. 만일 마땅히 해야 할 일을 얼간이처럼 처리하는 방식이 있다면 그런 것을 생각해낼 사람은 헤일리밖에 없었다. 그것 말고는 모두가 그에 대해 애정을 담아 말했고 레일라는 어리석었다는 데 동의했다. 그리고 누구도 딱히 번을 좋아하지 않았다. 그는 뻔뻔함과 현란한 승마술을 이용해 사교계로 밀고 들어온 '아웃사이더'였다. 하지만 누구나 동의하듯 레일라는 늘 '아웃사이더'에게 마음이 약했다. 어쩌면 '인사이더'로 여겨지기 바라는 그녀의 극단적인 욕망이 그들의 칭찬에 우쭐해졌기 때문인지도 몰랐다.

"사람들이 얼마나 남아있을지 모르겠어. 이 사건으로 상당한 혼란이 일어났을 게 뻔해." 내가 알스트롭의 문 앞에서 내릴 때 친구가 이렇게 말했다. 나도 같은 생각을 하고 있었다. 물론 번은 이미 돌아갔을 테고 의심할 여지 없이 헤일리와 레일라도 집으로 갔을 것이다. 헤일리 딜레인의 그 투박한 손을 잡고 악수할 기회를 놓쳐서 아쉬웠다.

현관과 응접실은 텅 비어있었다. 옷차림을 갖추라고 알리는 벨이 조심스럽게 간청하듯 한 번 이상 울린 것이 틀림없었다. 나는 사람들이 그 벨 소리를 듣고 자리를 뜬 데 안도감을 느꼈다. 집주인을 보기 전까지는 다른 손님들과 마주치고 싶지 않았다. 위층으로 급히 올라가다가 서재에서 알스트롭이 나를 부르는 소리를 듣고 돌아섰다.

"서두를 것 없네. 만찬은 9시로 늦춰졌어." 그는 쾌활하게 말하고는 말할 수 없는 안도감에 찬 어조로 덧붙였다. "휴, 우리는 힘든 일을 겪었네!"

그 방을 보니 대충 짐작이 갔다. 카드 테이블은 손도 대지 않은 듯 그대로였고 사람들이 비밀스럽게 모여 앉았던 푹 꺼진 안락의자는 여태 얽히고설킨 문제를 신중히 논의하고 있는 것 같았다. 나는 상당한 양의 위스키와 소다수가 빈 것을 보고 문제가 거의 해결된 것을 알아차렸다.

"무슨 일이 있었어요? 번은 갔죠?"

"번? 아니, 천만에!" 알스트롭은 거의 비난하듯 나를 바라보았다.

"그가 왜 갔겠나? 우리가 그것만은 피하고 싶었는데."

"이해가 안 돼요. 그는 여기 있고 딜레인 부부가 그냥 갔다는 뜻은 아니죠?"

“당치 않은 소리! 그들도 왜 그냥 갔겠나? 헤일리가 사과했네!”

나는 놀라서 입을 벌린 채 알스트롬을 보았다.

“사과했다고요? 그 비열한 자식한테요? 무엇 때문에요?”

알스트롬은 짜증스럽다는 듯 어깨를 들썩였다. ‘제발 그 빌어먹을 질문은 다시 꺼내지 말게’라고 말하는 듯했다. 그는 큰소리로 내 질문을 되풀이했다. “무엇 때문이냐고? 어쨌든 누구에게나 자기 말을 채찍질할 권리는 있는 거 아닌가? 물론 그것은 끔찍하게 스포츠맨답지 못한 행동이었지만, 번이 그리 비열한 인간이 되기로 선택했다면 그거야 남이 상관할 일이 아니잖나. 헤일리도 마음을 가라앉히고 나서 그걸 깨달은 거지.”

“그렇다면 전 헤일리가 마음을 가라앉힌 게 유감이네요.”

알스트롬은 확실히 화가 난듯했다. “난 자네 말을 이해 못 하겠네. 우린 충분히 힘든 일을 겪었어. 자넨 헤일리가 발끈한 모습을 한 번이라도 보고 싶다고 했지? 하지만 그가 계속 바보짓 하는 걸 보고 싶은 건 아니지?”

“번을 매질한 것이 바보짓이라고 생각하지 않아요.”

“그럼 부부간의 문제를 롱아일랜드 전역에 광고하는 건? 신문기자를 스무 명쯤 그의 발치에 세워두고서?”

당황한 나는 믿어지지 않아서 말없이 서 있었다. “난 그가 그렇게 사과할 생각을 했으리라고는 생각하지 않아요. 그에게 누가 먼저 그런 식으로 말했을까요?”

알스트롬은 불붙이지 않고 손가락에 끼우고 있던 담배를 비틀었다. “우리 다 같이 그랬네. 되도록 조심스럽게. 하지만 결국 그를 설득한 사람은 레일라였어. 레일라는 아주 투지가 넘칠 정도였네.”

나는 계속 생각에 잠겼다. 헛간에서의 광경이 눈앞에 다시 나타났다. 덜덜 떨면서 고통스러워하는 말과 헤일리가 커다란 손으로 그 말의 목덜미를 토닥이며 달래던 광경이었다.

"말도 안 돼요! 한마디도 믿을 수 없어요." 나는 단호하게 말했다.

"내가 자네에게 한 말을 한마디도 믿을 수 없다고?"

"그 사건의 공식적인 설명에 대해서요."

놀랍게도 알스트롬은 내 시선을 마주 보며 곤혹스러워하지도 분개하지도 않았다. 그의 정직한 얼굴에서 그늘이 걷히는 것 같았다.

"그럼 자넨 무엇을 믿지?" 그가 물었다.

"헤일리가 그 망나니를 후려친 건 말을 학대했기 때문이지 자기 부인에게 지나치게 관심을 쏟는다는 이유는 전혀 아니었어요. 제가 그 자리에서 그를 봤다니까요."

알스트롬의 이마에 잡혔던 주름이 쫙 펴졌다. "그 의견에 관해서는 할 얘기가 많다네." 그는 담배에 불을 붙이며 미소 띤 얼굴로 수긍했다.

"아니, 그렇다면 사과할 일이 뭐가 있었죠?"

"그 일 때문이지. 번과 말 사이에 끼어든 거 말일세. 모르겠나? 이 미련한 젊은이. 만일 헤일리가 사과하지 않았다면 그 비열한 자식은 그의 아내에게 달라붙을 수밖에 없었네. 모두가 그 소동이 그녀 때문이라고 말했을 걸세. 명백히 그것 말고는 그가 할 수 있는 일이 없었어. 그녀가 그에게 여남은 마디를 하고서야 그는 제대로 이해했지."

"그녀가 무슨 말을 했는지 궁금하군요." 내가 중얼거렸다.

"모르지. 그들 부부는 함께 아래층으로 내려왔어. 그는 백 살은 더 들어 보였지, 딱한 친구…. '그건 잔혹한 짓이야. 난 잔혹함이 싫어.' 자꾸 그렇게 말했어. 그는 우리 모두가 자기편인 줄 알았던 것 같아. 어쨌든 모든 게 잘 수습되었네. 저녁 식사를 위해 마지막 남은 84년산 조르주 굴렛 샴페인을 올려다 놓으라고 말해뒀어. 내 결혼식 피로연을 위해 보관하려 했던 건데 오늘 오후 이후로 난 그 파티에 흥미를 잃었네."

알스트롭은 금욕주의자 같은 미소를 지으며 말을 끝맺었다.

"난 그가 말 때문에 그랬다고 맹세할 수 있어요." 나는 그 말로 나를 안심시키듯 같은 말을 되풀이했다.

"나도 그럴 수 있네." 함께 위층으로 올라가며 알스트롭도 인정했다.

그는 문간에서 내 팔을 잡으며 따라 들어왔다. 그의 마음속에 여전히 무언가 할 말이 남아있는 것 같았다.

"이봐, 잠깐만. 자네는 그 일이 일어났을 때 거기 있었다고 했지?"

"네, 가까이 있었…"

"으흠!" 말하는 중간에 그가 끼어들었다. "제발 오늘 밤에 그 이야기는 언급하지 말아 주게, 그럴 수 있지?"

"물론이죠."

"정말 고맙네. 사실 그건 아슬아슬한 사건이었어. 난 레일라가 일을 처리한 방식에 감탄하지 않을 수 없네. 그녀는 헤일리에게 격분했어. 하지만 곧 마음을 가다듬고 아주 점잖게 행동했지. 그녀는 헤일리가 종종 미친 사람처럼 별안간 화를 벌컥 낸다고 내게 사적으로 말한 적이 있어. 자네는 상상도 못 하겠지? 그렇게 조용한 사람이? 그녀는 그게 옛날 상처 때문인 것 같다고 했네."

"어떤 옛날 상처 말인가요?"

"그가 다쳤던 거 모르나? 어디였더라? 아마 불런Bull Run 전투였을 거야. 머리를 다쳤었지."

나는 전혀 몰랐던 사실이다. 헤일리가 남북전쟁에 참전했다는 이야기를 들은 기억조차 없었다. 너무 놀라워서 한동안 멍하니 서 있었다.

"헤일리 딜레인이 전쟁에 나갔었다고요?"

"물론이네. 줄곧 전쟁터에 있었어."

"하지만 불런Bull Run은 첫 번째 전투였잖아요." 나는 머릿속으로 급히 따져보느라 말을 멈추었다. "잭. 그가 쉰네 살이 넘었을 리는 없어요. 지난번에 그렇게 말했죠. 그가 처음부터 참전했다면 분명 학생 신분으로 갔을 거예요."

"자네 말이 맞아. 전쟁에 자원하려고 학교를 뛰쳐나갔어. 그의 가족은 그가 부상을 당하기 전까지 그런 줄도 모르고 있었어. 내 주변 사람들이 그 일을 이야기하는 걸 들은 기억이 나. 헤일리는 아주 대단한 친구야. 난 이런 일이 일어나지 않게 하려고 무척 애를 썼네. 어쨌든 내 집에서는 그러지 않았으면 했어. 하지만 불미스러운 일은 이미 일어났고 어쩔 수 없네. 이보게, 내색하지 않겠다고 약속했지? 다른 친구들도 모두 동의했고 자네가 도와준다면 우리는 여느 때처럼 행복한 저녁 시간을 보낼 수 있을 거야. 얼른 복장을 갖추게. 9시가 다 됐어."

*

이것은 이야기꾼이 지어낸 이야기가 아니고 그럴만한 이야기도 못 된다. 만일 이것이 하나의 이야기였다면 나는 폴로 클럽에서 일어난 사건에서 절정climax에 이르거나 적어도 그 첫 단계에 도달했어야 했다. 또 남은 이야기에서는 관련된 세 사람의 삶에 그 사건이 어떤 영향을 미쳤는지 풀어나가야 했을 것이다.

나는 그저 내가 오랫동안 당혹스럽지만 충직하게 좋아했던 한 남자의 모습과 특성을 묘사하고 싶은 마음뿐이었다. 아마 그렇게 함으로써 내 스스로 더 분명하게 그를 알고 싶었을 것이다. 그러므로 남아있는 모든 페이지에 사악한 그림자를 드리워야 할 볼턴 번이 다시 등장하지 않는다는 사실에 사과하지는 않겠다. 내가 마지막으로 그를 (우연히 마주친 게 아니라 의도적으로) 본 것은 그날 저녁 잭 알스트롭의 집에서 과장되게 쾌활하고 시끌벅적한 저녁 식사를 마친 뒤였다. 나는 그가 헤일리 딜레인과 악수하며 입술을 앙다물고 가식적인 다정한 어조로 떠드는 모습을 지켜보았다. "악의를 품는다고요? 전혀 그렇지 않아요. 말도 안 돼요! 폴로에서는 누구나 평등하잖아요? 전 그렇게 생각해요! 그래요, 내일 아침 일찍 떠나요. 물론 당신은 일요일까지 잭과 함께 지내겠죠? 제가 길더미어가家 사람들과의 약속이 없었다면 좋았을 테지만…" 그는 헤일리 딜레인의 인격에 드리울 뻔한 어둠에 희미한 빛줄기를 비춰주는 목적을 달성하고는 바로 사라졌다.

그러는 동안, 나는 줄곧 문제는 볼턴 번이 아니었다는 생각이 들었다. 클럽과 응접실에서 누구나 그 사건에 대해 떠들어대고 친구들이 입으로는 "자네 말이 무슨 뜻인지 모르겠군."이라고 말하며 애써 무관심한 척하면서도, 눈빛으로는 자네가 그들보다 더 많은 것을 알고 있다면 말을 해달라고 졸라대는 동안 나는 그 사건을 전부 털어버렸다. 분명 헤일리도 그랬을 것 같았기 때문이다. "말이 문제였어. 그것 말고는 아무 문제도 없었어." 나는 빙그레 웃으며 이렇게 혼잣말을 했고 마치 딜레인 부인에게 원한이 있었던 것처럼 그녀의 굴욕을 몹시 통쾌해했다. 그리고 헤일리가 계속 중얼거렸다고 알스트롭이 전해준 말이 여전히 머릿속에 맴돌았다.

"그건 잔혹한 짓이야. 난 잔혹함이 싫어."

알스트롭에게 들은 대로 헤일리가 남북전쟁 내내 전장에서 싸웠다는 또 하나의 사실이 그 말과 얼마나 잘 들어맞는지 이제야 이해할 수 있었다. 내가 그 사실을 까맣게 모르고 있었다니 믿을 수 없었다. 그의 삶에서 한 시기를 잊었거나 전혀 알지도 못했다는 사실이 믿기지 않았다. 하지만 나처럼 대학을 갓 졸업한 젊은이들은 그러한 사실을 잘 몰라도 지금보다 더 용납될 수 있었다.

그때는 나라가 깨어나기 전이었고 국민들이 무관심했던 암흑기였다. 당연히 우리에게 전쟁은 오늘날의 젊은이들이 느끼는 것보다 훨씬 더 동떨어진 것처럼 느껴졌고 우리 일이 아닌 것 같았다. 어쨌든 옛 뉴욕에서 특히 내가 자라난 몇몇 부유한 가문과 나태한 예전 뉴욕 사람들은 대부분 그랬다. 사실 그중에 4년 내내 용감하게 싸운 사람들도 있기는 했다. 뉴욕은 오랜 전쟁에서 기억에 남을 만한 역할을 했다. 하지만 나는 아버지의 친척과 동년배 중에 전쟁에 나갔던 사람이 더러 있었더라도 다른 수많은 사람들은 뒤로 물러나 있었다는 사실을 학창시절에 처음 알게 되었을 때 얼마나 당혹스러웠는지 기억한다. 특히 학교에서 한 아이가 자기 아버지가 다리를 절룩이는 이유를 설명했을 때 큰 충격을 받았다. "아버지는 챈설러즈빌에서 다리에 총상을 입었고 부상이 완치되지 않았어."

나는 그 아이를 물끄러미 바라보았다. 그 아이 아버지와 내 아버지는 동갑이었기 때문이다. 당시 학교에서 축구 경기가 벌어지고 있어서 두 아버지는 나란히 서서 우리를 내려다보고 있었다. 그 애 아버지는 구부정했고, 다리를 절었고, 늙어 보였지만, 내 아버지는 자식의 눈에도 꼿꼿하고 젊어 보였다. 나는 그때 1시간 전만 해도 아버지가 총을 얼마나 잘 쏘는지 친구에게 자랑하고 있었다. (아버지는 크리스마스 때 노스캐롤라이나로 사냥을 갈 때 나를 데려갔었다) 하지만 그 뒤 나는 마냥 겸연쩍게 서 있었다.

그다음 휴일에 집에 갔을 때 하루는 어머니와 단둘이 있게 되어 이렇게 물었다. "어머니, 왜 아버지는 전쟁터에 나가 싸우지 않았어요?" 심장이 너무 세게 뛰는 바람에 내가 격양된 것을 알고 어머니는 충격받았을까 봐 걱정했다. 하지만 어머니가 자수틀에서 고개를 들었을 때는 고요한 얼굴이었다. "아버지 말이니? 왜긴, 결혼한 남자였기 때문이지." 어머니는 추억에 잠긴 듯한 미소를 지었다. "몰리가 태어나고 6개월 뒤에 섬터 요새(1861년 4월 12일 남군이 이곳을 포격해 남북전쟁이 시작됨 – 역자 주)가 함락되었어. 아기를 돌보고 있을 때 아버지가 들어와서 그 소식을 전해준 게 기억난단다. 믿기지 않았지." 어머니는 말을 멈추고 차분하게 실의 색상을 맞추었다. "결혼한 남자들은 전쟁에 불려 나가지 않았단다." 어머니는 설명했다.

"하지만 전쟁에 나간 사람도 있어요, 어머니! 페이슨 그레이의 아버지는 나가서 싸웠어요. 그분은 챈설러즈빌에서 심한 부상을 입어서 그 뒤로 지팡이를 짚고 걸어야 해요."

"얘야. 아버지가 그렇게 되길 바랐던 건 아닐 거야, 그렇지?" 어머니는 다시 말을 멈추었다. 내가 아무 대답도 하지 않는 것을 보고는 인정머리 없다고 핀잔받아서 풀이 죽었다고 생각했을 것이다. 그래서인지 한결 누그러진 목소리로 덧붙여 말했다. "네 아버지 사촌 둘이 참전했단다. 해럴드와 제임스였지. 그들은 부양할 가족이 없는 청년들이었어. 그리고 불쌍한 제임스는 전사했어. 기억나니?"

나는 잠자코 듣기만 했고 다시는 어머니에게 전쟁 이야기를 꺼내지 않았다. 사실 그 누구에게도 그 얘기를 하지 않았고 생각조차 하지 않았다. 나는 전쟁에 관해서라면 보지도 듣지도 않으려 노력했고 생각에서 묻어버렸다. 어쨌든 전쟁은 오래전에 일어났고 내가 태어났을 때는 전쟁이 끝난 지 10년도 넘었을 때였다. 그리고 요즘에 전쟁 이야기를 하는 사람은 거의 없었다. 물론 어쩌다 그 이야기를 하는 사람이 있기는 했다. 자라면서 만난 나이든 남자들 중에는 이렇게 말하는 사람도 있었다. "그래, 아무개가 전쟁에 나갔었지." 그들 중 다수는 군 복무를 마치고 나올 때의 직위로 계속 불리기도 했다. 이를테면 러스콧 대령, 디트란시 소령, 스콜 장군으로 불리는 식이었다. 사람들은 조금 비웃기는 했지만, 그들이 군대 직위를 유지하고 싶어 한다면 충분히 그럴 자격이 있다고 인정했다. 하지만 헤일리의 생각은 달라 보였다. 그는 결코 "소령"이나 "대령"으로 불리고 싶어 하지 않았다. (아마 그는 대령으로 전역했을 것이다) 게다가 다른 참전용사들보다 한참이나 어렸다. 그가 그들 옆에서 싸웠다는 사실은 우리와 함께 놀아준 기억이 있는 할머니가 워싱턴 장군이 활약할 당시에는 아기였다는 사실과 맞먹는다. 나는 항상 헤일리가 내 아버지 세대가 아니라 나와 같은 세대에 속한다고 생각했다. 그가 나보다 훨씬 연상인 것을 알았고 더러 그를 "선생님"이라고 부르기는 했지만, 그와 동등하다고 느꼈다. 그 동질감은 같은 오락거리를 즐기고 그것을 같은 속어로 떠들면서 형성된 것이었다. 사실 그는 내가 참전 사실을 알고 있는 몇 안 되는 남자들보다 (그중 누구도 군대에 자원하기 위해 학교를 박차고 나가지는 않았을 것이므로) 최소 열 살에서 열다섯 살은 더 젊었다. 그러므로 내가 그의 과거를 잊은 (혹은 알지도 못했던) 것은 용납되지 못할 일은 아니었다.

'브로드 앤드 딜레인'은 2대 또는 3대에 걸쳐 뉴욕에서 가장 안전하고 보수적인 민간 은행으로 통했다. 내 친구 헤일리 딜레인은 경력 초기에 그 은행의 동업자가 되었고 그 직책은 그의 가문에 세습되다시피 했다. 알스트롭 집에서의 사건이 일어나고 얼마 뒤 나는 그 은행에서 일자리를 제의받았다. 그 제의는 헤일리를 통해서가 아니라 내 아버지의 오랜 친구이자 은행의 고위 임원인 프레데릭 브로드 씨를 통해서 전해졌다. 너무 좋은 기회여서 거절할 수 없었다. 나는 역량은 평범했지만, 최선을 다하고자 하는 간절한 열망을 지니고 '브로드 앤드 딜레인'으로 자리를 옮겼다. 이 우연한 변화 덕분에 헤일리와 나 사이에 서서히 좋은 감정이 자라났다. 나는 거의 자식 같은 심정으로 그를 대했고 그는 형처럼 행동했다. 그에게서 아버지 같은 분위기는 느껴지지 않았고 그것은 그의 자식들과 있을 때도 마찬가지였다.

그의 업무는 가벼운 편이었고 그가 은행에서 근무하는 시간은 길지도 규칙적이지도 않았기에 나는 일 때문에 그와 부딪힐 일은 거의 없었다. 하지만 그는 내가 마음에 들었던지 머지않아 나를 불러 사소한 일들을 시키기 시작했다. 그 일들은 젊은이가 윗사람을 위해 충분히 할 수 있는 그런 일들이었다. 그가 가장 당혹스러워하는 일은 업무용 편지 작성이었다. 그는 자신이 하고자 하는 말을 알고 있었고 명확하고 신속하게 적절한 단어를 선택했다. 미국의 초기 문화가 모호하고 장황한 문장으로 어느새 우리말을 오염시킨 데 누구보다 짜증스러워했다. 그는 부정확하고 장황한 문장을 볼 때마다 손가락질하며 으르렁거렸다. "맙소사, 이것 좀 영어로 번역해주게." 하지만 그는 직접 편지를 써야 하거나 하다못해 누군가에게 받아쓰게 하는 경우에는 이마와 커다란 손에 땀을 줄줄 흘리며 내게 들릴 듯 말듯 투덜거렸다. "나더러 이렇게 말하라는 건가? '아무개인 당신의 편지를 어제 받았고 당신의 제안을 심사숙고했는데 별로 마음에 들지 않습니다.'라고?" 내가 "네, 그렇게 하셔야 해요."라고 대답하면 그는 고개를 절레절레 흔들며 반발했다. "친애하는 그대여. 당신도 나만큼 형편없군요. 당신은 영어를 제대로 쓸 줄 모릅니다." 그의 마음속에는 영어를 말하는 것과 쓰는 것 사이에 격차가 있었다. 나는 이 격차를 메울 수 있는 창의성을 그에게서 찾아내지 못했다. 또는 그의 입에서 나온 말들이 그가 많은 노력을 쏟아붓고 펜을 물어뜯은 끝에 내놓은 글보다 "썩 나은 영어"라고 볼 수 없었다. 그가 말로 했던 문장들은 지면에서 다음과 같은 내용으로 바뀌었다. "저는 귀사의 지난달 30일자 편지를 받았고 거기에 담긴 제안들을 신중하게 심사숙고한 끝에 이렇게 알려드릴 수밖에 없는 점에 관하여

심히 유감을 표합니다. 저는 호의적인 판단을 표명할 수 없음을 깨달았는데, 똑같은 제안에 대해…" 보통 그는 "점원들이나 쓰는 말"이라며 '똑같은'이라는 단어에 맹렬하게 줄을 그으면서 좀 더 거창한 대체어를 찾느라 끙끙거렸다.

그는 자주 이렇게 말했다. "내게 문제는 부모님 두 분 모두 문법에 아주 엄격하셨고 우리 형제들이 절대 저속한 표현을 쓰지 못하도록 하고 늘 바로잡아 주셨다는 거야." (그가 말한 "저속한 표현"이란 스스럼없거나 부정확한 표현을 의미했다) "우리는 월터 스콧과 워싱턴 어빙, 그리고 이름이 기억나지 않는 잡지 들을 펴낸 옛날 작가들, 에드워드 기번 등이 쓴 최고의 책들로 가르침을 받으며 자랐네. 난 문학가도 아니고 앞으로도 결코 그렇게 될 생각은 없지만, 어릴 적 배움을 잊을 수 없어. 아이들이 러디어드 키플링(소설 〈정글북〉의 작가로 유명한 영국의 소설가이자 시인 – 역자 주) 같은 저널리스트의 글을 읽는 것을 보면 그들 손에서 그 쓰레기를 빼앗아 찢어버리고 싶은 심정이야. 요즘엔 그런 싸구려 저널리즘 서적들이 판을 치지. 내가 이렇게 말해도 부디 용서해 주게. 자네조차 영어로 제대로 글 쓰는 법을 알기엔 너무 어리다네."

나도 처음에는 믿기 어려웠지만, 헤일리가 전에는 책을 가까이 했다는 말이 아무래도 사실인 듯했다. 어느 날 밤 그는 만찬 자리에서 함께 집으로 걸어가는 길에 떠오르는 달을 향해 시어를 읊조려서 나를 놀라게 했다. 그는 달이 "천국의 휴식처"인 첨탑 뒤에서 깜짝 놀라게 떠오른다고 하면서 "그녀는 밤하늘처럼 아름답게 걷고 있네"(조지 고든 바이런의 시 〈그녀는 예쁘게 걸어요〉에 나오는 시구 – 역자 주)라고 했다. 그는 폴로 경기에서 승리한 기쁨도 이렇게 묘사하기를 좋아했다. "너희에게 말하노니, 우리는 아시리아의 군대처럼 그들에게 내려왔다."(바이런의 시 〈센나케리브의 파멸〉에서 '아시리아 군대는 늑대처럼 내려왔다'는 시구를 응용한 표현 – 역자 주) 그는 바이런만 인용한 게 아니었다. 분명 그는 토머스 그레이의 〈시골 교회 묘지에서 쓴 비가悲歌〉를 전부 외웠던 때도 있었다. 어느 가을 저녁에 그의 시골 저택 테라스에서 나란히 서 있다가 나는 그가 혼자 중얼거리는 소리를 들은 적이 있다.

> 이제 어렴풋한 풍경이 눈앞에서 빛을 잃고,
> 사방에 엄숙한 고요가 깃드나니.

나는 딜레인 부인에게 연민을 느낀 적은 거의 없었지만, 결혼생활이 책에 대한 헤일리의 관심을 억눌렀다고는 생각하지 않았다. 아주 제한적인 언급과 인용구로 판단하건대 그의 독서는 레일라 그레이시를 처음 만나기 한참 전부터 중단된 것 같았다. 나는 마치 지질학자처럼 그를 샅샅이 탐구하면서 '레일라 지층'을 여러 겹 파 내려갔지만, 문학에 대한 관심의 흔적은 찾을 수 없었다. 내가 아는 다른 사람들과 마찬가지로 헤일리도 특정한 나이까지는 가슴속에 감수성을 간직했겠지만, 그 뒤로 돌변해 자신을 사로잡았던 문학에 마음을 닫았을 것이라고 결론지었다. 이미 충분히 포식했기에 또 다른 만조가 돌아와도 결코 꿈쩍하지 않는 갑각류 같았다. 이 무렵 나는 사람들이 모두 한 번쯤은 성장을 멈추지만, 그보다 훨씬 더 오래 계속 살아있다는 것을 깨달았다. 헤일리의 경우 스무 살 무렵 성장을 멈추었을 것이라고 짐작했다. 그 시기는 남북전쟁이 끝나고 그가 평범한 생활로 복귀한 때와 대략 일치할 것이다. (그리고 다시는 그 생활에서 벗어나지 않았다) 전장에서 보낸 4년은 헤일리라는 존재의 모든 틈새를 넘칠 듯이 가득 채웠을 것이다. 그가 어떤 유명한 인물들이나 운명의 꼭두각시처럼 자기에게 무슨 일이 일어나는지도 모르는 채 인간 경험의 저 높은 곳에서 밑바닥으로 내던져져서 무지하게 4년을 보냈다고는 생각할 수 없었다.

오히려 헤일리 딜레인은 그 전쟁을 마음으로 느꼈고 덕분에 다른 사람이 되었다. 그는 다른 "참전용사들"과 비교할 때 사뭇 달랐다. 아버지의 만찬 손님들 가운데 내가 가장 따분하게 여겼던 그가 이제는 관심을 끄는 인물이 되어 있었다. 어머니가 스콜 장군이나 디트란시 소령이 식사하러 온다고 알려줄 때면 나는 예외 없이 빠져나갈 구실을 찾았었다. 이제는 그들이 온다는 것을 알게 되면 내 주된 관심사는 헤일리도 초대하도록 어머니를 설득하는 것이었다.

"하지만 그는 한참 어리고 스포츠를 즐기는 무리에게만 관심이 있잖니. 나이든 신사들 사이에 끼어 초대받는 게 반가울 리 없단다." 그리고 어머니는 살짝 미소 지으며 이렇게 덧붙이곤 했다. "내 생각에 헤일리에게 단점이 있다면 아내 때문에 실제보다 더 젊게 보이길 바란다는 거야."

하지만 어머니는 언젠가 그를 초대했고 그는 수락했다. 우리는 스콜 부인과 러스콧 부인을 초대자 명단에서 제외함으로써 틀림없이 지루해했을 딜레인 부인을 초대하는 문제도 해결했다. 들오리 구이와 펀치만으로 옛날식 "남자들만의 만찬" 분위기를 냈고 함께한 여성은 어머니뿐이었다. 아버지는 그렇게 보내는 저녁 시간을 여전히 가장 좋아했다.

나는 저녁 식사 때 스콜 장군과 디트란시 소령, 딜레인 사이의 차이를 매우 주의 깊게 살펴보고 또 닮은 점을 찾아내려 애썼다. 펀치 잔이 몇 차례 비워진 뒤 불 런Bull Run과 앤더슨빌, 링컨과 슈어드, 맥클레런의 일화 등 전쟁에 관한 이야기가 디트란시 소령의 입에 자주 오르내렸다. 그는 지난 주일 목사의 설교에 대한 의견에서부터 들오리가 잘 구워졌다는 칭찬에 이르기까지 거의 모든 이야기의 서두에 "남자가 전쟁을 겪으면 말이지"라고 말했다. 스콜 장군은 그러지 않았다. 그가 어떻게 그 지위까지 올랐는지 아무도 정확히 알지 못했지만, 그는 절대 그 이야기를 언급하지 않음으로써 암암리에 자신의 권리를 선포했다. 그는 키가 크고 말수가 적은 노신사로 백발이 잘 어울렸고 핏줄이 비치는 얇은 눈꺼풀을 가늘게 뜨면 그 사이로 푸른 눈동자가 빛났으며 자세가 당당하고 꼿꼿했다. 그의 매너는 더없이 완벽해서 말 대신 그를 빛내주었다. 그가 묵례하고 미소 지으며 일어섰다 다시 앉기만 해도 나중에 사람들은 그 힘든 기술을 그토록 완벽하게 익혀서 보여준 그의 태도가 얼마나 마음에 들었는지 칭찬하곤 했다. 그는 말과 마데이라 와인을 제대로 볼 줄 안다고 알려졌지만, 전혀 말을 타지 않았고 어빙 플레이스에 있는 그의 음산한 저택에 드물게 손님이 찾아오면 그저 그런 와인을 대접했다고 전해졌다.

스콜 장군과 디트란시 소령에게는 한 가지 공통점이 있었다. 바로 옛 뉴욕 사람들 특유의 지나친 신중함이었다. 그들은 자신의 습관을 흐트러뜨리거나 안락함을 방해하거나 시민이나 사회 일원으로서의 자신에게 뜻밖의 책임을 지울 수 있는 모든 일을 직감적인 불신의 눈으로 보았다. 이렇게 다른 판단은 느렸지만, 겉보기에는 해롭지 않아 보이는 대화가 그들을 "서류에 서명"하는 일로 끌어들일 것 같은 낌새를 예측하거나, 도시의 개혁과 관련된 문제라면 아주 온건한 시도에도 지지 의사를 밝히거나 어떤 새롭고 낯선 명분이라도 그것이 아무리 작은 일이어도 지지하겠다고 서약하는 데는 초자연적인 신속함을 보였다.

그들의 신조에 따르면 신사들은 재력이 허락하는 한 자선단체협회, 원로들의 무도회, 아동구호단체 및 자기 교구의 자선단체에 후하게 기부해야 했다. 하지만 "정치"를 제외한 모든 것, 또는 부흥회나 돈을 써서 신에게 선택받은 사람들의 세계로 들어가려는 천박한 사람들의 시도, 비교적 최근에 만들어진 동물보호협회마저 의심의 여지가 있어 보였고, 그들은 일부 성직자들이 그러한 단체에 이름을 빌려주는 것은 지각없는 짓이라고 생각했다. 디트란시 소령의 말은 옳았다. "이렇게 시끄러운 시대에 어떤 사람들은 관심을 끌기 위해 무슨 짓이든 할 걸세." 그리고 그들은 자신의 젊음과 함께 사라진 "옛 뉴욕"을 떠올리며 똑같이 한숨을 토해냈다. 루비니와 제니 린드같은 오페라 가수가 노래를 불렀고, 대작가 윌리엄 새커리가 강연을 했던 배타적이고 이해 불가능한 뉴욕이었고, 찰스 디킨스를 거부했다가 그에 대한 복수로 지독히 조롱당하기도 했던 뉴욕이었다.

하지만 디트란시 소령과 스콜 장군은 전쟁 내내 싸웠고 말할 수 없는 공포와 고통 속에서 온갖 고난과 역경을 견뎌냈으며 극한 더위와 추위, 굶주림과 질병, 부상을 이겨냈다. 이제 그런 것들은 다 내려간 체증처럼 모두 희미해졌고 그들에게 완벽하게 평범하고 행복한 삶을 안겨주었다.

러스콧 대령의 경우도 배경이 조금 다르기는 해도 마찬가지였다. 그는 다른 집단 태생이었지만, 이 집단에 받아들여진 지 오래되었다. 그가 전장에서 같이 싸운 전우인 데다 헤일리의 인척과 결혼한 덕분이었다. 러스콧 대령은 아주 말쑥하고 잘생겼지만, 키가 너무 작은 사내로 여전히 기억된다. 그는 윤기 흐르는 풍성한 머리카락이 (혹시 가발이 아니었다면) 돋보였고 고운 아마포 옷에서 강한 향수 냄새를 풍겼다. 젊었을 때는 뉴욕 민병대 소속이었고 뉴욕 주방위군인 위대한 7연대에서 활동했다. 그 후로 7연대는 그의 존재의 근원이자 중심이 되었다. 노인들에게 젊었을 적 기억이 으레 그렇듯이 말이다.

러스콧 대령은 기사도 정신이 투철했다. 그에게 전쟁은 북군과 남군의 군복 색깔인 "푸른색과 회색"으로 기억되었다. 전쟁에서 그는 사랑스러운 남부 아가씨들을 구했고 성조기와 관련된 일화들을 겪었으며 적진을 통과해 중대한 전보를 실어 날랐다. 많은 사람들에게 너무 칙칙하고 황량했던 그 4년 동안 그의 행로에는 늘 황홀함이 넘쳐난 것 같았다. 그리고 펀치는 그의 기억에서 늘 수많은 상황을 불러일으켰다. 그는 공손함을 가장한 교묘한 행동으로 남부의 내로라하는 심장부에 자신의 이미지를 지워지지 않게 새긴 동시에 잭슨 장군의 남군 게릴라들이 어디에 있는지 또는 어느 지점에서 강을 건널 수 있는지 찾아낸 상황들을 들려주었다.

그리고 다른 사람들보다 한참 어린 헤일리 딜레인이 그사이에 앉아 있었다. 그럴 때면 헤일리가 그들보다 훨씬 더 늙어 보여서 나는 이런 생각이 들었다. '헤일리가 열아홉 살에 성장을 멈추었다면 저 사람들은 여전히 핏덩이에 불과할지도 몰라!' 하지만 헤일리는 도덕적으로만 계속 성장한 셈이었으므로 지적으로는 그들과 동등한 수준이었다. 레스터 월락의 최신 연극이 화제에 오르거나, (안주인이 남자들의 만찬에 참석한 이상 대화의 수준을 한껏 끌어올려야 한다는 게 어머니의 지론이었으므로) 어머니가 험프리 워드의 신작 소설을 조심스럽게 언급했을 때 헤일리의 발언은 함께 있는 사람들보다 예리하지 않았고 그 소설을 읽지 않은 것이 거의 확실해 보였다.

클럽 운영이나 자선행사, "신사들"과 공동체의 관계에 관해 어떤 사회적 문제가 제기되었을 때 그는 갑자기 그들 사이에서 이질감을 드러냈고 적대적이기보다는 냉담했다.

그는 조금 멍한 진지한 표정으로 앉아서 건성으로 이야기를 들으며 내 여동생의 몸통이 긴 스카이테리어 강아지(모든 규칙을 무시하고 디저트가 나오자 그의 무릎으로 뛰어오른)를 쓰다듬었다. 그리고 그가 얼마나 지루해할지 어머니가 신경 쓰는 것이 내게 감지될 때쯤 그는 보조개가 패도록 환하게 웃으면서 수줍게 손윗사람에 대한 예의는 지키되 그들의 견해와 완전히 동떨어진 이야기를 했다.

"결국, 누가 먼저 행동을 취하든 무슨 상관입니까? 중요한 건 일을 성사시키는 것이지요."

그것이 항상 요지였다. 내 아버지를 비롯한 모든 사람들에게는 교구 회의에서 원로들의 무도회에 이르기까지 모든 일에서 위원회를 구성하거나 활동을 이끌 사람들의 지위, 즉 헤일리가 그토록 신경 쓰지 않는 것들이 중요했다. 헤일리에게는 활동 그 자체만 중요했다. 그는 실천할 가치가 있는 일이라면 느리고 게으른 방식으로 찬성을 표명하고 비록 후원자들이 감리교도나 조합교회주의자, 한

낮에 식사를 하는 사람들일지라도 어떻게든 그 일을 성사시켰다.

“만약 그들이 교도소에서 온 죄수들일지라도 전 신경 쓰지 않을 겁니다.” 그는 번의 겁에 질린 말을 어루만진 그 손으로 강아지의 목덜미를 느긋하게 쓰다듬으며 단언했다.

“또는 정신병동에서 뛰쳐나온 미치광이들일지라도 말이지. ‘개혁주의자들’이 대개 그렇듯이.” 아버지는 너그러운 미소로 이렇게 덧붙이며 분위기를 누그러뜨렸다.

“어쨌든 저는 우리가 지금 충분히 잘 지내고 있다고 감히 말하겠어요.” 헤일리는 주의를 끌며 중얼거렸다.

디트란시 소령이 장난스럽게 코를 벌름거리며 덧붙였다. “조만간 펀치를 한 잔씩 돌리면 특히 그럴 것 같네”

펀치는 어머니가 물러가야 한다는 신호였다. 어머니는 수줍게 웃으며 일어섰고 신사들은 모두 일어서서 그녀가 물러가는 데 정중히 항의하는 척했다.

“우리를 버리고 다시 ‘엘즈미어 씨’에게 가시는군요. 우리는 그 신사를 질투할 겁니다!” 러스콧 대령은 짐짓 이렇게 말하며 기사도를 발휘해 먼저 문으로 달려갔다. 그가 문을 열어주었을 때 아버지는 다시 넉넉한 미소를 지으며 말했다. “내 아내는 훌륭한 독서가야.”

그러고는 펀치가 나왔다.

*

"당신은 헤일리가 완벽한 사람이라는 걸 인정할 거예요." 레일라가 다그치듯 말했다. 레일라의 이야기가 헤일리나 내 이야기보다 일찍 끝났다고 생각하지 않길 바란다. 이제까지 나는 그녀의 한 단면, 혹은 더 정확히 말하면 한 시기만 보여주었다. 그 시기에 헤일리는 명백한 이유로 그녀에게 걸림돌 또는 짐이 되었다. 그녀는 가슴속에 있는 빈 왕좌에 누군가를 앉혀야 하는 대단한 열정이 잠시 사그라지는 공백기에 늘 남편을 그 자리로 복귀시켰다. 그리고 이 시기에는 입만 열면 남편과 아이들 이야기뿐이었다. 누군가 그 시기에 그녀를 처음 만났다면 현모양처가 따로 없다고 여겼을 것이며 헤일리가 하루라도 쉴 날이 있었을지 궁금했을 것이다. 그리고 헤일리가 거의 그러지 못했으리라고 추측했다면 그리 틀린 생각은 아니었다.

이 공백기의 간격은 꽤 멀었고 대개 그 기간은 짧았다. 그 밖의 시기에 그의 아내는 다른데 정신이 팔려 밖으로 나돌았고 두 아들과 딸을 돌본 사람은 헤일리였다. 헤일리는 아내가 해외로 나가거나 뉴포트에 있을 때면 뉴저지 언덕 위의 조용한 저택으로 1주일씩 나를 데려가기도 했다. 그 오래된 저택은 헤일리와 그 가족의 초상화들과 중후한 마호가니 가구가 빼곡히 들어차 있고 라벤더 방충제와 가죽 냄새가 뒤섞여있는 곳이었다. 가죽으로 만든 부츠와 장갑, 여행 가방 등 승마에 열중하는 사람의 집 벽장과 복도에서 날 법한 모든 종류의 냄새가 뒤섞여 있었다.

그는 아내가 집에 있을 때는 가족의 초상화나 고가구들에 관심을 두지 않는 것 같았다. 레일라는 대개 조상들에 대한 멸시를 드러냄으로써 자신의 유감스러운 출신을 얼버무렸다. 어느 날 내가 서재 벽에 걸린 초상화를 보며 흉갑을 두르고 담황색 가죽조끼를 걸친 근엄한 얼굴의 선조가 누구인지 물었을 때 그녀는 이렇게 말했다. "굳이 죽은 사람들을 기억하려 애쓰지 않아도 내가 아는 따분한 사람들은 얼마든지 많아요." 이중적인 감정을 노련하게 통제했던 레일라는 아이들에게 명랑하게 윙크하며 이렇게 말하고 싶어 하는 듯했다. '너희가 미국인으로서 마땅히 지녀야 할 정신이 있단다, 얘들아. 우리 모두 그런 정신을 갖춰야 해.'

그날 저녁, 헤일리는 레일라가 하품을 하며 자러 간 뒤 나와 함께 난롯가에 앉아 있었을 때 내게서 짜증스러운 기색을 감지한 것 같았다. 그는 갑옷을 두른 인물을 힐끗 올려다보며 말했다. "내 선조인 더워드 헤일리라네. 해리 베인 주니어 경과 그 무리들의 친구였지. 어딘가에 흥미로운 편지들이 있을 텐데…, 하지만 레일라가 맞네." 그는 충직하게 덧붙였다.

"과거에 관심을 두지 않는 거요?"

"오래된 과거는 죽은 것으로 여기는 거 말일세. 과거는 죽었어. 지금 우리에게 그런 건 아무 쓸모가 없네. 워싱턴에 있던 그 괴상한 친구가 늘 내게 그런 말을 주절대곤 했지."

"워싱턴에 있던 어떤 괴상한 친구요?"

"아, 시골뜨기 같은 사람이 하나 있었네. 내가 불런Bull Run 전투 이후에…, 병원에 있을 때 나에게 잘 대해주었지."

나는 벌떡 일어섰다. 딜레인이 전쟁 중의 삶을 언급한 것은 그때가 처음이었다. 나는 단서에 손이 닿았다고 생각했지만, 예상은 빗나갔다.

"워싱턴에서 병원에 계셨다고요?"

"그래, 꽤 오래 있었네. 당시에는 병원에서 상처를 소독하는 것도 잘 모를 때였어. 하지만 레일라가…" 그는 단호한 미소를 보이며 이전 이야기로 돌아갔다. "레일라가 전적으로 옳아. 이제는 더 나은 세상이 되었네. 그 뒤로 고통을 덜어주기 위해 어떤 일들이 이루어졌는지 생각해보라고!" 그가 "고통"이라는 단어를 말할 때 마치 예전 부상의 통증을 실제로 느끼는 것처럼 미간에 주름이 깊게 잡혔다. "나는 그녀 못지않게 진보를 믿네. 우리가 무언가 더 나은 쪽으로 나아가고 있다고 믿어. 만약 그러지 않았다면…" 그는 거대한 어깨를 으쓱하고는 가까이 있는 쟁반으로 느릿느릿 손을 뻗어서 내 잔에 위스키와 소다를 섞어주었다.

"하지만 전쟁 말이에요. 불 런Bull Run에서 부상당하신 거죠?"

"그래." 그러고는 시계를 확인했다. "그런데 난 이만 자러 가야겠네. 아이들에게 내일 승마 레슨 전에 말을 타고 구보를 시켜주기로 약속했거든. 몸이 가뿐하려면 일고여덟 시간은 자야 해. 난 올라가겠네. 자네가 올라올 때 불을 끄게."

그는 전쟁에 관해 말할 생각이 없었다.

그리고 얼마 지나지 않은 시점에 레일라는 내게 헤일리의 완벽함을 호소하고 있었다. 최근 6주간 뉴포트에서 불장난에 빠졌다가 돌아온 그녀는 안쓰러울 정도로 기가 죽고 초췌해 보였다. 나는 처음으로 그녀의 입가가 중년 여인처럼 축 처진 것을 보았다. 그것은 치아를 잃은 것과는 무관한 현상이었다. '몇 년 지나면 그녀가 얼마나 평범해 보일지!' 나는 그런 냉정한 생각이 들었다.

"정말 완벽해요." 그녀는 단호하게 말했다. 그러고는 애처롭게 덧붙였다. “그런데…”

나는 차갑게 되물었다. “그런데요?”

“이를테면 애들 문제 말인데요. 애들에겐 그이밖에 없어요. 그이는 애들에게서 나를 차단했어요.” 그녀는 반은 농담처럼 훌쩍이듯이 말했다.

이내 그녀는 속눈썹 사이로 나를 슬며시 보며 말했다. “또 어떤 때는 정말 고집불통이에요.”

“헤일리 딜레인이요?”

“안 믿을 줄 알고 있어요. 하지만 같이 일하면서 그렇게 느낀 적 없어요? 내 말에 수긍하지 않는군요. 하지만 누구도 그의 마음을 움직일 수 없을 때가 있어요.” 그녀는 우리가 있던 서재에 걸린 흉갑 두른 조상의 초상화를 올려다보면서 갑옷의 볼록한 면을 가리키며 말했다. “그는 저것만큼 단단한 느낌이죠.”

“제가 아는 딜레인은 그렇지 않아요.” 나는 말은 그렇게 했지만, 그러한 확신이 당황스러웠다.

“당신은 그를 안다고 생각하나요?” 그녀는 조롱 섞인 말투로 물었다. 그러고는 의무감에 찬 어조로 말했다. “난 입버릇처럼 그가 완벽한 아버지였다고 말했고 그는 아이들이 그렇게 믿도록 만들었어요. 하지만…”

그때 헤일리가 들어왔다. 부인은 그에게 희미한 미소를 보이고는 아이들을 부르며 나가버렸다.

나는 생각했다. ‘그녀도 나이를 먹고 있어. 뉴포트에서 누군가 그렇게 말을 한 건가. 딱한 사람!’

헤일리도 부인처럼 어떤 생각에 골몰하고 있는 것 같았다. 그날 저녁 부인이 우리 곁을 떠난 뒤에도 그는 말이 없었다. 그러더니 문득 내게 눈길을 주었다.

"이봐. 자네는 우리 가족의 좋은 친구일세. 내가 좀 성가신 문제에 관한 생각을 정리할 수 있게 도와주겠나?"

"제가요, 선생님?" 나는 "우리 가족의"라는 말에 놀랐지만, 그가 침통하게 요청하는 바람에 마음을 가다듬었다.

그는 침울한 얼굴을 찡그렸다. "나를 '선생님'이라고 부르지 말게, 이야기하는 동안이라도." 그는 잠시 멈추었다가 다시 입을 열었다. "자네도 알다시피 우리는 나이 차가 꽤 나는 편이지. 그래서 자네한테 물어보는 걸세. 대다수의 내 동년배들은 틀에 박힌 생각을 하는데, 그렇지 않은 누군가의 의견을 듣고 싶네. 사실 난 장인이 여기 와서 우리와 함께 살아야 한다는 사실을 아내에게 이해시키려고 노력하고 있어."

나는 너무 놀라서 입이 다물어지지 않았다. 그가 살짝 웃은 것을 보면 그의 침울함을 깨뜨릴 만큼 내 표정이 노골적이었던 모양이다.

"음, 일이 그렇게 됐다네."

나는 할 말을 잃었다. 온 뉴욕 사람이 헤일리가 점잖은 장인을 어떻게 생각하는지 알고 있었다. 헤일리는 레일라의 전력을 알면서도 그녀와 결혼했다. 하지만 빌 그레이시가 헤일리 딜레인의 집 안으로 받아들여질 수 없다는 사실은 처음부터 합의된 일이었다. 정기적으로 용돈을 후하게 받음으로써 화가 누그러진 노신사는 개인적으로 사위를 원망하지 않는다고 눈물을 글썽이며 친한 사람들에게 입버릇처럼 말했다. "우리는 취향이 다를 뿐이야. 헤일리가 마음이 나쁜 사람은 아니야. 내가 장담하건대 그렇지 않다네." 그러한 대인배적인 태도에 감동한 그의 친구들은 헤일리가 보내준 돈으로 주문한 샴페인을 마시며 헤일리를 위해 건배하곤 했다.

말없이 있던 헤일리가 설명하기 시작했다. "알다시피 누군가는 장인을 돌봐야 하네. 우리 말고 또 누가 있겠나?"

"하지만…" 나는 머뭇거렸다.

"장인에겐 항상 보살핌이 필요했다고 말할 참인가? 그게…, 난 최선을 다했네. 장인을 여기서 살게 하는 것만 빼고. 오랫동안 그런 일은 불가능해 보였지. 난 레일라와 뜻이 같았어." (고로 아버지를 멀리한 것은 레일라였다!) 헤일리는 말을 이었다. "하지만 이제 상황이 달라졌네. 그 딱한 노인네는 나이를 먹고 있어. 작년부터 빠르게 허물어지고 있지. 그리고 여자를 착취하는 어떤 작자가 장인을 붙잡고서 옛날 경마장 소동을 폭로하겠다고 협박했다는데 난 그게 뭔 일인지는 모르겠어. 우리가 받아주지 않으면 장인은 파멸할 수밖에 없네. 장인은 이게 마지막 기회라고 생각하고 있어. 겁에 질렸고 여기로 오고 싶어 해."

나는 여전히 말없이 들었고 딜레인은 계속 이야기했다. "자네는 그래 봐야 헛수고라고 생각하는 거지? 자업자득이니 그대로 놔두라고, 용돈이나 두둑이 주면서? 글쎄, 자네에게 말할 순 없지만…, 그러면 안 될 것 같아."

"그럼 부인은요?"

"아내 생각도 이해는 해. 아이들이 크고 있는데 그 애들은 외할아버지와 가깝게 지낸 적이 없거든. 장인을 집에 들이는 일은 난롯가에 앉아서 뜨개질이나 하는 인자한 노부인을 집에 들이는 것과는 다를 거야. 장인은 공간을 휘젓고 다니지. 항상 그랬어. 유쾌하지 않을 거야. 아내는 우리가 애들을 먼저 배려해야 한다고 생각해. 하지만 내 생각은 달라. 세상은 너무나 추악한 곳인데, 왜 누구는 이곳을 꽃밭이라고 생각하며 자라야 하지? 애들에게도 알아갈 기회를 줘야 해. 그런데…" 그는 난처한 듯 머뭇거렸다. "자네도 알다시피 아내는 사교계를 좋아해. 그러면 안 될 이유는 없지? 그녀는 그렇게 타고났으니까. 장인 때문에 당연히 우리는 사교계에서 단절되고 사람들을 초대하기도 어려워질 거야. 그녀는 그것을 좋아하지 않을 테지. 자신이 그런 이유로 반대한다는 것은 인정하지 않겠지만."

그는 자신이 여전히 흠모하는 아내를 그렇게 평가했다. 나는 그가 왜 그렇게 거대한 구조물 같은 두상을 지녔고 왜 그렇게 크지만 조용하게 움직이는지 이해하기 시작했다. 분명 이유가 있었다.

"부인은 어떤 대안을 제시하나요?"

그는 얼굴이 빨개졌다. "돈을 더 주자고 하네." 그는 들릴락 말락하게 말했다. "가끔 아내는 내가 돈을 더 주고 싶지 않아서 장인을 여기로 데려오려 한다고 생각하는 거 같아. 돈을 더 주면 상황이 극으로 치달을 수 있다는 걸 이해하지 못할 거야."

나도 내가 했던 생각이 부끄러워 얼굴이 빨개졌다. 만일 그녀가 이해하지 못했다면 그녀를 지탱시킨 것은 명민함이 아니었다는 뜻일까? 만약 그녀의 아버지가 파멸할 수밖에 없는 운명이라면 무엇 때문에 그 과정을 늘리려 할까? 이제 나는 헤일리가 이런 점도 생각하지 않고 그 일을 고려했다고 확신할 수 없었다. 보아하니 그의 생각이 미치는 범주는 한계가 없었다.

"당신은 결코 틀에 박힌 사람이 되지 않을 거예요." 나는 조심스럽게 말하며 웃었다.

“어쩌면 틀에 박힌 게 아니라 깊이 가라앉은 거겠지. 이미 그렇게 됐네. 어서 나를 끌어올려 주게!” 그도 웃으며 말했다.

나는 아직 두려울 것이 없는 나이였기에 이 문제를 떨어져서 보았으면 틀림없이 입심 좋게 답을 내놓았을 것이다. 하지만 그렇게 가까이에서 또 그토록 구슬픈 눈앞에서는 미숙함만 여실히 드러났다.

“자네 생각은 말해주지 않을 셈인가?” 그는 거의 나무라듯 말했다.

“저…, 그게 아니라 애쓰고 있어요. 하지만 너무 복음서 같은 대답이어서요.” 나는 일부 젊은이들이 이미 러시아 문학을 읽기 시작했다는 말을 꺼냈다.

“그래? 그것도 재미있군. 난 나이든 이교도에게서 배운 게 하나 있지. 물론 다른 것들도 배우긴 했지만. 자네에게 그 사람 이야기를 한 적이 있네. 워싱턴에서 종종 내게 찾아와서 한 시간씩 이야기했다던 사람 말일세.”

나는 관심이 되살아났다. “워싱턴에서 만났던 사람이 이교도였어요?”

“그게, 음…, 그는 교회에 나가지 않았어.” 딜레인은 교회를 다녔다. 레일라가 간밤에 늦게까지 포커를 치다 늦잠 자고 있을 때 그는 아이들을 데리고 규칙적으로 교회에 다녔고 탄탄한 바리톤 음성으로 성가를 불렀으며 언제나 반음 낮추어 불렀다.

그는 내게 자신의 대답이 불충분할 것이라고 여겼는지 어쩔 수 없이 덧붙였다. “알다시피 내가 무슨 학자도 아니고 자네가 그런 사람을 뭐라고 부르는지 모르겠어." 그는 목소리를 낮추고 덧붙였다.

"그가 우리 주님을 믿는 것 같지는 않더군. 그런데도 내게 기독교적 자비를 일깨워주었다네."

"그런 인상을 남긴 것을 보면 그는 틀림없이 흔치 않은 사람이었을 거예요. 그의 이름이 뭐죠?"

"애석한 일이지! 분명 들었을 텐데 기억나지 않아. 당시 난 대부분의 시간 동안 고열에 시달려서 모든 게 어렴풋해. 그가 어떻게 되었는지도 모르겠군. 어느 날부터 나타나지 않았어. 내가 기억하는 건 그게 전부야. 얼마 뒤 난 상태가 다시 악화됐고 오랫동안 그 사람 생각은 하지 않았어. 그러던 어느 날, 내가 어떤 문제를 해결해야 했을 때, 세상에! 그가 내 옆에서 옳고 그름을 알려주고 있었네. 기묘해. 그는 그런 식으로 어쩌다 한 번씩 나를 찾아왔어. 내게 전환점이 된 것 같아." 그는 얼굴을 찡그렸고 무거운 머리를 앞으로 숙인 채 어떤 환상을 좇듯 먼 곳을 보았다.

"그럼 이번에는 그가 오지 않았나요?"

"오지 않았어! 그게 문제야. 난 그의 방식이 아니면 아무것도 제대로 볼 수 없어. 그래서 나를 도와줄 다른 시각이 필요해."

내 심장은 흥분되어 쿵쾅거렸다. 나는 어떤 중대한 비밀을 교환하는 자리에 끼어든 불청객처럼 작고, 하찮고, 부족하게 느껴졌다.

나는 대답을 늦추는 동시에 다른 호기심을 채우기 위해 또 물었다.

"부인에게 그 사람 이야기를 한 적이 있나요?"

그는 몸을 일으키며 나를 돌아보았다. 그는 덥수룩한 눈썹을 살짝 치켜 올리고는 아랫입술을 내민 채 또다시 생각에 잠겼다.

나는 그의 표정을 읽고 입을 열었다. "저…, 선생님. 저는 그의 존재를 믿어요."

그의 까무잡잡한 뺨이 벌게졌다. 그는 다시 나를 돌아보았고 그의 침울한 얼굴에 잠시 보조개가 팼다. "그게 자네 대답인가?"

나는 숨죽인 채 고개만 끄덕였다.

그는 일어서서 방 끝까지 걸어갔다 오더니 내 앞에 멈추었다. "그는 그냥 사라졌어. 난 그의 이름조차 알지 못했네."

*

헤일리 말이 맞았다. 빌 그레이시를 집에 들이는 일은 사람 좋은 노부인을 받아들이는 일과 달랐다. 나는 우리 대화가 초래한 결과를 지켜보며 혀를 내둘렀다.

딜레인가家의 본거지인 뉴욕은 주저 없이 레일라의 편을 들었다. 뉴욕 사회는 술독에 빠져 불성실하게 사는 사람에게 여전히 융통성을 보이지 않았다. 자기가 몸담았던 여러 클럽에서 쫓겨났던 이 노인은 어쩌면 바닥도 없는 구렁텅이에 빠져버렸다. 헤일리의 행동이 "옳았다"고 여겼던 두세 사람은 황급히 덧붙였다. "헤일리는 차라리 그 노인네를 위해 조용한 시골에 집을 마련했어야 해." 빌 그레이시에게 조용한 시골의 오두막이라니! 그는 일주일 만에 그 동네를 아수라장으로 만들고도 남았을 것이다. 그는 단순히 대리인을 통해 관리될 사람이 아니었다. 헤일리는 그 점을 간파했고 직시했다.

그레이시 씨는 이 전례 없는 상황을 누구보다 더 괴이하게 여겼고 아주 뜻밖의 흥미로운 사건으로 받아들였다. 그도 자신의 거취 문제에 대안이 없음을 이해했다.

"저 애들은 나를 여기로 데려왔어야 해. 맹세코 난 그럴 줄 알았어. 나 같은 늙은 말썽꾼은 믿음을 얻지 못해. 헤일리는 처음부터 그걸 알고 있었지. 훌륭한 내 사위. 그는 내게 거리낌 없이 말했어. '저는 장인어른을 믿을 수 없어요'라고, 감추지 않고 그렇게 말했지. 저런, 몇 년 전에 내게 그런 말을 했다면 난 결과를 장담하지 못했겠지. 하지만 난 더 이상 내 뜻대로 움직이지 못하는 신세고 아기 취급받는 것도 참아야 해. 난 그 자리에서 바로 그를 용서했어, 선생. 그 자리에서." 눈물이 그렁그렁해진 그는 핏줄과 주근깨가 그물처럼 얽힌 칙칙한 손을 테이블 너머 내 쪽으로 뻗었다.

장인과 살게 되어 그야말로 은둔 생활을 하던 헤일리가 계속 만나는 몇 안 되는 친구 속에 내가 포함되었다. 레일라가 내 방문을 고마워하는 것을 알고 있었지만, 나는 그런 공치사는 필요 없었다. 내가 헤일리에게 사소한 도움이라도 줄 수 있는 것만으로 충분했다. 처음 몇 달은 처참했지만, 분명 그는 자신을 이렇게 다독이고 있었다. '상황은 서서히 진정될 거야.' 그리고는 격동에 맞서 그의 드넓은 어깨를 똑바로 펼 뿐이었다.

상황은 진정되지 않았다. 빌 그레이시를 보면 알 수 있듯이 그들은 계속 붕 떠 있는 상태였다. 자식의 보살핌을 받고 좋은 음식을 대접받고 이른 시간에 잠자리에 드는 생활을 하면서 그레이시 씨는 비교적 건강한 상태로 회복되었다. 그는 활기가 넘쳤고 오만했으며 교활해졌다. 하지만 불행 중 다행으로 그는 처음 한 번 그렇게 경거망동한 뒤 상태가 심각하게 악화되었고 본인도 심각성을 인식했다. 저항력이 사라진 것을 깨달았고 곤경을 소심하고 조심스럽게 다루었으며 다시 애처로운 짐이 되었다. 그는 결코 수동적인 사람이 아니었다. 천성적으로 항상 누군가에게 손해를 끼치는 사람이었다.

어느 날 멋지게 빼입은 부인이 그를 보겠다고 집 안으로 밀고 들어왔고 집 안에는 그녀의 악다구니가 울려 퍼졌다. 레일라는 아이들에게 그런 장면을 보일 수 없다고 하면서 크리스마스가 되어 집으로 돌아온 두 아들을 가정교사와 함께 캐나다로 보낸 뒤 자신은 딸과 함께 플로리다로 가버렸다. 헤일리와 그레이시 영감과 나는 크리스마스 칠면조 구이가 차려진 식탁에 단출하게 둘러앉았다. 나는 워싱턴 병원에 있던 헤일리의 괴상한 친구가 그 만찬을 어떻게 생각했을지 궁금했다. 그레이시 씨는 기분이 누그러져서 훈계하듯 장황하게 자신의 과거 이야기를 했다. "어쨌든 여자들과 아이들은 언제나 나를 잘 따랐지." 그는 눈가에 눈물을 한 방울 매달고 한 마디로 결론짓듯 말했다. "하지만 내가 자네와 레일라에게는 골칫거리였다는 걸 알고 있네, 헤일리. 그게 내 유일한 장점일 거야. 나도 알 건 다 안다고. 자, 새사람이 되기 위하여."

몇 달 뒤 어느 날, 은행의 대표인 브로드 씨가 나를 불렀다. 나는 그렇게 높은 사람에게 불려갈 일이 별로 없었기에 그 호출이 뜻밖이었고 적이 불안했다.

"딜레인 씨가 자네 능력을 높이 사더군." 그는 사근사근하게 말을 건넸다.

나는 고개 숙여 인사한 뒤 승진할지도 모른다는 생각이 들어 설렜다. 브로드 씨는 말을 이었다. "자네가 그의 집에서 자주 시간을 보낸다고 들었네. 나이 차가 나는데도 그는 늘 자네를 오랜 친구처럼 이야기하더군." 승진의 희망은 사라졌지만 아쉽지 않았다. 어쨌든 그런 이야기를 듣게 되어 훨씬 기뻤다. 나는 다시 살짝 묵례하고는 그의 이야기를 들었다.

브로드 씨는 난처한 기색이었다. "자네는 빌 그레이시 씨를 딜레인 씨 집에서 자주 보겠군?"

"그 분은 거기에 살고 계십니다." 나는 솔직하게 대답했다.

브로드 씨는 한숨을 쉬었다. "그래. 그게 딜레인 씨의 장점이긴 한데 그 일이 불러온 결과들을 제대로 인식하고 있는 건가? 그 집 안사람들은 그의 아내 편에 서 있네. 자네는 내가 이렇게 솔직하게 말하는 이유가 궁금할 텐데, 난 어떤 요청을…, 아니, 제안을 받았네…"

"그레이시 씨는 그 집으로 들어가지 않았다면 그대로 몰락했을 겁니다."

브로드 씨는 더 깊은 한숨을 쉬었다. "아…, 그게 문제야. 자네는 내가 딜레인 씨에게 직접 말하지 않는 이유를 묻고 싶겠지만, 이건 꽤 예민한 문제고 그는 도통 속내를 터놓지 않아서 말일세. 그래도 관례라는 게 있는데…, 자네가 볼 때 뭔가 할 수 있는 게 없겠나?"

나는 할 말이 없었다. 그는 악수를 청하며 나지막하게 말했다. "이건 자네와 나만 아는 일일세." 그러고는 나가도 좋다고 손짓했다. 자리로 돌아온 나는 브로드 씨가 내게 중요한 일인 듯 그 일을 상의한 것으로 보아 분명 상황이 심각하다고 느꼈다.

뉴욕 사람들은 그 문제에 대한 마음의 부담을 덜기 위해 결국 헤일리 딜레인이 “괴상한” 사람이었다고 결론지었다. 한 지붕 아래 사이좋게 지내는 미치광이가 둘이나 있었으니 가엾은 레일라가 그 집에서 살 수 없다고 한 것은 당연했다. 그들의 상황에 대한 그러한 견해가 은밀하게 급속히 퍼져서 나는 뒤에 일어날 일을 짐작할 수 있었다.

부활절 연휴의 어느 날, 딜레인 저택에 식사하러 간 나는 헤일리가 그레이시 노인과 단둘이 있는 모습을 보고 레일라가 아이들을 데리고 또 멀리 갔다고 판단했다. 내 생각대로 그녀는 일주일 전에 집을 떠났다. 남편에게 보내온 편지에 따르면 그녀는 딸과 함께 몬트리올에서 항해를 시작했다. 두 아들은 믿을 만한 하인들의 손에 맡겨져 그로턴으로 돌아갈 예정이었다. 그녀는 딜레인 집안사람들이 헤일리가 경솔하게 아량을 베풀었다고 평가하며 자기편에 서준 일을 나쁘게 생각하고 싶지 않았기에 다른 말은 보태지 않았다. 헤일리는 자신이 안겨준 부담 때문에 아내가 지칠 대로 지친 것을 알았고 한동안 떠나있고 싶어 하는 심정을 이해했을 것이다.

레일라는 남편을 떠났다.

당시에 그런 사건들은 지금처럼 당연한 일이 아니었다. 나는 헤일리 같은 남자에게 그 타격이 가벼웠을 리 없다고 생각했다. 그날 저녁 그는 확실히 그 어느 때보다 침울했다. 나는 볼턴 번이 말을 매질했던 그 날과 같은 인상을 받았다. 헤일리는 여론 따위는 전혀 신경 쓰지 않는 듯했다. 여론이 아내 편인 것을 알았다고 해도 그는 조금도 신경 쓰지 않을 것 같았다. 그의 행동에 대한 아내의 의견도 그에게 전혀 영향을 주지 않아서 놀라웠다. 나는 정작 그를 괴롭힌

것은 외로움이었음을 알게 되었다. 그는 아내를 그리워했고 그녀가 돌아오기를 기다렸다. 하찮고 성가셔 보이는 그녀가 그에게는 세상에서 가장 필요한 존재였다. 하지만 그는 아내의 근황을 내게 말하면서 이렇게 덧붙였다. "어쩔 수 없네. 우린 둘 다 자기 의견을 가질 권리가 있으니까."

나는 이번에도 놀라서 그를 바라보았다. 다른 사람의 목소리가 그의 입을 빌려 말하는 것 같았고 내 입에서도 그와 같은 말이 튀어나왔다. "워싱턴에 있던 옛 친구도 그렇게 말했을까요?" 그때 우리가 있던 주방 문 앞에 머리가 헝클어지고 얼굴이 벌겋게 상기된 그레이시 씨가 나타났다.

"이보게, 헤일리. 잠깐 게임이라도 하지 않을 텐가? 내가 개구쟁이 녀석들처럼 10시에 잠자리에 들어야 한다면 하다못해 포커 패라도 먼저 돌리게 해줘야 할 걸세." 우리가 다 같이 서재로 들어설 때 그는 내게 눈을 살짝 찡긋하더니 쉰 목소리로 혼잣말처럼 덧붙였다. "만일 레일라처럼 나를 쥐고 흔들 생각이라면 잘못 생각하고 있네. 혈육하고는 다르지. 이제 그 애도 없는데 내가 또 괴롭힘 당하면 사람도 아니야."

그레이시 씨는 불굴의 의지로 그 마지막 위협을 내질렀다. 그 위협을 실행에 옮긴 반항의 결과로 그가 얻은 것은 심각한 늑막염이었다. 헤일리의 끈기 있는 간호 덕분에 호전되어 자리를 털고 일어난 그는 주름이 더 쪼글쪼글했다. 얼마 없던 곱슬머리에 그나마 남았던 붉은 기는 사라졌으며 말할 때 무심코 침을 조금 흘리는 것 말고는 예전 모습이 남아있지 않았다.

헤일리는 장인에게 혼자서 하는 카드놀이를 가르쳤다. 그레이시 씨는 몇 시간씩 서재의 난롯가에 앉아서 카드 패를 들고 골똘히 생각하거나 아이들이 기르던 앵무새에게 말을 걸곤 했다. 그는 감동할 만큼 규칙적으로 앵무새에게 먹이를 주며 보살폈다. 또 막내 손자를 위해 우표를 수집하는 데 많은 시간을 쏟기도 했다. 점점 온화해지고 장난기 어린 농담이 늘어서 하인들이 무척 잘 따랐던 탓에 한 믿음직한 하녀는 그의 방으로 몰래 칵테일을 가져갔다가 해고당했다. 화창한 날이면 헤일리는 은행에서 일찍 돌아와서 장인과 함께 잠깐씩 산책했다. 그러던 어느 날, 5번가에서 우연히 그들을 목격한 나는 헤일리의 넓은 어깨가 빌 그레이시처럼 구부정해지기 시작했고 그의 걸음걸이가 장인의 어기적거리는 박력 있는 걸음보다 무거워 보이는 것을 알아차렸다. 그들은 길가 양지바른 쪽에서 매일 일정한 거리를 규칙적으로 걷는 두 노인처럼 보였다. 빌 그레이시는 더 이상 사회에 위협적인 인물이 아니었기에 레일라가 집으로 돌아왔을 수도 있다고 생각했다. 하지만 헤일리의 행색을 보고 그녀와 딸이 여전히 해외에 있음을 알 수 있었다.

사회는 곧 설명 없이 도입되는 모든 세태에 익숙해졌다. 나는 헤일리가 결코 설명이라는 것을 해본 적이 없음을 잘 알고 있었다. 그 소극적인 특성이 그의 가장 큰 강점이었다. 그는 사람들 사이에 이런 말이 돌기 시작한 줄 몰랐을 것이다. “불쌍한 그레이시 영감, 어쨌든 그는 품위 있는 말년을 보내는 셈이지. 헤일리가 그렇게 한 건 잘한 일이야. 그의 아내도 돌아와서 그 짐을 덜어줘야 해.” 그는 중요한 문제에 직면할 때 여론에 전혀 신경 쓰지 않았으므로 그 여론이 갑자기 바뀐 것도 알아차리지 못했을 것이다. 그는 레일라가 집으로 돌아오기를 바랐다. 아내와 어린 딸을 그리워했지만, 그녀가 "당연히" 돌아와야 한다고는 생각하지 않았다.

그러던 어느 날 그녀가 돌아왔다. 집을 떠나있으면서 활기를 되찾은 그녀는 눈부신 새 옷을 입고 있었다. 이탈리아에서 매력적인 귀족을 알게 되었으며 그가 다음 증기선을 타고 뉴욕으로 올 예정이라고 했다. 그녀는 남편을 용서하고 아량을 베풀고 애정을 쏟을 준비가 되어 있었다. 놀랍도록 단순한 헤일리는 모든 일을 당연하게 받아들였다. 그녀가 돌아왔으니 그는 어쨌든 자신의 잘못을 인정하고 아내에게 용서를 빌 준비가 되어 있었다. 그녀의 평판을 생각하면 다행스럽게도, 그녀가 돌아와 아버지를 제대로 돌볼 수 있게 되자 아버지가 쇠약해지기 시작했다. 레일라는 그저 연금이나 받는 온화한 노인이 된 아버지를 자주 마차에 태우고 외출했다. 그러면서 "아버지와 함께 있어야 한다"는 이유로 따분한 초대를 거절했다. 사람들은 어쨌든 그녀가 아버지에게 인정스러웠다고 말했다. 그녀의 남편도 그렇게 생각했고 결국 자신의 확신이 맞았음을 증명한 셈이었다. 당시 딜레인 저택의 삶은 침울했지만, 또 목가적이기도 했다. 그레이시 노인이 더 오래 살지 못한 것은 딱한 일이었다. 그가 있음으로써 한때 분열되었던 가정이 아주 기적적으로 하나가 되었다. 하지만 그는 이 사실을 알지 못했고 씩씩하게 노년을 보내다가 혼수상태에 빠져 세상을 떠났다. 뉴욕 사람 모두가 참석한 그의 장례식에서 레일라는 길이가 정확히 맞는 상복용 크레이프 베일을 드리우고 있었다. 그 당시 그것은 매우 중요한 문제였다.

삶은 그 잔해뿐만 아니라 위업보다도 웃자라서 모든 것을 뒤덮기 마련이다. 그토록 느릿느릿 나아가는 사회에서 딜레인 가족의 위기는 생각보다 더 짧은 시간 안에 파묻혔고 사람들의 기억에서 잊혔다. 그 부부가 서로를 대한 태도나 그 부부를 대한 지인들의 태도에는 변화가 없어 보였다. 그래도 한 가지 변화를 꼽는다면 레일라가 침대 맡에서 아버지를 정성껏 돌본 덕에 대중의 존경을 얻었던 것이다. 하지만 나는 정직한 연대기 기록자로서, 그녀가 검은 크레이프 베일이 화려한 장식으로 바뀌기도 전에 이탈리아 귀족과 바람을 피움으로써, 그 평판을 대부분 잃었다는 사실을 밝히지 않을 수 없다. 옛 뉴욕은 그러한 기본적인 관례에 여전히 보수적인 태도를 고수했다.

헤일리 딜레인은 그 시련을 겪은 뒤 더 늙고 더 살이 찌고 더 구부정해졌지만, 그 외에는 변함이 없었다. 그에게 시련이 있었던 것을 나 말고 또 누가 알기나 했는지 확신이 서지 않는다. 하지만 나의 믿음은 여전했다. 아내가 돌아온 덕분에 그는 다시 카드 게임을 하고 무도회에 얼굴을 내밀고 경마장에 자주 드나드는 노신사가 되었다. 나는 그 속에서 수면이 갈라지고 화강암 바위가 솟아오르듯 격변이 일어나는 것을 보았다. 그러한 대격변은 두 번 일어났고 그때마다 그는 주변의 다른 사람들이 이해하지 못하는 동기에 순응했다. 다른 모든 사람들은 동시대 시민들이 이미 따르고 있는 원칙에 따라 행동할 수 있었다. 하지만 헤일리 딜레인은 친구들이 이해할 수 없는 원칙들을 끝까지 고수했고 그렇게 행동하는 이유도 설명하지 못했다. 가장 큰 수수께끼는 여전히 풀리지 않았다.

그 수수께끼는 지금까지도 내게 유효할까?

이제는 내가 중요한 위치를 차지하게 된 은행에서 시내 쪽으로 걸어갈 때 가끔 트리니티 교회 묘지의 울타리 너머를 힐끗 보며 생각한다. 그가 저곳에 묻힌 지 10년은 넘었을 것이라고. 그의 아내는 발전하고 있던 웨스턴 대학의 총장과 결혼해서 지적이고 비판적인 사람이 되었을 것이고, 그의 자식들은 뿔뿔이 흩어져서 제각기 자리를 잡았을 것이라고. 헤일리의 비밀은 고이 간직되었을까, 아니면 어느 날 내게 발각되었을까? 그것도 아니라면 헤일리와 내가 함께 그 비밀을 풀었을까?

그때는 빌 그레이시 영감이 새사람이 되어 세상을 떠난 지 얼마 지나지 않은 일요일 오후였다. 그 주말에 시내를 떠나지 않았던 나는 어슴푸레 어두워질 무렵 몹시 추운 센트럴파크에서 한참 산책을 한 뒤 내가 살던 작은 아파트로 들어섰다. 그때 현관에서 헤일리 딜레인의 커다란 코트와 모자를 보고 깜짝 놀랐다. 그는 이따금 내게 들르기는 했지만, 대개 우연히 만난 저녁 식사 자리에서 함께 집으로 가다가 잠깐 들르는 식이었다. 그래서 그가 일요일 그 시간에 찾아온 것이 꽤 뜻밖이었다. 하지만 그는 신문을 보다가 태연하게 고개를 들었다.

"일요일에 누가 올 거라곤 생각 못 했지? 사실, 내가 당장 할 일이 없어서 그러네. 평소처럼 시골에 내려가고 싶었는데 레일라가 오늘 오후에 그랜드 콘서트인가 뭔가 하는 거를 예약했어. 저녁에는 알스트롬의 집에서 식사하기로 했고. 그래서 시간을 때우려고 들렀네. 일요일 오후에 할 일이 뭐가 있겠나?"

예전과 똑같은 평소의 헤일리가 거기 있었다. 그가 비어있는 시간을 어찌 보내야 할지 몰라서 나를 찾아올 생각을 한 것이 반가웠다. 웃으며 그런 내 마음을 전하니 그도 따라 웃었고 (우리는 형제처럼 맞먹는 사이였다) 내가 외출한 사이 두세 통의 편지가 도착했다고 알려주었다. "자네 나이의 젊은이들을 어찌나 그냥 놔두지 않는지!" 그는 싱긋 웃었다.

내가 봉인을 뜯고 편지를 훑어보고 있을 때 등 뒤에서 탄성이 들렸다.

"세상에! 바로 그 사람이야!" 헤일리는 소리쳤다. 나는 무슨 말인지 보려고 돌아섰다.

그는 평소와 달리 책 한 권을 집어 들었고 그 책을 가까이에 내려놓았다. 신문을 쥔 그의 손에 힘이 들어가서 쥐어짜는 것 같았다. 그는 말없이 내게 그 책을 내밀고는 펼쳐놓은 페이지를 집게손가락으로 가리켰다. 그의 거무스름한 얼굴이 상기되었고 그의 손은 조금 떨렸다. 손가락이 가리키는 페이지에는 한 남성의 초상화가 실려 있었다.

"이게 그의 실물일세. 난 그가 예전에 입었던 그 옷을 어디서건 다시 알아볼 수 있어." 그는 자리에서 벌떡 일어서서 뛸 듯이 기뻐했다.

나는 책을 받아들고는 먼저 그 초상화를 보고 다시 내 친구를 바라보았다.

"이 사람이 워싱턴에 있던 그 친구라고요?"

그는 격하게 고개를 끄덕였다. "자네에게 자주 말했던 그 친구가 맞네!"

나는 미소가 퍼지면서 보조개가 팼던 그의 얼굴을 결코 잊지 못할 것이다. 그 보조개가 그의 행복한 얼굴을 더 반짝이게 하는 것 같았다. 그의 시선은 마치 눈에 보이지 않는 풍경을 내려다보는 것처럼 점점 멍해졌다. 한참 뒤 그의 시선이 내게로 돌아왔다.

"도대체 어쩌다가 그 영감의 초상화가 책에 실렸을까? 누군가 그에 대해 무얼 쓰기라도 한 건가?" 둔감한 호기심이 깨어나자 그는 책으로 손을 뻗었다. 하지만 나는 책을 그에게 건네주지 않았다.

"많은 사람들이 그에 관한 책을 썼어요. 하지만 이 책은 그가 직접 쓴 거예요."

"그가 이 책을 썼다고?" 그는 믿을 수 없다는 듯 웃었다. "아니, 그 딱한 친구는 전혀 교육을 받지 않았어!"

"아마 그는 생각보다 더 많은 걸 알고 있을 거예요. 제가 이 책을 조금만 더 훑어보고 일부 구절을 읽어드릴게요."

그는 알았다는 눈치를 보냈지만, 인쇄된 지면에 대한 두려움 탓에 그새 관심이 달아나는 것이 느껴졌다.

"그가 어떤 종류의 글을 썼지?"

"당신을 위한 것들이에요. 자, 들어보세요."

그는 팔걸이 의자에 다시 앉으며 애써 주의를 기울이는 표정을 지었고 나는 자리에 앉아 읽기 시작했다.

잿빛 어둑어둑한 새벽녘 야영지에서 본 광경.
잠 못 들고 일찍 막사에서 나와,
병원 막사 근처 오솔길에서
신선한 찬 공기를 마시며 천천히 걷고 있는데,
들것에 실려 나와 누워있는 시신 세 구가 보이고
아무도 거들떠보지 않는다.
저마다 짙은 갈색 모포, 회색 모포, 두꺼운 모포로

덮여 있고, 접힌 모포는 모든 것을 덮고 있다.
나는 궁금해서 발을 멈추고 조용히 서 있다.

그러다가 바로 옆에 있는 첫 번째 얼굴을 덮은 모포를
손가락으로 살짝 들춘다.
머리가 하얗게 셌고 눈가가 움푹 꺼졌으며,
몹시 수척하고 음울한 노인,
당신은 누구인가?
친애하는 전우여,
당신은 누구인가?

그러고는 두 번째 들것으로 다가간다.
사랑스러운 아이야,
너는 누구더냐?
아직도 뺨에 생기가 넘치는 귀여운 소년,
너는 누구더냐?

그리고 세 번째,
아름다운 유백색 상아처럼 아주 차분한,
어리지도 늙지도 않은 얼굴.
젊은이, 난 자네를 알 것 같네,
자네 얼굴은 그리스도의 얼굴이야.
죽음과 신성함, 그리고 모두의 형제,
그가 여기 다시 누워있다.

시집 〈풀잎Leaves of Grass〉의
"야영지에서 본 광경A sight in Camp" 中

나는 펼친 책을 무릎에 내려놓고 헤일리를 훔쳐보았다. 그의 얼굴은 멍했고 억지로 집중하느라 여전히 주름이 깊어 보였다. 그에게서 불꽃은 튀어 오르지 않았다. 아무래도 그가 일찌감치 손에서 놓았던 영국 시와 새로운 형태의 이 낯선 시가 너무 달라서 그런 듯했다. 나는 그가 낯선 형태를 극복하고 익숙하게 느낄 무언가를 찾아야 했다.

어느 밤 전장에서의 낯선 불침번.
그대들, 내 아들과 전우가 내 옆에 쓰러졌을 때….

"어느 밤 전장에서의 낯선 불침번
Vigil strange I kept on the field one night" 中

별빛의 속삭임 같은 시구가 낮게 끊임없이 흘러나왔다. 내 목구멍은 시구들로 가득 찼고 눈은 침침해졌다. 나는 마지막 줄에서 목소리가 가라앉을 때쯤 생각했다. '그는 지금 모든 것을 다시 보고 다시 체험하고 있어. 자신이 본 것을 다른 누군가도 보았다는 것을 처음으로 알아가면서.'

딜레인은 자리에서 안절부절못했고 꼬았던 다리를 바꾸어 다시 꼬았다. 한 손으로는 세심하게 다림질된 바지 주름을 무심하게 만지작거리고 있었다. 그의 표정은 여전히 멍했다. 그가 즐겨 읽던 그레이의 〈시골 교회 묘지에서 쓴 비가悲歌〉와 이 이해할 수 없는 시어들의 조합 사이의 거리는 아직 메워지지 않았다. 하지만 나는 낙담하지 않았다. 나는 그가 (처음에만 그런 게 아니라) 가장 사적인 개인적 호소를 제외한 어떤 시도 이해하리라고 기대해서는 안 되었다. 펼쳐놓았던 〈다정한 위안의 죽음〉을 넘기고 다른 페이지를 찾아보았다. 헤일리는 체념한 듯 몸을 뒤로 기댔다.

붕대와 물, 스펀지를 들고,
내 부상병들에게 날렵하게 곧장 달려가리니….

"위생병The Wound-Dresser" 中

나는 그 페이지를 끝까지 읽었다. 그러고는 책을 덮고 다시 그를 보았다. 헤일리는 커다란 손으로 의자의 팔걸이를 움켜쥔 채 말없이 앉아 있었다. 그의 고개는 가슴 위로 살짝 숙여 있었다. 내가 경건하게 시를 읽으며 상상한 대로 그의 눈꺼풀은 내려와 있었다. 종교적인 거룩함이 느껴져서 내 심장이 마구 뛰었다. 자주 읽었던 그 시구들이 그때 같은 느낌을 주었던 적은 없었다.

이윽고 그가 들릴 듯 말 듯 물었다. "그가 그것을 썼다고?"

"그래요. 아마 당신이 그와 알고 지냈던 그때쯤이었을 거예요."

헤일리는 계속 생각에 잠겨 있었다. 그의 표정은 점점 더 자신 없어 보였다. "그런 걸 정확히 뭐라고 부르지?" 그가 조심스럽게 물었다.

나는 그 말을 못 알아듣고 잠시 어리둥절했지만, 곧 이해하고 대답했다. "아, 시에요. 물론 형식이 꽤 자유롭긴 하죠. 보다시피 그는 새로운 시 형식의 창시자였어요."

"새로운 시 형식?" 헤일리는 쓸쓸하게 그 말을 되풀이했다. 그는 무거운 몸을 이끌고 일어섰지만, 내게 다시 그 책을 달라고 하지는 않았다. 나는 그의 얼굴을 보고 그가 돌아갈 시간이 된 것을 알았다.

"흠, 이렇게 긴 세월이 지났지만, 그의 사진을 보게 되어 기쁘네." 그가 말했다. 그러고는 문간에서 걸음을 멈추고 물었다. "그나저나 그의 이름이 뭐라고?"

내가 이름을 말해주자 그는 천천히 밝은 미소를 띠며 그 이름을 되뇌었다. "맞아, 그거였어. ***월트*** 영감. 모두가 그렇게 불렀지. 훌륭한 친구였어. 나는 그를 결코 잊지 못할 거야. 아니 잊지 않았으면 좋겠군." 그는 다정하게 나무라는 투로 덧붙였다. "자네는 그 쓰레기 같은 걸 쓴 사람이 있다는 걸 이제까지 한 번도 말해주지 않았네."

끝.

월트 휘트먼 - p. 243

Walt Whitman (1819~1892)

"언제나 햇빛을 향해 서라.

그러면 그림자는 그대 뒤에 드리워질 테니."

- 월트 휘트먼 -

미국 뉴욕주 롱아일랜드 태생. 기존의 통념을 깨는 혁신적인 작품들을 통해 미국 민주주의 정신을 표현해냈으며 미국 역사상 가장 위대한 시인으로 평가받음. 어린 시절 경제적인 어려움으로 열한 살에 정식 교육을 마치고 다양한 직업에 종사. 이후 독학으로 지식을 깨우침. 덕분에 기존 영국 작가들을 모방하는 듯한 당시 미국 문단 환경에서 벗어나 특정한 틀에 얽매이지 않는 혁신적인 작품들을 집필함. 남북전쟁 당시 워싱턴 육군 병원에서 간호지원병으로 일함. 당대의 유명 작가인 랄프 왈도 에머슨 뿐만 아니라 헨리 데이비드 소로 등을 비롯한 수많은 작가들이 휘트먼의 시를 극찬하였고, 영국 시인 로렌스는 휘트먼을 '열린 길'의 시인이라고 평함. 대표적인 작품으로는 시집 〈풀잎(Leaves of Grass, 1855)〉 등이 있음.

새해 첫날

"그녀는 항상 행실이 나빴지. 그들은 5번가 호텔에서 만나곤 했어." 어머니는 어느 남녀의 과거를 폭로하면서 그 불쾌한 장면이 그들의 죄를 더 크게 보여주는 것처럼 이렇게 말했다. 비스듬히 쓴 안경 너머로 뜨개질감을 내려다보며 쉴 새 없이 손가락을 움직이던 어머니는 새하얀 아기 담요를 불사르고도 남을 성난 소리로 그런 말을 내뱉었다. (몰인정한 말을 내뱉으면서 예외 없이 자애로운 행동을 하는 게 어머니 특징이었다)

"그들은 5번가 호텔에서 만나곤 했어." 이 말의 명료함이 내가 살았던 옛 뉴욕을 얼마나 잘 특징짓는지! 한 세대 뒤 사람들은 헨리 프레스트와 리지 하젤딘 같은 사람들이 관련된 사건을 이야기할 때 "그들은 호텔에서 만났다"고 말했을 것이다. 젊은 날 품었던 앙심을 여전히 곱씹고 사는 노쇠한 노처녀들 말고 요즘 누가 그런 구체적인 위치 추적에 관심을 두겠는가?

단지 호기심으로 신파적인 관계에 시시콜콜 연연하기에는 삶이 너무 간결해졌다. 실러턴 잭슨 노인은 찻잔에 든 차를 홀짝이며 어머니의 이야기에 이렇게 툴툴거리듯 대답했다. "5번가 호텔이라고요? 요즘 같았으면 그들은 5번가 한복판에서 만났을 거요. 누가 신경이나 쓴다고." 하지만 어머니의 독설 덕분에 내가 어렸을 때 남들은 잘 알지 못했던 사건에 초점이 맞추어지면서 갑자기 환한 빛이 쏟아졌다.

5번가 호텔, 리지 하젤딘 부인과 헨리 프레스트, 이러한 이름들의 결합은 내 기억의 한 지점에서 어머니의 독설을 중단시켰다. 마치 무언가 찾아낸 서치라이트가 갑자기 회전을 멈추고 비정상적으로 선명하고 번쩍이는 그 대상을 누군가 알아채기를 기다리는 것 같았다.

당시 열세 살이었던 나는 방학 기간이라 집에 와있었다. 내 어머니의 어머니, 그러니까 패러트 할머니는 할아버지가 젊은 시절에 웨스트 23번가에 지은 집에서 여전히 살고 있었다. 집을 지을 당시는 사람들이 유니언 스퀘어 북쪽에 사는 것은 위험하다고 몸서리치던 시절이었다. 세월이 흘러 새로운 집들이 공원 쪽으로 꾸준히 들어서면서 30번가를 지나 저수지까지 들어차는 바람에 내 학창시절 우리 집은 남쪽의 귀족들과 북쪽의 부자들 사이에서 어느새 칙칙해진 후미에 남게 되었다. 할머니와 부모님은 믿을 수 없는 일이었다고 농담처럼 말하며 당시를 돌아보았다.

당시 뉴욕에서는 풍습의 유행도 빠르게 바뀌었다. 잘 기억나지 않지만, 내가 어렸을 때 레이스 주름 장식과 물결무늬moire가 있는 천으로 된 옷을 입었던 할머니는 결혼한 당당한 딸들의 부축을 받으며 새해 첫날을 맞이했다. 하지만 일찍이 사회적 관습에서 벗어난 실러턴 잭슨 노인은 늘 그런 관습을 지키지 말라고 사람들을 설득했고 설날 의식은 네덜란드계 후손 가문을 제외하고는 중요하게 받아들여진 적이 없었다고 단호하게 주장했다. 그런 이유로 네덜란드계 후손인 헨리 밴 더 루이든 부인은 이미 오래전에 친구들이 1월 1일에 대문을 걸어 잠근 뒤에도 마지못해 양해를 구하면서 그 관습을 고수했다. 유행에 뒤떨어진 이들이 설날을 기념할 때 다른 사람들은 그날 도시 외곽에서 파티를 열어 종종 불참하는 구실로 이용하기도 했다.

물론 할머니도 더 이상 설날을 따로 기념하지 않았다. 하지만 할머니에게는 겨울에 시내를 벗어나는 일이 아주 괴이하게 여겨졌을 것이다. 특히 이제 뉴욕의 주택은 새로운 설비 덕분에 호화롭게 난방이 되고 가스 샹들리에가 빛을 구석구석 비추고 있으니 더욱 그랬다. 푸르넬라 샌들을 신고 목이 깊게 파인 얇은 실크 드레스를 즐겨 입어 '동상 걸린 세대'라고 일컬어지는 사람들에게 시골의 겨울은 어림없는 소리였다. 춥고 어두침침한 집에서 자란 그 세대는 뉴욕에서의 힘겨운 생활을 감당할 수 없을 때쯤 이탈리아로 요양 가서 죽음을 맞이하는 경우도 있었다. 따라서 할머니는 대부분의 동년배처럼 1월 1일에 시내에 남아 있었고 가족 모임으로 그날을 기념했다. 그것은 일종의 부가적인 크리스마스였다. 하지만 우리 어린이들에게 선물과 건포도가 들어간 푸딩이 없는 그 날은 희미하고 흐릿한 가짜 명절일 뿐이었다.

그래도 그날은 맘껏 먹고 빈둥거리고 창밖을 내다봐도 뭐라고 할 사람이 없는 날이었다. 이런 네덜란드식 관습은 뉴욕 상류층 사교계에서 여전히 폭넓게 행해지고 있었다. 하지만 문제의 날 우리는 아직 창가에 자리를 잡기 전이었다. 그 창밖으로 바쁘게 돌아다니느라 코트 깃 뒤로 나비넥타이가 보이는 우스꽝스러운 신사들, 그들이 성찬을 위해 대문이 초콜릿 색깔로 칠해진 집들을 들락거리며 돌아다니는 모습을 보는 것은 무척 재미있었을 것이다. 우리가 쑥대밭이 된 오찬 식탁에 앉아 평화롭게 소화시키고 있을 때 하인이 달려 들어와 5번가 호텔에 불이 났다고 알렸다.

그때 재미있는 일이 시작되었다. 할머니 댁은 그 웅장한 흰 대리석 건물 바로 맞은편이었다. 그 건물은 내가 심부름으로 길을 건너갔다 오거나 어른들을 위해 석간신문을 사러 갔다 올 때마다 푹신한 카펫과 무연탄, 커피 향이 뒤섞인 짙은 관능적인 향기를 연상시켰다.

그 호텔은 웅장한 외관에도 불구하고 더 이상 상류층 사람들이 애용하지 않았다. 내 기억엔 그곳에 드나든 사람을 아는 사람도 없었다. 그곳에 자주 드나드는 사람은 "정치인"과 "서부 사람"뿐이었는데 어머니의 어조는 늘 그들을 문맹자와 범죄자 같은 수준으로 치부하는 듯했다.

하지만 바로 그런 이유로 이 화재에서 더욱더 즐거움을 기대할 수 있었다. 그날 아침 우리는 길 건너편에서 신년 파티를 위한 화려한 "꽃장식"과 우뚝 솟은 케이크들이 속속 도착하는 광경을 엄청난 즐거움으로 지켜보았다. 그 행사는 여러 단체의 공동 행사였다. 호텔의 "투숙객"이었던 모든 숙녀들은 조밀하게 레이스 커튼이 드리우고 웅장한 샹들리에가 매달린 공용 응접실로 다 같이 입장하도록 되어 있었고, 머리가 길고 아래턱에 뾰족하게 수염을 기르고 흰 장갑을 낀 신사들은 2시부터 흥청대는 파티 장소로 서둘러 모이고 있었다. 그런데 때마침 큰불이 나서 우리는 (뉴욕 10대들의 최대 즐거움인) 소방대의 활동 모습뿐만 아니라 숙녀들과 그들의 방문객들이 파티 의상을 입은 채 연기를 뚫고 간신히 탈출하는 흥미진진한 모습도 볼 수 있게 된 셈이었다. 불이 위험할 수 있다는 생각도 이런 즐거운 기대를 망칠 수 없었다. 그 호텔은 견고하게 지어진 건물이었고 뉴욕의 천하무적 소방대는 이미 문 앞에 와 있었다. 놋쇠 장식과 헬멧이 번쩍번쩍 빛났고 말들은 은 식기처럼 반짝였다. 키가 큰 사촌 허버트 웨슨은 화재경보가 울리자마자 달려나갔다가 바로 돌아와서는 위험한 상황은 모두 끝났다고 말했다. 1, 2층은 연기와 물이 가득 차 있어서 혼란 상태의 투숙객들이 다른 호텔로 옮겨지는 중이라고 했다. 그렇다면 나처럼 어린 소년이 어떻게 그 사건에서 결코 즐겁다고 할 수 없는 일을 볼 수 있었을까?

일단 안심한 어른들도 아이들과 같은 생각을 하고 있었다. 창가에서 어른들이 아이들 머리 위로 고개를 내밀고 밖을 내다보는 동안 우리 아이들은 반어적인 논평이 뒤섞인 즐거운 웃음소리를 들었다.

"오, 세상에, 봐요, 그들이 쏟아져 나와요! 신년 행사에 참석하는 여자들이에요! 훤한 대낮에 하나같이 목이 깊게 파이고 소매가 짧은 옷을 입었네요. 저기 머리에 종이꽃을 꽂은 뚱보 아가씨, 세상에 종이꽃이라니. 아마 케이크에 있던 거겠죠. 오!"

웃음을 참느라 레이스 손수건을 입에 물어야 했던 사비나 웨슨 이모는 너무 즐거워한 나머지 견고한 포플린 드레스를 입은 몸체가 흔들렸다.

"흠, 얘야. 우리가 젊었을 때는 목이 깊게 파인 드레스를 하루 종일, 일 년 내내 입었단다." 할머니는 이모에게 자상하게 알려주었다.

하지만 아무도 귀담아듣지 않았다. 늘 사비나 이모의 흉내를 내는 사촌 케이트는 웃음을 참느라 내 팔을 꼬집었다. "허둥대는 사람들 좀 봐! 휴게실은 연기로 꽉 찼을 거야. 아, 그런데 저 사람은 훨씬 더 웃겨. 머리에 깃털을 꽂은 사람 좀 봐. 할머니, 낮에도 머리에 깃털을 꽂았었어요? 그 말을 믿으라고요? 저기 다이아몬드 목걸이를 한 사람도 좀 봐요! 흰 나비넥타이를 맨 신사들도요. 할아버지도 오후 2시에 흰 나비넥타이를 맸었어요?" 그 무엇도 거룩하게 여기지 않았던 케이트는 할머니가 나무라듯 살짝 얼굴을 찌푸리자 못 본 척했다.

"흠, 파리에서는 지금까지 그렇게 하고 있단다. 결혼식에 갈 때 야회복을 입고 흰 나비넥타이를 매지." 실러턴 잭슨 씨가 위엄 있게 말했다. "찰스턴의 미니 트랜섬이 마들렌에서 어떤 공작과 결혼했을 때…"

실러턴 잭슨의 말을 귀담아듣는 사람은 전혀 없었다. 그때 누군가 갑자기 소리쳤다. "어, 이브닝드레스를 입지 않은 여자가 호텔에서 뛰쳐나오고 있어요!"

그 외침에 우리 모두의 시선이 입구에 막 도달한 그 여인에게 쏠렸다. 그리고 누군가 괴상한 목소리로 덧붙였다. "어머, 저 여자 모습이 리지 하젤딘 같아요."

쥐죽은 듯한 침묵이 이어졌다. 이브닝드레스를 입지 않은 그 여인은 잠시 걸음을 멈추었다. 베일을 들어 올리고 입구에 서 있던 그녀는 우리 창문을 바라보았다. 그녀의 드레스는 색이 짙고 수수했는데 너무 수수해서 오히려 눈에 띄었다. 그녀는 순식간에 촘촘한 무늬의 베일을 끌어내려 얼굴을 가렸다. 하지만 어린 내 눈은 예리했고 멀리 있는 것도 잘 보였기에 거의 알아보기 힘든 그 짧은 찰나에 그 모습을 보았다. 그녀는 아름다웠고 다른 사람들과 무관한 사람으로 보였다. 나는 작고 갸름한 얼굴, 한 획으로 또렷하게 그어진 짙은 눈썹, 온화하게 생겼지만 지금은 공포로 일그러진 입술에 나타난 충격을 읽을 수 있었다. 그것은 마치 한 소년의 의식적인 생각 이면에서 곰곰이 생각하고 속삭이던 무언가 알 수 없는 것, 강렬하고, 비밀스럽고, 고집스러운 것이 갑자기 나를 뚫어지게 쳐다본 느낌이었다. 그 시선이 내게 닿았을 때 그녀의 베일이 내려졌다.

"이런, 리지 하젤딘이 맞잖아." 사비나 이모가 숨을 훅 들이쉬며 말했다. 이모가 웃음을 멈추자 구겨진 손수건이 카펫 위로 떨어졌다.

"리지, 리지라고?" 그 이름은 비난, 실망, 은근한 적의 담긴 다양한 어조로 내 머리 위에서 울렸다.

리지 하젤딘이라고? 그녀가 옷을 빼입은 모든 여자들과 함께 새해 첫날 5번가 호텔에서 뛰쳐나왔다고? 하지만 도대체 그녀가 그곳에서 무엇을 하고 있었을까? 그럴 리 없었다. 그것은 있을 수 없는 일이었다.

"헨리 프레스트가 그녀와 함께 있어." 사비나 이모가 다급하게 소곤거렸다.

"그녀와 있다고?" 누군가 숨을 몰아쉬며 말했다. 그리고 어머니는 "오!"라는 외마디 탄식을 내뱉으며 몸서리쳤다. 집안의 남자들은 아무 말도 하지 않았지만, 허버트 웨슨은 놀라서 얼굴이 새빨개졌다. 헨리 프레스트라니! 허버트는 자기가 좋아하는 헨리 프레스트에 관한 이야기로 어린 사촌들을 한없이 지겹게 만들고 있었다. 허버트는 서른이 다 되어서도 그렇게 행동할 만한 사람이었다. 그가 보기에 헨리 프레스트는 모든 남자다운 품위를 다 갖추고 있었다. 결혼은 했을까? 당연히 독신이었다. 그런 부류의 남자는 가정의 멍에가 어울리지 않았다. 그가 여인들이 모이는 사교계를 너무 좋아했다고 허버트는 대학생답게 히죽거리며 넌지시 말했다. 그는 잘생겼고 부유했고 자립적이었으며 만능 스포츠맨인 데다 말을 잘 탔고 총도 잘 쏘았고 요트도 뛰어나게 잘 다루었다. (도선사 자격증이 있었으며 늘 자신의 작은 범선으로 항해했고 그 선실에는 요트 대회 트로피가 가득했다) 절대 여섯 명을 넘기지 않는 인원으로 보퍼트 노인 것보다 더 질 좋은 시가를 곁들인 아주 유쾌한 소규모 만찬을 베풀었다. 또 허버트 나이대의 젊은이들을 비롯한 손아랫사람에게 대단히 점잖게 대했다. 그는 이 모든 것이 합쳐진, 요컨대 허버트 같은 사람이 보기에 모든 정신적, 육체적 자질이 신탁과 같아 거부할 수 없는 처세에 능한 남자였다. 허버트는 항상 엄숙하게 결론지었다. "혹여 집안에 알리고 싶지 않은 어떤 다툼에 휘말리기라도 한다면 곧장 찾아가야 할 바로 그런 친구지." 그러면 우리는 상상도 할 수 없는 곤경에 처한 허버트를 생각하며 즐거운 오싹함을 느꼈다.

나는 이 전설적인 인물을 잠시나마 볼 기회를 놓쳐서 아쉽기는 했지만, 그 부인에게서 눈을 뗄 수 없었다. 이제 그 남녀는 군중 속으로 사라졌다.

창가에 모였던 가족들은 계속 당혹스러운 침묵 속에 있었다. 그들은 겁에 질린 것처럼 보였지만, 누구도 놀란 것 같지는 않아서 내게 더 충격적이었다. 나 같은 아이도 그들이 방금 본 장면은 오랫동안 의심해온 어떤 것에 관한 확인일 뿐임을 명확히 알 수 있었다. 이윽고 삼촌 중 한 명이 휘파람 소리를 냈다가 숙모에게 신랄한 눈총을 받고는 멈추고 중얼거렸다. “무슨 이런 일이 다 있지!” 또 다른 삼촌은 자기가 젊었을 때 일어난 화재 이야기를 꺼냈지만, 아무도 듣지 않았고 어머니는 내게 엄하게 말했다. “너는 집에 가서 수업을 준비해야 하잖니. 너처럼 다 큰 남자애가!” 그 말은 누가 들어도 불공평해서 어머니의 동요를 보여주는 증거밖에 되지 못했다.

“난 믿지 않는다.” 할머니는 낮은 목소리로 경고하고 항의하고 호소하듯 말했다. 나는 허버트가 할머니에게 슬며시 감사의 눈길을 보내는 것을 보았다.

하지만 다른 사람들은 아무도 듣고 있지 않았다. 모든 시선은 아직 창밖에 쏠려 있었다. 오래된 푸른 커튼이 내려진 다양한 품종의 말을 빌려주는 업소의 “말들”이 도피자들을 실어 나르기 위해 운행하고 있었다. 그날은 매섭게 추워서 뉴욕의 혹독한 햇볕이 내리쬐는 모든 빛줄기가 고드름처럼 보였다. 이제 평정을 되찾은 숙녀들은 옮길 수 있는 소지품을 가지고 그 구식 마차 속에 포개어 앉았다. 그 사이 염소 가죽 장갑을 낀 그들의 방문객들은 (“경찰관이랑 똑같아!” 케이트가 의기양양하게 외쳤다) 문간에 나타났다가 어디론가 사라진 뒤 가방, 여성용 천 지갑, 새장, 애완견, 무더기로 쌓인 화려한 옷과 보석들을 짊어지고 비틀거리며 다시 나타나 씩씩하게 숙녀들 뒤를 따랐다. 하지만 할머니 집 창가에 있던 누구도 어린 나조차 알고 있던 이 모든 광경에 관심을 기울이지 않았다. 모두의 생각은 무언의 조심스러운 열기 속에 뚜렷이 나머지 사람들과 구분되는 그 두 사람의 움직임을 쫓고 있었다. 두 사람을 발견하고 한마디씩 내뱉고 말없이 눈으로 그들 뒤를 쫓는 그 모든 일이 일어난 시간은 모두 합쳐 1분이 될까 말까 했다. 60초가 지나기도 전에 리지 하젤딘과 헨리 프레스트는 군중 속으로 사라졌고 사람들이 호텔에서 거리로 끊임없이 나오는 동안 그들은 같은 길로 갔거나 각자의 길로 갈라졌을 것이다. 하지만 할머니 집 창문에서는 침묵이 깨지지 않고 계속 이어졌다.

"자, 다 끝났다. 저기 소방관들이 다시 나오는군." 한참 뒤 누군가 말했다.

우리 어린이들은 그 말에 모두 신경을 곤두세웠다. 하지만 뉴욕에서 유일했던 그 굉장한 가장행렬을 어른들은 그저 건성으로 보고 있는 것 같았다. 빨간 손수레 위로 빨간 사다리가 차곡차곡 쌓였고 헬멧을 쓴 소방관들이 소방펌프 위로 뛰어올랐으며 노련한 대원들이 가슴팍 넓은 검은 말 위로 뛰어오르자 소방 마차들이 잇따라 덜컹거리며 달려갔다.

우리는 거의 시무룩하게 말없이 응접실 난로 쪽으로 물러나서 나른하게 한두 마디 내뱉은 것이 전부였다. 그때 어머니가 가장 먼저 일어서서 뜨개질감을 가방에 넣고는 나를 돌아보며 재차 엄격하게 말했다. "소방차를 쫓아 달렸다가는 너무 졸려서 수업 준비를 못 하게 될 거야." 그 말의 의미가 너무 광범위해서 이번에도 나는 5번가 호텔에서 나오는 리지 하젤딘과 헨리 프레스트를 본 어머니의 마음속에 얼마나 큰 혼란이 일어났는지 정확히 이해하지는 못했지만, 짐작은 했다.

나는 여러 해가 지난 뒤 우연한 기회에 이 도망 장면 이전에 일어난 일과 이후에 일어난 일을 연관 지을 수 있게 되었다.

*

리지 하젤딘은 5번가와 매디슨 스퀘어가 만나는 모퉁이에서 멈추었다. 그녀는 여전히 불구경하는 인파에 에워싸여 있었기에 멈추어서 숨을 돌려도 안전했다.

그녀의 일행은 반대쪽으로 간 것이 확실했다. 그런 경우 그들의 움직임은 뉴욕 소방대처럼 질서정연하고 신속하게 이루어졌다. 그들은 로비로 급히 내려와서는 늘 다니던 출입구를 경찰이 막은 것을 발견한 뒤 재빨리 움직였다. "괜찮소?"라고 묻는 말에 그녀는 보일락 말락 하게 고개를 끄덕였다. 그녀는 그가 23번가를 따라 6번가로 내려갔을 것이라고 확신했다.

'패러트가家의 창가에 사람들이 가득했어.' 그녀는 먼저 이 생각이 들었다.

그녀는 잠시 곰곰이 생각하더니 이렇게 되뇌었다. '그래, 하지만 그렇게 인파가 많은 난리 통에 나를 알아본 사람은 없었을 거야!'

그녀는 밖으로 뛰쳐나왔을 때 자기 모습이 노출되었던 일을 떠올리며 본능적으로 베일에 손을 대고는 제때 베일을 내렸는지 기억하려 애썼다.

"난 정말 바보 같아! 베일이 내 얼굴에서 한순간도 떨어졌을 리 없어." 하지만 이내 불안하게 하는 또 다른 가능성이 그녀를 괴롭혔다. "그 창문들 가운데 한 곳에서 사비나 웩슨 바로 뒤에 있던 실러턴 잭슨의 머리를 본 게 틀림없어. 그렇게 특별한 은발을 지닌 사람은 흔치 않은데." 실러턴 잭슨은 모든 것을 알고 있으며 겉보기에 관련 없어 보이는 파편들을 숙련된 도자기 수선공처럼 이어붙일 수 있는 사람이라는 것을 온 뉴욕 사람들이 알고 있었기에 그녀는 몸을 떨었다.

한편, 그녀는 그 모퉁이에서 항상 그러듯이 베일 너머로 주위를 빙 둘러본 뒤 브로드웨이 쪽으로 걷기 시작했다. 그녀는 빠르게 잘 걸었지만, 아주 빠른 걸음은 아니었다. 자신이 예쁘다는 것을 알고 있는 여인의 여유와 자신감을 가지고 누가 알아볼까 봐 두려워하는 것이 아니라 알아봐 주기를 기대하는 여인의 태도로 걸었다. 하지만 이 태연한 겉모습 아래는 식은땀으로 뒤덮여 있었다.

브로드웨이는 그 시간대에 그리고 휴일에 늘 그렇듯이 거의 인적이 끊겨 있었다. 산책하는 사람들은 여전히 5번가로 슬슬 쏟아져 나왔다.

"다행히도 우리가 호텔에서 나왔을 때는 수많은 사람들이 있어서 아무도 나를 알아보지 못했을 거야." 그녀는 그토록 긴 도로가 자신만의 공간이 되었다는 생각에 마음이 놓여 다시 중얼거렸다. 그녀 같은 처지의 여인에게 꼭 필요한 평정심과 침착성은 그녀에게 제2의 천성이 되다시피 했기에, 강하고 고르지 않게 뛰던 심장은 몇 분 만에 진정이 되고 안정을 찾기 시작했다. 그녀는 심장이 규칙적으로 뛰는지 시험하듯 꽃집 창가에서 잠시 걸음을 멈추었다. 그러고는 장미꽃과 속성 재배한 라일락이 담긴 항아리, 자그마한 은방울꽃과 제비꽃 다발, 아직 꽃봉오리가 피지 않은 그해 첫 철쭉을 감상하듯 바라보았다. 그녀는 결국 가게 문을 열고 들어가서 진홍색과 노란색 장미꽃을 살펴본 뒤 완벽한 신품종인 은빛 도는 분홍색 장미꽃 두 송이를 신중하게 골랐다. 꽃집 주인이 얇은 솜으로 꽃을 포장해주기를 기다렸다가 더 단단히 감싸기 위해 긴 줄기를 방한용 토시 속으로 밀어 넣었다.

그녀는 걸으며 혼잣말을 했다. "아주 간단한 일이야. 세실리아 사촌 집에서 5번가로 올라오는데 소방차가 23번가 쪽으로 향하는 소리를 듣고 그 뒤를 쫓아갔다고 그에게 말하는 거야. 그이도 예전 같으면 그렇게 하고도 남았겠지." 그녀는 한숨을 쉬며 입을 다물었다.

그녀는 31번가에서 더 빠른 걸음으로 모퉁이를 돌았다. 그녀가 향하고 있는 집은 지붕이 낮고 폭이 좁았다. 하지만 프릴 달린 커튼 사이로 빨간 열매가 맺힌 크리스마스트리가 빛났고, 계단은 잘 닦여 있었으며, 반짝이는 종과 문손잡이가 안락한 느낌을 주었다. 그곳은 다락에서 지하까지 행복한 부부의 보금자리처럼 빛이 났다.

리지 하젤딘은 문 앞에 이르렀을 때 이상한 변화를 감지했고 이내 그 이유를 깨달았다. 그녀는 자신의 작은 집 앞에 다다를 때면 종종 혼잣말을 했다. "저 모퉁이를 돌자마자 젊어진 느낌이야." 그리고 오늘 같은 날에도 그것은 사실이었다. 그녀는 불안감에도 불구하고 미간의 주름이 저절로 펴졌고 그런 내적 경쾌함이 가슴을 무겁게 짓누르는 혼란을 밀어내고 있다는 것을 알고 있었다. 그 경쾌함은 그녀의 움직임에서도 드러나 계단을 오르는 발걸음이 소녀처럼 더욱 빨라졌다. 그녀는 평소처럼 벨을 두 번 울렸고 나이든 가정부에게 환한 미소를 지었다.

"하젤딘 씨는 서재에 계셔, 수잔? 그이를 위해 불을 계속 지핀 거지?"

"네, 부인. 하지만 하젤딘 씨는 집에 안 계세요." 수잔은 공손한 미소로 답했다.

"집에 없다고? 감기 걸린 사람이, 이런 날씨에?"

"저도 하젤딘 씨에게 그렇게 말했어요, 부인. 그런데 웃기만 하시던걸요."

"웃기만 했다고? 그게 무슨 말이야, 수잔?" 리지 하젤딘은 온몸에서 기운이 빠져나가는 느낌이어서 재빨리 현관 테이블을 손으로 짚었다.

"저…, 부인. 소방차 소리가 들린 순간 아이처럼 급하게 달려나가셨어요. 5번가 호텔에 불이 난 것 같더라고요. 거기로 가셨어요."

리지 하젤딘의 입술에서 핏기가 가셨다. 그녀는 가슴이 다시 오싹해지는 기분이었다. 하지만 잠시 뒤 자연스럽고 쾌활한 어조로 초조함을 감추며 말했다.

"정말 제정신이 아니야! 얼마나 됐는지 기억나?" 그녀는 이내 그 질문이 경솔하게 들렸을지도 모른다는 생각에 덧붙였다. "의사가 그이에게 15분 이상 밖에 있으면 안 된다고 했거든. 그것도 하루 중 볕이 가장 따뜻한 시간에만."

"저도 알아요, 부인. 그리고 그렇게 말씀드렸어요. 하지만 하젤딘 씨가 나가신 지 얼추 한 시간은 된 것 같아요."

리지 하젤딘에게 극도의 피로감이 몰려왔다. 그녀는 마치 차디찬 강풍을 맞으며 먼 길을 걸어온 듯한 기분이었다. 숨쉬기도 힘들어졌다.

"어떻게 그를 내보낼 수가 있어?" 그녀는 흐느끼듯 말했다. 그러고는 가정부가 다시 공손한 미소를 보이자 덧붙여 말했다. "아, 때로는 누구도 그를 막을 수 없다는 걸 나도 알아. 그이는 이번 감기로 오래 틀어박혀 있어서 따분해 죽을 지경이었을 거야."

"저도 그렇게 생각해요, 부인."

여주인과 공감의 눈빛을 나눈 뒤 대담해진 수잔은 넌지시 이렇게 말했다. "어쩌면 외출이 하젤딘 씨에게 도움이 될 수도 있어요." 그녀같은 계층의 사람들은 특혜받은 병약자들의 반항을 부추기는 경향이 있었다.

리지 하젤딘의 표정은 심각해졌다. "수잔! 내가 그이에게 그런 식으로 얘기하지 말라고 항상 주의를 줬잖아."

수잔은 벌게진 얼굴로 짐짓 괴로운 표정을 지으며 말했다. "어떻게 그렇게 생각하실 수 있어요, 부인? 전 누구에게 어떤 말도 하지 않았어요. 온 집 안 사람들이 다 알아요."

여주인은 성급하게 대응했다. "어찌 됐건, 그이는 곧 돌아올 거야. 불이 진화됐거든."

"그럼 부인도 알고 계셨어요?"

"불이 난 거? 물론이지, 내 눈으로 직접 봤어." 리지 하젤딘은 웃으며 말했다. "세실리아 윈터 양 집에서 나와 워싱턴 스퀘어에서 집으로 걸어오는 중이었어. 23번가 모퉁이에 엄청난 인파가 모여 있었고 연기가 구름처럼 피어올랐어. 내가 하젤딘 씨와 마주치지 않은 게 정말 이상하네." 그녀는 초롱초롱한 눈으로 하녀를 바라보았다. "하지만, 그렇게 많은 인파와 혼란 속에서라면 만나지 못한 게 당연하지."

그녀는 계단을 반쯤 올라가다가 돌아서서 다시 가정부를 불렀다. "서재에 불을 충분히 지펴주고 차를 가져다줘. 응접실이 너무 추웠어."

서재는 위쪽 층계참에 있었다. 그녀는 안으로 들어가 방한용 토시에서 장미꽃 두 송이를 꺼내어 조심조심 포장을 벗겨내고 가느다란 유리잔에 꽂아서 남편의 필기용 테이블에 놓았다. 문간에 서서 난롯불이 타고 있는 겨울 방 안에 드리운 여름의 흔적을 보며 미소지었다. 하지만 잠시 뒤 불안감으로 얼굴이 다시 찡그려졌다. 그녀는 현관에서 열쇠 소리가 나는지 귀 기울이고 서 있다가 아무 소리가 나지 않자 침실로 갔다.

장밋빛 침실에는 최신 잉글랜드산 친츠chintz 천이 벽에 걸려 있었고 그 천은 폭신한 소파와 장미꽃 무늬 베갯잇이 놓인 침대도 감싸고 있었다. 바닥에는 선홍색 카펫이 깔렸고 화장대에는 파티 드레스처럼 주름과 고리 장식이 달려 있었다. 그녀와 수잔은 이 우아한 결과물을 만드느라 낡은 레이스 조각과 리본, 모슬린 천을 얼마나 뜯어내고 꿰매고 망치질을 했는지 모른다. 그녀가 방을 다시 꾸미고 나서 몇 주 동안 남편은 방에 들어올 때마다 잊지 않고 이렇게 말했다. "당신 새어머니가 지난번에 보내준 수표로 어떻게 이 어여쁜 것들을 다 만들어낼 수 있었는지 모르겠어."

리지 하젤딘은 화장대 위에서 기다란 꽃 상자를 발견했다. 장미꽃 다발에서 길게 삐져나온 줄기를 위해 상자 한쪽 끝이 잘려있었다. 그녀는 리본을 잘라 상자를 열고는 봉투를 꺼내어 내용도 확인하지 않고 불 속에 던져 넣었다. 그러고는 꽃을 옆으로 밀치고 거울 앞에서 다시 머리를 매만진 뒤 소파에 놓여 있던 벨벳과 레이스로 된 헐렁한 옷으로 조심스럽게 갈아입었다. 그 옷 옆에는 굽 높은 슬리퍼와 속이 비치는 실크 스타킹이 놓여 있었다.

그녀는 뉴욕에서 매일 오후 다섯 시에 차를 마시고 차 마실 때 외출복 입는 관습을 버린 최초의 여성들 중 한 명이었다.

*

그녀가 다시 서재로 돌아갔을 때 어스름 속에서 난롯불이 활활 타고 있었다. 그 불빛이 하젤딘의 많은 책 위에서 너울거리자 그녀는 자신을 반겨주는 듯한 책들을 보며 자기도 모르게 웃었다. 현관 열쇠가 달가닥거렸고 현관에서 남편의 발소리와 기침 소리가 들려왔다.

"제정신이 아니야, 제정신이!" 그녀는 중얼거렸다.

그는 천천히, 젊은 남자치고는 정말 천천히 계단을 걸어 올라 여전히 기침을 하며 서재로 들어섰다. 그녀는 남편에게 달려가 팔을 붙잡았다.

"찰리! 어떻게 그럴 수가 있어요! 이런 날씨에? 날도 거의 저물었잖아요."

그의 길고 마른 얼굴에 변명하는 듯한 미소가 떠올랐다. "수잔이 나를 배신한 건가, 응? 화내지 마. 당신은 엄청난 구경거리를 놓쳤어. 5번가 호텔에 불이 났거든."

"네, 저도 알아요." 그녀는 한동안 말을 멈추었다. "저도 보았어요. 직접 보려고 메디슨 스퀘어를 가로질러 뛰어갔거든요."

"그랬어? 당신도 거기 있었다고? 정말 재미있군!" 그는 그 생각에 아이처럼 즐거워 보였다.

"당연히 그랬죠. 세실리아 사촌 집에서 돌아오는 길에…"

"아, 당신이 거기 간다고 한 걸 잊었어. 그런데 우리가 만나지 않은 게 정말 신기하군."

"만약 그랬다면 제가 벌써 당신을 집으로 끌고 왔을 거예요. 전 적어도 30분 전에 집에 돌아왔는데, 제가 거기 갔을 땐 불이 이미 꺼져 있었어요. 연기와 소방차를 보며 바깥에 그렇게 오래 머물다니 정말 애가 따로 없네요!"

그는 아내를 안고 미소 지으며 수척한 손으로 부드럽고 애처롭게 그녀의 머리를 쓰다듬었다. "아, 걱정 마. 난 안전하게 보호받는 실내에서 패러트 노부인의 펀치를 마시다 왔어. 그 노부인이 창가에서 나를 보고는 웨슨의 아들 중 하나를 길 건너로 보내서 나를 안으로 불러들였거든. 그들은 가족끼리 오찬을 막 마친 뒤였어. 그리고 거기 있던 실러턴 잭슨이 나를 집까지 바래다주었어. 그러니까 보다시피…"

그는 아내를 놓아주고는 불가로 갔고 그녀는 꼼짝 않고 서서 멍하니 앞을 바라보았다. 그 사이 그녀의 마음속에서 생각이 물레방아처럼 빙빙 돌았다.

"실러턴 잭슨이라고요…" 그녀는 자신이 무슨 말을 하는지도 모르는 채 그 이름을 되뇌었다.

"그래. 그는 통풍이 재발했더군. 나한테는 행운이었지! 그의 여동생의 마차가 그를 데리러 패러트 씨네 집으로 왔거든."

그녀는 정신을 가다듬었다. "당신은 어제보다 기침이 더 심해요." 그녀는 남편을 나무랐다.

"어쩔 수 없지. 바람 끝이 날카로웠어. 그래도 이제 괜찮아질 거야. 어, 장미꽃이군!" 그는 감탄하며 필기용 테이블 앞에 멈추었다.

그녀의 얼굴에는 남편의 즐거움이 덩달아 나타났지만, "패러트, 웨슨, 실러턴 잭슨" 등 그가 내뱉은 이름들은 죽음을 알리는 종소리처럼 그녀의 머릿속에서 땡강거렸다.

"꽃이 예쁘죠?" 그녀가 말했다.

"내게 과분할 정도로 예뻐. 저 꽃들을 응접실로 옮겨줘."

"안 돼요. 우린 여기에서 차를 마실 거예요."

"반가운 소리군. 그럼 내 바람대로 찾아올 사람이 없다는 말이지?"

그녀는 웃으며 고개를 끄덕였다.

"잘 됐어! 그래도 저 장미꽃들은 안 돼. 저 꽃들을 이런 삭막한 분위기에 둘 순 없어. 오늘 저녁에 저 꽃들을 당신 드레스에 다는 건 어때?"

그녀는 무척 놀란 기색으로 천천히 난롯가로 돌아갔다.

"오늘 저녁이요? 아, 스트루더스 부인에게 가기로 했죠." 그녀가 기억을 떠올리며 말했다.

"그래, 여보. 그러면 좋겠어."

"하지만 당신은 저녁에 혼자 무얼 하죠? 기침 때문에 늦게까지 잠자리에 들지 못할 텐데요."

"만일 그렇다 쳐도 난 읽어야 할 새 책들이 많아서 무료할 새가 없잖아."

"아, 당신 책 말이죠." 그녀는 독서용 램프 옆에 쌓여있는 갓 제본된 책들을 향해 반은 장난스럽게 반은 짜증스럽게 손짓했다. 그녀는 누군가 정말 '독서를 좋아할 수 있다는 것'을 믿지 못하겠다는 듯 오래전부터 장난처럼 그런 몸짓을 했다. 남편과 오랫동안 함께 살았지만, 그의 이런 열정은 그녀에게 수수께끼로 남았다. 그녀와 함께 살았던 사람들이 "난해한 책"이라고 할 법한 책 앞에서 남편이 말없이 열중하고 있는 모습을 처음 발견한 그 날처럼. 그녀는 그런 타고난 독서광은 그때 처음 보았다. (적어도 그녀가 알던 몇 안 되는 독서광 축에 드는 것은 확실했다) 은퇴한 오페라 가수인 그녀의 계모도 도서관에서 소설을 빌려다 열렬히 탐독하는 독서가이기는 했다. 하지만 예전에 그녀는 책이 있는 집에서 살았던 적이 없었다. 그녀는 찰리 하젤딘의 독서를 어떤 훌륭한 업적 마냥 점점 더 자랑스러워하게 되었다. 독서가 그의 평판을 높이는 것을 인식했고 심지어 그의 말에 매력을 더하는 것을 알게 되었다. 그녀는 그 매력이 무엇인지 알지 못한 채 늘 그렇게 느꼈다. 하지만 그녀에게 책은 단지 방편일 뿐이었다. 잭스트로우(나뭇조각이나 짚 등을 쌓아 올린 뒤 허물어뜨리지 않으면서 하나씩 빼내는 놀이 – 역자 주)나 인내심을 요구하는 다른 놀이처럼 인내력을 키우는 보조물이라고 여겼다. 물론 책에는 대단한 정신적 노력이 필요하다는 단점도 있었다.

"오늘 저녁은 책을 읽기에 너무 피곤하지 않아요?" 그녀가 걱정스러운 듯 물었다.

"피곤하긴? 이런 숙맥 같은 사람. 독서는 세상에서 가장 훌륭한 휴식이야! 난 당신이 스트루더스 부인에게 가면 좋겠어, 여보. 당신이 검은 벨벳 드레스 입은 모습을 다시 보고 싶어." 그가 미소 띤 얼굴로 달래듯 말했다.

가정부가 쟁반을 들여오자 리지 하젤딘은 분주하게 차 통에서 찻잎을 덜었다. 그녀의 남편은 늘 앉는 푹신한 안락의자에서 기지개를 켰다. 그는 목 뒤에 두 팔을 괴고 피곤한 듯 머리를 기댔다. 그녀가 난로 건너편에서 남편을 흘끗 보았을 때 그의 긴 목에서 근육이 두드러졌고 귓가와 턱에서 때 이른 잔주름이 눈에 띄었다. 그의 얼굴 아랫부분은 유난히 볼품이 없었다. 차분하고 냉소적인 잿빛 눈동자와 그 위의 흰 이마에만 7년 전 그의 모습이 남아 있었다. 겨우 7년 전이었다.

그녀는 눈물이 솟구치는 것을 느꼈다. 운명이 너무 잔인하고 미래는 끔찍해서 생각도 못 하던 때가 있었다. 게다가 과거는 얼마나 더 끔찍했던가! 이제 그는 끊임없이 기침을 하며 앉아 있었고 조용히 눈을 내리뜬 그가 무슨 생각을 하는지는 아무도 알 수 없었다. 그럴 때마다 그가 종잡을 수 없이 멀게 느껴져서 그녀는 그가 방에 없을 때보다 더 외롭게 느껴졌다.

"찰리!"

그는 몸을 일으켰다. "응?"

"차 들어요."

그가 말없이 찻잔을 받아들자 그녀는 남편이 왜 말이 없는지 초조한 생각이 들기 시작했다. 그는 말을 하다가 또 기침을 할까 두렵고 그러면 아내를 걱정시키고 잔소리를 들을까 봐 그랬을까? 아니면 패러트 노부인 집에서 들었거나 집에 오는 길에 실러턴 잭슨에게 들은 일을 생각하느라 그랬을까? 그들이 흘렸을지도 모르는 낌새들이나 그녀가 알지 못하는 암시들, 또는 그가 패러트 부인네 창가에서 보았을지 모르는 무언가를 생각하느라 그랬을까? 그녀는 램프 불빛 아래에서 무척 평온해 보였지만, 속을 알 수 없는 남편의 하얀 이마를 바라보며 생각했다. '오! 맙소사. 저건 잠긴 문 같아. 언젠가

는 내 머리를 저기에 부딪쳐 볼 거야!'

어쨌든 그가 패러트 부인의 창가나 호텔 출입구 주변에 밀집한 인파 속에서 그녀를 실제로 보았을 가능성이 전혀 없지는 않았다. 의외로 그는 군중 속에 손을 뻗으면 그녀에게 닿을 만큼 가까운 곳에 있었을 수도 있었다. 그리고 자신의 눈을 믿지 못한 채 넋이 나가서 감정을 억눌렀을지도 몰랐다. 그녀는 알 수 없었다. 그가 무언가 보았거나 들었다면 어떤 표정이었을지 어떻게 행동했을지 무슨 말을 했을지 알지 못했다.

그것이 그녀를 가장 힘들게 했다. 그들은 거의 9년을 함께 살았고 부부 사이도 정말 좋았다. 그런데도 그녀가 그에 대해 알고 있거나 그에게서 관찰한 것 중 어느 것도 이런 특별한 경우에 그의 심리 상태와 태도가 어떠할지 정확히 예측하는 데 도움이 되지 않았다. 그는 직업적으로는 현명하고 통찰력이 있는 사람으로 정평이 나 있었다. 사적인 문제에서는 주의 깊은 그녀가 보기에 이상하리만큼 딴데 정신이 팔리고 무관심해 보일 때가 많았다. 하지만 그것은 본능적으로 그가 더 중요하게 여기는 일들을 위해 단순히 힘을 아끼는 방식일 수도 있었다. 그녀는 그가 생각과 다른 행동을 할 수 있을 만큼 몹시 신중하고 자제력 있는 사람이라는 확신이 들 때도 있었다. 그는 병이 나서 아픈 증상이 처음 나타났을 때 차분하게 유언장을 작성하고 아내의 미래, 집과 하인 등 모든 것에 대한 계획을 세웠듯이 모든 과정을 미리 생각하는 사람일지도 몰랐다. 아니, 그녀는 알 수 없었다. 그녀에게는 알아낼 수도 구체화할 수도 없는 희미하게 반짝이며 위협하는 위험이 늘 매달려있었다. 마치 그들의 신혼여행에서 어느 한가로운 오후에 이탈리아의 소나무 아래 누워 그가 큰소리로 읽어준 끔찍한 시에 나온 연인들을 덮친 복수의 번개처럼. (얼마나 기가 막힌 선택인가!)

하녀가 들어와서 커튼을 치고 램프에 불을 밝혔다. 불빛이 너울거렸고 장미꽃 향기가 따뜻한 공기 중에 떠다녔으며 째깍거리던 시계가 30분을 알리는 종을 작게 울렸다. 그 사이 리지 하젤딘은 툭하면 자신에게 던지는 질문을 다시 했다. '이제 내가 무슨 말을 하는 게 자연스러울까?'

그때 그녀의 입에서 불쑥 이 말이 튀어나왔고 그녀는 어떻게 그랬는지 알 수 없었다. "혹시 제가 호텔에서 나오는 걸 보지 못했어요? 사람들 틈에 끼어서 안으로 들어갔었거든요."

남편은 대답하지 않았다. 그녀의 심장이 고동쳤다. 그녀가 고개를 들고 보니 그는 잠들어 있었다. 그의 얼굴이 어찌나 평온해 보였는지 깨어있을 때보다 몇 살은 더 젊어 보였다. 그녀에게 엄청난 안도감이 따뜻한 빛처럼 밀려들었고 그 느낌은 화재 현장에서 덜덜 떨며 집으로 오는 길에 흘린 식은땀과 정반대였다. 어쨌든 그가 잠들 수 있었다면 또 그토록 평온한 잠에 빠질 수 있었다면 무모한 산책과 찬 공기 탓에 피곤했다는 것이었다. 그것은 의심의 여지 없이 상상할 수 있는 모든 두려움과 달리 그가 아무것도 몰랐고 아무것도 보지 못했으며 아무것도 의심하지 않았다는 뜻이었다. 그녀는 더없이 안전했다.

그녀는 벌떡 일어나 방안을 이리저리 돌아다니고 싶을 정도로 마음이 들떴다. 비뚤어진 그림을 보자 반듯하게 고쳐놓고 싶었고 유리잔에 꽂아놓은 장미꽃들의 각도를 조금 더 기울이고 싶었다. 하지만 그가 평온하게 잠들어 있었기에 오랫동안 몸에 밴 조심성으로 그의 휴식을 배려했으며 마치 아픈 아이를 바라보듯이 참을성 있게 그 모습을 지켜보았다.

그녀는 마음 편하게 한숨 돌렸다. 이제는 오롯이 남편의 외출이 건강에 어떤 영향을 미칠지 걱정할 수 있게 되었다. 그리고 이 갑작스러운 졸음은 그가 극도로 피로하다는 표시일 수 있지만, 또 피로를 자연적으로 회복시키는 작용이라는 것도 알고 있었다. 그녀가 차 쟁반을 앞에 두고 두 손을 포개고 앉아 계속 남편의 얼굴을 바라보는 동안 그 평화로운 장면이 그녀 안에 자리 잡았고 날개를 펼쳐 그녀를 보듬었다.

*

그날 밤 11시, 스트루더스 부인 집에서는 오랫동안 응접실 불이 환하게 켜져 있었고 이미 사람들로 발 디딜 틈이 없었다.

리지 하젤딘은 입구에서 걸음을 멈추고 자신의 차림새를 살펴보았다. 그녀는 어느 집 응접실이나 콘서트홀, 극장에 들어갈 때마다 입구에서 잠시 멈추어 몸가짐을 살피고 모여 있는 사람들 주위를 빙 둘러보는 습관이 몸에 배었기에, 자기가 아는 젊은 여인들이 부주의한 표정과 조심성 없는 행동으로 누군가에게 손가락질당했다면 신기했을 것이다. 그 여인들도 분명 자신의 몸가짐을 살폈을 테지만 젊은 여인답게 부주의해서 세심하게 살피지 않았고 예쁘게 보이는 데만 신경 썼을 것이다.

리지 하젤딘은 오래전부터 자기 또래의 여성이 대부분 처세술에서 미숙하다고 여겼다. 그녀는 경험으로 길러진 사나운 자기방어적 본능 덕분에 마치 이 요람에서 저 요람으로 옮겨지듯 요람에서 결혼으로 평탄하게 옮겨간 교양 있는 아가씨가 아니라 늘 경계하고 주의를 의식하는 사람이 되었다. "저 여자들은 누군가 흔들어주는 요람에서 잠들었겠지. 항상 그래왔을 거야." 그녀는 열기가 넘치는 응접실에서 식사 뒤 오랜 담소를 나눌 때 악의 없는 대화를 들으며 가끔 그런 생각을 했다. 그 사이 그 남편들은 아래층의 흡연실에서 그리 인상적이지는 않더라도 적어도 좀 더 직접적인 경험에 근거한 이야기를 나누고 있었을 것이다.

그래서 모든 노부인들은 리지 하젤딘이 언제나 남성들의 사교계를 더 좋아했다고 말했다.

그녀는 자신이 찾는 남자가 눈앞에 보이지 않는 것을 확인하고 살짝 안도의 한숨을 내쉬었다. '그가 거리를 두어야 한다고 생각할 만큼 지각이 있었으면 좋겠어!' 그녀는 생각했다.

그녀는 그와 거리를 두고 싶었다. 하지만 남편의 기분을 맞추느라 이곳에 올 수밖에 없었다. "당신은 스트루더스 부인 집에 가면 늘 즐거운 시간을 보내잖아. 모두가 그렇지. 어쨌든 그 노부인은 뉴욕에서 가장 재미있는 집을 가지고 있지. 오늘 밤엔 누가 노래를 부르지? 만약 당신이 가지 않으면 나는 평소보다 조금 더 기침했을 뿐인데 내 걱정을 하느라 못 가는 거로 생각하게 될 거야. 여보, 5번가 호텔 불구경 따위로 내가 어떻게 되진 않아. 내 심장 박동은 유난히 안정되었어. 검정 벨벳 드레스 입을 거지? 이 장미꽃 두 송이와 함께…"

그렇게 해서 그녀는 이 자리에 오게 되었다. 그녀는 스트루더스 부인의 샹들리에 불빛 아래 검정 벨벳 드레스를 입고 젊고 잘생기고 유쾌한 뉴욕 사람들이 모두 모인 이곳에 있었다. 찰리 하젤딘의 말대로 스트루더스 부인의 집은 그 누구의 집보다 유쾌해서 그녀가 문을 개방할 때마다 온 세상 사람이 그곳으로 몰려왔다.

리지 하젤딘이 내부 응접실에 도착했을 때 모두가 숨죽이고 귀 기울이는 가운데 풍부한 성량의 테너 캄파니니가 노래의 끝 소절을 부르고 있었다. 그녀는 피아노 위에서 그 테너가 마무리 인사를 하고, 꽉 끼는 장갑을 낀 많은 사람들의 박수 소리가 이어진 뒤 모두 자리를 뜨며 평소의 활기 넘치는 대화가 쏟아져 나오는 것을 보았다.

그녀는 무리 지어 흩어지는 사람들 사이에서 실러턴 잭슨의 은빛 정수리를 얼핏 보았다. 어깨가 드러난 드레스를 입은 여인들 너머로 시선이 마주치자 그는 상체를 깊이 숙여 인사했다. 그녀는 그가 메마른 미소를 지을 때 콧수염이 들썩인 것 같다고 생각했다. '보통은 내게 저렇게 깊이 숙여서 인사하지 않는데.' 불안한 마음이 들었다.

하지만 그녀는 내부 응접실로 들어서면서 침착함을 되찾았다. 그녀는 이 모든 아둔하고 예쁜 여인들에게 우월감이 있었다. 머리를 손질하는 방식에서부터 비밀을 지키는 기술에 이르기까지 거의 모든 면에서 자기가 그들보다 낫다는 사실을 알고 있었다. 검은 벨벳 드레스 위로 드러난 하얀 어깨의 곡선, 풍성하게 틀어 올린 머리에서 빠져나온 한 가닥 곱슬머리, 머리를 고정하기 위해 비스듬히 찔러 넣은 다이아몬드 박힌 금빛 화살에 짜릿한 자부심을 느꼈다. 그녀는 어설픈 수잔보다 똑똑하게 자신을 도와줄 수 있는 야무진 하녀가 없었기에 그 모든 것을 혼자 해냈다. 그녀는 여자로서 해야 할 일을 잘 알고 있었다.

바늘꽂이처럼 다이아몬드 별이 박힌 무거운 검은 가발을 쓰고 깃털 장식을 단 스트루더스 부인은 당당한 걸음으로 외부 응접실에 들어갔다. 점점 더 많은 사람들이 들어오자 그녀는 으레 그렇듯 투박한 솜씨로 그들을 맞이하고 안으로 안내하고 소개했다. 갑자기 그녀의 미소가 더 환해진 것으로 보아 분명 오랜 친구와 인사를 나누는 듯했다. 그녀 곁에 모였던 사람들은 흩어졌고 리지 하젤딘은 다정한 듯 무심하게 그 모습을 지켜보았다. 여주인은 종잡을 수 없는 시선으로 방안을 훑으면서 키 큰 남성의 손을 붙잡고 비밀스러운 대화를 나누고 있었다. 그들은 서로에게 미소 지었고 스트루더스 부인의 시선이 내부 응접실로 향했다. 그녀의 미소는 이렇게 말하는 듯했다. "거기에 그녀가 있을 거예요."

그 키 큰 남성은 고개를 끄덕였다. 그는 침착하게 주위를 둘러보고는 모두에게 말을 건네면서 사람들이 모인 중심을 향해 나아가기 시작했다. 그는 걸어가는 방향에 서 있는 사람들에게 인사하는 것 말고는 다른 목적이 없는 듯했지만, 멈추지 않고 침착하게 그 방향으로 계속 걸었고 그곳은 곧장 내부 응접실로 이어졌다.

리지 하젤딘은 피아노 근처에 자리를 잡았다. 그녀 옆에 앉은 잘생긴 젊은이는 아까부터 보포트가家의 가장무도회에 무엇을 입고 갈지 이야기하고 있었다. 그녀는 귀 기울여 듣고 맞장구치고 조언도 해주었다. 하지만 키 큰 남성이 걸어오는 모습에서 결코 눈을 떼지 않았다.

'저 정도면 잘생긴 건가? 그렇지.' 그녀는 생각했다. 그가 잘생긴 것은 인정해야 했다. 너무 우람하고 혈색이 좋은 것 같다는 생각이 살짝 들기도 했지만, 그의 분위기와 태도는 명백히 그런 견해를 거부하는 듯했다. 그래서 사람들은 한편으로는 그 정도로 키 큰 남자는 어쨌든 체격이 좀 있어야 한다는 데 동의했다. 그는 그런 자신감 덕분에 대체로 자기가 바라는 인상을 사람들에게 심어줄 수 있었다. 마흔이 넘은 남자였지만 그 나이로 보이지 않았다. 활동적인 근육질의 남자였고 푸른 눈동자는 여전히 맑았으며, 은빛으로 빛나는 눈썹 위로 햇볕에 그을린 좁은 이마에 풍성한 금발이 물결쳤다. 그 숱 많은 머리카락 아래서 푸른 눈이 더욱 푸르게 보였고 결코 아둔해 보이지 않는 인상이었다. 그의 미소가 그런 의혹을 거부했다. 어리석음을 탈피할 정도로 자부심이 강했지만, 몹시 차갑기도 해서 사람들은 그에게서 타고난 냉정함을 느꼈다. 그는 지금 스트루더스 부인의 응접실에서 사람들 사이를 헤치고 나아가듯이 힘들이지 않고 단호하게 자신의 삶을 걸어왔다.

중간에 그는 빨간 부채로 툭툭 치는 사비나 웨슨에게 붙잡혔다. 리지 하젤딘은 남편이 패러트가家에서 불구경을 하는 동안 사비나 웨슨이 어머니인 패러트 노부인과 함께 있었다고 이야기한 것이 기억났다. 사비나 웨슨은 그녀 세대와 가문에서 전통을 깬 몇 안 되는 당찬 여성 중 한 명이었고, '구두약 회사 여주인'이었던 스트루더스 부인이 5번가에 집을 구입하고 사교계에 첫 도전장을 냈을 때 바로 그 부인에게 쫓아간 사람이었다. 리지 하젤딘은 잠시 눈을 감았다가 자리에서 일어나 가수 주위에 모인 사람들 쪽으로 갔다. 그러고는 또 다른 지인들이 모여 있는 곳으로 돌아다녔다.

"저기 봐요. 저 친구가 또 노래할 모양이에요. 저쪽 구석으로 갑시다."

그녀는 팔에 아주 가벼운 감촉을 느꼈고 헨리 프레스트의 침착한 눈빛과 마주쳤다.

빨간 등불과 야자수 그늘이 드리운 오목한 공간이 응접실과 식당을 분리했고 식당은 집의 뒷면에 넓게 펼쳐져 있었다. 리지 하젤딘은 머뭇거리다가 사비나 웰슨의 감시하는 듯한 시선과 마주치자 미소 지으며 고개를 들고 그의 뒤를 따랐다.

그들이 야자수 아래 작은 소파에 자리 잡은 뒤 그들처럼 후미진 곳을 찾던 남녀가 문간에서 멈칫하더니 눈짓을 주고받으며 지나갔다. 리지 하젤딘은 짐짓 발랄하게 웃었다.

"내가 보낸 장미꽃은 어디 있소? 꽃을 못 받았소?" 프레스트가 물었다. 그는 눈을 내리깔고 장갑의 단추나 윤이 나는 부츠 끝부분을 살펴보는 척하면서 그녀를 보았다.

"네, 받았어요." 그녀가 대답했다.

"그 꽃을 달지 않았군. 그건 내가 주문한 꽃이 아니오."

"알아요."

"그럼 그건 누가 사준 거요?"

그녀는 자개가 박힌 부채를 펴고는 복잡한 장식무늬 위로 몸을 숙였다.

"내가요." 그녀는 대답했다.

"당신이 샀다고? 음, 그렇군. 누군가 당신에게 보낸 게 아니고?"

"내가 샀어요." 그녀는 잠시 머뭇거렸다. "내가 나한테 보낸 꽃이에요."

그는 눈썹을 살짝 치켜 올렸다. "이런, 그 꽃은 당신에게 어울리지 않소. 그 옅은 분홍색 말이오! 왜 내가 보낸 꽃을 달지 않았는지 물어도 되겠소?"

"이미 말했잖아요. 그런 날은 꽃을 보내지 말라고 여러 번 말했을 텐데요."

"말도 안 돼. 바로 그날이…, 뭐가 문제라는 거지? 아직도 불안하오?"

그녀는 한동안 잠자코 있다가 목소리를 낮추고 말했다. "당신은 오늘 밤 여기 오지 말았어야 해요."

"당신답지 않아. 불안해하는군."

"당신은 패러트가家 창가에 있던 그 많은 사람들을 보지 못했어요?"

"어디, 길 건너편 말이오? 당연히 못 봤소. 난 곧바로 몸을 피했거든. 뒷문이 막혔던 게 액운이긴 했지만, 그게 어쨌다는 거요? 당신은 그 많은 인파 속에서 한순간이라도…"

"내 남편이 그들과 함께 그 창가에 있었어요." 그녀는 목소리를 더 낮추며 말했다.

그의 자신만만한 얼굴이 잠시 샐쭉해지는 듯하더니 이내 유들유들하고 오만한 표정으로 돌아왔다.

"그래서?"

"아직 까지는 아무 일도 없어요. 다만 지금은 내게서 떨어지라고 부탁하는 거예요."

"내게 오지 말라고 해놓고 당신은 왔잖소. 당신이 오지 않았다면 어떤 일이 벌어졌을지 내다볼 수 있는 분별력은 있으니까. 나도 같은 이유로 왔소. 이봐요, 리지. 제발 냉정을 잃지 말아요!"

그의 자극이 그녀를 각성시킨 것 같았다. 그녀는 턱을 치켜들고 그 구석 자리에 앉아 사람들이 모여 있는 방안을 둘러보았다. 여러 지인들에게 반갑게 인사하고 미소 지으며 내심 그들 중 누구라도 그녀 쪽으로 왔으면 했다. 그들은 그녀의 인사에 애써 다정하게 답하기는 했지만, 아무도 그녀가 앉아 있는 한적한 자리로 오지 않았다.

그녀는 옆에 앉은 남자에게 살짝 고개를 돌리고 거듭 말했다. "다시 부탁하는데 제발 가요."

"흠, 그러겠소. 저 친구 노래가 끝나면. 하지만 당신과 있는 게 훨씬 더 즐겁다는 말은 꼭 해야겠소."

오페라 〈파우스트〉에 나오는 '정결한 집'의 첫 소절이 흐르자 그는 조용해졌고 그들은 사색하듯 엄숙하게 사치스러운 음악을 즐기는 부유층 사람들 속에 나란히 앉아 있었다. 리지 하젤딘은 소파의 한쪽 끝에 바싹 붙어 앉았고, 그녀를 흘긋거리는 시선 말고는 매사에 신중한 헨리 프레스트는 그녀에게서 뚝 떨어져 다리를 꼬고 앉아 있었다. 그는 한 손으로 무릎 위에 접혀 있는 모자를 붙잡고 있었고 또 한 손은 소파 위에 올려놓았다. 그들 사이에는 그녀의 망사 스카프 끝자락이 놓여 있었다. 그녀는 그가 있는 쪽을 보지 않고 가수에게서 시선을 떼지 않고도 프레스트가 스카프를 잡고 그쪽으로 끌어당기는 것을 알아챘다. 그녀는 몸을 약간 떨면서 무의식적으로 스카프를 자기 쪽으로 당기는 듯하다가 그만두었다. 노래가 끝날 무렵 그는 그녀 쪽으로 슬며시 몸을 기울이며 "내 사랑"이라고 속삭였다. 그 목소리는 너무 낮아서 그녀 뺨에 숨결처럼 스쳤을 뿐이었다. 그는 일어서서 인사하고는 다른 방으로 걸어갔다.

그녀는 희미하게 한숨을 내쉬고 다시 구석에 자리 잡은 채 그쪽으로 다가오는 실러턴 잭슨을 유쾌한 시선으로 보았다. “오늘 오후에 찰리를 패러트가家에서 집까지 데려다주셔서 감사해요.” 그녀는 손을 내밀어 그가 옆으로 올 수 있게 길을 터주었다.

“감사는요?” 그는 웃으며 말했다. “뭐, 난 그를 집으로 안전하게 바래다줄 수 있어서 기뻤지요. 그가 그런 곳에 있었다니 꽤 부적절하긴 했소만.” 그녀는 마치 그에게 속마음을 들키기라도 한 듯 잠깐 멈칫하더니 눈을 깜빡였다. 하지만 그는 이렇게 말하고 있었다. “그렇게 기침하는 사람더러 소방차를 쫓아 시내를 뛰어다니라고 부인이 부추겼습니까?”

그녀는 대답 대신 웃었다.

“저는 어지간하면 그이를 막지 않아요. 하지만 오늘 그이가 외출한 것은 어리석은 짓이었어요.” 그녀는 인정했다. 그러는 내내 그녀는 오후에 남편과 대화할 때처럼 계속 자신에게 물었다. ‘이제 내가 무슨 말을 하는 게 자연스러울까?’

불이 난 곳에 있었다고 이야기해야 할까, 하지 말아야 할까? 그 질문이 머릿속에서 너무 크게 울려서 그녀는 상대가 무슨 말을 하는지 거의 듣지 못했다. 그와 동시에 그녀는 이상한 느낌을 받았다. 실러턴 잭슨은 지금처럼 그녀에게 가까이 다가오거나 그렇게 친밀하게 관심을 보인 적이 없었기 때문이다. 초조하고 정신이 말똥말똥한 기이한 상태에서 그녀의 시선은 자기에게 다가오는 모든 사람의 표정 하나하나를 한층 더 꼼꼼하게 살폈다. 그러므로 실러턴 잭슨 노인의 긴 얼굴, 여윈 분홍색 뺨, 정성 들여 손질한 은발 아래로 푹 꺼진 관자놀이의 핏줄, 푸른 눈동자가 조심스럽게 그녀를 향할 때

흰자위에 보이는 실핏줄 등은 그녀의 강력한 렌즈 아래 관찰되고 있는 셈이었다. 그는 흰 장갑을 낀 한쪽 손에 안경을 들었고 또 한 손으로는 무릎에 놓은 모자를 붙잡고 있었다. 짐짓 부주의한 척하는 그 자세 이면에는 어떤 작은 동물이 불쑥 나타날지도 모르는 틈새에서 숨죽이고 기다리는 동물학자의 참을성 있는 모습이 엿보였다. 누군가 그 모습을 꽤 오랫동안 지켜보았거나 그 모습에 전적으로 관심을 기울였다면 금세 알 수 있었을 것이다. 리지 하젤딘은 지칠 줄 모르는 그런 관심 탓에 스트루더스 저택의 샹들리에보다 훨씬 더 눈 부신 빛 아래 서 있는 것처럼 관자놀이가 아팠다. 그 빛 아래서 이마의 희미한 선들이 억제할 수 없는 불안한 찡그림으로 이마의 주름을 두드러지게 했듯이 그녀 안에서 전율하던 생각들도 남들 눈에 띄었을 것이다. 프레스트의 말이 옳았다. 그녀는 침착성을 잃고 있었다. 그녀는 한결같이 침착성을 유지해야 하는 그 위험한 시기에 처음으로 침착성을 잃고 있었다.

'어찌 된 일일까? 내게 무슨 일이 일어난 거지?' 그녀는 생각했다.

전에도 이런 경보는 울렸었다. 그렇지 않았다면 어떻게 여기까지 올 수 있었을까? 하지만 그것들은 그녀에게 도움이 되었고 그녀를 더욱 경계하고 기민하게 만들었다. 반면 오늘 밤 그녀는 깊이를 알 수 없는 끝없는 나약함에 빠져 떨고 있는 기분이었다. 그럼 무엇이 달랐던 것일까? 아! 그녀는 해답을 알고 있었다. 문제는 남편이었다. 그의 매서운 눈빛과 뒤로 기대어 잘 때 그의 목에서 보았던 주름이 계속 그녀의 마음에 걸렸다.

지금까지 그녀는 그가 아픈 사람이라는 생각을 받아들인 적이 없었다. 하지만 이제는 그 사실을 인정해야 하는 동시에 날이 선 그의 눈빛이 오로지 병 때문이었다고 확신할 수 없어서 중압감을 견디기 힘들었다. 그녀는 돌연 찾아온 절망감 속에 주위를 둘러보았다. 발랄하고 활기찬 무리 속의 사람들과 그녀를 리지라고 부르는 여인들, 그녀의 집에 초대되었던 친분 있는 남자들 가운데 그 순간 그녀의 기분을 짐작하거나 이해할 수 있는 사람은 아무도 없었다. 그녀의 시선은 조금 떨어져 있는 헨리 프레스트에게 머물렀다. 그는 라이먼 부인이 앉아 있는 의자 위로 몸을 굽히고 있었다. '그래, 당신이 가장 이해하지 못할 거야! 하지만 하느님만 아시겠지. 저 사람들 모두 제멋대로 나를 판단하고 있다는 걸!' 그녀는 몸을 떨면서 이런 생각을 했다.

"하젤딘 부인, 좀 창백해 보이는군요. 추우신가요? 샴페인이라도 가져다드릴까요?" 실러턴 잭슨이 오지랖 넓게 물었다.

"다른 여인들이 저보다 혈색이 화사해 보이면 그렇게 하세요! 이게 다 흉측하고 천박한 머리 위 조명 때문이에요." 그녀는 참지 못하고 일어섰다. 그녀가 해야 할 "자연스러운" 일은 프레스트가 아직도 정중히 몸을 숙이고 있는 라이먼 부인에게 걸어가는 일이라고 생각했다. 그렇지 않으면 사람들은 그녀가 초조하거나 아프거나 그것도 아니면 겁에 질린 것은 아닌지 쳐다보았을 것이다.

하지만 그녀는 중간에 멈추고 생각했다. '혹시 패러트가家와 웨슨가家 사람들이 나를 봤다면? 그러면 그가 라이먼 부인에게 이야기하는 동안 내가 그녀에게 가는 게 어떻게 보이겠어?' 그녀는 실러턴 잭슨과 있을 때 그런 생각을 하지 못한 것이 후회되기 시작했다. 실러턴이라면 특히 예쁜 여자가 그의 자비심에 매달렸을 때 입을 다물 것이라고 믿을 수 있었다. 그녀는 그를 다시 부르기라도 하려는 듯 어깨너머로 힐끗 보았지만, 그는 이미 돌아서서 다른 무리에 섞여 있었다. 그 대신 그녀는 뜻밖에 사비나 웩슨과 정면으로 마주쳤다. 어쩌면 그편이 훨씬 더 나았을지도 몰랐다. 결국, 모든 것은 사비나 웩슨이 얼마나 보았는지 그리고 무엇이라도 보았다면 어떤 태도를 취할지에 달려 있었다. 그녀는 실러턴 노인처럼 속을 알 수 없는 사람 같지는 않았다. 리지 하젤딘은 이제 와서 지난번 사비나 웩슨의 파티에 잊지 않고 갔더라면 좋았을 것이라고 생각했다.

"웩슨 부인, 정말 친절하시게도…"

하지만 사비나 웩슨은 이미 그곳에 없었다. 자신을 사람들 눈에 보이지 않게 하거나 알 수 없는 방법으로 지구상의 다른 장소로 이동시켜서라도 누군가를 피하려는 그 신비한 보호 능력을 발휘함으로써 2초 전만 해도 리지 하젤딘의 눈앞에서 멋진 모습을 뽐내던 사비나 웩슨은 그 자리에 없었다. 이제 생기 있는 뒷모습과 분주하게 움직이는 빨간 부채로 모든 사람의 관심을 끌고 있는 그녀는, 아까 그 자리에 간 적도 없고, 리지 하젤딘을 본 적도 없다고 할 것이다. ("지난 일요일 스트루더스 부인 집에 하젤딘 부인이 왔었나? 정말 이상하네! 그녀가 오기 전에 내가 거기서 나온 게 분명해.") 그녀는 피아노 저편에서 곁에 있는 사람들이 관심을 보이고 있는 그림을 살펴보느라 여념이 없었다.

"아, 정말 '살아있는 것' 같아요. 난 메소니에 화가의 그림을 볼 때마다 그렇게 느낀다니까요." 본래 말을 잘 갖다 붙이기로 유명한 그녀는 그렇게 탄성을 질렀다.

리지 하젤딘은 꼼짝 않고 서 있었다. 그녀는 이마를 강타당한 것처럼 눈앞이 어찔했다. '그러니까 이런 기분이구나!' 그녀는 생각했다. 고개를 높이 쳐들고 다시 주위를 둘러보며 헨리 프레스트에게 신호를 보내려고 애썼지만, 그는 아직도 우아한 라이먼 부인에게 열중하고 있었다. 그때 사비나 웹슨의 장남인 허버트 웹슨과 눈이 마주쳤다. 그는 만찬 장소 출입구 가까이에 한가로이 서 있었다.

허버트 웹슨은 리지 하젤딘과 눈이 마주치자 이마까지 빨개졌고 잠시 망설이다가 앞으로 나와서 인사했다. 이번에도 아주 깊숙이 숙인 인사였다. '그러니까 이 애도 나를 보았군…' 그녀는 그런 생각을 하며 웃는 얼굴로 그의 팔을 잡았다. "이런, 정말 지나치게 격식을 차리는군요. 난 그렇게 정중히 인사할 정도로 늙지 않았어요. 저…, 지금 나를 데리고 만찬 장소로 가주지 않을래요? 오후 내내 5번가 호텔 불길을 바라보며 추위에 떨었더니 배고프고 피곤해서 죽을 지경이에요."

이제 주사위는 던져졌다. 그녀는 가까이 있는 사람들이 모두 들을 수 있도록 큰 소리로 말했다. 그녀는 그것이 옳았고 "자연스러운" 행동이었다고 확신했다.

기분이 밝아진 그녀는 여신처럼 만찬 장소로 당당하게 들어가서 꽃이 있는 구석의 빈 테이블로 허버트를 이끌었다.

"우리 둘만 있어도 괜찮겠죠? 뚱뚱하고 지루한 루시 밴더로우 노부인이 우리와 함께하면 좋겠어요? 물론 그쪽이 원한다면…, 그녀는 좋아 죽을 테지만, 난 조심하라고 하고 싶어요. 젊은 남자를 우리 테이블로 초대하죠! 어디 보자. 헨리 프레스트는 어떨까요? 저기 그 사람이 서성이고 있군요. 아니, 우리 둘이 있는 게 더 즐거울 것 같지 않아요?" 그녀는 두 팔을 테이블 위에 올리고 손으로 턱을 괸 채 앞으로 몸을 조금 기울였다. 나이 든 여자들은 망측할 정도로 자유분방하다고 생각했지만, 젊은 여자들은 그 자세를 따라 하기 시작했다.

"이제 샴페인 좀 가져다줘요. 그리고 따뜻한 거북이 요리도! 참, 그쪽도 불이 난 곳에 있었던 거 맞죠?" 그녀는 몸을 앞쪽으로 더 기울이며 말했다.

허버트 웨슨의 얼굴은 다시 이마까지 새빨개졌고 넓은 귓불마저 불덩어리가 되었다. (마치 커다란 산호 귀걸이를 걸친 것 같다고 그녀는 생각했다) 하지만 그녀는 그의 시선을 자기 쪽으로 끈 뒤 그의 눈을 똑바로 바라보고 웃으며 말했다. "그렇게 차려입은 어리석은 사람들이 추운 날씨에 밖으로 뛰쳐나오는 것보다 더 우스운 광경을 본 적 있어요? 무슨 축하 무도회가 끝났을 때의 광경 같았죠. 난 너무 들떠서 실제로 안으로 밀고 들어갔어요. 소방관들은 몹시 화를 냈지만, 날 막지는 못했어요. 내가 불구경하는 건 아무도 막지 못해요. 아래층에서 허둥대는 여자들을 봤어야 해요. 그 뚱보 여자들! 아, 미안하지만, 그쪽이 무게 나가는 사람들을 좋아한다는 걸 깜박했어요. 아니라고요? 하지만 밴더로우 부인이…, 난 참 미련하기도 하지! 아유, 그쪽 얼굴이 정말 빨개졌네요. 장담하건대 그쪽 어머니의 부채처럼 새빨갛군요. 아주 멀리에서도 알아볼 수 있겠어요. 그래요, 샴페인 조금 더 부탁해요."

그리고 그때 피할 수 없는 일이 시작되었다. 그녀는 화재를 잊었고 불안을 잊었으며 사비나 웨슨에게 당한 모욕 등 모든 것을 잊었다. 다만 즐거움, 일시적인 아이 같은 즐거움, 이 수줍고 서툰 청년을 마음대로 조종하는 즐거움만 남기고 싹 다 잊었다. 전에도 그녀는 나이를 가리지 않고 많은 사람들을 마음대로 조종했었다. 나중에 그들을 다시 만날지는 신경 쓰지 않았고 오직 그 장난에만 열중했다. 추파를 던지거나 고개를 쳐들고 새치름한 태도를 보이거나 얼굴을 찡그리는 일 없이 더 조용하고 은밀하게 어떻게 하면 다른 여자들보다 더 잘 다룰 수 있는지 알고 있었기에 이따금 그녀는 몸을 떨며 자신에게 묻곤 했다. "이런 재능을 뭐에 쓰라고 내게 준 거지?" 물론 그것은 처음에는 그녀에게 늘 즐거움을 주었다. 무심하게 그녀를 보았던 상대의 시선에 점점 반하는 기색이 나타나고 얼굴에는 핏기가 몰리는 것이 보였다. 그녀는 상대를 줄에 매어놓은 것처럼 대화를 마음대로 돌리고 비틀었으며 자신의 감상 벽과 비아냥거림, 변덕이 굽이치는 길을 빙빙 돌게 하고는 심장이 고동치고 눈빛은 현혹된 그들이 다음날을 기약하도록 내버려 두었다. "내 유일한 재주지!" 그녀가 중얼거리며 테이블에서 일어서자 허버트의 홀린 듯한 눈빛이 그녀를 좇았지만, 그녀는 이미 환멸을 느끼고 있었다.

'어쨌든 이 애는 화재 현장에서 나를 봤다는 건 말하지 않을 거야.' 그녀는 생각했다.

*

그녀는 현관문을 따고 들어가서 (아무것도 그냥 지나치지 않는 오랜 습관 탓에) 테이블에 놓인 메모와 편지를 힐끗 보고는 어둠 속에서 자기 방으로 살금살금 올라갔다.

벽난로에서 아직 불꽃이 일렁였고 그 빛이 진홍색 장미꽃이 꽂혀 있는 두 개의 화병을 비추었다. 방 안에는 꽃향기가 가득했다.

리지 하젤딘은 얼굴을 찡그리며 어깨를 으쓱했다. 그녀가 꽃에 무심한 척 한 것은 실수였다. 그 꽃들을 구해준 수잔에게 잊지 않고 고맙다고 해야 할 것 같았다. 서둘러 옷을 벗기 시작했지만, 솜씨 좋은 손가락들이 모두 무뎌진 것처럼 어설프기만 했다. 그래도 먼저 가슴에서 시든 분홍 장미꽃 두 송이를 떼어내 경건한 손길로 화장대 위의 유리잔에 꽂았다. 그러고는 실내용 가운을 걸치고 남편의 방문 앞으로 살며시 다가갔다. 문이 닫혀 있어서 열쇠 구멍에 귀를 갖다 댔다. 잠시 뒤 남편이 감기에 걸렸을 때 으레 그러듯이 거칠기는 하지만 규칙적이고 평온한 숨소리가 들렸다. 그녀는 안도의 한숨을 쉬며 발끝으로 살금살금 걸어서 돌아왔다. 청결한 베개와 새틴 침대보가 깔린 침대는 어서 누우라고 재촉하는 듯했지만, 그녀는 난롯가에서 몸을 웅크리고 앉아 무릎을 끌어안고 불에 타고 있는 석탄을 물끄러미 바라보았다.

"그러니까 그건 이런 기분이구나!" 그녀는 다시 곱씹었다.

살면서 그녀가 고의로 "무시당한" 것은 이번이 처음이었다. 그리고 옛 뉴욕에서 그런 무시는 치명적인 상처를 주었다. 사비나 웨슨이 (일부러 상대에게 다가간 것은 의심할 여지가 없으므로) 의식적이고 의도적으로 그 수법을 이용한 것은 리지 하젤딘을 매장하려는 의도였던 것이 틀림없었다. 그리고 그런 위험을 무릅쓴 것을 보면 그녀는 자기가 알고 있는 사실을 확신했고 그 사실을 입증하는 증인이 있었으며 분명 모든 일가 사람들의 지지를 받고 있었다.

리지 하젤딘에게도 친정 일가 사람들이 있었지만, 그 수가 적고 세력도 약했을 뿐만 아니라 그녀와는 대수롭지 않은 먼 인척 관계로 엮여 있었다. (뉴욕 사람 절반과 올버니 사람 모두가 뒤에 버티고 있는 엄청나게 조직적인 '웨슨-패러트' 일가와는 비교도 되지 않지만) 그나마 수가 더 많고 조금 더 강력했던 시댁인 하젤딘 가문도 내세울 것은 별로 없었다. 게다가 그들은 불쌍한 찰리의 아내가 결국은 인물값을 할 것이고 그녀가 인기를 누리고 특히 별 볼 일 없는 출신에도 불구하고 찰리에게 자기들 같은 대접을 받은 것에 대한 대가를 치를 것이라는 말을 들어도 (딱한 찰리만 아니었다면) 속으로는 그다지 유감스러워하지 않았을 것이다.

물론 그녀의 출신도 충분히 존중받을 만했다. 그녀는 모두가 아는 윈터 가문의 리지 윈터였다. 하지만 윈터가家는 인원이 매우 적었고 그녀의 아버지는 부유층이 다니는 뉴욕 교회의 인기 많고 감상적인 교구 목사였다. 아르카디우스 윈터 목사는 설교자이자 여성의 도덕성 감독관으로 몇 계절 동안 아주 큰 성공을 거둔 뒤 갑자기 건강상의 문제로 물러나야 했고 버뮤다인지 프랑스인지 알 수 없는 요양지로 떠났다는 소문이 파다했다. 어쨌든 아버지와 (아파서 몸져누운 어머니와 함께) 떠났던 리지는 어머니가 세상을 떠난 뒤 불쌍한 아르카디우스 목사의 이전 교구민의 손에 이끌려 브뤼셀의 한 여학교에서 나와 (그들은 동시에 그렇게 많은 나라에 있었던 모양이다!) 다시 뉴욕으로 돌아왔다. 그 교구민은 주교가 있는데도 불구하고 항상 "그를 믿었고" 혼자 남겨진 그의 딸을 불쌍히 여겼다고 했다.

그 교구민, 즉 만트 부인은 "하젤딘 가문 사람"이었다. 그녀는 부유한 과부로 곧잘 관대함을 베풀었지만, 일을 제대로 마무리 짓지 못할 때가 많았다. 그녀는 리지 윈터를 집에 데려와서는 그렇게 행동한 용기를 충분히 자화자찬한 뒤 다음 단계에 어떤 조치를 취해야 할지 알지 못했다. 집 안에 영리하고 예쁜 소녀가 있으면 즐거울 것이라고만 생각했다. 하지만 가정부의 생각은 달랐다. 20년 동안 쓰지 않았던 손님용 예비 침실의 시트를 꺼내야 했고 윈터 양이 항상 방의 블라인드를 올려두는 바람에 그런 노출에 익숙하지 않았던 카펫과 커튼은 상태가 나빠졌다. 그리고 젊은이들이 찾아오기 시작했다. 그들은 쉴 새 없이 찾아왔다. 만트 부인은 목사의 딸에게, 그것도 "무언가 나쁜 짓을 저질렀다고 의심받고 있는" 목사의 딸에게 방문객이 찾아오리라고 예상하지 못했다. 그녀는 리지 윈터를 교회 바자회에 데려가서 그녀가 뜨개질한 것이 '안목이 좋은' 어린 소녀에게 팔리는 것을 상상했었다. 하지만 리지는 뜨개질을 할 줄 몰랐고 쓸모 있는 재주라고는 눈을 씻고 봐도 없었다. 리지는 쓸 돈이 없었기에 자신의 존재가 거의 쓸모없게 느껴지는 교회 바자회를 유난히 지겨워했다. 만트 부인은 자신의 실수를 깨닫기 시작했고 점점 리지를 싫어하게 되었다. 내심 리지가 의도적으로 자신을 잘못 이끌었다고 생각했다. 만트 부인의 삶에서는 한 열정의 대상이 다음 대상으로 바뀔 때마다 환멸에서 비롯되는 공백기가 있었다. 그녀는 신의 섭리가 자신의 요구조건을 충족시키지 못한 그 시기에 신의 존재에 공개적으로 의문을 제기했다. 하지만 끊임없는 변덕 속에서도 한 가지 변하지 않는 사실이 있었으니 만트 부인의 삶이 열쇠 꾸러미를 중심으로 이루어진다는 점이었다. 그 열쇠들을 가지고 어떤 보물에 접근할 수 있는지 그것들을 영영 잃어버린다면 어떤 재난이 뒤따를지 알려진 바는 없었다. 하지만 열쇠들이 없어질 때마다 집 안에 엄청난 소동이 일어났다. 만트 부인은 자기 외에 아무에게도 열쇠를 맡기지 않았고 그녀의 기억력이 자주 깜빡깜빡 했기에 그런 소동은 빈번히 일어날 수밖에 없었다. 윈터 양에 대한 만트 부인의 열정이 식어갈 무렵 바로 그런 소동이 일어났다. 1분 전만 해도 열쇠들은 자수용 작업 테이블 포켓에 들어 있었다. 부인은 단추 구멍 내는 가위를 찾으려고 뒤적거리다가 실제로 그것들에 손이 닿았었다. 그녀는 욕실 누수 문제로 배관공이 와서 불려 나갔고 방을 나설 때 그 안에는 윈터 양밖에 없었다. 부인이 돌아왔을 때 열쇠는 사라지고 없었다. 그 집은 완전히 뒤집혀 졌고 모든 사람이 추궁당한 것은 아니더라도 적어도 의심은 받았다. 그리고 만트 부인은 경솔하게 경찰을 언급했다. 그러자 가정부가 그만두겠다고 경고했고 하녀도 그녀를 따르겠다고 위협했다. 그때 만트 부인은 주교의 암시가 퍼뜩 떠올랐다. 주교는 다른 불미스러운 일 말고도 윈터 박사의 계좌에 무언가 비정상적인 점이 있었다고 늘 은연중에 내비쳤었다. 그녀는 윈터 양에게 혹시 그 열쇠들을 보았는지 그리고 "아무 생각 없이 그것들을 집어 들진 않았는지" 아주 상냥하게 물었다. 윈터 양은 그런 적 없다고 부인하면서 미소를 지었고 그 미소가 만트 부인을 자극했다. 순식간에 그녀의 화가 폭발했다. 그녀는 자기 질문에서 무엇이 우스웠는지 알 수 없었다. 불미스러운 아버지를 둔 그렇고 그런 배경의 윈터 양에게 이미 익숙한 준비된 질문이었다면 모를까….

"그만 해요!" 리지 윈터는 소리쳤다. 그녀는 지금도 그 일을 어제 일어난 일처럼 생생히 기억했다. 갑자기 발아래가 한없이 꺼지는 것 같았다. 그것은 그녀가 처음으로 직면한 인간의 잔인성이었다. 리지는 만트 부인의 제한적인 상상력 너머에 있는 고통, 나약함, 취약함을 알았거나 하다못해 짐작이라도 했다. 하지만 그녀에게 삶은 어리석은 만큼 친절하기도 해서 아무도 불쌍한 늙은 아버지의 명확하지 않은 단점들을 그녀에게서 찾으려 하지 않았었다. 그녀는 분노한 만큼 공포에 떨었고 “그만 해요!”라는 비명은 아주 격렬하게 이글거렸기에 하얗게 질린 만트 부인은 더듬거리며 간신히 사람을 부르는 종을 찾을 수 있었다.

바로 그 순간 찰리 하젤딘이 들어왔다. 찰리 하젤딘은 가문의 자랑이자 가장 사랑받는 조카였다. 리지는 그를 한두 번밖에 보지 못했다. 그녀가 뉴욕으로 돌아온 뒤 그가 떠나 있었기 때문이다. 그녀는 그가 매우 기품 있어 보이지만, 꽤 진지하고 냉소적이라고 생각했다. 찰리는 그녀에게 별로 관심을 두지 않았으므로 그녀가 그를 왜 그렇게 생각했는지 설명이 되었을 것이다.

“아, 찰리, 얘야. 이리 와서 내가 무슨 얘길 들었는지 들어봐라!” 그의 고모는 숨을 헐떡이며 격분한 가슴에 손을 얹었다.

“무슨 일요? 누가 어떤 말을 했는데요? 여기에 그런 말을 할 사람은 윈터 양밖에 안 보이는데요.” 찰리는 웃으며 리지의 얼음장 같은 손을 잡았다.

“그 애와 악수하지 마라. 그 애는 날 모욕했어! 나더러 입을 다물라고 했다. 내 집에서 말이야. ‘그만 해요!’라고 소리쳤어. 내가 친절한 마음으로 그 애에게 개인적으로 인정하도록 하려 할 때, 뭐…, 그 애가 경찰을 부르는 게 낫다고 생각한다면…”

“맞아요! 전 경찰을 부르라고 요청하는 거예요!” 리지가 소리쳤다.

그녀는 그다음에 일어난 일들도 생생하게 기억했다. 열쇠가 발견되었고 만트 부인은 마지못해 사과했으며 그녀는 냉랭하게 사과를 받아들였고 두 사람 모두 더 이상 함께 살 수 없음을 깨달았다. 그녀는 영혼까지 상처받았고 그 모든 궁핍 속에서 처음으로 곤경에 빠졌다. 그 일이 있기 전에는 방랑하는 삶에 우여곡절이 많기는 했지만, 그녀의 젊음과 수려한 외모, 사람과 상황을 장악하는 밝은 기운과 넘치는 자신감이 그녀를 당당하게 했다. 그녀는 자신에게 친절을 베푼 사람의 부양가족이나 수혜자라고 생각한 적이 없었다. 이제 그녀는 스물한 살의 나이에 무일푼의 처녀가 되었고 신용을 잃고 말만 번지르르한 백발의 아버지, 값싼 요양지를 전전하며 훈계를 일삼고 신파적이고 금전적인 관계에 끊임없이 얽히는 아버지밖에 남지 않았다. 두 사람은 서로에게 도움이 되지 않았고 그런 아버지를 제외하면 그녀는 외톨이였다. 윈터가家의 사촌들은 그의 성공에 우쭐했던 만큼이나 그의 불명예를 수치스러워했고 만트 부인과의 단절이 알려졌을 때는 자신들이 간섭할 입장이 아니라는 데 암묵적으로 동의했다. 게다가 윈터 목사의 전 교구민 가운데 그의 편을 들어줄 사람은 남아 있지 않았다. 거의 비슷한 시기에 리지는 아버지가 포르투갈의 오페라 가수와 결혼하고 가톨릭교로 개종할 것이라는 소식을 들었다. 이 엄청난 추문 또한 리지의 다음 행동에 즉시 정당성을 부여했다.

상황이 심각했기에 강력한 조치가 필요했다. 리지는 그것을 이해했고 1주일 뒤 찰리 하젤딘과 약혼했다. 나중에 그녀는 그 열쇠가 아니었다면 그가 자기와 결혼할 생각 따위는 하지 않았을 것이라고 입버릇처럼 말했다. 반면 그는 그 열쇠가 아니었다면 그녀가 자기를 쳐다보지도 않았을 것이라고 우스갯소리처럼 말했다.

하지만 그들의 성급한 결혼 뒤에 어떤 일이 뒤따를지 완전하고 행복하게 이해했다면 그런 이야기들이 다 무슨 소용이었을까? 만일 현명한 조언자들이 양쪽의 모든 장점을 저울질하고 동등하다고 판단했다면 이보다 더 나은 조합은 없다고 했을 것이다. 실제로 그 조언자들이 현명했다면 아마 두 사람에게서 불화의 요소만 발견했을 것이다. 찰리 하젤딘은 천성적으로 모범생이었고 학자 같은 사람이었으며 생각이 많고 호기심이 가득한 사람이었다. (스스로 돌아볼 때) 리지 윈터는 우아함과 민첩함, 표현력으로 아름다움을 꾸며내듯이 그녀 안에서 끊임없이 순응하며 마음을 꾸며내는 눈치 빠르고 하루살이 같은 존재일 뿐이었다. 다른 사람들은 그녀를 그렇게 판단했을 것이고 지금 그녀의 판단도 마찬가지였다. 그녀는 근본적인 것에서는 여전히 똑같다는 것을 알고 있었다. 그렇더라도 남편은 만족시킬 수 있었다. 두근거리며 보냈던 신혼의 시간처럼 고요하게 보낸 그 후의 시간에도 모든 면에서 완벽하게 그를 만족시켰다. 어쩌면 완벽함 이상이었을 것이다. 처음 몇 달 동안은 압도적인 고마움이 그녀를 더 겸손하고 애틋하게 했으며 더 열렬히 흠모하게 했다. 하지만 따뜻하게 이해받는 분위기에서 그녀의 목소리가 커졌고 자신이 남편의 기대보다 더 당당하고 똑똑하고 유능한 사교성을 갖춘 사람이 되었음을 느끼면서 또는 그렇게 될 수 있다고 꿈꾸면서 그 균형은 어느 사이엔가 역전되었다. 그녀를 바라보는 남편의 눈에는 환희가 담겨 있었다. 하젤딘가家 사람들은 정복당했고 그들은 그 사실을 인정해야 했다. 그 일가는 그렇게 영특한 새 사람과 의절할 수 없었다. 만트 부인은 고독하게 남겨져 비통함을 달랜 뒤에야 일가 사람들의 방침에 따랐고 무심하지만 관대한 용서를 받았다.

처음 몇 년은 그렇게 승승장구했다. 지금 돌이켜보면 리지는 그것이 두려웠다. 어느 날은 불명예스러운 아버지를 둔 친구도 대책도 없는 딸이었다가 하루아침에 인기 있는 성공적인 변호사 찰리 하젤딘의 아내가 되었다. 그는 이미 뛰어난 실력을 인정받았고 직업적으로나 개인적으로 누구 보다 촉망받았다. 그의 부모는 가난하게 살다가 세상을 떠났지만, 자식 없는 친척 두세 명이 그를 위해 자금을 모아둔 것으로 알려졌다. 하지만 리지가 검소하게 살림한 덕분에 그의 수입은 대체로 충분했다.

처음 몇 년은 그렇게 지나갔다. 겨우 6년이었다. 지금도 그때의 달콤함이 영혼까지 흠뻑 적시는 순간들이 있었다. 하지만 겨우 6년 뒤 찰리 하젤딘과 의사들이 완전히 치유되었다고 생각했던 집안 내력인 심장병이 갑자기 재발했다. 전에도 그는 같은 이유로 기후가 온화한 곳으로 떠나 1년 동안 요양을 했고 그가 돌아온 첫날이 만트 부인의 집에서 리지의 체류가 끝나는 날이었다. 하젤딘은 결혼하고 다시 직업적인 의무를 다하며 미래를 확신했고 그 뒤 6년 동안 중단 없이 성공적인 변호사의 삶을 살았다. 그러다가 뜻하지 않게 더 심각한 증상으로 병이 재발했다. “하젤딘가家의 심장 문제”는 가문의 소문난 자랑거리였다. 하젤딘 사람들은 내심 그 병이 실러턴 가문의 통풍보다 더 기품 있고 웨슨 가문의 간 문제보다 훨씬 더 고상하다고 여겼다. 그리고 그 병은 그들 대부분이 병약하게 안정을 취하며 살다가 나이가 지긋해서 전혀 다른 질병으로 사망할 때까지 살아있도록 허락했다. 하지만 찰스 하젤딘은 순응하지 않았다가 보복당했고 그 보복은 잔인했다.

희망과 계획은 하나둘씩 빛이 바랬다. 하젤딘 부부는 겨울을 나기 위해 남쪽으로 갔다. 그는 플로리다의 정원에서 접이식 의자에 누워 책을 읽었고 꿈을 꾸었으며 옆에 리지가 있어 행복했다. 그렇게 여러 달이 지나고 이듬해 가을이 되어 상태가 호전된 그는 뉴욕으로 돌아와 다시 일을 시작했다. 간간이 쉬면서도 아득바득 고군분투했지만, 2년이 채 지나기도 전에 그들 부부는 좋은 시절이 끝났음을 알게 되었다.

그는 쉬는 날이 길어졌고 잠깐씩만 사무실에 나갈 수 있었다. 병에 굴복하지 않았지만, 서서히 허약해졌다. 수입이 줄자 자신은 아무래도 좋았지만 리지를 전처럼 호강시킬 수 없다는 생각에 끝없이 조바심을 냈다.

리지도 마음속으로는 호강 따위에 관심이 없었지만, 그를 납득시킬 수는 없었다. 그는 남자라면 어떤 대가를 치르더라도 아내에게 늘 "익숙했던" 것을 제공해야 한다고 규정한 옛 뉴욕의 전통 속에서 자랐다. 그리고 아내의 아름다움과 우아함, 몸에 익은 듯 값비싼 드레스를 편안하게 입는 모습, 그녀가 멋지게 준비한 만찬을 친구들과 즐기는 즐거움을 크나큰 자랑으로 여겼고 그러한 매력을 끌어올릴 수 있는 모든 것에 대해 타성에 젖지 않는 아내를 자랑스러워했다. 때로는 만트 부인의 가식적인 친절이 그의 마음을 들쑤셨다. 만트 부인은 찰리에게 발티모어 거북 요리와 정평이 난 자신의 조개 수프, 하젤딘가家의 오래된 포트 와인을 열 병 남짓 보내고는 친한 친구들과 있을 때 리지 이야기가 나오면 이렇게 말했다. "그러게 내가 뭐랬어요." 찰리 하젤딘은 그 사실을 알고는 비난하며 이렇게 선언했다. "고모가 보낸 구호 음식 따윈 절대 먹을 수 없어!" 하지만 리지는 그의 분노를 웃어넘기고는 그를 설득해서 거북 요리를 맛보고 포트 와인을 마시도록 했다.

그녀는 남편과 만트 부인 사이에 있었던 그 일을 떠올리며 살짝 웃다가 침실 문손잡이가 돌아가서 소스라치게 놀랐다. 벌떡 일어서니 남편이 거기 서 있었다. 피가 거꾸로 솟는 듯했고 남편의 표정은 섬뜩했다. 그녀는 유령이라도 본 듯 잠시 그를 쳐다보았다. 그러다가 그의 얼굴 표정은 그저 극심한 육체적 고통에서 우러난 냉정한 자포자기의 표출이었다는 것을 깨달았다.

그녀는 곧장 달려가서 남편을 부축하고는 바로 옆에 있는 안락의자로 이끌었다. 그를 의자에 앉히고 숄을 덮어주고 나서 옆에 무릎을 꿇고 앉았다. 그동안 그의 알 수 없는 시선은 그녀를 계속 밀어냈다.

"찰리…, 찰리." 그녀는 애원하듯 불렀다.

한동안 그는 말을 하지 못했다. 그녀는 그가 아파서 자기를 찾았던 것인지, 아니면 그날 낮에 보고 들은 것을 물어보거나 폭로하려고 그 방으로 들어섰을 때 병이 그를 덮친 것인지 결코 알 수 없으리라 생각했다.

그는 갑자기 손을 들어 그녀의 이마를 쓸어 올려서 자기 눈앞에 그녀의 얼굴 전체가 드러나게 했다.

"내 사랑, 당신, 행복했어?"

"행복했냐 고요?" 그녀는 그 말에 목이 메어서 그에게 매달렸고 괴로운 얼굴을 그의 무릎에 묻었다. 그의 손이 힘없이 그녀의 머리를 쓰다듬었을 때 그녀는 온 힘을 다해 다시 고개를 들고 그의 눈을 들여다보며 나직이 되물었다. "그럼 당신은요?"

그는 그녀를 물끄러미 바라보았다. 첫날부터 마지막 날까지 그들이 함께한 인생이 그 눈빛에 담겨 있었다. 그의 손이 축복하듯 한 번 더 그녀의 머리를 쓰다듬고는 아래로 떨어졌다. 교감의 순간은 끝났다. 그녀는 바로 약을 준비했고 하인들을 부르는 종을 울렸으며 의사를 부르라고 시켰다. 그녀의 남편은 그 병이 가장 두려워하고 가장 사랑하는 무해하고 무력한 포로가 되었다.

*

반년쯤 뒤 만트 부인의 응접실에서 리지 하젤딘은 잠시 망설이다 하인에게 프레스트 씨를 안으로 모시라고 말했다.

만트 부인은 집에 없었다. 리지 하젤딘이 유럽에서 돌아왔을 때 새로 데려다 키울 아이를 방문하기 위해 워싱턴으로 떠날 참이었던 만트 부인은 가문 사람들과 급하게 협의한 끝에 가엾은 찰리의 미망인을 호텔로 가게 하는 것은 "적절한" 처사가 아니라고 결론지었다. 그리하여 리지 하젤딘은 거의 9년 만에 남편이 자신을 멋지게 구해주었던 집으로 돌아오게 되었고 기분이 묘했다. 분명 그때보다 자립적으로 또 이전의 속박으로 돌아갈 위험 없이 돌아오는 것이었지만, 예전의 그 장면이 되살아나 모든 신경이 위축되는 기분이었다. 이튿날 만트 부인은 워싱턴으로 떠났다. 하지만 출발 전에 아침 식사하는 식탁 너머로 리지에게 쪽지 하나를 건넸다.

"아주 잘 됐구나. 내가 알기로 그는 찰리의 가장 오랜 친구 중 하나였지?" 그녀는 약간 싸늘한 미소를 지으며 말했다. 리지 하젤딘은 쪽지를 흘끗 보고는 뒤집어서 발신자의 서명을 살펴보는 듯하더니 집주인에게 돌려주었다.

"네. 하지만 아직은 누구도 만나고 싶은 생각이 없어요."

잠시 침묵이 흐르는 사이 집사가 와서 갓 구운 핫케이크를 내주고 잔에 따뜻한 우유를 채워준 뒤 물러갔다. 그가 문을 닫자 만트 부인은 두려울 정도로 상냥하게 말했다. "네가 프레스트 씨처럼 남편의 옛 친구를 맞아들이더라도 오해하는 사람은 없을 거다."

리지 하젤딘은 테이블 너머로 만트 부인의 넓적하고 공허하며 속을 알 수 없는 얼굴을 날카롭게 쏘아보았다. 그렇다면 그들은 그녀가 헨리 프레스트를 맞아들이길 바랐던 것일까?

"얘야, 내가 대신 대답해줄까? 아니면 네가 할래?" 만트 부인이 다그치듯 말했다.

"마음대로 하세요. 하지만 만나는 날짜는 정하지 말아 주세요. 나중에요."

만트 부인은 다시 멍해진 얼굴로 중얼거렸다. "널 너무 가두면 안 된다. 지독하게 굴어도 득이 되는 건 없을 거야. 널 여기 혼자 두게 돼서 미안하구나."

리지 하젤딘의 눈에 눈물이 고였다. 만트 부인의 동정심은 그녀의 잔인함보다 더 잔인하게 느껴졌다. 그녀가 내뱉는 모든 말에 상대에 대한 은근한 조롱이 담겨 있었다.

"그렇다고 워싱턴에 가기로 한 걸 포기하진 마세요."

"얘야, 어떻게 그러겠니? 그건 내 의무란다. 그럼 내가 헨리 프레스트에게 답장을 보내마. 점심과 저녁 식사 때 포트 와인이라도 조금 마시면 네 얼굴이 그렇게 귀신처럼 보이진 않을 텐데…"

만트 부인은 떠났다. 그리고 이틀 뒤 (그 시간 간격은 "적절"했다) 헨리 프레스트가 찾아왔다. 리지 하젤딘은 지난해 설날 이후로 그를 본 적이 없었다. 스트루더스 부인의 진홍색 내실에서 주고받은 대화가 그들의 마지막 대화였고 그로부터 반년이 흘렀다. 찰리 하젤딘은 2주 더 버텼다. 기복이 있어서 드문드문 희망이 보였을 때 아무도 그의 아내가 남편의 친구를 만났다고 비난할 순 없었지만, 그녀의 문은 모두에게 닫혀 있었다. 그녀는 헨리 프레스트를 다른 사람들보다 더 심하게 거부한 것은 아니었다. 그는 그저 매일 똑같은 대답을 듣는 많은 사람 중 하나일 뿐이었다. "하젤딘 부인은 가족 말고는 아무도 만나지 않으십니다."

남편이 세상을 떠난 직후 그녀는 오랫동안 미루었던 아버지와의 만남을 위해 그가 정착한 니스로 떠났다. 하지만 그 여행에서 별로 위안을 얻지 못했던 모양이다. 그녀가 뉴욕으로 돌아왔을 때 건강이 악화되고 우울해 보여서 친척들은 매우 놀랐다. 하지만 그 일은 그녀에게 유리하게 해석되었고 사람들은 그녀가 온당하게 처신하고 있다고 입을 모았다.

그녀는 낯선 사람을 보듯 헨리 프레스트를 바라보았다. 처음에는 지난 몇 달 동안 그녀가 파묻혀 있었던 어둑한 음영에 그의 건장하고 화려한 자태를 맞추기가 무척 힘들었다. 그녀는 모든 사람이 멀게 느껴지기 시작했다. 미망인은 의무적으로 상복용 크레이프 베일 속에 고통을 감추어야 했기에 긴 베일을 통해 모호하고 흐릿하게 사람을 보고 세상을 대했다. 그녀는 그다지 주저하는 기색 없이 그에게 손을 내밀었다.

그는 은근한 친절과 애도를 표하기 위해 그녀의 손을 자기 입술 쪽으로 들어 반쯤 올렸다가 때가 때이니만큼 그 손을 놓아야 한다고 느끼는 듯했다.

"흠, 내가 인내심을 발휘했다는 걸 인정해야 할 거요." 그가 힘주어 말했다.

"인내심을 발휘했다고요? 그렇지 않으면 또 뭘 할 수 있었겠어요?" 그녀는 옆에 너무 바싹 붙어 앉은 그에게 희미한 미소를 지으며 대꾸했다.

"물론 별다른 수는 없었소! 내가 다 이해했다는 건 믿어주기 바라오. 그래도 하다못해 한두 번쯤은 내 편지에 답을 해줄 수 있지 않았소?"

그녀는 고개를 저었다. "난 쓸 수 없었어요."

"아무에게도? 아니면 내게만 쓸 수 없었다는 건가?" 그가 조금 전과 달리 따지듯 물었다.

"꼭 써야 하는 편지만 썼어요. 다른 편지는 쓰지 않았어요."

"아, 알겠소." 그는 살짝 웃었다. "그래서 내게 쓰는 편지는 거기에 들지 않았다고 말하는 거요?"

그녀가 입을 다물자 그는 일어서서 방안을 서성였다. 그의 얼굴은 평소보다 더 발그레했고 이따금 경련이 일었다. 그녀는 그가 상복용 베일을 장벽처럼 느껴서 당황하고 답답해하는 것을 알았다. 그런 만남에서 지켜야 하는 전통적인 행동 기준과 그들이 마지막으로 함께한 시간의 기억으로 새로워진 원초적 충동 사이의 갈등이 그의 내면에서 여전히 충돌하고 있었다. 그가 돌아와서 다시 그녀 앞에 섰을 때는 벌겠던 얼굴이 창백했다. 그는 그녀가 자신을 그렇게 만들었다는 사실에 불쾌한 표정을 지었고 흔들리는 마음으로 원망하는 기색이 역력했다.

"당신은 마치 돌처럼 앉아 있군!" 그가 말했다.

"나도 내가 돌처럼 느껴져요."

"자, 이리 와요!"

그녀는 그가 무슨 생각을 하는지 잘 알고 있었다. 그는 그렇게 잘못된 시작을 만회하는 유일한 방법은 먼저 여자를 품에 안고 이야기는 그 뒤에 하는 것이라고 생각했을 것이다. 전형적인 수법이었다. 물론 그는 그런 행동을 수도 없이 했고 도대체 지금 그러지 못할 이유가 무엇이겠냐고 자문하고 있을 것이 뻔했다. 하지만 그녀의 어떤 모습이 분명 그를 마비시킨 듯했다. 그는 다시 그녀 옆에 앉았다.

"당신이 얼마나 힘든 일을 겪었을지, 내 사랑!" 그는 대답을 기다리며 기침을 했다. "당신이 크게 상심한 건 이해할 수 있소. 하지만 난 아무것도 모르겠소. 실제로 무슨 일이 일어난 건지 전혀 모르겠다고."

"아무 일도 일어나지 않았어요."

"우리가 두려워했던 일은? 아무런 징후도 없었소?"

그녀는 고개를 저었다.

그는 목을 가다듬고 다음 질문을 던졌다. "당신이 없는 사이 그가 아무에게도 말했을 것 같지 않소?"

"그럴 리 없어요!"

"그렇다면 우리는 믿을 수 없이 운이 좋았던 거요. 그럼 우리가 만나지 못할 이유는…"

그는 천천히 다가와서 반지 낀 커다란 손으로 그녀의 소매를 잡았다. 그녀에게 아주 익숙한 반지였다. 보석 박힌 눈이 고약해 보이는 둔탁한 뱀 두 마리 모양의 금반지였다. 그녀는 그 뱀들이 바로 옆에 똬리를 틀기라도 한 듯 꼼짝 않고 앉아 있었고 그의 자신 없는 손아귀에서도 서서히 힘이 빠졌다.

"리지, 이건 병적이오." 그는 낙담한 어조로 말했다.

"병적이라뇨?"

"당신은 최악의 곤경에서 벗어나 안전하고 자유로워졌잖소. 자유라고! 그걸 모르겠소? 당신은 중압감이 너무 심했던 모양이오. 하지만 난 당신이 이제 자유를 느꼈으면 하오."

그녀는 벌떡 일어서서 두 사람 사이에 방의 절반만큼 거리를 두었다. "그만, 그만 해요!" 그녀는 오래전에 만트 부인에게 소리친 것처럼 고함을 질렀다.

그도 일어섰고 햇볕에 그을린 얼굴을 더욱 붉히며 억지웃음을 지었다.

"정말이오." 그가 반발했다. "6개월 동안 떨어져 있으면서 모든 걸 고려했소." 그녀는 잠자코 있었다. 그가 부드럽게 말을 이었다.

"내가 어떻게 하면 좋겠는지 말해주겠소?"

"아, 그런 어조로 말하지 말아요." 그녀는 낮게 말했다.

"어떤 어조 말이오?"

"마치 우리가 예전으로 되돌아갈 수 있다고 생각하는 것 같은 어조요."

그의 고개가 떨어지는 것이 보였다. 그녀는 이제까지 그가 걸어온 평탄한 삶에서 걸림돌을 만난 적이 있었는지 궁금했다. 이것은 "여자를 잘 다루는" 남자들이 빠질 수 있는 위험이라는 생각이 그녀를 스쳤다. 그들이 너무 맹목적으로 그 위험에 빠질 수도 있는 그 날이 온 것이다.

그녀가 그런 생각을 한순간 분명히 그도 같은 생각을 했을 것이다. 그는 다시 달래는 듯한 미소를 지으며 가까이 다가와서 다정하게 그녀의 손을 잡았다. "하지만 난 돌아가고 싶지 않아. 앞으로 나아가고 싶소. 마침내 당신이 자유로워졌잖소."

그녀는 마치 신호가 떨어지기를 기다렸다는 듯이 그 말을 걸고 넘어졌다. "자유! 바로 그거에요, 자유! 내가 자유로운 상태로 남고 싶어 하는 걸 모르겠어요?"

그의 얼굴에 다시 불신의 그림자가 스쳤고 그녀를 안심시키기 위해 지었던 미소는 자기 자신을 위한 미소로 바뀌었다.

"알아요, 알아! 그러면 내가 당신을 쇠사슬에 묶어두고 싶어 한다고 상상하는 거요? 난 당신이 원하는 만큼 자유로웠으면 해요. 당신이 원하는 만큼 날 사랑할 자유 말이오." 그는 마지막 문장을 말하면서 눈에 띄게 만족스러워했다.

그녀는 그의 기분이 상하지 않도록 슬며시 손을 빼냈다. "미안해요, 헨리. 하지만 당신은 이해하지 못해요."

"내가 무엇을 이해 못 한다는 거요?"

"당신이 내게 원하는 일이 절대 불가능하다는 거요. 나는 예전 방식으로 살 수 없어요."

그는 초조하게 궁리하는 기색이었다. "예전 방식이라고? 당신 말은…" 그녀가 설명하려 했지만, 그는 더욱 당당한 태도로 말을 이었다. "대답하지 마시오! 이해했소. 당신이 방금 자유를 이야기했을 때 나는 잠시 착각했소. 솔직히 난 당신이 비참한 결혼생활을 마친 뒤 더 신중한 결합을 선호할 것이라고 내 맘대로 생각했소. 우리 둘의 명확한 자립이…, 내가 '명확한'이라고 말하는 건 내 쪽에서는 감추고 싶은 생각이 조금도 없었기 때문이오. 하지만 내 착각이었고 반대로 당신이 바라는 게…, 당신의 자유를 이용해 우리의 관계를 합법화하는 거라면…"

그녀는 아무 말도 하지 않았다. 그가 말을 마저 끝내게 하고 싶어서가 아니라 할 말을 찾지 못했기 때문이다. 그들이 공유한 과거와 관련된 모든 것에 자신의 마음이 무덤덤해진 것을 알고 있었다. 하지만 그녀의 침묵은 명백히 그를 당혹스럽게 했고 그는 당혹감 속에서 자신의 입지를 잃고 언어의 바닷속에서 허우적거리기 시작했다.

"리지, 내 말을 듣고 있는 거요? 내 말을 오해했다면, 음…, 그런데 사람들이 가끔 내 말을 오해할 수 있다는 사실을 부끄러워하지 않고 인정하고 싶소. 어쨌든 내 말을 오해했다면 맹세코 내가 전에 그 말을 어떤 여인에게도 한 적이 없기 때문이오. 하지만 난 지금 성서에 나온 대로 당신을 합법적으로 소유하려는 거요. 이런, 아직도 모르겠소? 고개를 들어요, 리지! 나와 결혼해 달라고 말하는 거요."

여전히 그녀는 아무 대꾸 없이 그들 사이에 보이지 않는 존재가 있다고 문득 깨달은 것처럼 주위를 둘러보며 서 있었다. 이윽고 그녀는 옅은 미소를 지었다. 그 미소는 분명 프레스트의 신경을 건드렸다.

그는 다시 입을 열었다. "난 딱히 우스운 말을 한 것 같지 않은

데…" 그는 말을 멈추고 아주 비정상적인 무언가가 있을지도 모른다는 의심을 확인하려는 듯 그녀를 찬찬히 살펴보았다. 그러고는 안심한 듯 자기가 아는 유일한 프랑스어 어구를 중얼거렸다. "행복은 두려움에 떨게 만들지…"

그녀는 듣지 못한 것 같았다. "당신을 비웃은 게 아니라 인생이란 우연의 일치 때문에 웃었어요. 남편이 청혼한 곳도 바로 이 방이었어요."

"아…" 헨리 프레스트는 그 추억담을 꺼내놓는 의도가 무엇인지 또는 지금 그 이야기를 하는 것이 적절한지 점잖게 의심하는 듯했다. 하지만 그는 다시 아량을 베풀었다. "그렇소? 하지만 난 그걸 알 도리가 없었잖소? 만일 그런 가슴 아픈 연관성을 짐작했더라면…"

"가슴 아픈 연관성이라고요? 당신은 내가 그런 뜻으로 말했다고 생각해요?" 그녀는 목소리가 잠겼다. "이 방은 내게 신성한 곳이에요."

그녀는 그의 얼굴을 바라보았다. 아마도 그의 조각 같은 얼굴이 그런 생각의 도약을 따라잡기에는 융통성이 결여된 것처럼 보였기 때문일 것이다. 그의 외모는 겉보기에는 유목민의 텐트가 아니라 아주 견고한 건물 같았다. 그는 무너진 자존심에 어쩔 줄 몰라 하다가 정신을 가다듬고 한없이 관대한 척하며 중얼거렸다. "연민 어린 천사여!"

"연민이라뇨? 누구에게요? 당신 생각은…, 내가 당신에게 내 말의 진의를 의심하게 할 만한 무엇이라도 말한 것이 있나요?"

그는 미간을 찌푸렸고 화가 치미는 듯했다. "그런 말을 했냐고? 아니오." 그는 비꼬듯 내뱉더니 잠시 잃었던 인내심을 되찾으며 황급히 아주 온화하게 덧붙였다. "당신의 재치는 당할 수가 없어. 난 늘 당신을 그렇게 생각했소. 그 누구도 당신보다 더 완벽한 숙녀는 될 수 없을 거요. 내게 당신의 다른 삶을 절대 언급하지 않는 훌륭한 태도에 늘 감탄했소."

그녀는 그를 빤히 바라보았다. "그 다른 삶이야말로 내 삶이었고 내 유일한 삶이었어요! 이제 알겠죠."

침묵이 흘렀다. 헨리 프레스트는 문양이 새겨진 손수건을 꺼내 마른 입술을 닦았다. 그때 그의 향수 냄새가 훅 끼쳐서 그녀는 약간 움찔했다. 아무래도 그는 다음에 할 말을 찾고 있는 듯했다. 이 상황에서 어떻게 하면 잃어버린 주도권을 되찾을 수 있을지 무기력하게 궁리하고 있을 것이 뻔했다. 이윽고 그는 다시 미소 지으며 설득하려 애썼다.

"유일한 삶은 아니오, 리지." 그는 나무라듯 말했다.

그녀는 바로 받아쳤다. "당신은 그렇게 생각했을 거예요. 내가 당신이 그러도록 만들었으니까요."

"당신이 만들었다고?" 그의 미소는 믿을 수 없다는 놀라움으로 바뀌었다.

"네, 의도적으로요. 미안하지만 당신은 내가 하는 말들을 전혀 듣고 싶지 않을 거예요. 우리 지금 그만두는 게 어때요?"

그는 기분이 상한 어조로 말했다. "이 대화를 그만두잔 말이오? 물론 난 억지로 계속할 생각은…"

그녀는 손을 들고 그의 말을 중단시켰다. "영원히 그만두자고요, 헨리."

"영원히?" 그는 리지 하젤딘을 바라보며 숨이 막힌 것처럼 급히 마른침을 삼켰다. "영원히라고? 당신과 내가…, 정말 진심이오, 리지?"

"진심이에요. 하지만 당신이 고통스럽기만 한 이야기를 더 듣고 싶다면…"

그는 정신을 가다듬고 어깨를 편 뒤 확신이 없는 목소리로 말했다. "날 겁쟁이로 여기지 않았으면 좋겠소."

그녀는 잠시 말없이 있다가 입을 열었다. "이런, 제가 당신을 사랑했다고 생각했군요."

그는 다시 미소 지으며 콧수염을 살짝 꼬아 제대로 모양을 잡고는 보일 듯 말 듯 하게 어깨를 으쓱했다. "당신이…, 그런 척했다는 말로 들리는군."

"어쩔 수 없지만, 사실이에요. 여자는 아주 쉽게 그럴 수 있어요. 남자들은 종종 그런 사실을 잊더군요. 당신은 나를 사랑에 우는 정부로 여겼고 나는 값비싼 매춘부였을 뿐이에요."

"리지!" 그는 숨쉬기 힘들어했고 불그레했던 눈꺼풀마저 이제는 창백해졌다. 그녀는 그가 자존심 때문이 아니라 그녀의 말에 더 큰 상처를 받은 것을 알았다. 또 그가 자신의 사랑에 대한 모욕을 미처 깨닫지 못하고 취향에 대한 모욕에 치를 떨고 있는 것을 보았다. 정부! 매춘부! 그런 단어를 입에 올리는 것은 금기였다. 헨리 프레스트는 거친 언어를 사용하는 여성을 누구보다 비난하는 사람이었다. 리지 하젤딘의 가장 큰 매력 중 하나는 (그가 조금 전에 말했듯이) "그 힘든 일을 겪으면서" 형언할 수 없을 정도로 늘 "숙녀다운" 점이었다. 그는 새삼스럽게 그녀가 제정신인지 의심스러워하며 그녀를 바라보았다.

"계속 이야기할까요?" 그녀는 웃으며 물었다.

그는 고개를 푹 숙였다. "당신이 날 바보로 만든 이유가 무엇인지 전혀 모르겠소."

"그럼 말하죠. 난 남편을 위해 돈이 필요했어요."

그는 혀로 입술을 핥으며 물었다. "남편을 위해?"

"그래요. 그는 건강이 아주 나빠졌고 안락하고 편안한 휴식이 필요했어요. 그는 말할 수 없는 굴욕과 참혹함에서 어린 나를 구해줬어요. 다른 누구도 나를 돕기 위해 손가락 하나 까딱하지 않을 때였죠. 내 가족마저도. 내겐 돈도 친구도 없었어요. 내게 싫증 난 만트 부인은 나를 내쫓을 구실을 찾고 있었어요. 당신은 세상에 혼자 남겨진 여자애가 변덕스러운 노파의 한때 허영심에 옷과 음식과 거처를 위탁하기 위해 무엇을 참아야 하는지 모를 거예요! 그는 그걸 알고 이해했기에 나와 결혼했어요. 그는 나를 불행에서 끄집어내 행복을 안겨줬어요. 그는 나를 그 사람들 위에 올려놓았고 자기 옆에 있게 했어요. 내겐 그 사실 말고는 아무것도 중요하지 않았어요. 돈이나 자유는 중요하지 않았고 오직 그 사람만 중요했어요. 나는 그와 함께라면 사막이라도 따라갔을 거예요. 그와 함께할 수 있다면 맨발로라도 갔을 거예요. 그를 위해서라면 굶주리든 구걸을 하든 무엇이든 했을 거라고요." 그녀는 말을 멈추고 조용히 흐느꼈다. 프레스트의 존재는 더 이상 안중에 없는 것 같았다. 그녀의 모든 의식은 자신이 떠올린 생각 속으로 빠져들었다.

"그는 내가 부유하고 자립적이고 존중받는 사람이 되길 바랐어요. 내게 모든 것을 넘치도록 주고 싶어 했어요. 처음 몇 년간 그 자신을 위해 돈을 충분히 가지고 있으라고 설득했지만, 내 말을 듣지 않았어요. 그러다 그가 병이 났죠. 병이 점점 악화되고 서서히 일에서 손을 놓게 되자 그의 수입은 점점 줄다가 아예 끊겼어요. 그러는 사이 의사와 간호사, 요양 등에 새롭게 들어가는 비용이 늘면서 그는 두려워했어요. 자기가 아니라 나 때문에 두려워한 거예요. 내가 어떻게 해야 했겠어요? 어떻게든 그런 비용을 지불해야 했어요. 첫해에는 간신히 지불 시기를 늦출 수 있었어요. 그러다가 여기저기서 돈을 조금씩 빌렸죠. 하지만 마냥 그럴 수는 없었어요. 게다가 그러는 동안에도 난 계속 예쁘고 행복하게 보여야 했어요. 그렇지 않으면 그는 걱정하고 우리가 망했다고 생각하고 자기가 낫지 않으면 나는 어떻게 될지 노심초사하기 시작했어요. 당신을 만났을 때 나는 절실했어요. 나는 뭐든지 무슨 짓이든지 했을 거예요. 그는 그 돈이 포르투갈의 새어머니에게서 나왔다고 생각했어요. 공교롭게도 새어머니는 실제로 부자였죠. 불행하게도 내 딱한 아버지가 새어머니의 돈을 투자하려다 몽땅 날렸지만요. 두 분이 결혼했던 초기에 새어머니가 내게 천 달러를 보내줬어요. 나머지는 모두 당신이 내게 준 거고 난 그것에 기댔어요."

그녀는 이야기를 다 끝낸 듯 숨을 몰아쉬며 말을 멈추었다. 차츰 그녀의 의식이 현실로 돌아왔고 그녀는 헨리 프레스트를 보았다. 멀리 떨어진 작고 희미한 형체가 눈물로 흐려진 시야에 점점 모습을 드러내는 것 같았다. 그녀는 생각했다. '그는 나를 믿지 않아.' 그리고 그런 생각은 그녀를 뒤틀리게 했다.

그녀가 다시 말문을 열었다. "당신은 감히 여자가 그런 식으로 자기 이야기를 고백해도 되는 건지 생각하고 있군요."

그는 헛기침을 했다. "자기 이야기요? 아니, 그렇지 않소. 하지만 남편 이야기는 다르오."

그녀의 이마로 피가 몰렸다. "남편 이야기라뇨? 당신이야말로 감히 그런 생각을…?"

그는 싸늘하게 대꾸했다. "당신은 내게 달리 생각할 수 있는 여지를 남기지 않았소." 그녀가 당황해서 할 말을 찾지 못하자 그는 덧붙여 말했다. "어쨌든 그건 내가 전에 결단력이라고 생각했던 당신의 놀라운 냉정함을 명확히 설명해주는군. 난 그 정도로 주의할 필요는 없었다고 생각했소."

그녀는 그 말을 곰곰이 생각했다. "그럼 당신은 그가 알고 있었다고 생각하는 건가요? 어쩌면 그가 안다는 걸 내가 알았다고 생각하는 거죠?" 그녀는 괴로운 듯 다시 곰곰이 생각하더니 금세 얼굴이 밝아졌다. "그는 전혀 몰랐어요. 전혀요! 난 그것으로 충분하고, 당신에게는 상관없는 일이죠. 당신 좋을 대로 생각하세요. 그는 끝까지 행복했고 내게 중요한 건 그것뿐이에요."

"당신의 솔직함은 조금도 의심하지 않소." 그는 일그러진 입술로 말했다.

"더 이상 솔직하지 않을 이유가 없죠."

그는 모자를 집어 들고는 안감을 유심히 살피는 척했다. 그러고는 그 안에 넣어둔 장갑을 꺼내어 세심하게 두 손에 꼈다. 그녀는 생각했다. '다행히 그는 곧 떠날 거야.'

하지만 그는 모자와 장갑을 다시 탁자 위에 내려놓고 그녀 쪽으로 조금 다가갔다. 그의 얼굴은 새벽녘까지 흥청댄 사람처럼 황폐해 보였다.

"당신은 그 생각에 아무런 여지도 남기지 않는군." 그가 말했다.

"소용없다고 말했잖아요." 그녀가 더 말하려 했지만, 그가 끼어들었다. "내가 당신을 믿었더라도 아무런 여지가 없다는 거로군." 그는 다시 혀로 입술을 핥은 뒤 손수건으로 닦았다. 이번에도 그녀에게 향수 냄새가 훅 끼쳤다. "하지만 난 그렇지 않소!" 그가 반기를 들었다. "너무 많은 기억과 수많은 증거들이 있소, 내 사랑." 그는 말을 멈추고 발작하듯 웃었다. 그는 그 웃음으로 그녀를 달래려 하고 있었다.

그녀는 침묵을 지켰고 그는 그녀의 판결에 항소하듯이 다시 입을 열었다. "난 그렇게 어리석지 않소, 리지. 누가 뭐라 해도 난 당신이 그런 여자가 아니란 걸 알고 있소."

"난 당신에게 돈을 받았어요."

"호의로 준 거요. 난 당신 형편이 어려웠다는 걸 알고 있었소. 다 이해했어요. 부탁이오, 다시는 그 모든 걸 언급하지 않았으면 좋겠소." 그가 그녀에게 속은 두 얼간이 중 하나였다는 생각을 무엇보다 참을 수 없어 하는 것을 그녀는 깨달았다. 그 행동은 그가 지금까지 연기한 다른 행동과 달랐다. 그의 자존심이 그녀를 보호하려 했지만, 그것은 그녀를 위해서라기보다 그 자신을 위해서였다. 그녀는 그의 속내를 꿰뚫어 보고 당혹스러운 무력감을 느꼈다. 그의 빈틈 없는 자만심에 맞서 그녀가 내뱉은 모든 확언들이 허사로 돌아갈 수도 있었다.

"당신에게 사랑받는 특권을 누린 남자는 한순간도…"

그녀는 고개를 들고 그를 바라보며 끼어들었다. "당신은 그런 특권을 누린 적 없어요."

그는 입을 다물지 못했다. 그녀는 애원하는 듯한 그의 불안한 눈빛이 차가운 분노로 바뀌는 것을 보았다. 그는 불분명한 신음을 내고는 간신히 다시 입을 열었다.

"내 눈엔 당신이 애써 자신을 비하하는 것처럼 보이는군."

"나를 비하하는 게 아니에요. 당신에게 진실을 말하고 있어요. 난 돈이 필요했던 거라고요. 그것 말고는 달리 돈을 벌 방법이 없었고 당신은 기꺼이 주려고 했죠. 당신이 말하는 특권을 얻기 위해…"

그는 침통한 목소리로 끼어들었다. "리지, 그만 해요. 난 당신의 모든 감정을 들여다보았다고 생각해. 항상 그래왔다고 믿소. 당신처럼 감성적이고 예민한 사람들이 양심의 가책을 느끼면 다른 모든 감정들이 쓸려나가는 순간들이 있소. 그런 양심의 가책 때문에 난 당신을 더욱 존경할 뿐이오. 하지만 이제 더 이상 한마디도 듣지 않겠소. 만일 내가 불안정하고 기고만장한 당신을 이대로 놔둔다면 당신이 먼저 후회하게 될 거요. 당신이 내뱉은 모든 말을 잊었으면 좋겠소. 뒤돌아보지 말고 앞을 내다봤으면 해." 그는 어깨를 펴고 숨을 깊게 쉬고는 자신감을 되찾은 눈으로 그녀를 물끄러미 바라보았다. "지금 내가 당신을 떠날 수 있다고 믿는다면 나를 정말 모르는 거요!"

그녀는 기진맥진해서 꼼짝 않고 그를 마주 보았다. "당신은 친절하군요. 관대함을 베풀려는 거 알아요. 하지만 내가 당신과 결혼할 수 없다는 걸 모르겠어요?"

"내겐 당연히 밀려오는 당신의 회한만 보이는데."

"회한? 회한이라뇨?" 그녀는 웃으며 말했다. "내가 어떤 회한이라도 느낀다고 생각해요? 난 이 모든 걸 내일 또 할 수 있어요. 똑같은 목적을 위해서! 난 내가 원하는 걸 얻었고 마지막 해에 그를 그렇게 행복하게 해줬어요. 불안에서 벗어난 안도감이 그를 살아있게 하고 행복하게 한 거예요. 그가 행복했다는 걸 난 알아요." 그녀는 야릇한 미소를 지으며 프레스트를 보았다. "그 점은 고마워요. 난 은혜를 모르지는 않아요."

"당신…, 은혜라니? 정말 점잖지 못하군." 그는 다시 모자를 집어 들고 방 한가운데 서 있었다. 마치 나쁜 꿈에서 깨어나기를 기다리는 듯한 모습이었다.

"당신은 기회를 발로 차고 있소." 그가 다시 입을 열었다.

그녀는 수긍하는 듯한 몸짓을 보였다.

"알고 있소? 난 여전히 당신을 도울 준비가 돼 있소. 만일 당신이…" 그녀가 잠자코 있어서 그는 계속 이야기했다. "당신은 그런 말도 안 되는 억지를 부리고 어떻게 살려고 그러는 거요?"

"내가 어떻게 살든 상관없어요. 날 위해 그 돈을 원했던 적은 없어요."

그는 애원하듯 손을 들어 올렸다. "다신 그런 말 하지 마! 내가 청혼하려 했던 여자는…" 그녀는 갑자기 그의 눈가에 촉촉한 물기가 맺히는 것을 보고 당황했다. 그가 손수건으로 눈가를 닦을 때 훅 끼친 향수 냄새가 그녀의 순간적인 망설임을 막았다. 그 향수 냄새는 그와 함께한 장면들을 끔찍이 정확하게 하나하나 상기시켰다.

"뭐, 그만한 가치는 있었어요." 그녀가 고집스럽게 말했다.

헨리 프레스트는 손수건을 다시 주머니에 넣었다. 잠시 기다리며 방안을 둘러보고는 그녀를 바라보았다.

"당신 결정이 확고하다면…"

"오, 확고해요!"

그는 고개를 숙여 인사했다. "지난 설날 이후 당신을 볼 기회가 있었다면 말해야 할 것이 하나 더 있었소. 글로는 쓰고 싶지 않았던 일이오."

"그래요?" 그녀가 무심하게 물었다.

"당신 남편이 그날 일을 몰랐다고 정말 확신하오?"

"그는 몰랐어요."

"그게, 다른 사람들은 알고 있는 것 같소." 그가 잠시 쉬었다가 다시 입을 열었다. "웨슨 부인이 우리를 봤소."

"그럴 줄 알았어요. 그날 밤 스트루더스 부인 댁에서 애써 나를 외면하던 게 이제 기억나네요."

"맞소. 그런데 그녀만 우리를 본 게 아니오. 만약 바로 그날 당신 남편 병이 악화되어 사람들 마음이 누그러지지 않았다면 당신은 그들 모두에게 외면당했을 거요."

그녀는 대꾸하지 않았고 그는 마지막으로 힘들게 말했다. "당신은 비탄과 고독 속에서 당신의 미래가 어떻게 될지 얼마나 힘들지 아직 깨닫지 못하고 있소. 난 그런 것에서 당신을 지켜주고 싶었소. 나와 결혼해달라고 한 이유도 바로 그 때문이오." 그는 일어서서 마치 거울에 비친 자기 모습을 보고 흡족해하는 듯한 미소를 지었다.

"불행히 여성의 평판을 더럽힌 남자는 명예를 잃게 될까 봐 전전긍긍하기 마련이오. 비록 내 성향이 그렇진 않았더라도, 난 그런 고민도 해야…"

그녀는 헨리 프레스트를 보며 부드러운 미소를 지었다. 그는 정말로 그녀의 평판을 지키기 위해 청혼한 것이라고 생각하고 있었다. 그가 스스로 행동의 토대라고 믿는 낡고 진부한 이치를 얼핏 깨달은 그녀는 그의 손에 이끌려 되돌아갔을지 모르는 그 삶이 새삼 아득하게 느껴졌다.

"딱한 헨리, 웹슨 부인 가족 말고도 얼마나 많은 사람들이 나를 멀리하는지 몰라요? 모든 뉴욕 사람들이 날 배척하고 싶어 한다면 그러라고 해요. 나도 행복했던 때가 있었고 어떤 여자에게나 그런 시기는 한 번뿐이에요. 그 대가를 치르지 말아야 할 까닭이 없죠. 난 준비됐어요."

"맙소사!" 그가 탄식했다.

그녀는 그가 마지막까지 노력했다는 것을 알고 있었다. 그녀가 입힌 상처는 가장 치명적인 타격을 주었다. 그녀는 그의 관대함을 거절했고 그에게 준 상처는 용서받을 수 없었다. 그는 그녀가 뉴욕 사람들에게 배척당하리라는 사실을 알리는 것이 이제 통쾌했을 것이다. 하지만 그녀는 아무리 애써도 그런 사실이나 그의 통쾌함에 관심이 가지 않았다. 그녀 자신의 은밀한 즐거움은 뉴욕 사람들과 그의 손이 닿지 않는 곳에 있었다.

"미안해요." 그녀는 다정하게 다시 그 말을 했다. 그는 인사를 하고는 그녀의 손도 잡지 않고 방에서 나갔다.

문이 닫히자 그녀는 멍한 눈으로 그의 모습을 쫓았다. "그의 말이 맞는 것 같아. 난 아직 깨닫지 못했어…" 그녀는 바깥쪽 문이 닫히는 소리를 들은 뒤 소파에 주저앉아서 손으로 시린 눈을 감쌌다. 그 순간 처음으로, 다음날 그다음 날은 어떤 날이 될지 자신에게 물었다.

"독서에 좀 더 관심을 가졌더라면 좋았을 텐데." 그녀는 남편의 취향을 익히려고 얼마나 부질없이 노력했는지 또 그가 노력하는 아내를 보고 얼마나 다정하고 짓궂게 미소 지었는지 떠올리며 한탄했다. “뭐, 언제든 카드놀이를 해도 되고 나이가 들면 뜨개질하면서 참을성도 기를 수 있겠지. 게다가 모두에게 외면당하면 이브닝드레스도 필요 없을 거야. 어쨌든 그건 절약이 될 거야.” 그녀는 살짝 몸을 떨며 결론지었다.

*

“그녀는 항상 행실이 나빴지. 그들은 5번가 호텔에서 만나곤 했어.”

이제 나는 이 이야기의 도입부에서 어머니가 했던 말로 되돌아가야 한다. 리지 하젤딘 부인이 불안하게 움직였던 장면을 더 생생하게 보여주기 위해 이야기가 잠시 샛길로 빠졌었다. 그 장면은 어릴 적에 그녀를 잠깐 보았던 내 기억과 나중에 모아진 단서들이 한데 끼워 맞추어진 것이었다.

어머니가 그녀를 심판하며 규탄하듯 말했을 때 나는 하버드를 갓 졸업한 스물두 살의 청년으로 뉴욕에 있는 집으로 돌아와 있었다. 하젤딘 부인의 이야기를 들은 것은 오랜만이었다. 나는 고등학교와 하버드에 다니는 동안 꽤 오래 집을 떠나 있었고 명절에는 그녀에 관한 이야기가 적절한 대화 주제가 아니기도 했다. 가뜩이나 요즘은 여동생들이 테이블에 함께 있어서 그녀 이야기를 들을 수 없었다. 여하튼 내가 돌아온 날 저녁 (지금은 니커보커 클럽의 기둥이자

세상 물정의 최고 권위자로 내 앞에 우뚝 솟은) 사촌 허버트 웰슨이 그녀와 함께 오페라를 보자고 제안했을 때 나는 어디선가 주워들었을지 모르는 그녀에 관한 모든 기억을 까맣게 잊고 있었다.

"하젤딘 부인? 하지만 난 그분을 모르는데, 내가 가면 어떻게 생각하시겠어?"

"괜찮아. 같이 가자. 그 부인은 내가 아는 가장 유쾌한 여인이야. 오페라가 끝나면 부인 집으로 가서 함께 저녁 식사도 할 거야. 내가 아는 가장 근사한 집이지." 허버트는 남의 시선을 의식하며 콧수염을 다시 꼬았다.

우리는 내가 갓 발을 들인 니커보커 클럽에서 식사를 하고 있었다. 포므리 와인 한 병을 다 마신 뒤 나는 허버트가 아는 가장 유쾌한 여인의 오페라 특별석에서 그날 저녁을 마무리하는 것이 속물 같은 남자 둘에게 더없이 어울리는 일이라고 생각되었다. 나는 그가 하는 행동을 따라 콧수염을 매만져 다시 꼬았고 외투 소매로 모자 주변을 꼼꼼하게 털어낸 뒤 그를 따라나섰다.

하지만 특별석에서 하젤딘 부인과 함께 있었을 때 나는 덩치만 커진 소년일 뿐이었다. 지금 내 나이였던 허버트를 자주 찾아가던 그때처럼 얼굴이 새빨개졌고 내가 수염이 자란 어른이라는 사실도 잊었다. 그녀가 떨어뜨릴 뻔한 공연순서표를 집어주려는 일념으로 방금 못에 걸어놓은 모자를 떨어뜨리기까지 했다.

그녀는 정말 너무도 사랑스러웠다. 이 무렵 나는 흔한 이목구비와 평범한 윤곽, 무의미한 명랑함 위로 드리운 장밋빛 베일 같은 젊은 아가씨들의 사랑스러움에 익숙했다. 하지만 그녀의 사랑스러움은 의도적이고 세련되었으며 완성된 것이었고, 단지 조금 지쳐 보일 뿐이었다. 그녀의 무한한 아름다움과 그녀가 처한 다수의 곤경을 처음 보았을 때 나는 겁이 났다. 맙소사! 눈가의 주름살을 두려워할 필요가 없고, 창백해서 더 아름답고, 검은 머리 사이에 흰 머리 한두 가닥이 보이도록 놔둘 수 있고, 웃고 떠드는 동안 속으로는 골똘히 다른 생각을 하는 여자가 있다고? 그렇다면 어떤 젊은이도 안전할 수 없었다! 그때까지 내가 알았던 세상은 그저 따뜻하고 밝은 아기방 같은 곳이었던 반면, 이 새로운 세상은 캄캄하고 위험하고 황홀한 곳이었다.

이튿날 여동생 중 하나가 간밤에 어디에 있었는지 물어서 나는 우쭐대며 대답했다. "하젤딘 부인과 오페라하우스에 있었어." 어머니는 나를 쳐다보았지만, 가정교사가 여동생들을 데리고 나갈 때까지 아무 말도 하지 않았다. 그들이 나간 뒤 어머니는 불쾌한 듯 물었다 "허버트 웨슨이 너를 하젤딘 부인의 특별석에 데려갔다고?"

"네."

"뭐, 젊은 남자라면 어디는 원하는 곳을 갈 수 있지. 허버트는 아주 그 여자에게 홀딱 빠져 있다고 들었다. 사비나가 그를 라이먼가家의 막내딸과 결혼하지 못하게 한 건 올바른 처사였어. 하지만 네 누이들 앞에서 하젤딘 부인 얘기는 두 번 다시 꺼내지 말거라. 사람들은 그녀 남편이 절대 몰랐다고 말하지. 만약 그가 알았더라면 그녀는 결코 세실리아 윈터 노인의 유산을 받지 못했을 거야." 바로 그때 어머니가 헨리 프레스트의 이름을 언급하며 덧붙인 5번가 호텔 이야기가 문득 내 어릴 적 기억을 일깨웠다.

그 순간 나는 급히 내려진 베일, 그녀의 눈과 얼어붙은 미소가 드러난 얼굴을 다시 보았고 어른이 된 내가 입고 있는 조끼를 통해 어릴 적 내 가슴을 찔렀던 통증을 느꼈으며 내 영혼의 속삭임을 들었다. 이 모든 것을 느끼는 동시에 "허버트가 아는 가장 유쾌한 여인"의 웃고 있는 신중한 얼굴에서 괴로움에도 불구하고 생생하고 밝았던 예전 얼굴을 찾아보려 애썼다.

나는 허버트가 이 단어를 무분별하게 이용하는 데 익숙했으므로 하젤딘 부인이 말 그대로의 의미에서 "유쾌한" 사람일 것이라고 기대하지 않았다. 허버트는 평소 그 단어를 남발했고 이 부인의 경우 때마침 그 단어가 그녀에게 딱 들어맞았을 뿐이었다. 그럼에도 불구하고 하젤딘 부인의 예전 얼굴과 현재 얼굴을 비교했을 때 젊음에서 원숙함으로 이어지는 그 긴 세월에 어떤 일이 닥칠 수 있는지 또 내가 걸어온 알 수 없는 여정의 거리는 얼마나 짧은지 처음으로 알게 되었다. 그녀가 내 손을 잡아주었다면 얼마나 좋았을까!

나는 어머니의 말씀이 완전히 뜻밖이었던 것은 아니었다. 우리가 하젤딘 부인의 특별석에 들어갔을 때 다른 숙녀는 없었다. 그날 저녁 그녀를 찾아오는 다른 여인은 하나도 없었고 그녀는 자신의 고립에 대해 변명을 하지도 않았다. 내가 젊었을 적 뉴욕에서는 "오페라에 혼자 앉아 있는" 여인을 어떻게 생각해야 할지 모두 알고 있었다. 하젤딘 부인이 이름난 "직업적인 정부" 패니 링과 대놓고 같은 부류로 분류되지 않은 이유는 사회가 그녀의 출신을 존중했기 때문이다. 뉴욕 사회는 출신이 다른 두 사람을 나란히 두지 않는 쪽을 선호했다. 새파랗게 젊었던 나도 이 사회적 규범을 알고 있었고 그날 저녁이 다 가기 전에 하젤딘 부인은 다른 여인들이 찾아오길 꺼리는 사람임을 짐작했다. 하지만 다른 여인들에게 그녀를 언급하는 것이 금지된 것은 아니었다. 그래서 나는 허세를 부리며 그녀 이야기를 했다.

오페라에서 하젤딘 부인에게 다가온 여인은 아무도 없었지만, 허버트에게 이야기를 들은 한두 명이 유쾌한 만찬에 잠깐 들렀다. 구운 들오리와 셀러리, 최고급 샴페인을 나누며 허버트의 악의 없는 농담이 유쾌하게 흥을 돋운 식사 자리였다. 그 여인들은 하젤딘 부인 집에서 나중에도 더러 마주쳤다. 그들은 대체로 부인보다 어렸고 불안정하기는 했지만, 여전히 사회적 범주 안에 머물렀다. 단조로운 유복함에 싫증이 났고 담배와 솔직한 화법을 즐기고 한밤중에 옆에 있는 젊은 남자와 함께 집으로 돌아가는 등 부도덕한 즐거움을 갈망하는 꽤 보잘것없는 존재들이었다. 하지만 옛 뉴욕에서 그토록 대담한 영혼들은 드물었고 자주 모습을 드러내지 않았으며 남의 이목을 꺼렸다. 하젤딘 부인의 사교 모임은 주로 남자들로 채워졌다. 대머리가 되었거나 머리가 희끗희끗한 그녀의 동년배들부터 허버트와 같은 기성세대 젊은이들과 나 같은 신출내기에 이르기까지 모든 연령대의 남자들이 모여들었다.

그녀의 작은 세계에는 대단한 위엄과 품위가 바탕에 깔려있었다. 그것은 교화된 낙오자를 짓누르는 도가 지나친 체면이 아니라 사교계에 진력이 나고 절친한 친구들을 제외한 모든 사람에게 문을 닫은 남다른 여성이 주는 편안함이었다. 하젤딘 부인의 집에서 즐기던 사람들은 언제라도 자기 할머니나 이모들이 불쑥 찾아오면 끌려갈지 모른다고 불안해하면서도 한편으로는 그들이 찾아올 리 없다고 기분 좋게 확신했다.

까다롭고 상상력이 풍부한 젊은이들을 그토록 매혹시키는 집들은 분위기가 어떻게 다른 것일까? 왜 "그 여자들"만 (다른 여자들이 이렇게 불렀다) 서투른 사람을 편안하게 해줄 줄 알고, 친한 사람에게 잔소리하고, 지나치게 아는 척하는 사람에게는 조금 웃어주면서도 자연스러움을 조장하는 법을 알고 있는 것일까? 그런 분위기의 차이는 문턱에서부터 느껴진다. 화병에 각양각색의 꽃들이 꽂혀 있었고 램프와 안락의자들이 현명하게 같은 공간에 배치되었으며 테이블 위에는 사람들이 탐내는 책들이 놓여 있었다. 가장 위험한 교태는 여성이 옷을 입는 방식이 아니라 응접실을 배치하는 방식에 있었는지도 모른다. 하젤딘 부인은 이 방면에 탁월했다.

앞에서 책 이야기를 했는데 당시에도 그 방에 있는 모든 근사한 물건들 가운데 나를 끌어당긴 첫 번째 물건은 단연 책이었다. 최초로 "유쾌한 저녁 식사"를 했던 날 저녁, 나는 응접실 한쪽 벽면을 책으로 메운 책장들 앞에서 깜짝 놀라 멈추었던 일을 기억한다. 저 여신이 책을 읽는다고? 그러한 고립된 생활 속에서 저 가운데 어떤 책과 함께했을까? 분명 어느 책에 이끌렸겠지? 내 심장이 고동쳤다.

하지만 머지않아 나는 하젤딘 부인이 책을 읽지 않는 것을 알게 되었다. 그녀는 위다(《플란다스의 개》를 쓴 영국 소설가 - 역자 주)의 신작 소설조차 나른하게 넘겼다. 또 어떤 책은 제본의 가장자리도 자르지 않은 채 몇 주 동안 테이블 위에 두었다. 그 사실을 발견하는 데 오래 걸리지 않았다. 바로 다음 방문 때 그녀는 책이 꽉 찬 책장을 보고 놀란 내 시선을 포착하고는 살짝 붉어진 얼굴로 미소 지으며 털어놓았다. "아니, 난 그것들을 읽을 수 없단다. 시도는 했지만, 글자만 보면 졸려. 소설도 그렇단다." 그녀가 말한 "그것들"이란 잉글랜드 시와 영어, 프랑스어, 이탈리아어로 된 (그녀가 이 세 가지 언어를 말할 수 있다는 건 나도 알았다) 풍부하고 다양한 역사서, 비평서, 편지들로 이루어진 보물들이었다. 누가 봐도 세심하고 다양한 분야에 관심이 있는 독서가가 모아놓은 책들이었다. 그때는 우리 둘뿐이어서 하젤딘 부인이 낮은 목소리로 말했다. “난 그가 가장 아끼던 일부만 간직하고 있지. 내 남편 말이야.” 찰리 하젤딘의 이름이 우리 사이에 언급된 것은 처음이었다. 나는 너무 놀란 나머지 분명 그녀 앞에서 순진한 얼굴에 홍조를 띠었을 것이다. 그녀 같은 처지의 여성들은 남편에 대한 언급을 피하는 줄 알고 있었다. 하지만 그녀는 슬픈 미소를 띠며 거의 사죄하듯 나를 물끄러미 바라보았다. 그녀는 하고 싶은 말이 더 있으니 이해해달라고 내게 속으로 애원하는 것 같았다.

“그는 대단한 독서가였고 학구파였어. 내게도 책을 읽히려고 무던히 노력했지. 나와 모든 것을 나누고 싶어 했어. 나도 시는 조금 좋아했지만, 그가 소리 내어 읽어주는 걸 더 좋아했어. 그리고 그가 죽은 뒤 생각했지. ‘그의 책만 내 곁에 남았네. 난 다시 그 책을 읽으며 그 속에서 그를 찾을 거야.’ 그리고 난 노력했어. 아, 정말 열심히 노력했는데 부질없더구나. 대부분이 그런 것처럼 그것들도 의미를 잃었어.” 그녀는 일어서서 담배에 불을 붙이고는 난로에 통나무를 밀어 넣었다. 그녀는 내가 말하기를 기다리는 것 같았다. 내가 삶에서 그녀에게 대답하는 법을 터득했었다면 그녀의 이야기 가운데 많은 부분을 듣지 못했을 것이다. 하지만 나는 너무 미숙해서 그녀 앞에서 쩔쩔매기만 했다. 다른 곳에서 위안을 찾는 것이 정당해 보였던 그녀의 불행한 결혼을 동정하는 내게 이 여인은 그런 어조로 남편 이야기를 하고 있었다. 나는 그것이 꾸며진 어조가 아님을 바로 알아차렸다. 인간관계의 복잡성이나 혼돈에 너무 혼란스러워서 갑자기 능력 밖의 문제를 맞닥뜨린 어린애처럼 말문이 막혔다.

미처 머릿속 생각을 정리하기도 전에 그 생각을 읽은 그녀는 입가에 서글픈 주름을 만드는 미소를 지으며 명랑하게 이야기했다. "그나저나 오늘 저녁에 뭐 할 거니? 네 사촌 허버트랑 다른 한두 명과 함께 뮤지컬을 보러 갈 건데 같이 가겠니? 내게 특별석이 있단다."

그 솔직한 고백을 들은 직후 나는 독서에 취미가 있는 여성은 따분하고, 하젤딘 부인의 주된 매력 중 하나는 문학적 가식에서 벗어난 것이라고 납득할 수밖에 없었다. 물론 그녀의 매력은 가식 없고 겸손하면서도 대담하게 자신의 장단점을 평가하는 데 있었다. 나는 어떤 나이대의 여인에게서도 비슷한 모습을 본 적이 없었다. 그런 외모와 어조를 지닌 그녀를 일찍 알게 된 덕분에 나중에 음흉한 미인들에게 빠져드는 모든 위험을 피할 수 있었다.

하지만 하젤딘 부인과 사랑에 빠지면 내게 무슨 일이 일어날지 이해하거나 짐작하기도 전에 나도 모르게 홀리듯이 그녀에게 빠지고 말았다. 당시 관점에서 볼 때 그 사랑은 우리의 오랜 우정에서 일어난 하나의 작은 사건이었다. 내가 여기에서 그 일을 간단히 언급하는 이유는 오로지 내 가여운 친구의 또 다른 재능을 설명하기 위해서다. 그녀는 책을 제대로 읽지는 못했지만, 사람의 마음은 읽을 수 있었다. 내가 의식하지 못한 채 여전히 허둥댈 때 장난스럽지만 연민 어린 시선으로 나를 보았었다.

나는 그 일이 바로 어제 일처럼 눈에 선하다. 겨울 해가 질 무렵 그녀의 응접실에서 우리는 단둘이 난롯가에 앉아 있었다. 친밀한 대화가 더욱 친밀한 침묵으로 자연스럽게 이어졌을 때 (그녀와 함께라면 어렵지 않은 일이었다) 나는 어떤 유대감을 느꼈다. 내가 말없이 타다 남은 불을 바라보고 있는 동안 그녀는 석간신문을 읽고 있었다. 그녀의 드레스 아래로 나와 있는 자그마한 발 하나가 나와 불 사이에서 까닥까닥 흔들렸던 게 기억난다. 발등의 튀어나온 부분이 그녀 전체를 지탱하고 있는 것처럼 보였다.

"아! 딱한 헨리 프레스트…" 그녀가 탄식하며 신문을 내려놓았다.

"그의 아내가 세상을 떠났구나. 딱한 친구." 그녀가 스스럼없이 말했다.

나는 피가 거꾸로 솟고 심장이 튀어나올 것만 같았다. 그녀는 마침내 그 이름을, 그 비겁한 연인, 그녀의 명예를 더럽힌 사람의 이름을 입에 올렸다. 내 주먹에 힘이 들어갔다. 만약 그가 이 방에 들어왔다면 나는 그의 멱살을 잡았을 것이다.

그리고 잠시 뒤 내가 이해하지 못했고, 이해하기에 너무 어렸고, 너무 미숙했다는 굴욕적인 실망감이 다시 들었다. 자기가 기만했던 남편에 대해 다정하게 이야기했던 여인이 자기를 저버린 연인에 대해 측은하다는 듯 이야기하고 있었다. 게다가 그녀는 그 이야기를 다른 사람의 이야기처럼 자연스럽게 내뱉었다. 그녀가 마음먹고 지어낸 의도적인 관용이 아니라 삶이 그녀에게 가르쳐준 배움의 일부인 것 같은 태도였다.

"전 그가 결혼한 줄도 몰랐어요." 나는 이를 앙다물고 으르렁거리듯 말했다.

그녀는 멍하니 생각에 잠겼다. "결혼이라고? 아, 그래. 언제였더라? 그 이듬해였지…" 그녀의 목소리가 다시 희미해졌다. "내 남편이 세상을 떠난 뒤 말이다. 항상 그를 연모하던 얌전한 사촌과 결혼한 모양이더라. 그들 사이에 아들이 둘 있지. 그런데 네가 그 사람을 알고 있었니?" 그녀가 불쑥 물었다.

나는 뚱하게 고개를 끄덕였다.

"사람들은 그가 절대 결혼하지 않을 거로 생각했고 그 사람도 늘 그렇게 말하곤 했지." 그녀는 여전히 멍한 얼굴로 말을 이었다.

"비열한 자식!" 나는 버럭 소리를 지르고 말았다.

"어머!" 그녀는 놀라서 외쳤다. 나는 고개를 들고 그녀의 눈을 마주 보았다. 그녀의 눈에는 책망과 이해의 눈물이 고여 있었다. 우리는 말 없이 서로 바라보며 앉아 있었다. 그녀의 눈에서 눈물이 흘러 속눈썹에 맺혔다가 뺨을 타고 흘러내렸다. 나는 겸연쩍게 그녀의 얼굴을 계속 바라보았다. 그러고는 일어서서 손수건을 꺼내어 마치 성상을 만지듯 떨면서 경건하게 눈물을 닦았다.

내 사랑의 손길은 그 이상 나아가지 못했다. 이내 그녀는 우리 사이에 안전한 거리를 유지했다. 멋모르는 청년의 정신을 쏙 빼놓고 싶지 않았고 자신은 그런 즐거움에 시들해진 지 오래되었다고 나중에 말했다. 하지만 그녀는 절실히 내 공감을 원했다. 자신이 사람들에게 다양한 감정을 불러일으키기는 했지만, 감동적으로 이해해주는 공감은 늘 부족했다고 알려주었다. 그녀는 솔직하게 덧붙였다.

"그렇더라도 정말 확신할 수는 없었어. 누구에게도 내 이야기를 한 적이 없었으니까. 난 그게 내 잘못이 아니라 당연히 그들의 잘못이라고만 생각했어." 그녀는 자조적인 미소를 지었고 나는 그 차이를 인식하며 가슴이 부풀었다. "이제 난 너에게 말하고 싶어." 그녀는 이야기를 시작했다.

*

나는 하젤딘 부인에 대한 내 사랑이 우리의 오랜 관계에서 잠깐 동안의 사건이었다고 말한 바 있다. 내 나이에 그 일은 그렇게 될 수밖에 없었다. "더 참신한 인물"이 곧 나타났고, 그럴 때면 나는 내 오랜 친구가 기계적으로 웃고 눈에 고뇌가 가득하며 머리가 희끗희끗해진 중년 여인으로 보였다. 하지만 그녀가 자신의 이야기를 들려주었을 때는 내게 연모의 감정이 처음 싹튼 시기였다. 나는 그 감정이 가라앉은 뒤 또 오랜 시간 교감을 나눈 오후의 불빛 속에서 그녀의 이야기를 판단하고 따져보면서 각 세부 사항이 예전의 그림에 꼭 들어맞는 것을 알게 되었다.

나는 그녀의 이야기를 들을 기회가 많았다. 그녀는 한 번 과거 이야기를 털어놓은 뒤로 늘 그 이야기를 자주 하고 싶어 했다. 그녀는 과거를 소생시키고자 하는 끊임없는 열망과 자신을 설명하고 정당화하려는 끊임없는 욕구를 마음껏 채우기로 스스로 허락한 뒤로 그런 대화를 공허한 삶의 드문 호사로 여겼다. 그녀는 남편이 세상을 떠난 그 날부터 자신의 삶을 감정적으로 정서적으로 비우고 또 비웠다. 버려진 사원의 수호자가 한때 신의 거처였던 곳을 영원히 비질하고 돌보는 모습과 흡사했다. 그녀는 이 의무를 잘 이행했고 그녀에게 주어진 다른 의무는 없었다. 그녀는 하나의 대단한 (또는 가공할 만한) 일을 훌륭히 해낸 것이다. 사람들이 즐겨 쓰는 표현대로라면 용맹스럽게 해냈다고 할 수도 있었다. 하지만 그녀 내면에는 그렇게 대단하다고 할 만한 점이 전혀 없었다. 그녀의 취향과 관심사, 그녀가 상상할 수 있는 소일거리들은 모두 보통 가정의 수준이었다. 그녀는 자신의 의무를 다하려고 하는 그 전례 없는 충동에 어울리는 내적 삶을 스스로 개척할 줄 몰랐다.

찰리 하젤딘이 세상을 떠난 직후 (어머니가 말했던) 워싱턴 스퀘어에 살았던 사촌 세실리아 윈터 노인도 세상을 떠나 하젤딘 부인에게 상당한 유산을 남겼다. 그로부터 한두 해 뒤 뉴욕 부동산에 불어온 훈풍은 찰리 하젤딘이 남긴 작은 사유지에도 호재로 작용했다. 그가 아내에게 물려준 부동산은 두 배, 세 배로 가치가 뛰었다. 그녀는 몇 년의 과부 생활 끝에 남편이 그토록 힘겹게 제공하고 싶어 한 모든 호사를 누릴 만큼 많은 재산을 갖게 되었다. 그것은 유혹의 위험이 다 지나간 뒤에 유혹으로부터 보호받게 되는 기이한 역설이었다. 장담하건대 그녀는 자신의 즐거움을 위한 호사를 누리기 위해 남자에게 손을 내민 적이 없었다. 하지만 그녀가 돈 자체를 소중히 여기지는 않았더라도 돈의 위력이 아니었다면 자신의 고독을 달랠 수도 그 고독을 사소한 오락거리로 채우지도 못했을 것이다. 어쩌면 그 위력은 그녀가 알고 있는 것보다 더 대단했을 것이다.

그녀는 남자를 즐겁게 하고 매혹시키기 위해 세상에 태어난 사람이었다. 그녀의 남편은 죽었고 그녀의 희생은 완수되었다. 그녀는 터무니없는 고독 속에 자신을 걸어 잠그고 기나긴 시간을 생각과 소일거리로 채우며 살고 싶어 했을 것이다. 그런데 그녀가 무엇을 할 수 있었을까? 자신의 매력을 이용하는 것 말고는 달리 살아갈 방법을 알지 못했다. 그리고 이제는 카드놀이와 수다, 공연 관람 말고는 하루하루를 채우는 다른 방법을 알지 못했다. 그녀에게 다가

갔던 남자들 가운데 그녀가 내게 보였던 것과 같은 우정 어린 장벽을 뛰어넘은 사람은 아무도 없었다. 그 점은 분명했다. 그녀가 헨리 프레스트를 밀어낸 것은 누군가로 대체하기 위해서가 아니었다. 그런 생각만으로도 그녀의 얼굴은 하얗게 질렸다. 하지만 그녀는 자신이 달리 무엇을 할 수 있었겠느냐고 내게 물었다. 그녀는 어떻게든 하루하루를 보내야만 했으며 구제 불능으로 서글플 정도로 사람들과 어울리기를 좋아했다.

그녀는 냉정한 금욕주의적 삶을 살았지만, 사람들에게는 그것이 내가 알지 못하는 방종으로 통했다. 그녀는 친구를 절실히 필요로 하면서도 모두에게서 멀리 떨어져 있었고 내적으로는 하나의 고고한 의무에 충실하면서도 자신의 일상은 그것과 전혀 조화를 이루지 못했다. 그래서 그녀는 마땅히 받아야 했던 사회적 비난이 그쳐야 하는 바로 그 순간, 자신이 사회에서 배척당했고 유쾌한 저녁 식사로 이름난 "방종한" 과부로 전락했음을 깨달았다.

나는 갈피를 잡지 못하고 그녀의 곤경 깊숙이 관여했다. 삶의 어느 단계에서든 그녀가 달리 무엇을 할 수 있었을지 더러 생각할 때도 있었다. 지금 주위에 있는 젊은 여인들 가운데 그 당시 그 예쁜 아가씨의 어쩔 수 없는 무능력을 상상할 수 있는 사람은 아무도 없었다. 그 아가씨는 돈도 직업도 없었으며 언뜻 보기에 오로지 기쁨을 주기 위해 세상에 태어난 사람이었고 자신의 노력만으로 그 세상을 살아가는 데는 아주 무지했다. 우연히 개를 산책시켜줄 사람을 찾고 '성직자'가 낭독해주는 것을 좋아하는 노부인을 만나 도움을 받지 않는 이상 그 아가씨를 굶주림에서 구할 방법은 결혼밖에 없었다. 부채에 들장미를 그리고 실물처럼 보이도록 사진을 채색하고 램프 갓을 만들고 유복한 친구들을 위해 모자 가장자리를 장식하는 일 등으로 돈을 벌 수 있는 시대는 아직 아니었다. 여성의 자주성에 대한 불안정한 출발의 징후조차 보이지 않을 때였다. 내 어머니 세대에는 지참금 없는 처녀가 남편감을 찾을 때까지 자기 친척에게 도움받는 것은 당연한 일이었고 남편을 만난 뒤 가족 부양을 돕는 것은 상상도 할 수 없는 일이었다. 사라져버린 옛 뉴욕에서 자부심 강했던 그 작은 사회는 부에 커다란 중요성을 부여하지 않았지만, 가난은 몹시 혐오스러운 것으로 여기고 그저 무시했다.

이러한 사실들이 가여운 리지 하젤딘을 지지하며 옹호했지만, 표면적인 관찰자가 보기에 그녀의 일상은 그러한 옹호를 빗겨 갔다. 그녀는 남편의 마지막 몇 해 동안 그를 속이는 것 말고는 진정시킬 다른 방법을 알지 못했다. 하지만 그가 세상을 떠난 뒤에는 자신의 내적 만족 외에는 다른 보상을 구하지 않는 엄격한 행동으로 그 배반에 대해 속죄했다. 나이가 들면서 또 친구들이 뿔뿔이 흩어지거나 결혼하거나 이런저런 이유로 멀리 떨어지면서 그녀는 텅 비어버린 자신의 세계를 덜 까다로운 사람들로 채웠다. 그녀의 응접실에는 따분하고 평범한 남자들이 모여들었다. 다른 곳에서 초대받지 못했으며 그녀를 사회적 디딤돌로 이용하고 싶어 하는 것이 뻔히 보이는 남자들이었다. 그녀는 그들의 차이를 잘 알고 있었지만, (내가 앉았던 안락의자에서 이런 신참자를 발견할 때마다 그녀의 눈빛이 그렇게 말했다) 그것을 인정하는 어떤 말이나 내색도 하지 않았다. 한번은 그녀가 내게 이렇게 말했다. "너는 이곳이 예전보다 따분해진 걸 알겠지. 아마 내 탓일 거야. 옛 친구들을 끌어모을 더 나은 방법을 알고 있을 줄 알았는데…" 또 이렇게 말한 적도 있었다. "네가 지금 여기서 만나는 사람들이 친절한 마음으로 내게 와준 걸 기억해줘. 난 늙었고 그것 말고 다른 것은 중요하지 않구나." 그게 다였다.

그녀는 어느 때보다 부지런히 공연과 오페라를 보러 다녔다. 그녀는 친구들에게 수많은 사소한 도움을 주었다. 항상 바쁘게 지내려는 열망 속에 쓸데없는 관심을 유발했고 사람들에게 불필요한 도움을 제공하여 부담감을 안겼으며 때로는 (그녀의 모든 재치에도 불구하고) 절망적으로 외로운 사람의 오지랖에 가까운 행동도 보였다. 자신의 소규모 만찬에서는 매우 아름다운 꽃과 신기한 별미로 우리를 놀라게 했다. 손님들의 수준이 떨어질수록 샴페인과 시가의 질은 더욱 더 좋아졌다. 이따금 나는 그 따분한 무리들이 다 돌아간 뒤 흩어져있는 재떨이와 술병들 사이에서 그녀가 거울에 비친 자기 모습에 남몰래 눈길을 주는 것을 보았다. 그 초췌한 눈빛으로 이렇게 묻는 것 같았다. '내일 이 사람들이라도 다시 와줄까?'

나는 그녀 이야기를 이런 식으로 끝내고 싶지 않다. 내가 마지막으로 본 그녀의 모습이 더 오래 여운을 남길 것이다. 나는 여행하느라 1년간 세계 반대편에 가 있었다. 그 여행에서 돌아온 날 클럽에서 우연히 허버트 웨슨을 만났다. 허버트는 전보다 거만해지고 살이 올라 있었다. 그는 나를 구석으로 데려가더니 상기된 얼굴로 조심스럽게 어깨너머를 살피며 말했다. "우리 옛 친구 하젤딘 부인은 만났어? 그분이 몹시 아프다고 들었어."

나는 "들었어"라는 말에 따지려다가 내가 없는 사이 허버트가 결혼을 했고 그의 조심성은 달라진 상황에 대한 배려였으리라는 생각이 들었다. 나는 곧장 하젤딘 부인의 집으로 달려갔다. 그리고 그 집 현관 앞에서 가톨릭 신부와 부딪히는 바람에 무척이나 놀랐다. 그는 심각한 얼굴로 나를 보고는 묵례하고 지나갔다.

내 오랜 친구는 종교문제를 이야기한 적이 없었으므로 그런 만남은 뜻밖이었다. 추측하건대 그녀 아버지의 딱한 이력이 그게 무엇이든 그녀 안에서 막 시작된 신앙을 뒤흔들었을 것이다. 그녀는 어린 시절에 윈터 목사를 따르는 어른 신도들만큼 그의 설교에 깊은 감명을 받았었다고 내게 자주 말했다. 하지만 지금 나는 그녀를 보자마자 이해했다. 그녀는 매우 아팠고 분명 죽음이 멀리 있지 않았다. 늘 호의적이지만은 않았던 운명이 삶의 끄트머리에서 그녀가 필요로 했던 위안을 주었던 것이다. 그녀의 내면에서 알 수 없는 종교적 유산이 깨어난 것이었을까? 그녀의 불쌍한 아버지가 정신적, 도덕적으로 오랫동안 방랑한 끝에 가톨릭에서 비로소 안식을 찾았던 것을 기억한 것일까? 나는 그 이유를 알 길이 없었고 아마 그녀 자신도 몰랐을 것이다.

하지만 그녀는 자신이 원했던 것을 찾은 걸 알고 있었다. 마침내 그녀는 찰리 이야기를 할 수 있게 되었고 성사를 통해 죄를 고백할 수 있었으며 그 죄를 용서받을 수 있었다. 카드놀이와 저녁 식사, 수다도 끝이 난 마당에 그녀는 고독을 막을 어떤 평화로운 장벽을 찾을 수 있었을까? 그 후 그녀의 삶은 날마다 내적으로 성장하고 위안받기 위한 오랜 준비 기간이었다. 그리고 그녀를 깊이 헤아린 이 자비로운 방문자인 가톨릭 신부 또한 그녀에게 찰리 이야기를 들려주었다. 그가 어디에 있는지 어떻게 느끼는지 그에게 여전히 어떤 세심한 일상적 관심을 쏟을 수 있는지 알려주었고, 모든 부덕함이

씻겨나간 뒤 마침내 그녀가 그에게 닿기를 희망할 것이라고 했다. 그녀에게 천국은 결코 낯설어 보이지 않았으며 그렇게 받아들여졌다. 나는 몇 주간 서서히 기력이 소진되는 그녀를 볼 때마다 그녀가 고개를 집 쪽으로 돌린 채 체념한 미소로 소환을 기다리는 여행자 같다는 느낌이 점점 강해졌다. 그 집은 더 이상 외로워 보이지 않았고 시간이 지루하게 흐르지도 않았다. 그녀가 몇 번이고 읽으려고 시도했던 책들, 오랫동안 그렇게 접근하기 힘든 얼굴로 그녀를 대했던 책들 가운데 찰리가 기다리고 있는 세상의 메시지를 담고 있는 책을 두세 권 발견했고, 그 책들은 늘 그녀의 침대 위에 함께 있었다.

그녀는 그렇게 준비하며 남아 있는 나날을 보낸 뒤 어느 날 그에게로 갔다.

끝.

RAINBOW
PUBLIC BOOKS

올드 뉴욕

발 행 일 초판 1쇄 2019년 12월 13일

발 행 인 박성범
지 은 이 이디스 워튼
옮 긴 이 정유선
편 집 강수진, 김호준
디 자 인 서은주
마 케 팅 이선영
발 행 처 레인보우 퍼블릭 북스
등 록 제 2018-000140 호

주 소 ㊝05542 서울시 송파구 올림픽로 336, 1501호
(방이동, 대우유토피아)
전 화 02-415-9798
팩 스 0504-209-1941
이 메 일 submit@rpbooks.co.kr

ISBN 979-11-966846-2-4 (03840)

이 도서의 국립중앙도서관 출판예정도서목록(CIP)은 서지정보유통지원시스템 홈페이지(http://seoji.nl.go.kr)와 국가자료종합목록 구축시스템(http://kolis-net.nl.go.kr)에서 이용하실 수 있습니다.
(CIP제어번호 : CIP2019049238)